KNAUR

KATJA BOHNET

KRÄHENTOD

THRILLER

KNAUR

Besuchen Sie uns im Internet:
www.knaur.de

FSC
www.fsc.org
MIX
Papier aus verantwortungsvollen Quellen
FSC® C083411

Originalausgabe März 2019
Knaur Taschenbuch

Ein Imprint der Verlagsgruppe
Droemer Knaur GmbH & Co. KG, München

Redaktion: Ilse Wagner
Covergestaltung: Thierry Wijnberg / totalitalic.com
Coverabbildung: shutterstock.com
Satz: Adobe InDesign im Verlag
Druck und Bindung: CPI books GmbH, Leck
ISBN 978-3-426-52232-5

2 4 5 3 1

Für Stefan

Ein Mann und ein Vogel, was für eine rührende Geschichte!

Alex Proyas,
Die Krähe

Im Rückspiegel sah ich die beiden Jungen auf der Straße stehen. Dreadlockjunge lachte, Selbstmordjunge lachte nicht.

Sara Gran,
Die Stadt der Toten

He changed from being dead to being alive with the same mental shrug a busy man gives when he realizes he's wrong about what day it is.

Lee Child,
Tripwire

MOSKAU

TRAGÖDIE

Viktor lag in einer Lache roten Blutes. Er wusste noch nicht, dass es sich um Blut handelte. Er schlief. *Nein.* Er schlief nicht, er wachte. Es war Nacht. Eine Halbmondsichel ruhte sich über ihm aus. Die dunkle Decke musste der Himmel sein. Ein schwarzer Vogel flog über ihn hinweg. Viktor schwamm in einem See. Er hatte sich nie als versierter Schwimmer profiliert, aber jetzt glitt er mühelos auf dem Rücken dahin. Sanft schaukelte er auf und ab, hatte jegliche Körperbewegung eingestellt. *Solange ich atme,* dachte Viktor, *trägt mich das Wasser. Reine Physik.* Der See lag ruhig da, und obwohl es Nacht war, fürchtete sich Viktor nicht. Nichts irritierte ihn an der Situation. Hätte ihn etwas daran beunruhigt, hätte er es auf den Tumor geschoben. Eine kleine Halluzination. Halluzinationen beängstigten Viktor erst, wenn sie ins Albtraumhafte kippten. Wenn seine Wahrnehmung mit ihm spielte, ihm seinen Tod vorgaukelte, seinen Körper zu Boden warf, ihn schüttelte oder seinen Verstand mit schrillen Farben und Tönen über einem ewigen Feuer einer von den Teufeln verlassenen Vorhölle briet. Aber jetzt umfing ihn nur Stille. Wärme breitete sich in ihm aus. Viktor kannte keine Angst vor der Natur. Nur kurz flackerte ein Gedanke an das auf, was sich unter ihm befinden musste. Über der Tiefe dieses Sees, in dem er so ruhig schaukelte. Obwohl es angemessen gewesen wäre, dachte er nicht an Ungeheuer mit langen Hälsen oder Tentakeln. Woher er wusste, dass es sich um einen See handelte und nicht um ein Meer, konnte er nicht sagen. *Warte,* dachte Viktor sich, *das kann noch nicht alles sein.* Er hatte mit dem Grauen einen Pakt geschlossen: Wenn es ihn ereilte, begrüßte er es. Er wehrte sich nicht mehr, weil dieses Verhalten das Grauen nur anstachelte. Das Grauen mochte keinen Widerstand. Aber überraschen konnte es Viktor nicht mehr. Unerwartet davon betroffen zu sein, das hatte Viktor jahrelang gequält. Seinen Feind zu kennen und zu wissen, wie er sich tarnte, welche Verstecke er wählte, um ihn hinterrücks zu überfallen, erhob Viktor über die gewöhnlichen Opfer, die das Unheil leichtfüßig ereilte. *Zeig dich!*, dachte Viktor und vernahm sofort ein leises Geräusch. Ein Plätschern drang in die ihn umgebende Stille ein. Als Viktor den Kopf leicht drehte, erkannte er die Wellen, die kreisförmig von ihm ausgingen. *Wieso wirft mein Körper Wellen, wenn ich mich nicht bewege?*, fragte er sich. Viktor betrachtete den Wellenschlag und stellte fest, dass er sich geirrt hatte. Die Kräuselung des Wassers ging nicht von ihm aus, die Wellen rollten auf ihn zu. Einbildung, Irrsinn oder Traum? Viktor störte die Unmöglichkeit, Phänomene einzuordnen, nicht mehr. Aber was die Wellen verursachte, das interessierte ihn. In der völligen Schwärze der Umgebung konnte er nichts ausmachen. *Geduld*, ermahnte sich Viktor. Die Dinge geschahen ohnehin, ohne dass er sie rief oder beeinflusste. Als Polizist hatte er gelernt, abzuwarten. Er hatte sich nie als Teil einer schnellen Eingreiftruppe verstanden. Eher als ein Mensch, der hinter den anderen aufräumte. Der Struktur in das Chaos brachte, das ein gewaltsamer Tod hinterließ. Der einen kleinen Teil der Welt zur alten Ordnung zurückführte. Viktor hatte die Worte »Zeig dich!« noch nicht ein zweites Mal gedacht, als er spürte, wie der Seegrund unter ihm bebte. Wie etwas von unten gegen seinen Körper drückte. Wie es um ihn herum plötzlich rauschte und das Wasser sich erhob. Biblisch, wie in dem Moment, als es sich für Moses teilte. Wo er doch lag und nicht stand. Wie er über das Tauchen nachdachte und das Schwimmen, es aber verlernt zu haben schien. Wie er Salz und Blut schmeckte, als eine Woge über ihm zusammenschlug.

Viktor suchte nach Luft und fand nur Flüssigkeit, die er

aufsog, weil ihn ein Reflex dazu zwang. *Blut,* dachte er. Er kannte den Geruch und die Struktur von Blut nur zu gut. Besser als er Wasser kannte. Rot vermittelte Viktor das Gefühl eines Zuhauses, keinesfalls Alarm. Jetzt spuckte er, etwas stach schmerzhaft in sein Kreuz, seine Lungen verlangten nach Luft, sie schrien danach. Eine alles überlagernde Empfindung stahl sich in sein Bewusstsein: ein Überlebenstrieb. Er musste sich bewegen, was ihm nicht gelingen wollte. Als er schließlich auf die Seite rollte, erkannte er glasklar den Geruch von Erbrochenem. Blind suchten seine Hände nach Halt in der ihn umgebenden Feuchtigkeit. Der Schmerz in seinem Rücken hatte nachgelassen. Er öffnete die Augen wie ein neugeborenes Kind, abwartend, was er sehen würde, sollte, musste. Schrift, ein Schild. Es erschien ihm wie Ironie, dass er kyrillische Buchstaben las, die eine überirdische Macht für ihn in gelbfarbener Neonschrift erleuchtete. Er las »Paradise«. Ein englisches Wort. Aber warum? Para dies. In diesem Wort steckte der Tod. Wer musste sterben? Aber dann erinnerte er sich, sein Gedächtnis setzte wie ein abgesoffener Motor wieder ein. Eine Kneipe, eine Bar. Vor Viktors innerem Auge zogen verschmutzte Holztische und verstaubte Lampen vorbei. Im gedimmten Licht erkannte er jemanden, der ihm gegenübersaß. Diese Person besaß keinen Kopf. Etwas an ihrer Kleidung kam ihm vertraut vor. Aber noch stotterte der Motor seiner Erinnerung. Viktor lag auf der Straße in seinem eigenen Erbrochenen. Es musste sein eigenes sein, denn im Mund verspürte er einen säuerlichen Geschmack. Er würgte und erhob sich mühsam wie ein Untoter aus seinem Grab. Kaum fanden seine Füße Halt auf dem rutschigen Asphalt. Seine Rippen schmerzten. Es regnete nicht, die Luft umgab ihn kühl, nicht kalt. In einigen Metern Entfernung streute eine dreiarmige Laterne fahles Licht. Etwas lief in sein Auge, vernebelte seine Sicht. Als er sein Lid mit den Fingerspitzen berührte, fühlte es sich genauso klebrig an wie die rote Pfütze, in der er stand. Die Nacht malte alle Flächen schwarz, aber auch ohne Tageslicht wusste Viktor, dass es sich um Blut handeln musste. Dass er selbst blutete, dass er in einem See von Blut stand. Viel Blut. Er kannte den typischen Geruch. Er wusste nicht, ob alles Blut ihm gehörte. Wäre er dann nicht tot? Oder war er es vielleicht? Diese absurden Gedanken, die sich ihm seit Monaten aufdrängten. Er sah niemanden. Die Straße wirkte verlassen, das Pflaster menschenleer. Die kyrillischen Buchstaben lösten eine Gewissheit aus: Moskau. Er hatte eine Reise dorthin angetreten. Die Häuser um ihn herum protzten mit verschnörkelten Fassaden. Typisch für den Arbat. Das Viertel kannte er. Warum, wusste er nicht. Er hatte nie dort gelebt. Aber dass sich nichts und niemand rührte, kam ihm seltsam vor. Wie eine menschenleere Welt, auf der er als einziger Überlebender noch nach Leben suchte. Viktor sah sich um und fühlte sich kalt, leer und allein. Eine Empfindung, die er nur zu gut kannte. In ihrer Entfremdung sehr vertraut.

Ich sollte nicht hier sein, dachte er und machte zwei unsichere Schritte aus dem Bannkreis der dickflüssigen Lache hinaus. Etwas zog seinen Blick magisch an. Da lag etwas, das in dem spärlichen Mondlicht glänzte. Als er sich hinunterbeugte, fühlte er einen Schwindel, den er schnell abzuschütteln versuchte. Er berührte den Stahl, nur um sich zu vergewissern. Eine Waffe. Viktor erinnerte sich an den unangenehmen Druck. Er musste auf dieser Pistole gelegen haben. Wem gehörte sie? Viktor trug keine Waffe. Aber er wusste sie zu gebrauchen. Hatte es jahrelang trainiert.

Viktor war nie ein guter Läufer gewesen. Sein Körper wog zu viel, war zu langsam, unbeweglich und massiv. Ein Berg rannte nicht. Er bliebt unverrückbar an seinem Ort. *Warum bin ich hier?*, fragte Viktor sich. Aber er wusste, dass er nicht hier bleiben durfte, um die Antwort auf diese

Frage abzuwarten. Intuitiv entschied er sich für eine Richtung und setzte sich in Bewegung. Nach einigen Metern hielt er an und ging zurück. Seine blutigen Fußabdrücke zeigten ihm den Weg. Nur Sekunden waren vergangen. Die Waffe lag noch am selben Platz. Viktor ergriff sie ohne Hast, wischte sie notdürftig mit seiner durchweichten Jacke ab und steckte sie in den Hosenbund. Danach drehte er sich um und lief, so schnell er konnte, weg von diesem Ort.

ZWEI TAGE ZUVOR

1

Die Kugel riss dem Mann den Hinterkopf weg. Wiatscheslaw Maximow, wie Viktor später erfuhr. Knochensplitter und Blutstropfen flogen durch die Luft. Deutlich sichtbar vor dem völlig weißen Hintergrund, ausgeleuchtet von dem grellen Licht am Flughafen. Der Mann strauchelte, wie von einer Eisenhand gestoppt. Viktor, der den viel zu schweren Koffer seiner Großmutter Mila und den eigenen hinter sich herzog, bemerkte, wie er im Fallen seinen Griff löste und jemanden neben sich mit zu Boden zog. Die Schüsse hallten nach, der Mann sackte zusammen, und Viktor fand sich halb über eine Frau gebeugt auf dem Boden wieder. *Fängt ja gut an,* dachte er.

Viktor meinte damit seinen ersten Urlaub seit Jahren. Die zweite Reise nach Russland – sein ehemaliges Heimatland –, die er innerhalb eines Jahres unternahm. Der helle Marmorboden wirkte makellos, und Viktor erwischte sich dabei, wie er immer wieder auf Russisch »Vniz! – Runter! Alle runter!« brüllte. Wie sich die Menschen nach und nach wie in einem Garbenkreis um ihn herum zu Boden warfen. Wie andere panisch flüchteten. Einige verloren immer die Nerven.

Viktor bildete die Nachhut. Sein Blick zuckte von dem Getroffenen über den Menschenteppich, weil er seine Angehörigen suchte. Siska, Mila und ihren Freund, Trixi und Petja, die sich vielleicht schon am Ausgang des Flughafens Domodedovo befanden. Ein Mal täglich flog Air Berlin dorthin. Milas Koffer hatte auf sich warten lassen. Als die letzten Reisenden das Gepäckband verließen, schickte Viktor Siska mit den anderen vor. Es sollte sich nur noch um Minuten handeln, bis auch Milas Koffer auf dem Band erschien. Sie konnten schon ein Taxi klarmachen. Viktor würde den Preis aushandeln. Er kannte das. Warum unnötig Zeit verlieren?

Als Viktor nach dem Schützen suchte, sah er einen hektischen Geschäftsreisenden, der sein Handgepäck sogar in Lebensgefahr nicht loslassen wollte. Einen Mann mit schwarzer Kapuzenjacke, der in Richtung Abflug lief. Eine Gruppe Frauen, die rannten und deren Mäntel in modischen Farben mit jeder Bewegung wogten. Alte, Junge, Dicke, Dünne, Kleine, Große. Die Flucht hatte einen demokratisierenden Effekt.

Die Frau unter ihm lag völlig still, nach einer Weile rührte sie sich. Viktor bedeutete ihr mit einer Handbewegung, unten zu bleiben, aber er verlagerte sein Gewicht, das nicht unbeträchtlich war. Er wollte schließlich niemanden aus Versehen ersticken. Laute Schriftzüge schrien von Wänden und Plakaten, hauptsächlich Marken hochprozentiger Alkoholika. Willkommen in Russland, Land des Wodkas, Land des transparenten Giftes! Viktor hörte keine Schüsse mehr. Er robbte über den makellosen Boden zu dem leblosen Körper hin, der vor ihm lag. Viktors Finger prüften den Puls am Hals des Mannes, der in die Luft starrte. Viktor erkannte eine Leiche, wenn er eine sah. Kopfschuss, maximale Präzision.

Viktor schaute sich um. Er hörte die Schreie der Fliehenden nur noch leise, als habe jemand die Lautstärke reguliert. Die Ankunftshalle leerte sich. Koffer und Taschen bedeckten den Boden wie Steine einen Strand. Kein Puls, das sagte die Haut des Mannes, unter der das Blut nicht mehr zirkulierte. Eine Hand krampfte sich noch um eine altmodische Aktentasche. Ein heller Mantel, halb unter dem Körper eingeklemmt. Kurzes braunes Haar, nachlässige Rasur, Mund offen, überraschter Blick, akkurates Loch ins Gesicht gestanzt. Eine Blutlache, die sich unter dem Kopf ausbreitete, erreichte den Kragen eines hellblauen Hemdes, oberster Knopf geöffnet, Krawatte lose, dichte Körperbehaarung zeigte sich am Halsansatz. Brauner Anzug, Stangenware, schwarze Schuhe, nicht modisch, Gummisohlen. Auf circa hundert Kilo schätzte Viktor den Toten. Außer einem auffälligen Goldring trug er keinen Schmuck. Viktor widerstand nur mühsam dem Drang, in dessen Anzugtaschen nach seinem Geldbeutel und seinen Papieren zu suchen. *Den Tatort nicht verändern.* Gewohnheiten, Gebote, die man nicht vergaß. Mordermittler, wieder einmal a. D. Wie schon so viele Male zuvor. *Ich bin im Urlaub,* dachte Viktor. *Das hier geht mich gar nichts an.*

Mittlerweile schrillte ein Alarm, Uniformierte kamen mit der Waffe im Anschlag auf Viktor zu. Viktor hob die Hände. Er kniete noch. Er wusste, dass er auch fernab jeder Leiche anderen Menschen Furcht einflößte. Dass sein grob gezeichnetes Gesicht, sein massiger Körper andere verschreckte und bedrohte, obwohl er sich stets friedlich gab. Dass er sich als Polizist Recht und Ordnung verpflichtet fühlte, auch wenn er wusste, wie dehnbar die Definition dieser Begriffe war. Neben ihm erhob sich die Frau, die er mit seinem Körper geschützt hatte. Viktor sah in den Lauf einer Waffe, eine Jarygin PJa, Halbautomatik, beidseitiger Sicherungshebel, er kannte das Modell. In Russland nannte man die Pistole auch »Gratsch«, russisch für Saatkrähe. Schwarz und schillernd, Viktor schätzte die Poesie dieses Spitznamens. Der Lauf der Waffe zitterte nicht. Das Gesicht des Sicherheitsmannes wirkte ruhig. Kein Polizist. Dunkle Uniform. Vielleicht eine Ausbildung beim Militär? Die Sondereinheiten würden gleich eintreffen. Mehr Krähen flogen ein, bis sie auf dem Acker landeten.

»Danke!«, hörte Viktor die Frau neben sich sagen.

Er fand es unmöglich, sein Gesicht von der Waffe abzuwenden, um zu sehen, wer mit ihm sprach. »Ich war es nicht«, hörte er sich auf Russisch sagen.

»Er war es nicht«, wiederholte die Frau neben ihm. Nüchtern und bestimmt. Keine Spur von Angst.

Der Sicherheitsbeamte wies Viktor mit einem leichten Ruck der Jarygin an, zur Seite zu treten, was Viktor gern tat. Er entspannte sich, spürte das Gewicht seiner Hände. Sie hingen merkwürdig schwer an seinen Armen. Als trage er ein Gewicht. Viktor war defensive Gesten nicht gewohnt. Der Beamte sicherte und senkte die Waffe leicht. Viktor atmete hörbar aus. Zwei Polizisten knieten mittlerweile bei dem Toten. Erst jetzt gestattete sich Viktor einen Blick auf die Frau, die sich bei ihm bedankt hatte. Wasserstoffblondes, kurzes Haar, große Nase, grell geschminkter Mund, mehrere Piercings in Lippe, Nasenflügel und Ohren. Schwarze Kleidung, eng anliegendes Leder. Ketten, Ringe, wohin Viktor auch sah.

»Paschalusta – bitte«, antwortete Viktor. Er überlegte, wie er Siska erreichen konnte. Siska Mohn, mit der er doch eigentlich auf Urlaubsreise war. Er wusste, dass man einen Koffer finden, aber die Kontrolle über das Leben erneut verlieren konnte. Es würde dauern, bis er seine Freundin wiedersah. Ein unsichtbarer Draht verband ihn mit Totschlag und Mord. Egal wo Viktor sich befand, egal wo es geschah.

»Glück gehabt«, sagte die Frau.

»Warum?«, fragte Viktor

Viktor wollte wissen, weshalb dieser Mann hatte sterben müssen. Oppositionsmitglied, Tschetschene, ein zu gesprächiger Sportler, Schutzgeldverweigerer, Journalist? In Deutschland war Viktor mit diesen Vorurteilen aufgewachsen.

Seit der Erkrankung an einem Hirntumor hatte sich Viktor daran gewöhnt, dass manche Menschen seine Gedanken lesen konnten. Und dass ihn kaum noch etwas überraschte.

Die blonde Frau mit dem roten Mund schüttelte den Kopf. Sie sagte: »Die Kugel galt nicht ihm. Sie war für mich bestimmt.«

2

Er sah auf die Uhr: Viertel nach acht. In einer halben Stunde würde die Sonne untergehen. Auf der Flughafentoilette des Abflugterminals zog er sich eilig die Kapuze vom Kopf, entledigte sich der schwarzen Jacke und der dunklen Hose. Die Kleidungsstücke stopfte er in eine bunte Stofftasche, die er entfaltete. Die Waffe steckte er hinten in den Hosenbund und zog Sweatshirt und Felljacke darüber. Er zupfte die Strumpfhose zurecht, schlüpfte in seine Schuhe und verrieb, den Taschenspiegel nahe vor dem Gesicht, noch einen Fleck unter dem linken Auge. Mit ein paar Handgriffen richtete er seine Frisur. Perfekt. Es ertönte eine Durchsage, die alle Passagiere und Reisenden ermahnte, Ruhe zu bewahren und das Flughafengebäude zu verlassen. Dazwischen schrillte regelmäßig ein Alarm. Er betätigte die Wasserspülung und lauschte. Jemand verließ hastig den Raum. Es wurde still, und er wusste sich allein. Er öffnete die Tür und erprobte kurz vor dem Spiegel einen erschrockenen Gesichtsausdruck, mit dem er den grell erleuchteten Raum verließ. Der Alarm tönte ohrenbetäubend. Er hielt sich die Ohren zu. Jemand rief ihm etwas zu. Die Abflughalle leerte sich. Eine Frau kauerte am Boden und weinte. Wenige Polizisten brüllten Kommandos. Jemand hatte die Drehtüren entriegelt, weite Löcher klafften in der Fensterwand, durch die sich Passagiere drängten. Er umrundete verlassene Koffer, übersprang zurückgelassenes Gepäck und folgte den wenigen, die noch zum Ausgang rannten.

Seine Flucht passte zu ihrer Flucht.

Er schrie, drängte panisch von hinten gegen die anderen, die diesen Ort ebenfalls verlassen wollten. Aus Angst vor einer ungewissen Gefahr. Nur er allein wusste, dass es keine Gefahr mehr gab. Sie verließ gerade den Flughafen.

Eingezwängt zwischen einer dicken Frau in einem Pelzmantel und einem jungen Mann mit Rucksack, stolperte er ins Freie. Die Sonne schien. Er zog seine Jacke fester um sich. Es herrschten für den Juni kühle fünfzehn Grad, wie die Nachrichten gemeldet hatten. Er ließ sich mitreißen von dem Strom der anderen Touristen, die ihm Deckung boten. Vorbei an Taxis bis zu den Parkplätzen. Menschen murrten, murmelten, einige telefonierten. Er fand die Stimmung merkwürdig ruhig. Der Rucksackreisende fragte ihn auf Englisch, was geschehen sei. Bedauernd zuckte er die Schultern, obwohl er sehr gut verstand. Sicherheitsbeamte dirigierten die Menschen am Straßenrand wie Vieh aus einem Pferch. Er rannte zu seinem Wagen, den er in größtmöglicher Entfernung zum Flughafen geparkt hatte. Jetzt rechnete sich der lange Lauf, denn die Autos stauten sich bereits, aber sein Weg zur Autobahn war kurz. Ein roter Skoda ließ ihm den Vortritt.

Höflichkeit in Zeiten der Angst.

Die Geste erfreute ihn. Er nahm den direkten Weg zur A 105, die ihn ins Zentrum Moskaus führte. Nur ein Mal hielt er noch kurz am Straßenrand, wo einige Obdachlose neben zwei Einkaufswagen saßen und den ungewohnt dichten Verkehr beobachteten. Er warf ihnen die Tasche mit der Kleidung zu, lächelte und winkte. Als er sich in den

Verkehr einfädelte, winkte ihm ein bärtiger Alter mit der schwarzen Jacke hinterher.

»Es fängt an mit einer Jacke …«
»… und endet mit dem Tod.«
»Könnte sein, dass es mit dem Tod angefangen hat …«, sagte der Bärtige.
»… und mit einer Jacke enden wird?«, fragte der Graue.
»Wenn einer wagt, sich aufzulehnen …«
»… werden andere folgen«, ergänzte der Graue.
»Sollen Sie es doch wagen!«
»Keine Nachsicht, kein Vergeben! Alles wird bestraft«, rief der Graue. Mit der Hand zeigte er zum Himmel.
Der Bärtige steckte die Jacke in die Tasche. Die Tasche legte er in den Einkaufswagen. Danach setzte er sich wieder an den Straßenrand und wartete.

Viktor saß in einem flaschengrün gestrichenen Raum, durch dessen Panoramafenster er das Rollfeld sah. Aktuell bewegte sich kein Flugzeug. Kein Gepäckwagen rührte sich. Ein Stillleben. Maschinen kreisten über den Wolken, weil sie auf Landeerlaubnis warteten. Der Himmel kündete von Regen und von Nacht. Der Raum, in dem Viktor sich befand, präsentierte sich einladend. Beinahe neues Mobiliar. Keine wackeligen Holzmöbel aus einer anderen Zeit, sondern Stühle aus Stahl mit grauen Veloursbezügen. Eine graue Tischplatte aus einem Echtholzimitat. In der Luft ein schwacher chemischer Geruch. Die Wände frei von Dekoration. An der Kopfseite des Zimmers nur ein gerahmtes Bild. Kühle Sachlichkeit, beinahe modern und doch zugleich nicht ganz auf der Höhe der Zeit. Reminiszenz an die typische Tristesse russischer Behördenräume. Es war still, ganz still bis auf ein leises, technisches Summen. Viktor konnte es nicht zuordnen.

Er war sich sicher, dass man ihn nicht unter Druck setzen wollte. Es gab kleinere, fensterlose Räume. Man erzielte als Ermittler andere Ergebnisse, wenn künstliches Licht und Klaustrophobie Hand in Hand gingen. So hätte Viktor im Fall einer Befragung gehandelt. An seiner Arbeitsstelle beim Landeskriminalamt Berlin. Delikte am Menschen, die er untersuchte und aufklärte, soweit es ihm gelang.

Aber er war wieder einmal krankgeschrieben. Seine Marke lag in Gunnar Scholz' Schublade, als sei das ihr angestammter Platz. Sein Chef, der ihn protegierte und verstieß, wie es ihm gefiel. Seit Monaten spielten sie dieses Spiel, das Fahrstuhlmannschaften in der Bundesliga spielten. 1. Liga, Abstieg, Aufstieg, 2. Liga, auf Wiedersehen. Viktor widerte diese Dynamik an. Man hatte Viktor nie für seine Erfolge belohnt, er wurde stets nur nach Tarif bezahlt. Eine ordentliche Abrechnung der tatsächlichen Schicht- und Nachtdienste hätte jede Staatskasse gesprengt. Viktor hatte nie auch nur gemurrt. Er liebte seine Arbeit, wie andere sich an eine kaputte Beziehung klammerten. Er konnte sich wie Menschen, die zu sehr an ihren Partnern hingen, ein Leben ohne seine Arbeit bei der Mordkommission nicht mehr vorstellen.

Lopez fehlte ihm. Ihr intuitives Zusammenspiel, die Präzision, mit der sie den Dingen auf den Grund ging, ihr trockener Humor. Aber Lopez hatte sich für ein anderes Leben entschieden. Ein Leben als Hausfrau und Mutter. Sie hatte eine der Karten beim Skat ausgespielt, die alle anderen stachen. Viktor verspürte Wut, Verzweiflung, Leere, all dies in einem einzigen diffusen Gefühl. Er fühlte sich haltlos. Verlassen wie eine Leiche, wenn man sie in den Kühlraum schob. Kein Urlaub, keine Reise konnte diesen Eindruck mildern oder vertreiben.

Viktor verlagerte sein Gewicht. Vor seinem inneren Auge erschien der Tote, dessen Kleidung es Viktor nicht erlauben wollte, seinen Beruf zu erraten. Schwarze Schuhe, Gummisohlen. Kein reicher Mann. Eher ein Genießer, was das Gewicht betraf. Ein armer Schlucker, den jemand vor einer halben Stunde erschossen hatte.

Der Tatort war noch abgesperrt. Viktor rechnete damit, dass es circa zwei Stunden dauern würde, bis der normale Flugverkehr weiterlief. Ein paar Umleitungen, ein paar verstörte Reisende, nervöses Personal, das sich den ganzen Tag heimlich umsah. Da es sich nicht um einen Terrorakt handeln konnte, würde die Normalität schnell Einzug halten. Geschäftsreisende mussten fliegen, Touristen reisen.

Mord störte den Ablauf dieser gut geölten Maschinerie.

»Ich muss telefonieren«, sagte er. Siska und Mila sorgten sich bestimmt. Nichts wollte Viktor weniger, als die Frauen, die ihm nahestanden, zu verärgern.

Der Kopf oberhalb der dunkelblauen Uniform nickte zuvorkommend, aber mit völlig unbewegtem Gesicht. Jung, oval, akkurat rasiert. Der Polizist ihm gegenüber betrachtete konzentriert die Wand neben Viktor. »Nur noch einen Moment«, belog er Viktor ungeniert.

Dieses Versteinern des Gesichtsausdrucks war eine der Eigenschaften, die Viktor aus seinem Heimatland nach Deutschland importiert hatte, als er Anfang der Neunzigerjahre mit seiner Babuschka aus St. Petersburg geflohen war. Menschen fürchteten Viktor, sie mieden ihn. Er machte ihnen Angst. Passanten wechselten die Straßenseite, wenn er ihnen entgegenkam. Auf Partys verließen Gäste den Raum, wenn Viktor ihn betrat. Viktor hatte aus diesen Reaktionen das Beste gemacht.

In jungen Jahren trainierte er, bis seine Muskeln unter der Haut hervortraten. Er ließ seiner Aggression freien Lauf, bis er jemanden so schwer verletzte, dass sein Leben abrupt aus den Fugen geriet. Sein eigenes Leben und das seiner Babuschka. Aus dieser Flucht mit seiner Großmutter bestand der Kollateralschaden, den er auf sein Gewissen geladen hatte. Er zwang den einzigen Menschen, in dessen Schuld er stand, zu einem Neuanfang. Mila kannte Deutschland, aber sie hatte nie dahin zurückkehren wollen. Sie verachtete das Land, dessen Juden hassender Führer ihr seinen eigenen Datumsstempel aufdrucken ließ. Sechs grünliche Zahlen auf ihrem Unterarm, Erinnerung an die Tötungsmeisterschaft einer Nation. Viktor konnte nur einen Beruf ergreifen. Er musste Polizist werden, obwohl er mit seinem Hang zum Handgreiflichen die denkbar schlechteste Eignung dafür besaß. Er verschrieb sich der Ordnung, dem Recht, der Gerechtigkeit in dieser rechtlosen, chaotischen Welt. Er lernte, auf die Meinung anderer nicht viel zu geben. Und er stellte alle Charmeoffensiven ein, weil sie ihm nicht gelangen, weil sie ihm niemand abkaufte, weil das Schweigen Viktor besser stand. Auch hier fehlte Rosa Lopez. Sie hatte sich nicht abschrecken lassen. Viktor musste ihr Bild mit Macht aus seinem Kopf vertreiben. Es vergiftete ihn, mit einem Verlangen, einer Sehnsucht an sie zu denken, die nicht zu ihm passten. »Ich war es nicht«, sagte er. Sein Bewacher reagierte nicht.

Die Tür öffnete sich, und Viktor erwischte sich dabei, wie er automatisch Haltung annahm. Eine Gewohnheit aus seinen Zeiten beim russischen Militär, ein natürlicher Reflex. Viktor entspannte sich wieder, als eine Bekannte den Raum betrat. Er erinnerte sich an ihren Geruch, der ihm im Nachhinein gefiel. An die Wärme ihres Körpers und die Tatsache, dass ihr großer, schlanker Körper trotz seines eigenen beträchtlichen Gewichts und dessen Beschleunigung durch den beinahe freien Fall keinen Schaden genommen hatte.

»Er war es nicht!«, sagte sie.

Kein Gruß, keine Vorsicht, nichts.

Viktor hätte seiner Fürsprecherin beinahe Beifall gespendet, auch wenn ihn ihre Worte skeptisch stimmten. Viktor traute unbekannten Menschen nicht, die sich für ihn einsetzten. Warum auch? Dieser Impuls wirkte unnatürlich. Er galt in Viktors Leben als Rarität.

Jetzt bat sie um eine Zigarette, was der Polizist mit einem Kopfschütteln quittierte.

Sie fläzte sich auf einen Stuhl neben Viktor und – Viktor musste kurz blinzeln – stemmte ihre Füße gegen die Tischkante. Der Metallrahmen quietschte, als sie auf den hinteren Stuhlbeinen vor und zurück kippelte. Es roch auf einmal nach Tabak, Seife oder einem leichten Parfüm. Sie trug schwarze, hohe Springerstiefel, die zu schnüren Viktor schon seit jeher überfordert hätte. Feinmotorik benahm sich feindlich, wenn Viktor Hand anlegte, auch wenn er herausragendes technisches Geschick besaß. Fordernd sah die Blondine Viktor an, als ob er ihr eine Zigarette hätte geben können. Entnervt stieß sie die Luft aus, als er nicht reagierte. Nervös drehte sie an ihren Nasenringen. In ihrem Blick lag etwas Aufmüpfiges, das Viktor irritierte. Möglich, dass jemand sie tatsächlich ermorden wollte. Sie öffnete den Reißverschluss ihrer Lederjacke, was einen hochgereckten Mittelfinger als Druck auf ihrem T-Shirt enthüllte. Viktor staunte. Er hatte nicht mit einem Punk gerechnet, nicht als Erstkontakt in seinem Urlaub, nicht in Russland, nicht am Rand eines Mordes, nicht in diesem kahlen, grünlich gestrichenen Raum. Die wasserstoffblondierten Haare, schwarze Kleidung, Schuhe, der kirschrote Mund, alles gehörte zum Programm. Viktor konnte die weiteren Entwicklungen in dieser Angelegenheit kaum erwarten. Er kam sich neben dieser Frau plötzlich seltsam normal und unauffällig vor.

Endlich betrat ein hagerer Mann den Raum. Viktor fühlte sich mit einem Schlag unwohl und alarmiert zugleich. Reflexhaft, fast unwillkürlich, tastete er durch den Stoff nach der breiten Narbe auf seinem Oberarm. Viktor hatte seit der Erkrankung an einem Hirntumor zahlreiche Ausfallerscheinungen kennengelernt: Verschiebungen in der Wahrnehmung, das Wanken seiner gesamten Realität, körperlichen Kontrollverlust, Verfolgungswahn, unkontrollierbare Aggression. Aber auf der langen Liste dieser Geißeln hatte sich Erinnerungsverlust noch nicht eingestellt. Viktor vergaß selten ein Gesicht. Dieses hier hatte er schon einmal gesehen. Bei einem Treffen mit seinem schlimmsten Feind. In einer Tiefgarage in St. Petersburg.

3

Sieben Jahre zuvor sog der Pole an einer Kippe der Marke Stromin – rote Verpackung, weiße Schrift –, die er in einem überquellenden Aschenbecher ausdrückte. Die weiche Sonne des Frühherbstes schien zum Fenster herein. Er beobachtete für einen Moment, wie die Staubkörner im Licht tanzten. Weil er wusste, dass das Ende nahte. Noch ein letztes Mal betrachtete er die Bilder. Der Nadelstich des Schocks. Beklemmung, die ihm die Luft abschnürte. Panik und Verzweiflung, die sich in ihm ausbreiteten und durch seine Kehle hinausdrängten.

Er selbst in … er selbst auf … er selbst mit …

Jemand hatte beschlossen, ihn zu vernichten. Er begriff es mit einer Klarheit, die jede Kontur, jeden Augenblick scharf erscheinen ließ. Der Anfang vom Ende. Das wurde ihm jetzt klar.

Er zeichnete mit seiner zitternden Fingerspitze ein Herz in die dicke Staubschicht auf ein Buch, das sich mit Informatik beschäftigte. Zahlreiche Post-its ragten aus den Seiten. Er strich sich über die Augen. Sie kam gerade nackt aus dem Badezimmer heraus, lief auf ihn zu. Makellose helle Haut, üppige Brüste, an ihren Schamhaaren glitzerten noch Wassertropfen. Er klappte den Laptop zu. Sie lächelte ihn an. Hier in diesem überhitzten, beengten Dachzimmer in der Mitte Moskaus.

»Na? Immer noch am Schreibtisch?«

Er musste ihr nicht erklären, dass er die Nacht dort verbracht hatte. Dass er las, recherchierte und tippte, bis der Morgen graute. Manchmal kam sie früh zu ihm. Manchmal am Abend, schlief dann im Nebenzimmer, während er arbeitete. Zu diesen Arbeitszeiten gab es keine Alternative. Nicht für ihn. Aber sie hatten ihn getroffen, Blattschuss, bevor er sie erwischen konnte. Er hatte versagt.

Sie schüttelte die nassen Haare. Tropfen trafen sein Gesicht, er blinzelte. Sie schob einen Papierstapel einfach zur Seite und setzte sich mit dem nackten Hintern auf die Schreibtischkante. Er spürte seine beginnende Erektion. Sie beugte sich vor. Unmöglich, nicht auf ihren Mund zu starren. Groß und voll, mit der Zunge fuhr sie sich über die Lippen. Abbild und Versprechen ihrer Weiblichkeit. Sie spreizte ihre Beine, und er zwang sich, nicht hinzusehen. Sie sagte: »Eine Einladung für den Dichter nach einer langen Nacht.«

»Kein Dichter, nur ein Journalist.«

»Du bist ein verdammt guter Tänzer, du kannst singen.«

»Blödsinn. Du nimmst es mit der Wahrheit nicht so genau.«

Überrascht sah sie ihn an. »Was ist mit dichterischer Freiheit?«

»Die gibt es nicht. Freiheit ist eine Illusion.« In diesem Zimmer, in dieser Stadt, in diesem verdammten Land. Er stieß Rauch aus, der ihren göttlichen Körper einhüllte.

Sie lachte. »Und was ist damit?« Sie wühlte in dem Stapel

und zog ein Blatt heraus. Sie las die ersten Zeilen laut vor, und seine eigenen Worte aus ihrem Mund zu hören, dazu das Bild ihrer nackten Aufforderung, brachte ihn fast um den Verstand.

»Hör auf«, sagte er, weil er es tatsächlich beinahe nicht mehr ertrug.

Sie zog die Augenbrauen hoch. »Warum?«

»Das ist nur Schrott.«

»Du weißt, dass das nicht stimmt. Es ist perfekt.«

Er seufzte, wandte den Blick ab. Sah über den Gorki-Park hinaus. Spürte sich und sie im Hier und Jetzt. Mit dieser körperlichen Nähe und der kilometerweiten Distanz, die zwischen ihrer kindlichen Begeisterung und seinen Selbstzweifeln lag.

Sie nahm seine Hand, legte sie auf ihre Brust.

Er fühlte ihrem Herzschlag nach, versuchte zu vergessen, dass er selbst hektisch atmete, dass nur sie die Angst, die er immer wieder verspürte, vertreiben konnte. Was wusste sie schon? Wusste sie überhaupt etwas?

Sie zog seinen Kopf zu sich heran, streichelte seine Haare, murmelte beruhigende Worte. »Steh auf!«, sagte sie, und die Art, wie sie es sagte, klang zart und hart zugleich. Sie duldete keinen Widerspruch.

Er legte die Zigarette vorsichtig auf der Kante des Aschenbechers ab. Noch während er aufstand, knöpfte sie sein Hemd auf, streifte es über seine Schultern. Sie erhob sich ihrerseits und öffnete seine Gürtelschnalle, die Hose rutschte auf seine Füße hinab. Er sah nur auf ihren geöffneten Mund, die makellos weißen Zähne. Sie rieb sich an ihm, und er entledigte sich aller Kleidungsstücke, die ihn noch daran hinderten, sie auf den Boden zu manövrieren und sie zu besteigen. Als er in sie hineinglitt, hörte er ein Geräusch, aber er schweifte ab, während ihre Zunge an seinem Ohr spielte. Sie flüsterte Schmutziges und Heilendes. Er erhöhte den Takt seiner Bewegungen, die sie imitierte. Gerade noch rechtzeitig zog er seinen Schwanz aus ihr hinaus, ergoss sich auf ihren Bauch. Über ihrer Schulter schrie er seine Angst, Höhepunkt seiner Lust hinaus, während sie noch unter ihm zuckte.

Etwas zerbrach mit einem lauten Knall. Ein Stampfen, Stoßen, das nichts mehr mit dem Akt zu tun hatte, den sie gerade vollzogen. Hinter ihm fiel etwas um. Hände rissen ihn zurück, warfen seinen vom Schweiß feuchten Körper auf den Holzboden, zerrten seine Hände hinter den Rücken. Etwas Hartes schloss sich um seine Handgelenke. Ein unnachgiebiger Griff verhinderte, dass er sich bewegte. Sie lag noch an der gleichen Stelle. Vom Schrecken gebannt. Er sah in ihre aufgerissenen Augen, erahnte ihre Schreie eher, als er sie hörte. Der Schock machte ihn taub.

Man zerrte ihn hoch, jemand hielt sie fest. Er wehrte sich, weil er ihr helfen wollte. »Lasst sie!«, rief er. Aber man gönnte ihm keinen Zentimeter Platz. Männer in schwarzen Uniformen, die Gesichter durch Helme mit Visier unkenntlich gemacht, bevölkerten das Zimmer. Eine unbekannte Invasion. Er hörte sein eigenes Schluchzen. Zwei schwarze Männer schoben ihn mit unerbittlichem Griff zur Tür. Er stolperte nackt über zerbrochenes Mobiliar. Als sie ihn ins Treppenhaus stießen, wehrte er sich ein letztes Mal. Er beugte sich zurück und drehte sich. Bevor jemand eine Decke über ihn warf, sah er noch einmal ihr Gesicht. Verzerrt zu einer stillen Maske der Angst. Rauch stieg hinter ihr zur Zimmerdecke auf. Zwei vermummte Männer hielten sie an den Armen fest. Sie wirkte verletzlich und war nackt wie er. Er erkannte jetzt die Uniformen der Miliz. Ein dritter Polizist öffnete seinen Gürtel. Er heulte, würgte, schrie »Nein!« und »Es tut mir leid!«, bis der Stoff jedes Geräusch erstickte. Das Lachen der Männer drang noch an sein Ohr, als er die ersten Stufen hinunterfiel, die Hände nicht freibekam und erst ein gnädiger Schlag auf den Kopf die Bilder in seinem Gehirn abrupt beendete.

»Ich muss telefonieren«, wiederholte Viktor auf Russisch monoton. Er musste den Schock noch verarbeiten.

»Natürlich. Gleich«, antwortete der Mann, den Viktor kannte. In der Hand hielt er Viktors Pass. Den russischen, der es Viktor ermöglichte, problemlos in sein ehemaliges Heimatland einzureisen.

Viktor bemühte sich, nicht darauf zu starren. Obwohl das Dokument seinen Blick anzog wie weiße Kaninchen, die aus schwarzen Zylindern herausgezaubert wurden, es taten.

»Viktor Saizew«, sagte der dünne Mann mit dem länglichen Gesicht. Er las Viktors Adresse in Berlin laut vor, und Viktor beobachtete, wie die blonde Punkerin zwar gelangweilt wirkte, aber doch genau lauschte.

»Hast du eine Zigarette?«, fragte sie und verwendete mit unverhohlener Unhöflichkeit das Du.

»Verzeihen Sie!«, antwortete der dürre Mann, »wir haben uns noch gar nicht vorgestellt.« Er sah Viktor an. »Das ist« – er pausierte, während er sein dunkelblaues Jackett auszog, akkurat faltete und sorgsam über die Stuhllehne hängte – »Zoya Bogdanowa.« Er genoss es sichtlich, wie Zoya den Mund verzog. Als habe er etwas wirklich Unanständiges getan. Als besäße er ein Wissen, das ihm nicht gebührte. Eine Information, die er sich unerlaubt beschafft hatte. »Mein Name«, fuhr er fort, »ist Rustam Komarow. Leitender Ermittler in Sachen Kapitalverbrechen der Moskauer Kriminalpolizei. Wer hätte gedacht, dass ich heute einen deutschen Bekannten treffen würde? Einen Kollegen. Involviert in einen Mord.«

Das saß. Viktor schwieg, obwohl er vieles darauf hätte erwidern können.

Zoya Bogdanowa hatte aufgehört, mit dem Stuhl zu kippeln. Sie saß jetzt aufrecht und verfolgte, was Rustam Komarow äußerte. Viktor hätte sich nie an dessen Namen erinnern können, weil er damals nicht offiziell gefallen war. Rustam Komarow, der Moskauer Kollege von Leonid Breschnew, den Rosa Lopez und er in St. Petersburg kennengelernt hatten. Leonid Breschnew trug einen prominenten Namen. Außer einer gewissen Ähnlichkeit mit dem KPdSU-Vorsitzenden teilte er allerdings keine Gemeinsamkeiten mit dem ehemaligen russischen Staatschef. Rustam Komarow hatte damals in der Tiefgarage des Nabereschnaja-Turms zurückhaltend gewirkt. Als habe er stillschweigend akzeptiert, dass Breschnew die Strippen zog. Aber jetzt agierte er selbstsicher. Wie jemand, der ein Heimspiel mit Leichtigkeit gewinnen würde. Damals blutete Viktors Arm, weil ihm Jan Lassarev im Kampf einen tiefen Schnitt mit dem Messer zugefügt hatte, bevor ihn, Viktor, wieder einmal ein epileptischer Anfall ereilte und nur Lopez' schnelles Eingreifen Schlimmeres verhinderte. Zum Beispiel Viktors Tod.

Vergangenheit.

Viktor erinnerte sich, wie der Bär Leonid Breschnew, die schnelle Einmann-Eingreiftruppe, Lopez umwarb. Wie er seinen Charme nur für sie versprühte. Ausgerechnet seine unscheinbare Kollegin, die doch auf ihr Aussehen nichts gab, ließ die wenigsten Männer kalt. Was sie selbst nicht im Geringsten interessierte. Weil sie ihr Herz einem anderen geschenkt hatte. Einem linkischen Schriftsteller, der die Rolle des Hausmannes übernahm, während sie am Schießstand einen Rekord nach dem anderen brach, Mörder suchte und auch fand. Rosa Lopez hatte sich noch nie um Rollenerwartungen geschert. Und um Männer noch viel weniger. Sie war ein Arbeitstier. Ernsthaft und konzentriert. Aber Viktor wollte sich nicht erinnern. Weil es Rosa Lopez als seine Kollegin nicht mehr gab, was sich als Gewissheit zu jeder unpassenden Gelegenheit aufdrängte.

Rustam Komarow schlug seine überlangen Beine auf dem Stuhl übereinander. Auf Viktor wirkte es, als versuche jemand, einen Schirm einzuklappen. Komarow legte die Fingerspitzen aneinander. Mit seinen wasserblauen Augen betrachtete er Viktor und Zoya abwechselnd, als warte er auf irgendeine Reaktion.

»Sie sind also ein deutscher Polizist?«, fragte Zoya nochmals ungläubig, Viktor zugewandt.

Viktor zuckte mit den Schultern. Was sollte er schon sagen? Krank, suspendiert, beurlaubt, kurzfristig oder langfristig außer Gefecht gesetzt. Es wurde zunehmend schwieriger, diesen undefinierten Berufszustand zu erklären. »Nicht im aktiven Dienst«, sagte er.

»Daher der deutsche Akzent«, sagte sie, ohne seinen Einwand zu beachten.

Viktor bemerkte nicht zum ersten Mal, dass man als Russe, der in Deutschland lebte, zwar immer ein Russe blieb, dass er aber in Russland immer der Deutsche war. Eine unmögliche Konstellation. Wie die Sprache ihn immer wieder wie ein Geigerzähler verriet. Egal welche Grenze er übertrat. Perfektion unmöglich. Kein Zuhause. Weder in Deutschland noch in Russland, nirgendwo beheimatet, wo immer Viktor sich auch befand. Exil, wohin immer er sich auch begab.

»Interessant«, bemerkte Komarow. »Warum sind Sie nicht mehr als Polizist aktiv? Das habe ich in ganz anderer Erinnerung.«

Viktor, der eine viel zu enge, fremde Jacke trug, weil seine eigene zerfetzt und unbrauchbar geworden war. Viktor, der eine unmögliche Aufgabe lösen sollte, weil eine dunkelhaarige Frau am Boden saß und drohte, durchzudrehen. Viktor, der eine Zauberkiste öffnete.

»Ich bin nur ein Tourist«, sagte Viktor und wusste, wie lächerlich das in dieser Situation klingen musste. Als sei das sein Beruf: Tourist in Sachen Mord.

»Frau Bogdanowa. Sie sind vorbestraft«, sagte Rustam Komarow jetzt.

»Erzählen Sie mir was Neues«, sagte sie.

Viktor wunderte der Widerstand. Autorität schien ihr keine Angst einzuflößen. Sogar Viktor fürchtete sich. Angespannt wartete er auf das, was kommen würde.

»Ein Jahr Arbeitslager wegen volksgefährdender Propaganda. Sicher keine schöne Zeit.« Komarow präsentierte einen mitleidigen Blick, der zu seiner sanften Stimme passte.

Eine fast unheimliche Ruhe legte sich über die Runde.

Und Viktor bemerkte, wie er zunehmend Respekt für die aufmüpfige Frau entwickelte, mit der ihn das Schicksal in diesen tristen Raum verbannt hatte.

Zoyas bohrender Blick erstach Komarow so lange mit seiner Wucht, bis sie den Bann brach: »Warum sind wir noch hier?«

Komarow gab dem Kollegen, der bewegungslos an der Tür stand, ein Zeichen, den Raum zu verlassen. Viktor bemerkte, dass jemand den Alarm abgeschaltet haben musste. Die Wolkendecke vor dem Fenster leuchtete in wechselnden Kitschfarben. Auf das Rollfeld senkte sich die Nacht. Flutlicht bemalte den Asphalt. Ein einzelner Wagen fuhr quer über die Start- und Landebahnen. Viktor wusste, dass es nicht mehr lang dauern würde, bis er die Scheinwerfer des ersten landenden Flugzeuges sehen würde.

Komarow lächelte, als er sich endlich bequemte zu antworten: »Wegen eines Mordes. Der Tote ist …«

»Wiatscheslaw Maximow«, fiel Zoya Bogdanowa ihm ins Wort.

Komarow beugte sich ruckartig nach vorn. Auch Viktor fühlte sich schlagartig wach.

»Woher wissen Sie das?«, fragte Komarow.

Entnervt stieß Zoya Luft durch die Zähne. »Er lag vorhin nur einen Meter neben mir. Maximow ist ein bekannter Mann.«

Viktor musste ratlos wirken, denn Zoya Bogdanowa erklärte ihm: »Maximow ist Schriftsteller. *War* Schriftsteller. Systemkritisch.« Die Art, wie sie das Adjektiv betonte, ließ keinen Zweifel daran, wie sehr sie das System hasste. »Sein Roman ›Die Schande‹ hat sich millionenfach verkauft.«

Viktor las nicht. Ihn wunderte nur, dass man auch gegen den Willen des Systems gut verkaufen konnte. Er dachte an Lopez' Mann Bernhard, der es niemandem recht zu machen schien. Agenten, Verlagen, Lesern. Nach den ersten Erfolgen hatte Viktor zu viele Misserfolge Bernhards miterlebt, Absagen, Selbstzweifel, Sinnsuche, als dass er noch an Ruhm glaubte. Oder an Gerechtigkeit. Von kreativer Arbeit zu leben, das war nur den wenigsten vergönnt. Bernhard verfolgte als Autor historischer Romane einen Schlingerkurs, eher von Tälern als Höhen geprägt. Ohne die finanzielle Unterstützung seiner Eltern in Zeiten finanzieller Not hätte sich Bernhard schon längst umorientieren müssen. Der Irrsinn kreativen Schaffens lag in Viktors Augen in dessen Unberechenbarkeit. In dem ständigen Überlebenskampf. In der Unmöglichkeit, wertgeschätzt zu werden.

Und weil Komarow und Viktor sie anstarrten, weil noch eine Erklärung folgen musste, fuhr Zoya Bogdanowa fort: »Wir wollten uns treffen. Ich war gerade im Begriff, ihn zu begrüßen, als Maximows Kopf vor mir explodierte und dieser Muskelberg hier« – mit dem leichten Heben ihres Kinns deutete sie auf Viktor – »auf mich fiel.«

Sie schwiegen, bis Zoya »Ende der Geschichte« sagte.

4

Als der schwarze Van vorfuhr, dachte Siska Mohn noch an Dreistigkeit. An die Unverschämtheit all der Fahrer großer Wagen und SUVs, die sich benahmen, als gehöre die Welt ihnen. Als seien absurd hoher Benzinverbrauch, obszöne Anschaffungskosten, Protz und Prunk keine Verbrechen an der Umwelt, an der Menschheit schlechthin. Touristen drängten immer noch aus dem Flughafengebäude, umbrandeten sie. Es roch nach Abgasen und nach Schwermetall. Dazwischen ein fremder, lockender Duft, so interessant, wie nur neue Länder und Städte rochen. Siska genoss trotz der Hektik den Augenblick. Ein Mann mit Schiebermütze und weiter Lederjacke redete auf Siska ein. Sie verstand ihn nicht. Erst als er auf Deutsch das Wort »Taxi« wiederholte, bat sie mit einer Geste um Geduld. Mila hielt sich mit ihrem Freund an dessen Koffer fest. Sie hatte ihre weißen Haare hochgesteckt. Unmöglich, die fast Neunzigjährige nicht zu bemerken, die auch zu den elegantesten Kleidern neonfarbene Nike-Turnschuhe trug. Siska behielt ihre Tochter Trixi im Auge, die wieder einmal an einem der zahlreichen Löcher in ihrer Jeans herumspielte. Als sie Siskas Blick spürte, zuckte sie mit den Schultern, wie nur Teenager es taten. Eine Geste, die alles mit dem gleichen stillen Satz kommentierte: *Macht doch nichts, egal.* Siska hätte ihr gern über das schwarze Haar gestrichen, aber Trixi wollte in der Öffentlichkeit lieber zu niemandem gehören. Schon gar nicht zu ihr. Bei Petja bemerkte Siska, dass er sie alle umkreiste, wie es ein Hund bei einer Schafherde tat. Im Vergleich zu dem abgerissenen Look ihrer fünfzehnjährigen Tochter sah der Zehnjährige aus wie ein zu junger, hochbegabter Student der Betriebswirtschaft. Das dunkle Haar gekämmt. Kariertes Hemd, grauer Pullover, makellose Hose, darüber eine schwarze Jacke, der man ansah, was sie gekostet hatte. Reicher Junge, der er war. Er wirkte wie immer zu erwachsen, desinteressiert und unnahbar, aber er entfernte sich nie mehr als ein paar Schritte von der Gruppe. Wo war Viktor? Und was war passiert? Warum wurden sie hier regelrecht umgerannt?

Plötzlich rückten Polizisten in den Flughafen ein, Petjas Kopf ruckte hoch, als sie Kommandos riefen. »Was ist da los?«, fragte Siska ihn. Aber Petja schüttelte den Kopf, als wisse er es noch nicht genau. Siska fluchte, schimpfte, als jemand gegen sie stieß und sich nicht entschuldigte. Dann hörte sie den Alarm, dessen Schrillen aus dem Gebäude drang. Fetzen von Durchsagen. Erst auf Russisch. Danach englische Worte wie »quiet« und »move«. Die Drehtüren öffneten sich, und Menschen rannten an ihnen vorbei. Manche verloren Gepäck. Sie ließen es einfach liegen. In diesem Moment bekam Siska Mohn Angst. Es wurde unmöglich, hier am Rand der illegalen Taxistände länger zu verweilen. Kurz dachte sie darüber nach, doch ein Fahrzeug zu besteigen. Aber die Taxifahrer flohen selbst, verließen ihre Autos, deren Türen zum Teil noch offen standen. Der Strom der Flüchtenden riss sie einfach mit. Auf der Straße rannten Menschen in lebensgefährlichen Manövern zwischen fahrenden Autos hindurch. Das Quietschen von Reifen. Unmöglich, nicht an einen Anschlag zu denken. Das Wort »Terror« fand wie von selbst seinen Weg in ihren Kopf.

Sie suchte nach Trixis und Milas Hand. Aber Otto Sander, Milas Freund, kam nicht voran, weil er nicht von seinem Koffer lassen wollte. Siska schrie ihm ins Ohr, dass sie das Gepäck später wiederfinden würden. Gleichzeitig versuchte sie, sich die Stelle einzuprägen, wo sie die großen Taschen und Koffer einfach fallen lassen hatten. »Pertini« und »Exact-Wodka«, laute Schriftzüge. Werbung. Auf Kyrillisch und in arabischer Schrift. Rot und blau. Alkoholmarken. Dennoch wirkte jede Stelle, jeder Ort uniform. Als setzten Flughafenplaner möglichst alles daran, dass ein Ort genauso wie der andere aussah. Glas, Stahl und Beton. Auf Hochglanz poliert.

Und dazwischen der Gedanke, was mit Viktor geschehen war. Dass es sich immer rächte, die Mitglieder einer Gruppe zu trennen. Dass ausgerechnet ihr erster Besuch in dieser Stadt, ihre erste Reise mit Viktor, jetzt schon zum Desaster geriet. Als sich endlich die Menschen bei den Parkplätzen zerstreuten, versammelte auch Siska ihre Familie um sich. »Moment!«, bedeutete sie Mila und Trixi, die beide etwas sagen wollten. Das Handy ans Ohr gepresst, wählte sie Viktors Nummer. Enttäuschung von den Ausmaßen eines Ehebruchs durchflutete sie, als sich die Mailbox meldete. Die Angst davor, verlassen zu werden, machte sie langsam krank. Sie empfand es zunehmend als unmöglich, Situationen einzuschätzen. Diese Angst überlagerte sogar die Sorge, Viktor könnte etwas zugestoßen sein. Auf Milas fragenden Blick antwortete sie mit einem Kopfschütteln. Petja, Rosa Lopez' Sohn, telefonierte ebenfalls.

Ein schwarzer Van blockierte vor ihr einfach den Bürgersteig. Zwei Männer kamen aus dem Wagen, dunkle Kleidung, Sonnenbrillen, raspelkurze Haare, durchtrainiert. Einer mit Vollbart, der andere mit mehr Goldschmuck, als Siska für irgendeinen Menschen auf diesem Planeten ratsam hielt. Der Vollbart verglich sein Display mit ihrem Gesicht und sagte tatsächlich ihren Namen. Sie nickte und schüttelte den Kopf, als er den Namen Viktor Saizew sagte. Während Siska noch versuchte, zu verstehen, warum sie keine Fremde für diese Männer war, öffnete der mit Goldschmuck überladene Mann die Schiebetür des Vans. Der Vollbart machte eine auffordernde Geste. Siska hörte, wie sie »Nein« sagte und ihre Ablehnung mit einem Schritt zurück noch unterstrich. Zeitgleich sah Mila sie fragend an, ihr betagter

Freund lächelte naiv, als könne er nichts Seltsames an dieser Situation erkennen. Der Goldjunge schob Trixi einfach in den Wagen, die es überrascht hinnahm, was Siska dazu zwang, hinterherzuklettern, um ihre Tochter wieder aus dem Fond des Wagens herauszuziehen. Sie rief Trixi noch etwas zu, verspürte, wie sie gestoßen wurde und im Inneren des Wagens landete, wie Mila von hinten nachdrängte, obwohl Siska sich dagegen wehrte. Wie, nach einem unübersichtlichen Gewirr von Armen und Beinen, Siska wieder nach oben kam, die Hände in eine Sitzlehne gekrallt. Wie sie bemerkte, dass der Van verdunkelte Scheiben besaß. Wie sich die Schiebetür nach zwei erfolglosen Versuchen schloss. Wie Mila die Hände gegen die Scheibe presste, wie Ottos Lächeln sich in eine Angstfratze verwandelt hatte, die das Gesicht des alten Mannes entstellte. Wie nur Petja sich nicht rührte, als habe etwas ihn zur Regungslosigkeit verdammt. Schrecken oder Schock. Siska nahm wahr, wie ihr Atem rasselte, wie sie keuchte, als habe sie gerade einen Langstreckenlauf absolviert. Wie der Wagen losfuhr. Was geschah mit ihnen? Ohne Viktor, ohne ihre Einwilligung. Ohne ihr Gepäck. Wie sie sich gefangen fühlte. Wie sie ergebnislos am Türgriff riss. Wie sie sich an Mila vorbei über die vordere Sitzreihe drängte, wo Petja saß und Otto kauerte. Wie sie mit den Fäusten an die dunkle Trennscheibe hieb, die sie von den Fahrern trennte. Wie sie zitternd zurücksank und sich leer fühlte, während ihre Tochter das Wort »Entführung« sagte.

Viktor spürte förmlich, wie die Zeiger seiner Armbanduhr vorrückten. Stück für Stück, obwohl er einfach nur dasaß und sich kaum rührte. Zwei Stunden mussten vergangen sein, seitdem er von Siska und Mila getrennt worden war. Unmöglich, dass sie noch auf ihn warteten. Unmöglich bezeichnete den Zustand, der in seiner Verspätung und in der

Zumutung seines Verhaltens lag. Dass ihn hier keine Nachricht erreichte, machte Sinn. Wenn Viktor beim LKA einen Zeugen befragte, geschah das am besten zeitnah und ohne dass jemand Einfluss von außen nahm. Das Wort Isolation zog durch seine Gedanken. Komarow, der der Moskauer Ermittlungsbehörde vorstand, schien keine Eile zu haben. Er nahm sich alle Zeit der Welt. Mechanisch beantwortete Viktor Fragen.

Was er gesehen habe? Nichts Besonderes. Was vor dem Mord geschehen sei? Koffersuche. Ob er eine Waffe trage? Nein. Irgendetwas Ungewöhnliches, das ihm aufgefallen sei? »Schuhe«, sagte Viktor. Aber warum, konnte er nicht erklären. Zu diffus das Bild. Zu schnell die Ereignisse. Im Hintergrund liefen mehrere Überlegungen gleichzeitig ab.

Dass sein Gehirn so gut funktionierte, überraschte Viktor. Hatte dieses Organ ihn doch vor Kurzem noch gnadenlos im Stich gelassen, ihn gelenkt, manipuliert oder ignoriert, wie es ihm gefiel. Weil dieser Tumor mit seinen Körperfunktionen spielte wie ein grausames Kind mit einem Spielzeug, das es fernsteuerte. Viktor kannte dieses Gehirn nur noch als defekten Apparat. Als eine Kiste der Pandora, die zu öffnen sich zuverlässig rächte. Eine Tatsache, die sein Schicksal als Mann, dem die Menschen gehorchten, schlichtweg ignorierte und in etwas Lächerliches verwandelte. Weil er sich stets nur wenige Millimeter von der Gewalt entfernt befand. Die ihn erniedrigte, in etwas Weiches, Verletzliches verwandelte, in ein zuckendes Bündel aus Fleisch, das sich am Boden wand. Viktor konnte sich in den meisten Fällen nicht einmal erinnern, was mit ihm geschehen war.

Bis heute konnte Viktor darin nichts Gutes erkennen. Dieses auf Zufall basierende Leben bedeutete ihm nichts. Für ihn lag keine Lektion darin, keine Erkenntnis, kein erzählerischer Wert. Er wurde es nicht los. Mehr als das machte ihm jedoch etwas Sorgen, das sich in seinem Bewusstsein mit einer Macht festsetzte, die er nur von der Suche nach Mila kannte. Er wusste, dass diese Gedanken auch seine Babuschka quälten. Als er einige Leute in St. Petersburg verprügelte und andere misshandelte. Als er stahl und sich in der Schule gehen ließ. Dass auch sie mittlerweile von der alten Angst geplagt wurde. Von dem einen Grund, der sie beide aus ihrem Heimatland vertrieben hatte. Dem Grund, den Viktor zu verantworten hatte. Nicht seine einzige, aber seine größte Schuld. Viktor schwitzte. Den Gedanken nicht verscheuchen zu können machte ihn beklommen.

Obwohl Rustam Komarow den Mund bewegte, hörte Viktor nicht zu. Was war, wenn nichts vergessen blieb? Was war, wenn es ein Gedächtnis gab, das alles bewahrte? Was war, wenn die Technik in Russland doch fortschrittlicher war, als Viktor sie in Erinnerung hatte?

»Sie haben noch exakt eine Minute. Wenn ich dann keine Zigarette bekomme, bin ich weg.« Zoya Bogdanowa verzog störrisch den Mund.

Rustam Komarow hob überrascht die Augenbrauen. Bedauernd schüttelte er den Kopf. »Rauchen verboten. Tut mir leid.«

Zoya Bogdanowa nahm seine Worte zur Kenntnis, ruhig und gelassen. Viktor erschien es wie die Stille vor dem Sturm.

Mit einer entschlossenen Geste schloss sie den Reißverschluss ihrer Lederjacke und stand auf. »Ich gehe jetzt.«

Komarow schüttelte langsam den Kopf, als könne ihn nichts aus der Ruhe bringen.

Viktor beobachtete die beiden und fühlte sich für einen Moment erleichtert, nicht das Objekt allgemeinen Interesses zu sein. Noch immer befanden sie sich zu dritt in diesem Raum. Eine geschlossene Gesellschaft, verdammt dazu, sich zu ertragen, bis … *Bis wann eigentlich?*, fragte Viktor sich. Er sehnte sich nach Freiheit. Nach frischer Luft. Nach

Bewegung, die sein Körper brauchte wie andere Nahrung oder Alkohol. »Ich muss telefonieren«, wiederholte Viktor monoton.

Aber Rustam Komarow wollte nicht von ihm lassen. Er wandte sich Viktor wieder zu. »Sie sind als Zeuge hier.« Er pausierte. »Aber was wäre, wenn Sie es waren?«

Viktor wusste, dass man diese Frage stellen konnte, dass es sich manchmal nicht vermeiden ließ. »Was ist, wenn sie es war?«, fragte er selbst provokativ. Er zeigte auf Zoya Bogdanowa. Im Krieg keine Gefangenen.

Zoya Bogdanowa klappte ihren roten Kirschmund auf, als wolle sie etwas sagen. Aber die Empörung verschlug ihr die Sprache.

Komarow zeigte auf Viktors Jacke. Nur ein Wort verließ seinen Mund: »Blut.«

Viktor sah an sich hinab. Die rostroten Flecken waren ihm nicht entgangen. »Kein typisches Muster, wenn ich auf ihn geschossen hätte«, sagte er. War nicht er Spezialist? Viktor hielt Komarow seine Hände hin, die größer als aufgeklappte Brockhaus-Bände wirkten. Oder Bratpfannen an Stielen. »Schmauchspuren. Suchen Sie!«, bot er an.

»Wird gemacht. Verlassen Sie sich darauf!« Komarow legte seine Hände flach auf den Tisch. »Sie waren dort, Sie hatten die Gelegenheit.«

»Ich kannte den Mann noch nicht einmal.«

»Zufallsopfer«, sagte Komarow ungerührt.

Viktor sah weg, obwohl er wusste, wie absurd die Vorwürfe klangen. Nichts als Widersprüche. Alles sprach für ihn. Fast alles. Bis auf die Vergangenheit. Aber er hatte eines gelernt. Es galt in Russland und in Deutschland gleichermaßen: Schuldig war nicht immer derjenige, der auch schuldig war. Recht war eine Frage der Perspektive, der Argumentation. Recht war im schlimmsten Fall eine Machtfrage, das Ergebnis einer Lotterie, ein Zufallsprodukt.

Recht war häufig ein Kompromiss. In diesem Moment fühlte er sich unsicherer denn je, hier in diesem grünlichen Raum mit dem einen Bild an der Wand und der Dunkelheit, die vor dem Fenster lauerte. Die sie hier trotz des grellen, elektrischen Lichts umgab.

Aus einer Aktentasche, die er neben seinem Stuhl platziert hatte, entnahm Komarow eine braune Laufakte. Vergilbt und abgegriffen, die Kanten abgeknickt und eingerissen, wie angefressen von der Zeit. Darauf schwarze, kyrillische Buchstaben. Viktor sah, wie Komarow den Aktendeckel aufschlug, ein Foto entnahm. Über den Tisch hinweg schob er es Viktor hin. Neugierig trat Zoya neben Viktor, um einen besseren Blick zu erhaschen.

Viktor musste sich das Foto nicht ansehen, weil er es kannte. Ihn ängstigten nicht viele Dinge, aber er fürchtete sich vor dem Gefängnis wie Abergläubische vor einem Dämon. Als die Furcht hier vor seinen Augen Gestalt annahm, raubte sie ihm fast das Gleichgewicht. Er spürte, wie der Schock nach einem Organ in seinem Brustkorb griff. Anders als zu dem Zeitpunkt, als dieses Herz nicht mehr schlagen wollte, dort in dem hellen Haus in Dänemark. Anders als auf verschiedenen Berliner Zimmerböden, wenn Viktor Blut schmeckte, weil er sich bewusstlos im Krampf in die Zunge biss. Die Vergangenheit holte ihn ein, sie ließ sich nicht verleugnen. Viktor erkannte ein Damoklesschwert, wenn es über ihm schwebte.

Zoya Bogdanowa stieß einen leisen Pfiff aus. Viktor wusste, dass sie ihn sofort identifiziert hatte. Das Bild vor ihm zeigte ihn selbst. Nur in einer jüngeren Version vor über fünfundzwanzig Jahren. Es zeigte Viktors Gesicht, bevor er über die Grenze geflohen war. Gesucht von der Polizei.

»Ich fürchte«, formulierte Komarow genau, während er ihm in die Augen sah, »gegen Sie, Herr Saizew, besteht hier in Russland noch ein Haftbefehl.«

5

Das Baby schrie. Im Kinderzimmer dudelte in ohrenbetäubender Lautstärke eine CD mit Kinderliedern. Gunnar Scholz saß in Rosa Lopez' Küche und stellte mit Erstaunen fest, dass Tatorte im Vergleich dazu durchaus ruhige und entspannte Arbeitsplätze sein konnten. Seine Mitarbeiterin hatte Mord gegen Chaos eingetauscht. Im Flur war Gunnar über Spielzeug gestolpert. Auf dem Küchenboden lagen Stifte und Papier, als fände das Leben in diesem Haus eine Etage tiefer statt. Als seien Tische die Erfindung eines skrupellosen Kapitalisten, der Bedürfnisse der Menschen einfach erfand, weckte und sinnlos befriedigte. Rosa Lopez' Tochter Tessa rannte kurz durch die Küche, stellte sich vor Gunnar, rief ihm etwas zu, was er aufgrund des schreienden Kindes auf Lopez' Arm nicht verstand. Das Mädchen lachte und lief weg. Auf dem Herd kochte Wasser auf, der Ofen piepste, und Gunnar bot sich pantomimisch an, zu helfen, aber Lopez lehnte nonverbal ab. Gunnar sank auf seinen Stuhl zurück. Einhändig hantierte Lopez mit Töpfen und Löffeln herum, sodass es Gunnar beinahe waghalsig erschien. Akrobatisch. Alles hier sah nach Zirkus aus. Lopez rief ihrer Tochter über den Lärm hinweg zu, sie möge die Musik leiser machen. Aber es passierte nichts.

Gunnar dröhnte der Kopf, er erhob sich nochmals, weil er die Unmöglichkeit von Kommunikation erkannte und den Rückzug einläutete. Aber Lopez deutete unmissverständlich auf seinen Platz. Dieser Blick. Sie schüttelte den Kopf mit einer Unmissverständlichkeit, dass Gunnar Scholz sich einfach nicht mehr traute zu gehen. Lopez strahlte eine Konzentration und Klarheit aus, die er bei sich selbst vermisste.

Lopez knallte Teller und Besteck auf den Tisch und nickte Gunnar zu, der alles eilig und beflissen verteilte. Der weit aufgerissene Mund des brüllenden Kindes kam ihm bedrohlich nahe. Rot, nass, alles an dem Buben schrie Alarm. Rosa Lopez goss Nudeln in ein Sieb. Dampf wie über einem Höllenfeuer hüllte sie alle ein, hier in diesem fensterlosen Raum mitten in einer Wohnung in Berlin-Friedrichshain. Gunnar hustete, Lopez schaufelte Nudeln und rote Sauce auf tiefe Teller.

Nichts an dieser Mahlzeit hatte etwas mit dem zivilisierten, gemeinsamen Essen von Gunnar und seiner Frau gemein. Lopez verließ das Zimmer, in dem Gunnar allein am Tisch verharrte. Ein Kinderlied brach mitten im Text ab. Ein harter Schnitt. Als Lopez zurückkam, schob sie ihre Tochter durch die Tür. Nur der Junge schrie noch, Spuckefäden liefen aus seinem Mund auf Lopez' Bluse, wo sie dunkle Inseln formten. Gunnar packten Fluchtgefühle. Sie setzten sich an den Tisch, und er lächelte gequält. Ein Gefühl der Haltlosigkeit ergriff Besitz von ihm, als Lopez widerstandslos ihre Bluse vor ihm aufknöpfte und den offenen Mund des hysterischen Kindes wie einen Verschluss auf ihre Brustwarze drückte. Die Stille, die sich ausbreitete wie eine spürbare Substanz, war himmelsgleich. Gunnar kam nicht umhin, laut hörbar aufzuatmen. Lopez lächelte ihm aufmunternd zu. Gunnar begann, Nudeln aufzuwickeln. Es schmeckte ihm. Auch Tessa aß mit großem Appetit. Ihr leises Geschnatter und Gemecker über einzelne Zutaten wirkte wie eine leichte Brise nach dem Sturm.

Gunnar wollte Lopez fragen: Wie hältst du das nur aus? Er hatte selbst zwei fast erwachsene Söhne. Einer davon hatte gerade sein Coming-out gehabt, was Gunnar mehr zusetzte, als er zugeben wollte. Er vermied das Thema, schob seiner Frau den Schwarzen Peter zu. Sie galt in der Familie als Expertin für Kommunikation. Sie hatte ohnehin den besseren Draht. Gunnar wusste: Kinder beschäftigten ihre

Eltern lebenslang, nur der elterliche Einfluss schwand zunehmend. Wie der Respekt. Und körperliche Zuneigung. Als Vater drehte er regelmäßig durch, weil keiner seiner Söhne mehr nach seiner Meinung fragte. Trotzdem konnte er nicht aufhören, sich in ihnen spiegeln zu wollen und zu hoffen, dass sie ihn, Gunnar, in ihrem Leben irgendwie verwirklichten. Darauf zu hoffen glich der Jungfernfahrt der Titanic. Dem Untergang geweiht. Zu schnell hatte er das Chaos der ersten Jahre vergessen, den fehlenden Schlaf, das Existenzielle eines jeden kindlichen Bedürfnisses. Das meiste hatte seine Frau abgefangen. Er konnte sich noch an das befreiende Gefühl erinnern, das jedes Mal einsetzte, wenn er damals das Haus verließ und sein Büro beim LKA betrat. Also sagte er nichts, aß und lauschte dem nervenberuhigenden Geräusch des saugenden Babys, das vor ihm lag.

»Schon komisch, dass angeblich alle brave Babys haben. Die nie schreien. Eltern. Allesamt dreiste Lügner, wenn du mich fragst.« Lopez schob sich eine Strähne ihres dunklen Haares hinter ein Ohr. Sie sah aus wie die Mutter Maria und redete wie ein Scharfrichter.

Gunnar nickte und versuchte, nicht auf Lopez' entblößte Brust zu starren. Ein Einblick, der ihm als Abteilungsleiter beim LKA Berlin nicht zustand, wie er fand. Rosa Lopez war sein bester Mann. Oder die einzige Frau in seiner Abteilung, die besser als alle anderen Männer arbeitete. Ihn selbst natürlich ausgenommen. Und Viktor, wenn er mal in der Spur lief, was er allerdings zuverlässig niemals tat. Gunnar besuchte Mitarbeiterinnen in Elternzeit nicht regelmäßig, aber er brauchte einen Rat. Viktor Saizew war verreist, Lopez nicht da. Auf Gunnar wirkte seine Abteilung »Delikte am Menschen«, als seien Außen- und Innenminister gleichzeitig zurückgetreten. Für diese beiden Mitarbeiter gab es einfach keinen Ersatz. Auch wenn keiner die beiden mochte. Lopez, die jahrelang suizidgefährdet wirkte, weil ihr ältester Sohn seit Jahren als verschwunden galt. Die wie ein Schatten durch die Gänge lief und wie ein Roboter funktionierte. Und Viktor, der aussah wie ein Schläger, der auf sein nächstes Opfer wartete. Der sich introvertierter als ein Verdächtiger benahm, der sich auf sein Recht zu schweigen berief. Zwei kaputte, unberechenbare Typen, die ihr Heil in der Arbeit suchten. Gunnar war als Vorgesetztem nie etwas Besseres passiert. Lopez und Saizew polierten die Aufklärungsrate seiner Abteilung jedes Mal von Neuem auf. »Wo ist Bernhard?«

»Im Büro«, sagte Lopez.

Seit wann ging Lopez' Mann in ein Büro? Gunnar kannte ihn nur als Vater, der die klassische Rolle der Mutter am heimischen Herd übernommen hatte. Als Schriftsteller, dem wenig Erfolg beschieden war.

»Er hat einen neuen Vertrag«, sagte Lopez. »Und da ich jetzt zu Hause bin ...« Sie lächelte schief.

Dass Bernhard auf Vertrag arbeitete und nicht anstelle von Lopez hier vor ihm saß, kam Gunnar vor wie ein Bild, auf dem die Hauptperson ausgetauscht worden war. Gunnar schätzte Normalität. Lopez' Leben verfolgte bis dato einen verhängnisvollen Kurs, dessen Ursache Gunnar grausam fand. Der Verlust ihres Kindes hatte Lopez zu einer Maschine gemacht. Zu einem gut funktionierenden, seelenlosen Apparat. Ihre negative Ausstrahlung zog wie ein schwarzes Loch alle an und verschlang jeden, der in ihre Nähe kam. Nur Viktor konnte sie ertragen.

Viktor Saizew war selbst ein unberechenbarer Typ, ein in sich gekehrter Sonderling, der sich seit seiner Erkrankung nur noch an den Rändern der Realität entlangtastete. Gunnar profitierte von einer einzigen Tatsache: Diese Außenseiter gingen völlig in Mordermittlungen auf. Sie wiesen die Erfolge vor, die seine Abteilung brauchte. Unter dem Strich genügte Gunnar das.

Der Kopf des Babys kippte erschöpft zurück. Es hatte die Augen geschlossen und atmete in ruhigen Zügen. Dünne, schweißnasse Haarsträhnen hafteten an der Stirn. Muttermilch als Tranquilizer. So hatte Gunnar es nie vorher gesehen. Tessa ließ sich neben ihm auf den Boden fallen und begann zu malen. Bevor er Lopez jedoch ansprechen konnte, kam sie ihm zuvor. Als sie redete, hätte Gunnar sich allerdings beinahe verschluckt.

»Los!«, sagte sie mit leuchtenden Augen, »erzähl mir von Mord!«

»Wetten, dass Sie mich gleich gehen lassen werden?«, sagte Zoya Bogdanowa.

Viktor hätte gelacht, wenn es nicht das Letzte gewesen wäre, wonach ihm in seiner aktuellen Situation zumute war. Er lachte ohnehin nicht oft. Ihm fehlten die Anlässe. Wenn er lachte, bekamen andere Angst. Viktor hatte sich das Lachen weitgehend abgewöhnt.

Etwas Gemeines, Boshaftes umspielte Zoyas Mund. Diabolisch ihr kirschroter Lippenstift, das glitzernde Piercing, dazu das wasserstoffblondierte Haar, die schwarze Lederkluft. Beinahe eine Comicfigur, die lebendig geworden war.

Komarow schürzte die Lippen. Der dünne Ermittler schien nichts absurder zu finden als Zoyas Worte. Viktor glaubte nicht, dass Komarow gern wettete. Schon gar nicht mit einer unberechenbaren Punkerin. Er konnte sich Komarow einfach nicht auf einer Pferderennbahn oder in einem schummerigen Wettbüro vor flimmernden Monitoren vorstellen.

Viktor befand sich noch in einem Schockzustand, obwohl er doch das, was er gerade gehört hatte, erwartet hatte. Dieser uralte Haftbefehl. Er kannte die Rechtslage nicht genau. Hatte sich nach seinem letzten Besuch in Russland sicher geglaubt. Leonid Breschnew hatte diese Altlast nie erwähnt. Oder schweigend ignoriert. Viktor hatte, als er Mila das Versprechen für diese Moskau-Reise gab, nicht mehr daran gedacht. Wie lange galt ein Haftbefehl? Zwanzig oder dreißig Jahre? Ewig? Oder verjährte er? Auf welcher Grundlage? Welche Gesetze hatten in Russland Gültigkeit? Und wollte er diesen Sack mit Ratten öffnen? Oder hatte Rustam Komarow das schon für ihn getan?

Der Grund für diesen Haftbefehl war tot. Dafür hatte Lopez in einer Wohnung in Berlin mit zwei Schüssen gesorgt. Jan Lassarev. Noch heute beschlich Viktor ein ungutes Gefühl, wenn er nur an den Namen dachte. Aber diese Ereignisse zu erwähnen erschien Viktor nicht geraten. Es ließ ihn selbst in einem noch schlechteren Licht erscheinen, falls das überhaupt möglich war. Viktor erwog seine Fluchtmöglichkeiten. Komarow, diesen Hungerhaken, zu überwältigen erschien ihm wie ein Kinderspiel. Viktor brachte das Doppelte an Gewicht auf die Waage. Komarow wirkte langsam und ungelenk. Aber aus einem Flughafen zu entkommen, an dem gerade ein großes Polizeiaufgebot eingetroffen war, um eine Ausnahmesituation zu sichern, schien aussichtslos. Was wartete vor der Tür dieses grünen Raumes? Viktor wollte nicht aus dem Fenster springen. Er hätte es ohnehin nicht überlebt. Wohin danach? Und wie nach Deutschland zurückkommen? Ohne Pass, der immer noch vor ihm auf dem Tisch lag wie eine verbotene Süßigkeit in sicherer Entfernung.

»Ich wette nicht«, stellte Komarow das zu Erwartende fest.

»Haben Sie die Videoüberwachung des Flughafens ausgewertet?«, fragte Viktor, der sich für das Spiel der beiden nicht mehr interessierte.

»Läuft noch«, sagte Komarow.

Die Tatsache beruhigte Viktor minimal. Diese Aufzeichnungen konnten nichts anderes bewirken, als seine Unschuld zu beweisen. Die Bänder würden zeigen, dass er andere Menschen gewarnt, sogar gerettet hatte. Aber Viktor wusste auch um das fragile Konstrukt, das Wahrheit konstituierte. Jeder Rechtsanwalt verinnerlichte, lernte im Studium, dass Wahrheit interpretierbar war. Diese Stimme des Teufels meldete sich jedes Mal, wenn Viktor sich sicher wähnte. Ein unterbewusster Überlebensreflex, der keine Gewissheit akzeptierte. Wahrheit definierte sich durch den Blickwinkel, manchmal durch Lautstärke, Wort- oder Bildgewalt, in wenigen Fällen kam sie dem, was Viktor unter dem Begriff verstand, sogar nahe.

Viktor brauchte einen Moment, um zu begreifen, dass sich die Situation geändert hatte, weil der Tisch bebte und ein Stuhl umfiel. Viktor hatte Bekanntschaft mit Zerstörungswut in Verhörräumen gemacht. Vor nicht allzu langer Zeit. Als er selbst einen Zeugen befragte. Als die Kamera genauso wie Tisch und Stuhl zerbarst. Als Putz von der Wand spritzte, als jemand am Boden lag und zu ersticken drohte.

Zoya Bogdanowa sprang gerade vor seinen Augen auf den Tisch, mit gespreizten Beinen stand sie zwischen Viktor und Komarow. Viktor stellte fest, dass sich ihre Beinmuskulatur unter der schwarzen Nylonstrumpfhose bewegte. Peepshow? Tabledance? Wie sich diese Befragung entwickelte. Wenn Komarow und Viktor aufschauten, zwang die dunkle Stelle unter Zoyas kurzem Rock ihre Blicke genau dort hin. Es erinnerte Viktor an einen Film. An eine andere blonde Frau, die Polizisten provozierte. Obwohl sich die Szene, in der die Frau die Beine spreizte, in sein Gedächtnis eingebrannt hatte, wollte Viktor weder der Name der Schauspielerin noch der Titel des Filmes einfallen. Viktor erwog kurz, sich nicht mehr gegen den dunklen Sog des Dargebotenen zu wehren, aber eine Geste lenkte ihn ab. Zoya förderte eine Schachtel aus ihrer Lederjacke zutage, zog eine Zigarette daraus hervor, zündete sie mit einem pinkfarbenen Feuerzeug an, ließ sich im Schneidersitz auf der Tischplatte nieder und rauchte.

Völlig durchgeknallt, stellte Viktor nüchtern fest. Manche hatten noch mehr mentale Probleme als er selbst.

So wie sie vor ihnen thronte, fiel Viktor zum ersten Mal auf, dass nicht alles an Zoya Bogdanowa perfekt war. Sie hielt die Zigarette zwischen Mittelfinger und Daumen. Vom rechten Zeigefinger war nur noch ein Stumpf übrig geblieben. Viktor wunderte sich, dass er diesen Makel vorher nicht bemerkt hatte. Jetzt schrie er ihn förmlich an.

Komarow saß immer noch ungerührt an seinem Platz, als habe dieser plötzliche Vulkanausbruch nicht stattgefunden. Als wäre er nicht gerade zum Komparsen degradiert worden, in diesem absurden Theaterstück.

»Rauchen verboten«, sagte er.

Viktor hätte fast gelacht, aber es war ihm trotz der Absurdität der Situation nicht danach. Der Qualm stieg zu den in der Decke versenkten Strahlern auf und malte Kurvenmuster in die Luft.

»Nein!« Zoya schüttelte den Kopf. »Ich darf alles, was ich will«, sagte sie.

Viktor fand diese Frau in ihrem selbstverständlichen Größenwahn irrationaler als alle Kinder, denen er je begegnet war. Trixi, Petja, Tessa. Alle diese Kinder hatten Maßstäbe gesetzt.

»Wenn Sie nicht sofort diese Zigarette ausmachen, lasse ich Sie festnehmen«, sagte Komarow betont ruhig.

Viktor stellte fest, dass Komarow bedrohlicher wirkte, wenn er leise sprach.

»Nein«, wiederholte Zoya. Sie blies akkurate Rauchringe in die Luft. Kein Rauchmelder ertönte. Keine Sprinkleranlage verteilte Wasser über ihnen. Nie eingeplant oder defekt? Russische Technik funktionierte oft nach dem Zufallsprinzip, wie Viktor sich erinnerte.

Er fragte sich, ob Arbeitslager noch ihren Zweck erfüllten, wenn ein Aufenthalt die Insassen in ihrem Eigensinn bestärkte. Viktor fand jede Form von Freiheitsentzug pervers. Notwendig nur, wenn es viele vor wenigen beschützte. Er fing an, die fast lebensmüde Sturheit dieser Frau zu bewundern. Der Rauch zeichnete ihre expressiven Gesichtszüge weich. Viktor empfand jede Ablenkung von seiner eigenen Misere als Wohltat. Zoya rauchte für einen Augenblick in aller Stille, bis Komarow sich beinahe in Zeitlupe erhob. Ruhe, Sturm, Viktor besaß genug Fantasie für die Fortsetzung dieses Theaterstücks. Zoya drückte die Zigarette auf dem Konferenztisch aus. Komarows Mund entfuhr ein Laut der Empörung. Der Geruch von verbranntem Lack breitete sich aus. Ein schwarzer Krater zeigte sich auf der Tischplatte. Viktor bemerkte ein regelmäßiges Zucken an Komarows Mundwinkeln.

»Nehmen Sie mich mit?«, fragte Zoya den russischen Ermittler frech.

Ein angedeutetes Lächeln Komarows erinnerte Viktor an eine Echse, die sich kurz davor befand, ihre Beute zu verschlingen.

Das Geräusch zog alle Aufmerksamkeit auf sich. Ein Handy klingelte. Viktor wusste, dass er seines ausgeschaltet hatte. Flugmodus, obwohl er sich schon seit geraumer Zeit auf dem Boden seines Heimatlandes befand. Ereignisse, die sich überschlugen. Auch Komarow schaute für einen Augenblick an sich hinab. Es war Zoya, die in ihrer Tasche suchte. Sie meldete sich, lauschte und sagte dann: »Es ist für Sie.«

Komarow zögerte, bis er das Handy entgegennahm und vorsichtig an sein Ohr hielt. »Ja?«, fragte er auf Russisch.

Komarow lauschte, bestätigte das Gehörte kurz und legte auf. Viktor fragte sich, ob er lieber in Ohnmacht fallen oder zum Angriff übergehen solle.

Zeitgleich befand sich Zoya auf dem Weg zur Tür. Viktor wartete darauf, dass Polizisten sich auf sie werfen würden. Sie stoppten, und dass sie sich erfolglos wehren würde. Er fragte sich, was er tun würde. Die Entscheidung fiel ihm leicht. Er konnte ihr nicht helfen bei diesem irrsinnigen Spiel. Er wollte seinen Ohren nicht trauen, als Komarow tatsächlich zu Zoyas Rücken sagte: »Sie können gehen.«

Zoya dreht sich noch einmal um: »Sagte ich doch.«

Viktor staunte nicht schlecht. Er konnte nicht anders, er musste fragen: »Mit wem haben Sie telefoniert?«

Zoyas Mundwinkel umspielte ein kaum sichtbares Lächeln, als sie antwortete: »Mit ihm.« Sie zeigte auf das einzige Bild, das in diesem Zimmer hing.

Viktors Mund formte vor Überraschung ein kleines O. Er kannte den Mann auf diesem Bild. Er hing in allen öffentlichen Behörden des Landes. Eine Tradition. Dieses Porträt war so normal, dass keiner es überhaupt noch wahrnahm. Eine Selbstverständlichkeit und doch mehr als reine Dekoration. Das Bild zeigte Genadi Nowikow. Den Präsidenten der Russischen Föderation.

6

Als Polina Nikitina zwei Wochen zuvor die Charlottenstraße entlangging, hatte sie einen nicht unbeträchtlichen Schwips. 0,8 Promille Blutalkohol, wie der diensthabende Rechtsmediziner später feststellte. Sie verließ gerade das Mainhardt, ein französisches Restaurant, das sich unter Prominenten und semiprominenten Künstlern großer Beliebtheit erfreute. Polina Nikitina war einen Tag zuvor mit

Aeroflot eingereist und um halb zehn in Berlin-Schönefeld gelandet. Taxifahrt in die Innenstadt. Sie stieg im Hotel Zentral ab, nicht zu teuer, dass es ihren Geldbeutel etwa sprengte, aber prestigeträchtig genug, um etwas herzumachen, sollte sie es erwähnen müssen. Für das Bewerbungsgespräch hatte sie sich entsprechend eingekleidet. Wie die meisten Russinnen in ihrer Position neigte sie zu einem eher klassischen Schick. Dunkelblaues Kostüm, nicht zu eng geschnitten, weiße Bluse, eher verspielt. Aber keine Rüschen. Das auf keinen Fall! Kleine Absätze, feminin, aber keine unpraktische Stöckelei. Weiblichkeit ausstrahlend und kompetent. Als sie in dem viel zu kleinen, reinweiß gefliesten Bad ihr Make-up erneuerte, traf sie einen waghalsigen Entschluss: Sie würde ihre langen, braunen Haar nicht aufstecken, sondern zu einem Pferdeschwanz hochbinden. Das Zugeständnis an die heutige Zeit, das einige ihrer Moskauer Kolleginnen noch vermissen ließen. Als sie gegen Mittag das Hotel verließ, fühlte sie sich gewappnet und entspannt. Abgesehen von einer Kuba-Reise hatte sie sich noch nie so weit von der russischen Hauptstadt entfernt.

Polina Nikitina arbeitete als Chefredakteurin bei der russischen Zeitung *Budushcheye,* was »Zukunft« bedeutete. *Zukunft* verstand sich als eher konservatives und regierungstreues Blatt. Polina Nikitina hatte die Zeitung inhaltlich noch näher an die Regierung herangeführt, was die Auflage steigerte. Ein Novum in Zeiten, in denen der Print eher verstarb als blühte. Polina Nikitina war für ihre humorvolle Schreibe bekannt, ihre Kritik an der westlichen Dekadenz und der überheblichen Einflussnahme auf kriegerische Konflikte, die auch Russland betrafen, sowie die Fähigkeit, sogar in schwierigen Zeiten zwischen Politik und Journalismus vermitteln zu können. Das Veröffentlichen milder, auf ungefährliche Weise kritischer Artikel, die

Korruption innerhalb russischer Gasversorgerfirmen zum Thema machten, hatte ihr zwei bedeutende Journalistenpreise eingebracht. Sie erinnerte sich noch gern an die glanzvolle Verleihung im Triumph-Palast. Aber Polina Nikitina suchte eine neue Herausforderung. Außerdem waren Arbeitszeiten und Bezahlung bei *Budushcheye* schlecht bis katastrophal. Seitdem sich Polina Nikitina näher mit dem Westen beschäftigte, war der Wunsch aufgekommen, dort heimisch zu werden. Ein Neuanfang. Niemand traute ihr, der ausgewiesenen Westkritikerin, zu, die Seiten zu wechseln. Sie hatte diesen Ausflug anlässlich eines Bewerbungsgespräches intern als Recherche getarnt. Keine ausgewiesene Lüge. Alles war Recherche. Irgendwie.

Das Bewerbungsgespräch verlief fabelhaft. Sie hatte distanziert und doch geistreich, auch kritisch geantwortet. Sie gab sich keine Blöße. Man suchte jemanden, der Russland gut kannte und als Experte darüber berichten würde. Nikitinas Qualifikationen passten perfekt ins Profil. Ihre dem russischen Regime zugeneigte Einstellung gefiel dem Herausgeber sogar. Er suchte jemanden, der provozierte. Einen Insider, der aus dem Zentrum der Macht erzählen konnte. Nicht dass Polina Nikitina so gute Kontakte gehabt hätte. Sie dehnte die Wahrheit einfach ein wenig, blies sie auf. Gute Werbung in eigener Sache war erlaubt. Für Polina Nikitina ein leichtes Spiel.

Als sie sich mit festem Handschlag verabschiedete, signalisierte der Herausgeber und Chefredakteur der *Berliner Allgemeinen Zeitung* deutliches Interesse. Sie könne binnen Wochenfrist mit einer Nachricht rechnen. Polina Nikitina stellte fest, dass ihr der Herausgeber zum Abschied zuzwinkerte. Beim anschließenden Essen und Umtrunk mit dem Chefredakteur und einigen Journalisten im Mainhardt löste sie ihr Haar.

Ihr Besuch war das Streitgespräch unter Kollegen. Die

Sensation. Der Betriebsrat bevorzugte einen gemäßigteren Kandidaten. Aber davon konnte Polina Nikitina nichts wissen. Ein möglicher Terroranschlag im Zentrum Lissabons zwang den Chefredakteur zu einem überstürzten Abschied. »Der Abteilung Ausland Dampf machen«, witzelte er. Er vergaß glücklicherweise nicht, die Rechnung zu bezahlen, was Polina Nikitina in ihrem Entschluss bestärkte, das Angebot in jedem Fall anzunehmen. Es erschien ihr so gut wie sicher, dass sie den Zuschlag erhalten würde.

In heiterer Stimmung verließ sie das Restaurant noch vor den deutschen Kollegen, die sich immer mehr betranken. Ihr früher Abschied war auch Teil der Strategie, selbstbestimmt und souverän zu wirken. Vor dem Restaurant warteten schon neue Gäste. Ein Schaufenster weiter prüfte sie anhand der Spiegelung noch einmal ihr Make-up. Tadellos. Sie fühlte sich gut, fast überlegen. Als eine Besondere unter wenigen. Was sie auch war, wie sie bald feststellen sollte. Von der Französischen Straße bog Polina Nikitina willkürlich in die Charlottenstraße ein, nur um den Ausklang dieses Tages zu genießen. Sie hatte weder Plan noch Ziel. Das Wetter präsentierte sich mild und angenehm. Es roch nach Sonne, warmen Steinen und leicht nach Abgasen. Gegen fünf Uhr waren nur wenige Menschen unterwegs. Polina Nikitina gefiel das Weitläufige Berlins. Die großen Bauten erinnerten sie an ihre Heimatstadt. Sie schätzte das Geschichtsträchtige, das sich beide Städte teilten. Genau wie in Moskau wurde auch hier ständig geflickt, erweitert und saniert. Wegen einer der unzähligen Baustellen musste sie die Straßenseite wechseln. Als ihr ein schwarz gekleideter Mann entgegenkam, der trotz der sommerlichen Temperaturen eine Kapuze trug, bestaunte sie das Sonderbare daran. Hausbesetzer, Anarchos, Gothic People, Ausgeflippte – sie prägten das Stadtbild Berlins. Dass der Mann eine Pistole zückte, deren Lauf auf sie zeigte, verwirrte sie. Es ergab einfach keinen Sinn an diesem ansonsten perfekten Tag. Dass er ihr im Vorbeigehen in den Kopf schoss, setzte einen Schlusspunkt hinter all ihre unbeantworteten Fragen. Ein perfekter Schuss. Als ihr schlaffer Körper zu Boden sackte, bewegten sich zwar noch ihre Lippen in stummem Protest, aber rein klinisch betrachtet war sie zu diesem Zeitpunkt bereits tot.

Als Petja Siska vorsichtig auf die Schulter klopfte, brachte sie ihn mit einem Fauchen zum Verstummen. Wortlos ließ sie sich auf den freien Platz in der vorderen Sitzreihe neben Otto fallen, starrte auf die schwarze Trennscheibe, die sie alle von den Fahrern dieses Wagens trennte. Die Ledersitze rochen neu und teuer. Keine Beschriftung verriet ihr etwas, das Hilfe versprach. Kein Knopf reagierte auf ihren Druck, kein Hammer lag bereit, um die Scheiben zu zerschlagen. Siska verfluchte ihr Schicksal. Erst dann erkundigte sie sich nach Milas und Ottos Wohlergehen. Sie nickten, hielten sich an der Hand. Siska wusste, dass Mila schon Schlimmeres hinter sich hatte. Es war das erste Mal, dass sie diese stolze Frau furchtsam erlebte. Still und nachdenklich. Sie wusste von der gemeinsamen Vergangenheit, die sie mit ihrem Enkel Viktor teilte. Trixi sah eher neugierig aus. Für sie glich diese Situation hier wahrscheinlich einem der Onlinespiele, in die sie sich versenkte, wenn Siska arbeitete und sie allein zu Hause war. Für Trixi war das hier womöglich nur ein schwieriges Level, das es zu überwinden galt.

Nachdem sie circa dreißig Minuten gefahren waren, senkte sich die Dunkelheit auf die Stadt. Siska beobachtete die Landschaft, die zuerst weit, menschenleer und flach aussah, bis sie auf eine in vier Streifen ausgebaute Autobahn abbogen, hinter deren Leitplanken Siska Plattenbauten ausmachte, Hochhäuser, wie Bauklötze akkurat entlang der Straße aufgestellt. Trist, uniform und trostlos warteten sie immer noch darauf, saniert zu werden. Vergessen von Politikern, Stadtplanern und der Welt. Trabanten einer wuchernden Stadt, die Siska zum ersten Mal sah, als sie auf den Autobahnring wechselten. Markenzeichen Moskaus war der Beton, in dessen Zentrum Schmuckstücke glänzten. Siska hatte den Kreml und die Basiliuskathedrale auf Fotos in Bildbänden gesehen. Aber das Moskau, das sie hier durchquerten, hatte mit diesen Edelsteinen der Baukunst nichts zu tun. Die russische Hauptstadt nahm erst Gestalt an, als sie zwischen den ersten Wohnblocks durchfuhren. Nur pro forma rüttelte Siska an dem Türgriff. Erfolglos, immer noch. Petja setzte erneut zum Sprechen an, aber Siska verbot es ihm. Niemand durfte sie in ihren Überlegungen stören. Sie arbeitete an einem Plan. Petja betrachtete sie mit unterdrückter Wut. Oder belustigte er sich auf ihre Kosten?

Siska fühlte, wie sie dem überspannten Zustand nachgeben wollte. Wie alles zurückführte zu dem einen Moment, dem einen Tag, an dem sie im Institut für Rechtsmedizin einen Anruf erhielt. Unwillkürlich tastete sie nach dem, was nicht mehr da war. Das ihr genommen worden war. Diese Mischung aus Wut, Verzweiflung und unendlicher Müdigkeit. Siska vermisste ihre Musik. Sie vermisste unbeschwerte Tage. Sie vermisste ihre Brüste. Und Viktor, der nicht da war, um zu retten, was nicht mehr zu retten war. Sie murmelte ein halbherziges »Es wird alles wieder gut«. Ob sie Selbstgespräche führte, war ihr nicht ganz klar.

Ihre Tochter Trixi tippte ihr auf die Schulter. Sie sagte: »Ich glaube, wir sind da.«

Der Wagen hielt. Siska erkannte Straßenlampen, die nächtliche Umrisse mit milchigen Strahlen übergossen. Ein akkurater Weg, ein Gebäude, hohe Bäume. Eine Allee. Sie musste sich zusammenreißen für das, was jetzt kommen würde. »Bleibt dicht hinter mir!«, zischte sie den anderen zu.

Als der Türmechanismus knackte, glitt Siska gemeinsam mit der Schiebetür zur Seite. Sie duckte sich. Trixi und Mila pressten sich auf der Rückbank dicht neben sie. Petja schaute nur interessiert an Otto vorbei auf das, was sich ihnen draußen, vor dem Fahrzeug, bot. Sie saßen nach wie vor auf der vorderen Sitzbank und ignorierten Siskas Befehl. Siska war verärgert über Petja, dieses renitente Kind, das nur tat, was ihm gefiel. Ihre Tochter erschien ihr plötzlich linientreu und kompromissbereit. Nur einer der abseitigen, störenden Gedanken, die ihr durch den Kopf zuckten, während sie auf den Angriff wartete. Sie zitterte vor Aufregung. Natürlich war sie nur von Kindern und Alten umgeben. Viktor war wieder einmal nicht da. Abwesend, Verbleib unbekannt. Siska fühlte sich einsam und verlassen.

Niemand rührte sich, keiner stieg aus oder ein, fahles Licht floss ins Innere des Vans hinein. Ein Gesicht zeigte sich an der Tür. Siska nahm Maß und schlug mit der linken Faust, so fest sie konnte, zu. Nicht ihre starke Hand, dazu die ungünstige Position. Ein Stich zuckte durch ihre Fingerknöchel bis in ihren Ellbogen hinauf. Aber sie hörte ein Stöhnen, spürte das Nachgeben von Fleisch, sah, wie die Silhouette wieder verschwand, sprang aus dem Wagen, rief: »Lauft! Lauft!« Ein Befehl, dem die anderen hoffentlich folgen würden.

In Sekundenbruchteilen erfasste sie die Situation: Ein Mann lag am Boden, ein weiterer Mann kam um die Motorhaube auf sie zu, einer wartete bereits. Menschen standen auf einer Treppe, hinter ihnen ein riesiges Gebäude, dessen Eingang hell erleuchtet war. Nichts von dem Szenario passte zu dem, was sie sich in ihren Gedanken ausgemalt hatte. Eine hellhaarige Frau lief zu dem Mann, der sich vor ihr wie ein Aal auf dem Trockenen wand. Wohin sollte sie rennen? Siska hatte mit einem Fluchtweg gerechnet, mit einem dunklen Waldstück, aber nicht mit einem weit geöffneten Tor und Zuschauern. Jetzt hielt sie Trixi und Mila an der Hand, hörte, wie sie aufgeregt atmeten. Sie zuckte hin und her, bemerkte aber, dass etwas nicht stimmte, dass die vielen Menschen, die sie ansahen, sie daran hinderten zu fliehen.

Petja trat neben sie und bedeutete den Männern, die auf sie zukamen, mit russischen Worten zurückzubleiben. So interpretierte Siska das Verhalten. Es war zumindest das, was geschah. Keiner der Anwesenden rührte sich mehr. Siska nahm erst jetzt wahr, dass leise klassische Musik aus dem grell erleuchteten Eingang strömte. Das Innere goldfarben, schillernd, verheißungsvoll. Ein Schloss? Wie in Trance hörte sie, wie Petja sprach. Er zeigte auf den Mann, den Siska ins Gesicht geschlagen hatte. Mit voller Wucht. Der immer noch vor ihr lag. Auf hellen Steinen, vielleicht Kies.

»Darf ich vorstellen?«, sagte Petja in seinem beinahe akzentfreien, makellosen Deutsch: »Das ist mein Vater. Oleg Sukov. Und das hier« – er zeigte auf die blonde Frau, die neben seinem Vater kniete – »ist meine Mutter Tatjana Sukova.«

Siska spürte, wie der Boden unter ihren Füßen zu schwanken begann. Wie die Scham ihr Gesicht heiß überspülte. Ihre Tochter bescheinigte ihr im Flüsterton das, was sie ohnehin wusste: »Du bist so ein Idiot!«

7

Drei kleine Schweinchen,
die ließ keiner frei,
eines hat sich freigekauft,
da waren's nur noch zwei.

Während Viktor zusah, wie Zoya mit ihrem Handy das grüne Zimmer verließ, starrte Komarow ihr mit einem hasserfüllten Blick nach, der Löcher in Wände hätte stanzen können. Viktors Hirn schien ein Eigenleben zu entwickeln, es reimte Kinderlieder. Dieses Entgleiten überraschte Viktor nicht. So benahm sich dieses unabhängige Organ. Er brachte es mit der Tatsache in Verbindung, dass er allein mit einem gedemütigten Ermittler zurückblieb, dessen einziger Antrieb darin zu bestehen schien, ihn festzuhalten, festzunageln, koste es, was es wolle. Viktor wusste, dass Komarow nur ein Rädchen in einem riesigen System sein konnte. Aber jemand, der über Komarow stand, wollte Ergebnisse sehen. Oder einen Schuldigen. Einen, der besser als keiner war. Wenn Komarow doch keinen kapitalen Hecht gefangen hatte, konnte er wenigstens einen kleinen Fang präsentieren. Etwas, das die Gemüter beruhigte. Die Logik jeder Hierarchie.

Seht nur, wie das russische Rechtssystem funktioniert! Auch nach über fünfundzwanzig Jahren finden wir diejenigen, die der Gerechtigkeit entgehen wollten. Keiner entrinnt uns. Nicht heute und nicht hier.

Viktor wollte die Nacht nicht in diesem Raum verbringen. Noch weniger in einer Gefängniszelle. Viktor kannte russische Gefängnisse. Er war bereit, alles zu tun, um jede Art von Gefangenschaft zu vermeiden. Er fühlte sich beinahe panisch, verschwitzt, nervös. *Ich muss endlich telefonieren,* dachte er.

Komarow hatte seinen Platz ihm gegenüber am Tisch noch nicht erreicht, als sich die Tür nochmals öffnete.

Gibt's nicht, dachte Viktor. Nur die Untoten kehrten zurück.

Zoya Bogdanowa hatte nicht schleunigst das Weite gesucht. Sie musste weiter mit dem Feuer spielen. Für Viktor eine leichtsinnige Verrückte, egal wie gut ihre Verbindungen zum höchsten Amtsinhaber dieses Landes auch sein mochten. Viktor schüttelte den Kopf. Er fand sie leichtsinnig und renitent.

»Und den hier« – Viktor konnte es kaum glauben, dass sie auf ihn zeigte –, »den nehme ich mit.« Auffordernd nickte sie ihm zu.

Mich, sie meint tatsächlich mich, stellte Viktor fest. *Alles,* dachte Viktor, *alles dafür tun.* Er erhob sich langsam, bemerkte, wie er fast mit der Sitzfläche dieses Stuhles verschmolzen war. Wie ein Aufstehen, ein Gehen ihm vor einigen Minuten noch unmöglich vorgekommen war. Wie das Starren eines Kaninchens auf einen Flintenlauf – Komarows Blick kannte nur diese eine Funktion. Viktor erwartete, dass Komarow sich rühren würde, dass er etwas sagen oder rufen würde. Verhaftet Sie! Oder: Setzen Sie sich! Oder dass er eine Waffe ziehen würde, nur um seiner Frustration ein Ventil zu bieten. Wut, die entweichen musste. Ob der dünne Polizist überhaupt eine Waffe trug?

Aber Komarow rührte sich nicht, und Viktor verspürte neuen Mut. Er streckte sich und umrundete langsam den Tisch.

Zoya winkte mit dem Mittelfinger, den sie krümmte. Wieder starrte Viktor auf die versehrte Hand. Er kam sich vor wie der aus der ersten Reihe Erwählte in einer Zaubershow. Das Obszöne an ihrer Geste störte ihn keinesfalls.

Nur das Ergebnis interessierte ihn. Diesen Raum zu verlassen war alles, was für Viktor zählte.

Sekunden verrannen wie Zeit in Gelee, und Viktor stellte fest, dass er nicht gehen konnte, durfte. Nicht so. Nicht ohne seinen Pass.

Aber das Dokument lag nicht mehr am selben Platz. Komarow hatte es rechtzeitig eingesteckt. Viktors Blick huschte auf dem Tisch hin und her, verzweifelt, es doch noch zu entdecken. Aber dort lagen nur seine Akte und sein Bild. Komarow hatte zügig reagiert. Dieser Trumpf blieb in seiner Hand. Er hörte Zoyas Stimme, die ihn drängte. Viktor überlegte, hier zu bleiben. Er erwog eine Pause. Was konnte es schon kosten, nach dem Dokument zu fragen? Viktor erwog eine neue Strategie. Aber Viktor wusste, ahnte, dass diese Situation zu günstig für ihn war. Dass sie so nicht wiederkommen würde. Fazit: ein Problem nach dem anderen.

Dass Zoya sogar kurz ihre entstellte Hand auf seinen Arm legte, entriss ihn seinen Gedanken. Ein Mensch berührte ihn. Einfach so. Also hörte er auf die verrückte Punkerin.

Zoya lachte leise. Viktor nickte ihr beinahe unmerklich zu. Sie ging vor. Er folgte ihr. Hinaus aus diesem geschlossenen Raum, vorbei an einem Spalier von Polizisten, durch den hell erleuchteten Flughafen in die Moskauer Nacht, während hinter ihnen Touristen und Geschäftsleute schon wieder zu Gates gerufen wurden, über Rolltreppen fuhren, kauften, aßen, warteten. Die Reiseindustrie. Als sei nicht einer von ihnen gerade ermordet worden. Mit nur einem Schuss. Absichtlich oder zufällig? Diese Frage blieb ungeklärt.

Viktor wusste, dass sie einen gedemütigten Mann in diesem grünen Raum zurückließen. Einen in seiner Ehre gekränkten Polizisten, einen zuverlässigen, ewigen Feind.

»Nur ein Schuss?«, fragte Lopez.

Gunnar nickte. In der Küche war es heiß. Es roch nach Zwiebeln und altem Holz. Gunnar trug nur ein leichtes Hemd, keine Krawatte. Trotzdem schwitzte er.

Lopez erkundigte sich nach der Waffe, nach Hülse und Geschoss.

Neun Millimeter, erklärte Gunnar ihr. Abgefeuert aus einer russischen Waffe. Nicht gefunden, bis dato vermisst.

Lopez zog die Augenbrauen hoch. »Eine Russin, erschossen mit einer russischen Waffe? Setz Viktor darauf an!«

»Du weißt, dass Viktor den Fall nicht übernehmen kann.«

»Weil er in Moskau ist? Beordere ihn zurück. Er wird sich vor Freude nicht mehr einkriegen.« Lopez sagte es ohne Ironie.

»Daran zweifele ich.«

»Wieso?«

»Dieses Mal bin ich mir nicht sicher, ob er wieder zurückkommt?«

»Aus Moskau?«

»Zum LKA.«

»Du spinnst, Gunnar!«, sagte Lopez. Sie hätte sich beinahe an die Stirn getippt. »Viktor vergöttert seine Arbeit. Auf eine Art und Weise, die ich fast als innig bezeichnen würde.«

»Du redest davon, als ob Viktor verliebt wäre.«

Lopez sah Gunnar an, als verstehe er eine wirklich einfache Pointe nicht.

Aber ihr Chef schüttelte den Kopf. »Nein«, sagte er. »Diesmal ist es anders. Als ich ihm das letzte Mal die Marke abnahm …« Gunnar stockte, verlor sich in der Erinnerung.

Lopez wusste, dass kein Vorgesetzter seinem Mitarbeiter so begegnen wollte, wie es vor erst einigen Wochen im LKA geschehen war. Viktor lag am Boden auf dem Bauch, mehrere Kollegen hielten ihn dort fest. Etwas später saß er mit gefesselten Händen in einem Verhörraum. Während Gunnar glaubte, ja sicher wusste, dass Viktor endgültig den Verstand verloren hatte. Dass er einen Polizisten beschäftigte, der eine Gefahr darstellte. Für sich selbst und jeden anderen. Der Unschuldige bedrohte, schlug und würgte. Der ihn belog. Der zu tief gefallen war.

Lopez sagte: »Das ist vorbei.«

»Hör zu, Lopez! Viktor ist verreist. Er ist krankgeschrieben. Ich stopfe jedes personelle Loch mit einem neuen. Es ist erbärmlich. Und grotesk.«

Was er nicht sagte, was Lopez aber verstand, war: Auch du kostest mich Ressourcen. All die Frauen im Mutterschutz, die in ihrer Elternzeit den Staat mit Ausgaben und ihre Arbeitgeber, ihre Vorgesetzten mit dem Finden von Ersatzlösungen belasteten. Lopez zuckte mit den Schultern. »Wenn ich deine Probleme haben wollte, Gunnar, hätte ich mich befördern lassen«, sagte sie.

Das musste Gunnar sacken lassen. Was wollte sie ihm damit sagen?

»Was willst du eigentlich von mir?«

»Eickenhorst und Schlemmer, Blauer und Schmidt. Bisher keine Ergebnisse.«

»Sind kompetente Kollegen. Ist vielleicht ein kniffliger Fall.«

Gunnar seufzte. Die Zeit schien nicht zu vergehen, hier in diesem fensterlosen Raum, in den doch immer ein Mindestmaß an Sauerstoff gelangte, obwohl Gunnar nicht verstand, wie das geschah. Gunnar wusste, dass Viktor ein paar Meter neben seinem Sitzplatz hier in dieser Küche fast verblutet war. Ein Unfall, bei dem Lopez' Waffe ungewollt abgefeuert wurde. Gunnar hatte schon immer das Gefühl, dass man ihm etwas vorenthielt. Dass ihm etwas Entscheidendes entgangen war.

»Komm zurück, Lopez!« Was hatte er noch zu verlieren? »Das LKA braucht« – er korrigierte sich –, »ich brauche dich.«

»Wir sind ein Team«, sagte Lopez. »Erinnerst du dich noch daran?«

Gunnar nickte.

Lopez dachte an Petja. An Tessa, die ungewöhnlich lautlos in ihr Kinderzimmer verschwunden war. »Wir sind ersetzbar. Jeder von uns.«

Gunnar bemerkte, wie sie ihn zappeln ließ. »Das ist etwas völlig anderes.«

»Nein, Gunnar. Ist es nicht.«

»Vermisst du deine Arbeit nicht?«, fragte Gunnar. Er hatte nur noch diesen einen Trumpf.

Sie betrachtete das Baby, das Viktors Namen trug, fühlte der Wärme nach, die es ausstrahlte. »Nein«, sagte sie.

In diesem Moment wusste Gunnar mit absoluter Sicherheit, dass sie log.

8

Dass er ihr so nahe gewesen war, verstörte ihn. Nur ein paar Meter weiter kam sie auf ihn zu. Lässig, kühl, sie bewegte sich elegant. Er hätte sie beinahe berührt. Der Zufall trug ihn immer wieder zurück zu ihr. Er sah jedes ihrer Videos. Kannte jede Pore ihres Gesichts, das sich in feine Pixel gliederte. Wenn er den Bildschirm berührte, bildete sich ein heller Fleck unter seiner Fingerspitze. Er redete sich ein, dass er sich auf diese Art mit ihr verband. Schien ihr Bild doch nur zweidimensional zu sein, folgte jedes

Neutron dem Fluss durch die Kabel hin zu ihr. Er baute so eine elektrische Verbindung auf. Einen direkten Kontakt zu ihr. Wenn sie die Lippen schürzte, ihre reinweißen Zähne entblößte, wenn sie lächelte, traf es ihn mehr als alles andere, wie sie sich hatte neu erfinden können. Wie strahlend schön sie wirkte. Als habe die Erfahrung der letzten Jahre sie noch unabhängiger, noch unerreichbarer gemacht. Sie hielt ein Buch ins Bild. Er sah es, aber er hörte ihr nicht zu. Sie malte sich mit einem Kohlestift dunkle Ringe um die Augen, verwischte sie. Mehr und mehr. Mit neun Fingern, die man nicht sah. Er konnte nur dorthin sehen, wo kein Finger mehr war. Er hätte sich in der Frage, wie jemand, der sich so hässlich machte, immer noch so schön sein konnte, verlieren können. Es erinnerte ihn an ihn selbst. Wie er sich verwandelt hatte. Stück für Stück. In etwas Neues, Anderes, Besseres. In das, was er jetzt war.

Sie fuhr sich mit der Zunge über die roten Lippen. Die Geste erregte ihn. Sie sang etwas. Nur für ihn, bildete er sich ein. Mit einer Hand spielte sie an der Kamera herum. Wie unzählige ihrer Zuschauer hoffte er auf mehr. Einblicke, Details. Aber sie beherrschte dieses Spiel, degradierte sie zu Statisten, zu Empfängern ihrer Gunst. Sie zog ihn heran und stieß ihn weg, wie es ihr gefiel. Kaum konnte er sich abwenden. Er verschloss die Garderobe, entledigte sich aller Kleidungsstücke, manipulierte die Vorhaut seines Schwanzes mit der Hand so lange, bis ein gequälter Laut sich seiner Kehle entrang. Sie war jetzt dicht vor der Kamera, nur Augen, Nase, Mund in Großaufnahme. Sie. Die Einzige. Die Perfekte. Und seine Mitschuld. Sein Versagen.

Es hatte sie stark gemacht. Zu einer anderen. Genauso wie ihn. Darin waren sie sich gleich. Sein Samen spritzte auf den Bildschirm, entstellte ihr Gesicht. Weiße Flecken auf schwarzen Pixeln. Wie das Ergebnis einer Achsenspiegelung in absoluter Symmetrie. Er keuchte, hätte gern geschrien – all diese Jahre in einem einzigen Schrei –, verkniff es sich aber, um dieses eine Gefühl zu nähren wie ein Feuer, das er schürte, stetig, ständig, das mit großer Hitze und heller Flamme wuchs. Sie sagte etwas, sie lachte. Ging aus dem Bild, ließ ihn allein. Mit der leeren Fläche, auf der jetzt neue Ware angeboten wurde. Neue Gesichter, neue Klicks.

Als er sich wieder anzog, wusste er nicht, ob sich das Verlangen nach ihr noch grundlegend von Hass unterschied.

Viktor schüttelte den Kopf. Er sagte: »Nein.«

Im Nachhinein konnte sich Viktor nicht mehr genau erklären, wie er in den riesigen, nachtschwarzen Pick-up hineingeraten war. Er saß auf der Rückbank und fand tatsächlich Platz für Ellbogen und Beine. Das wunderte ihn noch mehr als alles andere. Viktor beobachtete einen minutenlangen Zungenkuss zwischen Zoya und dem Fahrer, der sich zu ihr seitlich über den Fahrersitz beugte. Seine Zunge spielte mit einem von Zoyas Lippenpiercings. Er war jung, gut aussehend und trug einen Vollbart, der die Hälfte seines Gesichts verbarg. Zoya ließ sich in den Sitz zurückfallen und lachte, als seien sie Gäste eines größenwahnsinnigen Shuttle-Unternehmens, das sich nur mit Neureichen abgab. Amerikanischer Rap pumpte aus den Lautsprechern. Den Bass spürte Viktor noch durch die Polster hindurch.

Einige Minuten zuvor hatte seine Befreierin die Ankunftshalle mit großen Schritten durchquert. Selbstbewusst und entspannt, als gehöre ihr die Welt. Manchmal tänzelte sie wie ein Kind. Oder jemand, der komplett irrsinnig geworden war. Viktor wollte es nicht riskieren, stehen zu bleiben. Er vermisste Milas Koffer und seinen Pass. Er überschlug, wie viel Geld er besaß. Wie weit er damit kommen würde. Zoya sah sich nach ihm um. Viktor griff nach seinem Handy, um den schon so lange fälligen Anruf zu erledigen. Reisende liefen an ihm vorbei, strömten um ihn herum. Viktor wusste nicht, was er gleich sagen sollte. Siskas und seine Geschichte wurde durch das gegenseitige Verlassen geprägt, das über das Verlangen nacheinander stets gewann. Aber noch bevor er ihre Nummer wählen konnte, winkte Zoya ihm. Danach kam sie auf ihn zu.

»Nicht jetzt«, sagte sie. Mit einer leichten Kopfbewegung deutete sie auf etwas Unbestimmtes hinter Viktor.

Er sah sich um. Zwei Polizisten folgten ihnen, was kein Zufall war. Ihre Blicke hafteten Viktor so unwiderruflich an, wie Insekten an einer Fliegenfalle klebten. Viktor steckte sein Handy ein. Er fragte sich, wie lange sich dieses dringend notwendige Telefonat noch aufschieben ließ und was ihn erwartete, wenn er es endlich führte.

Die Nacht empfing Viktor mit kalter Hand. Keine Sterne, der Himmel nur ein weiteres, dunkles und filigranes Gebäude über ihm. Viktor inhalierte die Mischung aus Abgasen, nassem Gras und Abrieb von Gummireifen. Eine Kfz-Werkstatt tauchte als Assoziation in Viktors Gedanken auf. Etwas triggerte eine Erinnerung. Er selbst mit seiner Babuschka unterwegs in St. Petersburg. Es war Nacht. Sie liefen vorbei an Kirchen und Palästen. Die Dächer schimmerten golden. Mila kam gerade aus dem Hotel, in dem sie arbeitete. Sie unterhielten sich leise. Viktor genoss die friedliche Situation. Aber ein Vakuum breitete sich in seiner Brust aus. Der Schatten seiner Mutter, der ihn stets begleitete. Obwohl sie tot in einer Holzkiste lag. Erde, und Gras wuchs über dem wenigen, das noch von ihrem schönen Körper übrig war. Tage zuvor verblutet in einer weißen Emaillewanne, das Wasser rot gefärbt. All diese Frauen, die still an seiner Seite reisten. Tote und Lebende. Mütter und Mörderinnen. Tonja Kusmin, Marita Nowak. Viktor fühlte sich selten allein.

Zoya wollte schreien, aber sie lachte. Ein Reflex, der ihr Überleben sicherte. Über Jahre im Arbeitslager antrainiert. Kolja, den niedlichen kleinen Kolja, ihren Retter, zu küssen, ihn förmlich zu verzehren, sein Aroma zu schmecken, sich an seinem Geruch nach irgendeinem unglaublich teuren Rasierwasser zu laben gab ihr Kraft. Es belebte sie. Über alldem das Bild von Maximow, der vor ihren Augen gestorben, erschossen worden war. Dessen Blut noch an der Kleidung des Bullen klebte, der neben ihr saß. Dieser Deutsche war definitiv nicht ihr Typ. Sein Körper grob und riesenhaft, Hände, die Baumstämme umfassen konnten. Oder ausreißen. Die Oberschenkel eines Fußballers, der in der ersten Liga spielte, obwohl keine seiner Bewegungen dynamisch wirkte. Eher langsam und kalkuliert. Bis auf den Moment, als er sie am Flughafen zu Boden gerissen hatte und noch im Fallen Befehle rief. Auf Russisch. Souverän und versiert, wie antrainiert. Diese Geistesgegenwart fand sie bemerkenswert. Dieser Mann wirkte später, als er neben ihr befragt wurde, schweigsam und ungelenk. Aber jede seiner kargen Antworten traf ihr Ziel. Als lege er jedes seiner Worte auf die Goldwaage. Als bestehe nicht jeder Satz, den er hätte sagen können, den Test. Zoya hätte ihn gemieden, aber der direkte Körperkontakt mit diesem Giganten schreckte sie nicht ab. Sie erinnerte sich an seinen erdigen Geruch. Ihr Gesicht an seine muffige Kleidung gepresst. Sie roch Duschgel und etwas zutiefst Männliches. Vielleicht sein Schweiß. Jedes Detail dieses harten Gesichtes, Nase und Mund, nur teilweise aus einem Stein herausgemeißelt. Eine Glatze, Stirn und Kopf vernarbt. So rot gezeichnet und explizit, dass es zum Wegsehen zwang. Dieser Mann gehörte genauso wie sie zu den Überlebenden. Wie sie war er auch äußerlich davon gezeichnet. Seine Augen dunkelbraun, fast schwarz. In diesem Blick fand Zoya zwei Dinge, die sich widersprachen: nackte Brutalität und unendliche Gelassenheit.

Sie hätte sich ungerührt unter diesem anmaßenden Giganten herauswinden können, sich umdrehen, ihn vergessen können, hätte Komarow sie nicht gemeinsam in diesen Raum verbannt. Hätte dieser dürre Vertreter des russischen Staates, den sie mehr als alles andere hasste, sie nicht gezwungen, ihn, den Deutschen, anzusehen, ihm zuzuhören, zu beobachten, wie er taktierte. Viktor Saizew. Dass er selbst ein Polizist war, gab seinem Verhalten nachträglich einen Sinn.

Zoya hatte sich auf die Seite der Macht begeben, weil es der einzig akzeptable Platz in dieser Gesellschaft war. Schergen des Staates, so wie Komarow, zu provozieren, ihm die kalte Schulter zu zeigen, ihn zu degradieren, hatte sich Zoya hart erarbeitet. Weil sie noch eine Rechnung offen hatte, die nie beglichen werden konnte. Eine Rechnung mit Komarow und jedem anderen Polizisten auf dieser Welt.

Dass der Deutsche selbst ein Verfolgter war, passte nicht in Zoyas Vorstellung von einer allmächtigen Polizei. Aber hier in Russland konnten sich die Verhältnisse schnell ändern. Chodorkowski konnte ein Lied davon singen, Jelinow und Kalenko auch. Wenn man fiel, fiel man tief. Bodenlos.

Zoya war schon gefallen. Dieser deutsche Bulle war nur ein Idiot, ein Opfer, im besten Fall ein Spielzeug, dem unterworfen, der es bediente. Zoyas Spielzeug. Denn sie wusste, was er mehr als alles andere begehrte. Jeder benötigte etwas. Zuneigung, Brot, Öffentlichkeit oder einen Arzt.

Wissen, was andere brauchten.

Sie griff in ihre Jackentasche, zündete sich eine Zigarette an, beobachtete, dass der Deutsche genau hinsah, wie der Rauch zum halb geöffneten Fenster hinauszog. Spürte, wie ihr Herzschlag sich durch das Nikotin leicht beschleunigte. *Wissen, was andere mehr als alles andere begehrten.*

Sie bedeutete Kolja mit einer Geste, die Musik lauter zu machen. Mehr Lärm, mehr Bass. Mehr Hass. Sie inhalierte, aß den Rauch. Der deutsche Bulle mit dem weichen, harten Blick gehörte ihr. Er wusste es nur noch nicht.

9

Oleg Sukov war es nicht gewohnt, dass Frauen ihn schlugen. Er war es noch weniger gewohnt, dass sie ihm die Nase brachen. Mehr als alles andere erstaunte es ihn, dass dies einer Besucherin gelungen war. Seinem eigenen Gast.

Oleg Sukov beschäftigte zwei Leibwächter. Gelegentlich einen dritten. Jetzt zweifelte er, ob sie ihr Geld wert waren. Wie immer geschahen die unglaublichsten Dinge, wenn man nicht damit rechnete. Er hatte mit einem standesgemäßen Empfang gerechnet. Das Personal hatte sich bereits vor dem Anwesen aufgereiht. Er selbst freute sich auf seinen Sohn, hatte sich den Abend freigenommen, nur um ihn wiederzusehen. Dass er mit deutschen Bekannten reiste, stimmte ihn großzügig. Natürlich musste er alle einladen. Petjas Freunde waren auch seine Freunde. Gastfreundschaft galt noch etwas in Russland. In seiner Familie rangierte sie bei moralischen Werten kurz nach Vaterlandsliebe. Also ganz weit vorn. Außerdem wollte Oleg Sukov keine Gelegenheit auslassen, der Welt zu zeigen, was er besaß, was er erreicht hatte.

Jetzt lief Blut über seine Hände, etwas in seinem Gehirn schien explodiert zu sein. Seit seiner Zeit als Boxer hatte er keine Schläge mehr einstecken müssen. Keine Tiefschläge, keine Demütigung. In Oleg Sukovs Leben regierte der Erfolg. Sein Sohn konnte Greg und Sam, seine Leibgarde, gerade noch davon abhalten, sich auf die kleine Frau zu werfen, die ihn mit einem Faustschlag begrüßt hatte. Die Erniedrigung! Halb blind versuchte Oleg Sukov, sich in dieser kühlen Nacht aus dem Kies zu erheben, bis er eine Hand spürte. Bis jemand beruhigend auf ihn in einer Sprache einredete, die er nicht verstand. Als er durch den roten Nebel aufsah, schaute er in ein erschrockenes Gesicht. Hätte Oleg Sukov nicht vor Schmerzen laut schreien wollen, hätte ihm vielleicht gefallen, was er sah. Blonde Haare, blaue Augen, kleine Nase. Alles auf engstem Raum wie bei einem Kind. Diese Frau besaß klare Züge und ohne Make-up eine Natürlichkeit, die seiner Frau Tatjana unvorteilhaft erscheinen musste. Oleg Sukov hörte, wie sein Sohn simultan zu dolmetschten versuchte.

»Es tut mir furchtbar leid!«, sagte die Frau, die ihn vor allen anderen blamiert hatte. Bloßgestellt und gedemütigt hatte.

Er wollte antworten, aber er verstand selbst nicht, was er sagte. Es klang undeutlich und verwischt.

»Die ist schief«, sagte sein Sohn. Ein Analytiker. Er musste seine Nase meinen.

Oleg Sukov stöhnte.

»Sie ist Ärztin«, erklärte sein Sohn, »Pathologin.« Ruhig und unterkühlt, so wie Oleg Sukov ihn kannte. Die Bedeutung des Wortes »Pathologin« begann ihm gerade aufzugehen, als sein Sohn übersetzte, dass Siska Mohn seine Nase gerade rücken würde. Eine bessere Lösung, als jetzt noch ins Krankenhaus zu fahren. Schnell und sicher. Andere gute Gründe folgten. Oleg Sukov wehrte ab, weil er sich nicht von einer Schlägerin, von einer Leichenfledderin weiter verstümmeln lassen würde, aber die Schmerzen störten seine Konzentration. Sein Sohn versprach in ihrem Namen, dass er sich gleich besser fühlen würde, wenn er sie gewähren ließ. Oleg Sukov konnte inhaltlichen Argumenten kaum mehr folgen. Die Nadelstiche, die sein Gesicht und seine Stirn perforierten, machten ihn fast verrückt. Gern hätte er alle die weggeschickt, die sich um ihn scharten. Die auf ihn hinuntersahen wie auf einen Wildschaden im Scheinwerferlicht. Dazwischen auch ihr Gesicht, jetzt mit einem treuen Blick, der ihn bat, anflehte, ihr zu vertrauen.

»Trust me!«, sagte sie auf Englisch. Die Situation glänzte mit einem babylonischen Sprachgewirr. Oleg Sukov hätte gelacht, was ihm aber unmöglich war. Er vertraute niemandem weniger als ihr.

Nur damit seine unerträgliche Lage ein Ende fand, nickte er fast unmerklich. Er verstand nicht, was die Worte, die sie formte, bedeuteten, aber den Klang würde er nie vergessen. Behutsam nahm sie seine Hände in ihre, sprach beruhigend auf ihn ein. Sie wirkte voller Zuversicht.

»Mach lieber die Augen zu!«, befahl sein Sohn ihm, aber Oleg Sukov dachte nicht daran. Wenn ihn jemand manipulierte, wollte er denjenigen zumindest direkt ansehen.

Er spürte ihre Finger auf seiner Haut. Er schmeckte Blut. Einen Augenblick später rammte ihm jemand einen Pflock mitten ins Hirn, ein Feuerwerk überflutete ihn mit Hitze und Licht. Er hörte jemanden schreien, der wohl er selbst sein musste. Oleg Sukov hörte normalerweise anderen beim Schreien zu. Seine eigene Stimme kannte er so nicht. Als ihm endlich gelang, zu blinzeln, lächelte sie.

»Looks much better«, sagte sie, als sei das alles ihr Verdienst.

Als Antwort spuckte er Blut. Sie half ihm hoch, er schwankte.

»I am really sorry«, sagte sie. Als sie dastand, mit seinem Blut befleckt, deutlich kleiner als er, und ihm die Hand reichte, bewegte ihn nur ein Gedanke: Wie er sie erschießen könnte. Und zwar jetzt und hier.

Es musste sieben Jahre her sein. Mehr als sechs, weniger als acht. Kolja folgte ihr seit Tagen. Sie bemerkte ihn nicht, andere junge Frauen lächelten ihm zu. Aber er interessierte sich nur für sie. Sie hatte ihr langes Haar zu einem locker geflochtenen, Französischen Zopf zusammengebunden. Moskau glänzte mit einem lauen Sommertag. Die Temperaturen grenzten an die zweiundzwanzig Grad. Sie trug eine traditionell bestickte, weiße Bluse, darunter eine elegante Bundfaltenhose. Das Russisch-Deutsche Forum verlieh einen Journalistenpreis. Polina Nikitina würde ihn erhalten für einen Artikel, der Kolja mild verärgerte. Aber nicht genug, um Konsequenzen zu zeitigen. Er vertrat bei seinem Vater die Position, dass er dem Markt ein Mindestmaß an Selbstständigkeit gönnen musste, wenn die Eingriffe, die sie vornahmen, glaubwürdig und notwendig wirken sollten. Geringe Veränderungen in der Matrix fielen niemandem auf. Er strebte ein natürliches Fließen der Informationen an und würde nur an einigen Stellen begradigend einwirken. Freiheit, die sich in Grenzen bewegte.

Diese Veranstaltung glich de facto einer Farce. Seitdem er für Predvidenje arbeitete, begriff er Wahrheit als Empfehlung. Als eine Sichtweise, formbar wie weicher Ton. Der Prozess war kreativ. Wenn das Produkt alle Stationen durchlaufen hatte, entstand daraus ein Gefäß, aus dem andere das tranken, was man ihnen darin reichte. Manchmal konnte es ein Schierlingsbecher sein. Predvidenje arbeitete mit dem sprichwörtlichen Weitblick, den der Name, den er seinem Vater vorgeschlagen hatte, auch versprach. Kolja hatte Volkswirtschaft und Philosophie studiert und mit besten Noten abgeschlossen. Er wusste, welche Wirkung Namen entfalteten.

Die Preisverleihung fand in der Lomonossow-Universität statt. Ein imposantes Gebäude, das noch in der Stalin-Ära erbaut worden war. Architektonisch auf halber Strecke angesiedelt zwischen Rockefeller Center, französischer Kathedrale und Tower Bridge, gekrönt von einem spitzen Turm, konnte es sich zwischen sowjetischem Realismus und Historismus nicht entscheiden. Wenn die Nacht anbrach, würde der Bau rot angestrahlt werden. Russlands Faszination mit Disney-Kitsch. Kolja orientierte sich an westlichen Werten, aber nicht an amerikanischer Popkultur.

Der mit Echtholz getäfelte Saal ließ die Größe, das Vermögen der Russischen Föderation, nur erahnen. Es roch nach einer Mischung aus Holzfeuer, Bohnerwachs und Mottenkugeln. Koljas Gehirn teilte die Welt in Gerüche auf. Auf Podesten waren Standvasen aus den bekanntesten russischen Manufakturen ausgestellt, die Decke über ihnen war mit biblischen Motiven bemalt. An den Wänden hingen die feinsten, gemusterten Tapeten, der Boden bestach durch ein kompliziertes Mosaik aus Holzstäbchen. Neben den fünf Meter hohen Fenstern hingen schwere Samtvorhänge. Üppig und opulent. Ein Streichquartett spielte Haydn.

Kolja hörte es nicht, aber er hatte die Ankündigung auf der Einladungskarte gelesen. All das nahm Kolja nur am Rande wahr. Unter den schillernden Kronleuchtern sah er, beobachtete er nur sie. Er wusste, dass sie als Buchhändlerin arbeitete. In einem kleinen Laden am Arbat, der sich auf englische Spannungsliteratur spezialisiert hatte. Er wusste, wo sie wohnte. Er wusste auch, wo sie die Nächte verbrachte. Sie lachte, unterhielt sich etwas später ernst mit einem Mann, den Kolja hier noch nie gesehen hatte. Aber immer wieder kehrte sie zurück zu ihm. Ihrem Freund, dem Polen. Sie hakte ihn unter, lehnte den Kopf an seine Schulter. Sie flüsterten und lachten. Kolja konnte erkennen, wie ihre Lippen das Wort für Liebe formten.

Kolja, der sich in der hell erleuchteten Fensterscheibe spiegelte, überprüfte kurz sein Aussehen. Der nachtblaue Anzug hatte einen modernen Schnitt und saß makellos an seinem durchtrainierten Körper. Der Zweiteiler kam als Maßanfertigung von einem Schneider, der ausschließlich für den Kreml arbeitete. Kolja hatte auch sein Haar modisch kurz trimmen lassen. Er orientierte sich an den Modellen amerikanischer Männermagazine. Deshalb trug er jetzt einen Vollbart. Es sagte ihm zu, dass dieser seinen Mund verdeckte.

Diesen sprachlosen Mund.

In Kolja war es still, ganz still, als er den Saal durchquerte. Vielleicht ein Rauschen, Scharren von Schuhen, etwas gluckerte in seinem Bauch. Sein Herz sandte zum Zeichen der Nervosität unregelmäßige Funksignale aus. Sie wollte sich ein Getränk holen, als er sich neben sie begab. Er sah jung, gut und erfolgreich aus, dieser erste Eindruck gelang ihm immer. Er wusste das. Er reichte ihr ein Glas. Erst jetzt nahm sie ihn wahr. Er lächelte, und sie lächelte zurück. Sie sagte etwas zu ihm, und es gelang ihm, Fragmente davon zu lesen, zu verstehen. Er reagierte mit Gesten. Sie formulierte eine Frage, und er deutete auf seinen Mund. Sie sah ihn an, und er bemerkte, wie sie zu begreifen versuchte, was er ihr erklärte.

Kolja spürte, wie Blut in seine Wangen floss, als ihr Freund hinter sie trat und sie umarmte. Dieser nahm ihr das Glas aus der Hand, ließ es für sie mit Rotwein füllen. Sie schaute sich noch einmal nach Kolja um, aber der Pole unterhielt sich mit ihr und zwang ihre Aufmerksamkeit auf sich. Weg von Kolja. Kolja bemerkte, wie sich ein unkontrollierter Laut seiner Kehle entringen wollte. Aber er hatte gelernt, diese Geräusche zu unterdrücken, zu verbergen. Er wollte ihr auf die Schulter tippen, sie zurückholen. Aber er verharrte still an seinem Platz, bewegungslos. Verlassen. Als ihr Freund sie unterhakte und sich mit ihr wegdrehte, sah sie sich noch einmal nach Kolja um. Entschuldigend, mit einem halben Lächeln im Gesicht, aber schon völlig abgelenkt.

10

Kurz bevor sich die Fahrbahn auf drei Fahrspuren erweiterte, gab der Fahrer Gas. Viktor hatte dessen Blick im Rückspiegel bemerkt. Der Motor des Pick-ups produzierte ein röhrendes Geräusch. Viktor wurde in den Sitz gedrückt. Als er sich umsah, konnte er nichts Besonderes erkennen. Unzählige Autos, die wie sie in Richtung Moskau fuhren. Auch Zoya schaute sich um. Der Fahrer überholte mit stark überhöhter Geschwindigkeit auf der linken Spur. Langsamere Fahrzeuge verdrängte er mit der Lichthupe. Er fuhr so dicht auf, dass Viktor sich zügig anschnallte. Jetzt erst erkannte er, was Zoyas Freund zu diesem halsbrecherischen Fahrstil animierte. Ihnen folgte ein schwarzer Wagen, der ebenfalls mit hoher Geschwindigkeit fuhr.

Viktor war noch nie verfolgt worden. Sogar in seiner Zeit beim Streifendienst hatte er nie einen Flüchtigen verfolgen müssen. Verfolgungsfahrten kamen höchstens in den Filmen vor, die Viktor sah.

Der Fahrer drängte sich mittlerweile zwischen zwei Wagen hindurch. Viktors Hand suchte automatisch nach dem Haltegriff neben seinem Kopf. In rasanter Fahrt kurvte der Fahrer um mehrere Kleinwagen herum, die wie verlangsamt wirkten. Viktor schwankte im Rhythmus der Karosserie hin und her. Der Blick zurück zeigte ihm den Verfolger nur noch gelegentlich in der Dunkelheit. Zoyas Freund bewegte den Schalthebel, drosselte die Geschwindigkeit kurz vor dem sicheren Zusammenstoß mit einem Lada – das vor Schreck verzerrte Gesicht des Fahrers rauschte an ihnen vorbei – und zog die Geschwindigkeit wieder an, sobald die Straße frei vor ihnen lag.

Zoya schwieg, aber ein kurzer Blick zeigte Viktor, dass sie nicht besorgt wirkte. Eher gelassen, als vertraue sie dieser Raserei. Der Blick des Fahrers glitt über den Rückspiegel und wieder nach vorn. Er wirkte wie ein Stuntman, der nur seinen Job machte. Viktor wurde gegen die Tür gedrückt, als der Wagen überraschend bei einer Ausfahrt abbog und eine ohnehin schon enge Kurve noch enger nahm, danach auf eine Landstraße abfuhr, einen Kilometer weiter abrupt stoppte, den Rückwärtsgang einlegte und in einen Waldweg einbog. Zweige streiften mit einem kratzenden Geräusch über das Dach, über die Scheiben. Zoyas Freund würgte den Motor ab, drehte die Musik komplett aus, deren Dröhnen noch in Viktor nachhallte. Das Licht der Scheinwerferkegel verlosch. Sie spähten in die Dunkelheit hinaus. Eine Minute, zwei, vielleicht fünf, in denen keiner sprach. Ein Auto fuhr vorbei. Kleineres Modell, anderes Fabrikat als das ihrer Verfolger. Ohne dass einer von ihnen ein Wort verlor, drehte der Fahrer wieder den Zündschlüssel um und verließ mit tuckerndem Motor ihre Deckung. Nach einem Rundumblick entdeckte Viktor keine Fahrzeuge mehr. Sie befanden sich auf einer Straße irgendwo im Nirgendwo. Er kam sich vor wie ein Statist. Zufällig gebucht für einen fremden Film. Mit vorgegebener Geschwindigkeit folgte ihr Fahrer der Landstraße. Musik spielte wieder, allerdings leiser als zuvor. Jetzt etwas Klassisches. Als habe das Radio eine ganz eigene Dramaturgie für diese Fahrt entworfen. Viktor löste seinen verkrampften Griff und lockerte den Gurt. Als sie die Stadtgrenze überquerten, erinnerte sich Viktor, dass er etwas Entscheidendes vergessen hatte. Er wählte ihre Nummer, lauschte dem immer gleichen Tonsignal.

»Was ist?«, fragte Zoya.

Viktor zuckte mit den Schultern. Was sollte er ihr erklären? Dass er es stundenlang versäumt hatte, die Frau, die er liebte, anzurufen? Die Frau, wegen der er diese Reise überhaupt angetreten hatte. Die Frau, mit der er zum ersten Mal in seinem Leben Zeit verbringen, Urlaub machen wollte. Zeit und Urlaub kamen sonst nur als Fremdwörter in Viktors Wortschatz vor. Siska antwortete auch nach mehreren Versuchen nicht. Siska, die ohnehin angeschlagen aus den vergangenen Wochen hervorgegangen war. Vom Schicksal angezählt, ihr Körper vom Krebs angefressen, genauso wie er es selbst erlebt hatte. Eine Krankheit, zwei Opfer. Zwei auf einen Streich. Der Krebs arbeitete wie ein tapferes Schneiderlein. Viktor wurde von seinem schlechten Gewissen geplagt, aber wie so oft befand er sich in einer Zwickmühle. Was hätte er tun sollen? Komarow zu provozieren hätte einem Super-GAU geglichen. Er, Viktor Saizew, in einem Gefängnis. Unvorstellbar. Was es unbedingt zu vermeiden galt. Viktor fand sich auf reine Reaktionen reduziert, darauf, die Zeit zu verzögern, bis sich die Lücke bot, auf die er wartete. Zoya Bogdanowa hatte ihm diese Lücke, diese Möglichkeit, auf einem Silbertablett serviert. Er verstand nur noch nicht, warum. Er saß immer noch neben ihr im Fond des Wagens und dachte nach. Die Musik lief nur noch wie ein Säuseln im Hintergrund. Er dachte an Siska. Sie hätte die Lautstärke vermisst.

»Wo willst du hin?«, fragte Zoya ihn jetzt.

»Ins Hotel«, antwortete Viktor. Ihr Freund stoppte den Wagen am Straßenrand.

»Okay«, sagte sie. »Du musst vorher mit mir hochkommen. Ich hab noch etwas für dich.«

Viktor schüttelte den Kopf. Er musste gar nichts. Keiner konnte ihn zu etwas zwingen.

»Vertrau mir!«, sagte sie lachend und stieg aus. Viktor roch schwach die Seife, die sie benutzte. Oder ein Parfüm.

Die Nachtluft floss kühl in den Wagen, als sie die Tür öffnete. Viktor schloss kurz die Augen, genoss den Geruch, der Moskau beschrieb. Herb und eindrücklich. Russland. Immer noch sein Heimatland.

Zoya schlug die Tür zu, ihr bärtiger Freund ließ das Fenster hinunter und zog den Schlüssel aus dem Zündschloss. Motor und Musik verstummten. Er gestikulierte. Zoya sagte Nein und antwortete mit Zeichen. Jetzt erst begriff Viktor das wortlose Kabinett. Das stille Stück, das die beiden spielten. Zoyas schöner Freund musste gehörlos sein. Das war der Grund, weshalb er sich nicht laut äußerte. Viktor hörte, dass Zoya etwas nachdrücklich ablehnte und die Worte mit einer horizontalen Bewegung ihrer Hand unterstrich.

Ihr Freund schaute ruckartig nach vorn. Viktor bemerkte, wie Enttäuschung durch alle Poren des Zurückgewiesenen diffundierte. Sein Körper wirkte schlaff, er ließ die Schultern sacken, als sei seine Muskulatur plötzlich weich geworden. Viktor kannte das Gefühl.

Zoya beugte sich zum Fenster hinein, mit den Fingerspitzen berührte sie ganz leicht Koljas Gesicht. Zärtlich, als wolle sie sich wieder versöhnen. Er wandte sich ihr zu, und sie küssten sich. Viktor fühlte sich erneut zum Zuschauer degradiert. Abrupt drehte sie sich weg und ging zur Tür. Ließ ihn zurück.

Ihr Freund schlug mit der Faust auf das Lenkrad. Weil er nicht das bekam, was er wollte.

Viktor kannte das. Er kam sich ausgeliefert vor. Wie ein blinder Passagier. Unsicher, wie er sich mit dem Mann verständigen sollte, entschied er sich, auszusteigen. Besser jetzt als nie. Er legte ihm die Hand auf die Schulter. Als er seinen wütenden Blick im Rückspiegel einfing, bedankte er sich. »Spasibo.«

Zoyas Freund nickte knapp.

Viktor stieg aus, versuchte zu erkennen, wo er sich befand. Straßenlampen warfen gelbfarbenes Licht in Kreisen auf den zerfurchten Asphalt. Über ihm ein Geflecht von Leitungen. Unsichtbare Elektrizität. Viktor meinte, ein

Knistern zu hören. Seitdem Lopez ihre Waffe direkt neben ihm abgefeuert hatte, funktionierte eines seiner Ohren nicht mehr gut. Es wollte nichts mehr hören. Das Geräusch? Vermutlich nur Einbildung. Nächtlicher Verkehr rauschte hinter ihm vorbei. Viktor fühlte sich einsam, desorientiert und seltsam frei.

»Hey!«, hörte er sie rufen.

Viktor wollte gehen, ohne sich umzusehen, aber intuitiv wandte er sich Zoya zu. Für einen luziden Moment glaubte er, einem Trugbild zu erliegen. Seitdem der Tumor aus seinem Gehirn herausgeschnitten worden war, wurde Viktor von einem Gefühl der Haltlosigkeit beherrscht. Aber Körperfunktionen wie Gehen, Sprechen und die Fähigkeit, sich zu erinnern, waren leidlich wiederhergestellt. Die Wahrnehmungsstörungen durch den Tumor hatte er nahtlos gegen eine tabletteninduzierte Paranoia eingetauscht. Viktor tastete sich auch nach Wochen immer noch langsam vor in das von der Realität verminte Gebiet.

Womit hatte er gerechnet? Damit, dass sie ihm die Zunge herausstrecken würde? Mit einer zweifelhaften Aufforderung? Oder mit einer obszönen Geste?

Was ihn aber mehr als alles andere überraschte, war das Objekt in ihrer Hand. Wo hatte sie …? Wie konnte das möglich sein? Sie musste ihn gestohlen haben. Vor seinen und Komarows Augen. Sofort ging er auf sie zu. Opfer eines Pawlowschen Reflexes. Sie zwang ihn zu dem, was er nicht wollte. Er hörte, wie Zoyas Freund den Pick-up startete, wie er den Motor mehrmals aufheulen ließ und davonraste, während sie im Hauseingang verschwand. Nicht ohne vorher noch mit Viktors Pass zu winken.

An dem Tag, als es geschah, sah der Pole tatenlos zu. Etwas lähmte ihn, hielt ihn fest an seinem Platz. Sie befanden sich im großen Konferenzraum des neunzehnten Stockwerkes.

Grauer Teppichboden mit einem Muster aus Kreisen und Kreuzen. *Kreuze,* dachte der Pole. Wie ein Zeichen, das er nicht rechtzeitig deutete.

Eine Sekretärin öffnete das Fenster, gegen das ein Vogel geprallt war. Ein hässlicher Blutfleck entstellte den Blick über die Stadt. Während ihr Boss noch sprach und auf seiner Powerpoint-Präsentation Diagramme erläuterte, kratzte sie mit einem Plastiklöffel Federn und Blut von der Scheibe. Ihr Lächeln wirkte wie eine Entschuldigung. Der Pole reimte es sich zusammen: Sie benötigte stärkere Reinigungsmittel. Die Spuren, die der Tod dieses Vogels hinterlassen hatte, würden nicht leicht zu beseitigen sein. Dieses namenlose Tier wollte nicht vergessen werden. Die Sonne schien, eine Hitzewelle flutete durch das geöffnete Fenster in den gut klimatisierten Raum. Der dicke Kollege aus der Systemtechnik wischte sich mit einem Stofftaschentuch über die Stirn.

Der Boss zeigte auf Schlagworte und deutete mit dem Zeigefinger auf die neue Strategie. Er sah mächtig aus und gut. Klein, aber potent. Er war jung und visionär. Jeder wusste, dass er über beste Kontakte verfügte. Dass er das Ziehkind der Mächtigen des Landes war. Er sprach mit der selbstverständlichen Arroganz eines Mannes, dem alles gelang.

Der Pole las den Begriff »Eliminierung«. Das Wort traf ihn. Ein stechender Schmerz. Seit Wochen wachte er mit Bauchschmerzen auf. Diese Krämpfe waren völlig real. Keine erkennbare Ursache, wie ihm mehrere Ärzte bescheinigt hatten. Mittlerweile stocherten sie im Trüben verschiedener Intoleranzen. Auch hierfür bisher kein wissenschaftlicher Beweis. Der Pole wusste, dass sich die Diagnosen auf »Ein Fall für die Psychosomatik« zuspitzten.

Er dachte sich doch nur die Szenarien aus. Darin bestand seine Arbeit. Mehr war es nicht, entschuldigte er sich vor sich selbst. Aber in ihm tickte unnachgiebig eine Uhr, die seine Lebenszeit bemaß. Sie signalisierte: *Du spielst mit deinem Glück. Du hast dich von dem entfernt, was dir einmal wichtig war. Du hast deine Seele verkauft.* Der Teufel befand sich mit ihm im Raum. Wenn er verschwand, würde ein neuer Teufel auftauchen. Neue Seite, neue Schlagworte. An dieser Stelle unterbrach Alexej den Boss. Er erhob sich sogar dafür. Das Poloshirt verschwitzt, er blinzelte. Das grelle Licht schien ihn zu blenden.

Die Sekretärin kam mit einer neuen Sprühflasche zurück. Wieder ein entschuldigendes Lächeln auf dem Gesicht. Alexej redete sich derweil in eine Art Rage hinein. Die Sekretärin erzeugte mit dem Lappen auf der Scheibe ein quietschendes Geräusch. Helle Blutschlieren auf Glas. Der Pole hörte, was Alexej sagte. Er verstand und teilte jedes Wort. Gleichzeitig verurteilte er den Idioten, der sein Schicksal in diesem Moment besiegelte. Alle starrten den Prediger an, aus dessen Mund jetzt Speichel sprühte. Feiner Nebel benetzte den blank geputzten Konferenztisch. Das Gesicht des Bosses wirkte maskenhaft. *Fuck the system!*, dachte der Pole. Er wollte sich erheben, aber er vermochte es nicht. Aufzustehen war riskant. Er dachte an sie.

Als Alexej endlich verstummte – seine Anklage hing im Raum, sichtbar wie ein Toter, aufgehängt an einem Seil –, lächelte der Boss. Dass er Alexejs Ausbruch mit Schweigen quittierte, wirkte grausamer als ein Lachanfall.

Der Pole bemerkte, wie er mit dem Fuß nervös wippte. Alexej schaute ihn an, als erwartete er, dass er ihm helfen würde. Keiner rührte sich. Beschämt schlug der Pole die Augen nieder.

»Predvidenje braucht dich nicht mehr«, sagte der Boss zu Alexej. Er sprach ganz ruhig. Leise, wie immer souverän. »Du kannst gehen.«

Alexej sah aus, als ob er weinen würde. Nur mühsam

konnte er sich auf den Beinen halten. Als habe ihn der Mut schlagartig verlassen. Als werde ihm erst jetzt das Unglaubliche, Gefährliche seines Vorgehens bewusst.

Die Sekretärin verharrte wie eine Statue an ihrem Platz. In den Händen hielt sie immer noch Lappen und Sprühflasche. Unfreiwillig Zeugin des Geschehens.

Alexej ging. Mit einer nachlässigen Handbewegung wischte er über den Tisch. Papierblätter erhoben sich in die Luft wie Zugvögel. Seiten schwebten, flogen mit einem Windstoß zum Fenster hinaus. Ein weißer Wirbel, der Alexej mitzureißen schien. Er sah aus wie jemand, der sich entschieden hatte. Wie jemand, der jetzt endlich wusste, was er tat. Alexej stieß den Stuhl hinter sich um. Er nahm nur einen kurzen Anlauf, benutzte einen anderen Stuhl wie eine Treppe, berührte mit dem einen Fuß den Fensterrahmen und sprang.

Der Platz, wo er gerade noch gesessen hatte, war leer.

Der Fettwanst aus der Systemtechnik schnappte nach Luft. Juris Mund klappte auf und zu, auf und wieder zu. Die Sekretärin schrie. Lappen und Sprühflasche lagen auf dem Teppich. Kreise und Kreuze. Hilf- und kraftlos hatte sie nach dem gegriffen, der gerade an ihr vorbeigesprungen war. Nur einen Augenblick zu spät. Die anderen Kollegen sahen wie Menschen aus, die gerade von dem Ausbruch eines Krieges in ihrem Land erfahren hatten. Wortlos, schockiert. Zwei liefen zum Fenster und starrten zuerst in den wolkenlosen Himmel hinaus, dann nach unten. Der Boss schüttelte indigniert den Kopf, als habe einer von ihnen etwas Unhöfliches getan.

Der Tag, an dem Alexej sich in einer Teamsitzung das Leben nahm, läutete das Ende ein.

11

Als Viktor die Haustür zu Zoyas Wohnung öffnete, sah er einen langen Flur, der Küche und Schlafzimmer gleichzeitig zu sein schien. An einer Seite des gemauerten Schlauches befanden sich Spüle, Herd, zwei Stühle, ein Tisch, flache Schränke, Bett und eine Stehlampe, die sich wie eine Demarkationslinie zwischen Küchen- und Schlafbereich befand. Praktischerweise spendete sie sowohl dem Bett als auch dem Tisch Licht. Nur mühsam quetschte sich Viktor an dem altmodischen Mobiliar vorbei. Die Wohnung war für kleinere Menschen als ihn ausgelegt. Beinahe stieß er sich den Kopf an der Decke an. Wie durch einen schlecht beleuchteten Tunnel bewegte er sich auf die Öffnung am anderen Ende des Schlauches zu. Viktor trat durch die Tür und fand auf einmal Platz über sich, Luft und Licht. Ein großzügiges Dachzimmer tat sich vor ihm auf. Oben begrenzt von unterschiedlichen Dachschrägen, als habe ein exzentrischer Architekt hier endgültig allen Launen nachgegeben. Oder den Verstand verloren. Ein großes, rundes Fenster zeigte das Moskauer Lichtermeer bei Nacht. Vor dem Lichtermeer ein dunkler Fleck, vielleicht ein Park. Das Zimmer selbst war hell erleuchtet. Es roch nach abgestandenem Zigarettenrauch. Es gab einen großen Metallschreibtisch, dessen unüberschaubares Chaos von Papieren, Bücherstapeln, Zeitschriften und Stiften von der Kreativität seiner Besitzerin zeugten. In einer anderen Ecke des Raumes stand ein schrill gelbfarbenes Ledersofa. Es provozierte, lachte alle anderen Möbel aus. Viktor erkannte an der schiefen Decke Scheinwerfer, an einem Metallgestänge angebracht. Dazu eine fest installierte Videokamera. Ein Turm mit Tasten und Knöpfen, dessen Verwendung Viktor ein Rätsel war. Überall auf dem Boden Kisten, Kartons, aus denen verschiedene Dinge ragten: Nylonstrumpfhosen, Bücher, Tiegel und Dosen, Tüten. Auf einem niedrigen Tisch schien der einzig freie Platz zu sein, auf dem ein völlig überfüllter Aschenbecher und ein Computer standen, dessen matte Optik Bernhards Laptop glich. Viktor erinnerte sich, dass Bernhard jedes seiner Manuskripte auf einem baugleichen Gerät an Lopez' Küchentisch verfasst hatte.

Zoya verschwand in einem Schrank.

Erst jetzt erkannte Viktor, dass es sich um ein weiteres Zimmer handeln musste. Diese bizarre Wohnung glich einem Labyrinth.

Nur Sekunden später tauchte sie wieder auf. »Scheiße!«, fluchte Zoya. »Wo ist er?« Sie warf ihre Lederjacke auf das Sofa und sah sich suchend um.

Viktor wollte nicht fragen, wen sie meinte. Er würde es erfahren, wenn es wichtig war. Er spürte, wie er den Raum mit seiner Präsenz ausfüllte.

»Setz dich endlich!«, befahl Zoya ihm. »Du nimmst mir das Licht.« Viktor fand, dass sie wie Lopez klang.

Viktor sah sich nach einer passenden Sitzgelegenheit um. Der Schreibtischstuhl schien ihm zerbrechlich und zu klein zu sein. Er wollte nicht in den klaustrophobisch anmutenden Flur zurückkehren. Also umrundete er Kisten und stieg über Kartons. Vorsichtig ließ er sich auf dem Sofa nieder. »Wo ist mein Pass?«

Zoya hatte sich bereits eine Zigarette angezündet. Nachdenklich blies sie den Rauch aus. »Juri ist weg.«

Nichts in diesem Zimmer zeigte die Anwesenheit eines anderen Individuums an. Viktor würde ihr nicht den Gefallen tun und fragen, wer, zum Teufel, dieser Juri war. Es interessierte ihn einfach nicht. Er fühlte sich müde. Hungrig und durstig. Seit fünf Stunden hielt er sich in dieser Stadt auf. Seit fünf Stunden funktionierte nichts nach Plan. »Wo ist mein Pass?«, insistierte er.

Zoya legte die Zigarette wie etwas Filigranes auf der

Kante des Aschenbechers ab. Sie erhob sich wortlos und verschwand in dem kafkaesken Flur. *Wenn sie nicht wiederkommt, werfe ich den ganzen Kram zum Fenster raus,* dachte Viktor, obwohl er sich für körperliche Anstrengung viel zu müde fühlte. Viktor gab sich der Stille hin, nach etwa zwei Minuten hörte er ein Klingeln, danach ein helles Geräusch.

Als sie zurückkam, hatte sie ein Tablett in der Hand, auf dem zwei Flaschen und eine große Schüssel gegeneinander klapperten. Als sie das Tablett vor Viktor abstellte, sah er Bier und einen Eintopf, in dem verschiedenes Gemüse schwamm. Zoya steckte einen Löffel in den braunen Sumpf, schob Schüssel und eine der Flaschen näher zu Viktor hin. Sie selbst nahm sich ein Bier. Mit ihrem Feuerzeug schnippte sie den Kronkorken durch die Luft.

»Was ist mit deinem Kopf passiert?«, fragte sie, nachdem sie einen tiefen Zug aus ihrer Zigarette genommen hatte. »Lobotomie?«

»Wo ist das passiert?«, fragte Viktor. Er deutete auf ihre Hand. »Im Sägewerk?«

Zoya verzog in Anerkennung seiner ironischen Replik den Mund zu einem Lächeln. »So werden im Arbeitslager Diebe bestraft. Wusstest du das?«

Nein, das hatte Viktor nicht gewusst. Aber er bekam eine Ahnung davon, was es bedeutete.

»Ohne Zeigefinger näht es sich schlecht. Wenn du schlecht nähst, werden deine Privilegien eingeschränkt. Wenn du keine Privilegien mehr hast, wirst du zum Abschuss freigegeben.« Ruhig benannte sie jedes Glied dieser Kausalkette.

Zum Abschuss. Was bedeutete das? Viktor musste zugeben, dass ihn menschliche Gewalt schon immer mehr als die Zufallsbrutalität einer Krankheit schreckte. Schlussendlich gingen sie alle als Versehrte aus Schlachten hervor, die sie verloren hatten. Sein Gehirntumor nahm sich seltsam friedlich gegen diese anachronistische Strafmaßnahme aus.

Er betrachtete das Essen vor sich auf dem Tisch. »Ich will meinen Pass wiederhaben.«

»Was auch immer sie mit deinem Kopf gemacht haben, offensichtlich hängt seitdem deine Platte an derselben Stelle fest.«

Viktor stand auf, bemüht, den Tisch nicht umzuwerfen. Noch nicht. Er ließ der Grausamkeit freien Lauf. »Du hast aus deinem Denkzettel wohl nicht viel gelernt.«

Er sah, wie etwas über ihr Gesicht zuckte, eine Erinnerung, eine Empfindung, vielleicht Wut oder Schmerz. Dann lachte sie, als habe er einen wirklich guten Witz gemacht. »Setz dich und iss!« Auffordernd schaute sie ihn an. »Oder möchtest du die Polizei rufen?«

Viktor störte das breite Grinsen auf ihrem Gesicht.

Viktor drehte seine Situation hin und her, kam zu einem Schluss. »Was willst du von mir?«

»Ich will, dass du für mich arbeitest.«

Viktor zog die Augenbrauen hoch. »Ich kenne dich noch nicht einmal.«

»Brauchst du auch nicht«, sagte sie wie ein störrisches Kind.

»Wo ist mein Pass?«

Sie stöhnte, als nerve sie das immer gleiche Lied im Radio. Als spielte es zeitgleich auf allen Sendern. Als könne sie es nicht mehr hören.

Viktor drehte sich um und ging zur Tür. Als er sich umsah, lag sein Pass direkt neben der Suppe, die kalt zu werden drohte. Zoya Bogdanowa, die böse Zauberin. Er ging zurück und ließ sich erneut auf dem Sofa nieder. Er blätterte in dem Dokument, nur um sicherzugehen, dass es sich auch um seines handelte. Danach steckte er es ein. »Hast du auch Milch?«, fragte er.

Zoya schüttelte den Kopf. »Glaub mir«, sagte sie, »du willst hier keine Milch trinken.«

Als seien Milchprodukte radioaktiv verseucht. Oder alt und ungenießbar. Viktor fragte nicht weiter, akzeptierte die Empfehlung stillschweigend und nippte an dem Bier. Eigentlich mied er Alkohol. Er wollte die Halluzinationen, die der Tumor hervorgebracht hatte, nicht noch befeuern. Eine Kettenreaktion. Den Tumor gab es nicht mehr, aber er verunsicherte ihn immer noch. »Wie heißt dein Freund? Der, der uns gefahren hat?«, fragte er.

Die Diebin drückte ihre Zigarette im Aschenbecher aus. »Kolja. Kolja Nowikow.«

Viktor schaute sie direkt an. »Nowikow?« Er pausierte, weil sein Gehirn die Information noch verarbeitete. Weil er sie immer noch unglaublich fand. »Nowikow? Wie in: Präsident?«

Zoya nickte, als sei das völlig normal. Eine durchschnittliche Nachricht wie der Wetterbericht an einem wolkenfreien Tag. »Kolja ist sein Sohn.«

Viktor äußerte sich – wie sie vorhin – mit einem leisen Pfiff. Diese Begegnung begann, ihn langsam zu interessieren.

Bernhard betrat zeitgleich in Berlin die Küche. Er sah aus wie ein Imperator, der sich an das Volk wenden wollte. Lopez wusste, dass er allen Grund dazu hatte. Die Lesereise, ein neuer Verlag. Das neue Selbstbewusstsein ihres Mannes gefiel ihr. Es stand ihm gut. Die schwarze Kleidung, die für die meisten wie die Verkleidung eines Bestatters aussah, fand Lopez passend. Sie wirkte attraktiv und unterstrich den intellektuellen Eindruck, den Bernhard hinterließ. Lopez scherte sich nicht um ihr Aussehen, um Kleidung, Make-up oder Schmuck. Für Bernhard hingegen bedeutete diese Kluft mehr als das notwendige Bedecken nackter

Körperstellen. Dieser Look grenzte ihn ab von seinen betuchten Eltern, von seinem Vater, der mächtig war und sein Umfeld mit Einfluss dirigierte. Berliner Verbindungsadel. Seine Interessen, die Finger überall. Das Auftreten eines Existenzialisten sagte Bernhard zu, weil er sich so zu einem Leben als Künstler, als Schriftsteller bekannte. Seine Eltern hatten diese Entscheidung belächelt, bis er sie mit Erfolgen zum Schweigen brachte. Mit dem Erscheinen eines historischen Romans. Ein Manuskript, um das sich alle Verlage rissen. Das einer von ihnen meistbietend kaufte, das nach der Veröffentlichung jedoch keiner lesen wollte. Der Leser, dieses unbekannte, scheue Tier. Da half keine gute Kritik, kein noch so gutes Marketing. Bernhard suchte seitdem nach dem richtigen Stoff. Da die Kreativität sich jedoch als launische Muse gab, hatte Bernhard die letzten Jahre in einer Flaute verbracht. Niemand kaufte den Roman. Neue Ideen stagnierten schon bei der Entstehung oder liefen nach mehreren Kapiteln ins Leere. Über, unter, auf allem lag die verzweifelte Suche nach dem Erstgeborenen, ihrem Sohn. Bernhards Kreativität fror ein. Lopez wusste bis heute nicht genau, ob Bernhard nicht doch Trauer getragen hatte. Auf seine verquere, fröhliche Art. Während sie sich in Arbeit vergrub, erfüllte Bernhard zu Hause ihre und seine Pflicht.

Tessa sprang an ihm hoch, jubelte und liebkoste ihn. Sie hatte ihren Vater nach einem Arbeitstag vermisst. Lopez stellte fest, dass ihre Tochter sie selbst nie auf diese Weise küsste oder Zärtlichkeiten mit ihr austauschte. Als erkenne sie den Unterschied zu dem, der sie in den ersten Lebensjahren versorgt und gehütet hatte. Als sei Lopez nur ein Au-pair-Mädchen, dass bald ersetzt würde durch eine neue Arbeitskraft.

Gunnar erhob sich von seinem Platz, um Bernhard zu begrüßen. Er wollte wissen, wie es lief. Bernhard setzte Tessa ab und erzählte bereitwillig von seinem neuen Projekt. Er habe seine Heldin Salome in der jüngeren Vergangenheit angesiedelt. In den Dreißigerjahren. Dort mischte sie jetzt Nazis auf, keiner entrinne ihr, sie räume dort endlich auf. Es sei ein Wunsch gewesen, ein Befreiungsschlag. Diese Mischung von Historie, Heldenepos und Krimi habe es gebracht. Bernhards Gesicht leuchtete. Fast kindliche Begeisterung, die von hellem Haar eingerahmt wurde. Jede Neuigkeit untermalte er mit ausladenden Gesten seiner schlaksigen Arme. Ein neuer Verlag habe ihm das Exposé förmlich aus der Hand gerissen, seine Agentin gebe sich positiv. Eine Lesereise sei schon organisiert, das neue Manuskript auf einem guten Weg. Man frage bereits nach dem zweiten Band.

Gunnar nickte anerkennend. Unter Männern roch das nach Erfolg.

Bernhard nahm mit einem geübten Griff das Baby von Lopez' Arm. Selbstverständlich, wie er es immer tat. Ein Vater in seinem Element. Mit dem Kind ging er zum Kühlschrank und fragte, was sie trinken wollten. Gunnar wehrte ab, er wollte gehen. Bernhard zwinkerte ihm zu und bat ihn zu bleiben, nur noch auf einen Absacker. Gunnar zierte sich, bis auch Lopez halbherzig drängte. Als sie alle mit gefüllten Gläsern am Tisch saßen, wollte Bernhard wissen, warum Lopez' Vorgesetzter sie besuchte. Lopez schwieg, und Gunnar stotterte. Bernhard schaute sie beide skeptisch an.

»Das LKA hat einen verzwickten Fall«, versuchte Lopez zu erklären.

Ob es je anders gewesen sei? Bernhard lachte, aber es klang nicht ganz echt.

Gunnar gab sich einen Ruck. Er befinde sich in einer desolaten Situation. Als er Viktors Namen erwähnte, glitt Bernhards Blick automatisch zu der Wand neben dem Kühlschrank. Rote Spritzer, Blut am Boden.

Geh, Bernhard! Und komm heute Nacht nicht mehr zurück!

Viktor mit einem Schlauch in der Nase. Er lag in einem weißen Bett. Einen breiten Verband, deutlich sichtbar unter dem Krankenhaushemd, das über seinem enormen Brustkorb spannte. Rosa, seine, Bernhards, Frau, die nach dem Freitod gesucht hatte, weil sie die Schuldgefühle, diese unendliche Suche, die Ungewissheit nicht mehr ertrug. Viktor, der dafür mit einer Schusswunde bezahlte. Ein Unfall. Mehr als das wusste Bernhard bis heute nicht. Wollte, sollte er nicht wissen.

Als Gunnar weiterredete, hatte Bernhard den Anschluss verpasst. Aber Lopez schaute auf ihre Schuhe, und Gunnar lächelte breit, als das Wort

»Home-Office«

wie eine Handgranate fiel. Bernhard knallte das Glas auf die Tischplatte. Sein Gesichtsausdruck versteinerte. Das Baby schreckte hoch und brüllte. Bernhard erhob sich so schnell von seinem Stuhl, dass dieser umkippte. Wortlos verließ er mit dem schreienden Kind den Raum.

12

Was machst du hier?«, fragte Viktor. Mit einem Heben seines Kinns zeigte er auf das Durcheinander aus Kisten und Kartons.

»Videos«, sagte sie kurz.

Viktor konnte sich darunter nichts vorstellen. »Mein Leben als Messie oder so?«

Zoya, die Diebin, lachte, zündete sich eine neue Zigarette

an. Sie klappte den Laptop vor ihm auf, neun Finger huschten über die Tasten.

Vollbildmodus, ihr Gesicht füllte den Bildschirm. Ein roter Schriftzug »Die Rote Zoya« leuchtete auf und verschwand. Die Kamera zog auf. Zoya saß auf dem gelbfarbenen Sofa und wühlte mit der versehrten Hand in einer kleinen Dose. Viktor beobachtete, wie sie mit dem Mittelfinger schwarzen Lidschatten auftrug, wie sie ihn immer weiter ausdehnte. Dabei redete sie ohne Unterlass. Von Schönheit und Spiegelblicken, von Voyeurismus und Selbstbefriedigung. Viktor stellte eindeutig eine Bild-Ton-Schere fest. Gebannt beobachtet er, wie sich die schwarze Farbe um ihre Augen herum ausbreitete, wie ihr ausdrucksstarkes Gesicht unter dieser Kriegsbemalung völlig verschwand. Wie ihre blond gefärbten Haare im Gegensatz dazu leuchteten. Auch in diesem Video rauchte sie wie ein Schlot. Sie sagte: »Rauchen kann dich umbringen. Rauchen macht dich impotent. Rauchen schädigt den Embryo in deinem Leib. Rauchen verursacht Krebs.«

Das Video dauerte in Viktors Wahrnehmung eine Suppenschüssel lang. In etwa so lange wie die Aufmerksamkeitsspanne eines gut gelaunten Kleinkindes. Zoyas Gesicht wirkte völlig verunstaltet. Geschwärzt mit grobem Fingerstrich. Sie hielt das Produkt in die Kamera, befand es für gut. Riss noch ein paar Witze auf Kosten der Firma, die das Produkt vertrieb. Produktion in Ländern der Dritten Welt, Kinderarbeit, Ausbeutung, Tierversuche. Russlands schmutzige Finger, mittendrin. Weißer Rauch kringelte sich vor ihrem schwarzen Gesicht. Standbild. Sie beendete das Video mit einem Kussmund, der trotz der bizarren Bemalung erotisch auf Viktor wirkte. Warum, konnte sich Viktor nicht erklären. »Und das schaut sich jemand an?«, fragte er ungläubig.

»Ich habe« – sie überprüfte kurz die Zahl, die unter dem Video stand – »rund zwanzig Millionen Abonnenten.«

Viktor kannte sich nicht aus. »Ist das viel?«

Verächtlich stieß sie die Luft zwischen den Lippen aus. »Das ist groß. Die Königsklasse der YouTube-Blogs!«

»Und davon kann man leben?«

»Vermutlich verdiene ich in einem Monat mehr als du in einem Jahr.«

»Keine Kunst«, sagte Viktor, den das nicht beeindruckte. Briefträger verdienten mehr als er.

»Hör zu! Ich möchte wissen, warum Maximow sterben musste.«

»Warum interessiert dich das?«

Zoya sah nachdenklich aus, spielte an einem Piercing. Wie jemand, der etwas vor ihm verbarg. »Weil er ein Freund war.«

Viktor sah sie abschätzig an. »Hattest du mal was mit ihm?«

»Geht dich nichts an.«

»Wahrheit«, sagte Viktor. »Schon mal davon gehört?«

Zoya verdrehte die Augen. »Es gab keine Frau, die nichts mit Maximow hatte. Er war« – sie suchte nach der richtigen Formulierung, die zweideutig ausfiel – »unwiderstehlich.« Bevor Viktor etwas dazu sagen konnte, fuhr sie fort: »Aber das ist es nicht. Er war ein kluger, konsequent handelnder Mann. Er schrieb das, was sich die meisten nicht trauten. Wenn sie ihn ermorden, wer wird der Nächste sein?«

Was sie nicht sagte, was Viktor aber dennoch hörte, war, dass sie sich fürchtete. »Wer ist ›sie‹?«, fragte Viktor.

»Finde es raus! Wenn ich es wüsste, bräuchte ich dich nicht.«

Viktor wollte ihr glauben, aber es gelang ihm nicht. »Du lügst. Du sagtest, dass der Mörder dich verfehlt hat.«

Sie betrachtete ihre Hände wie etwas Fremdes.

»Warum?«

»Weil ich noch unbequemer bin als Maximow.«

Das wiederum konnte Viktor glauben. »Aber für wen?«

»Finde es heraus!«, wiederholte sie.

Viktor hätte mit einer Mauer bessere Gespräche führen können. Er wandte sich ihr ganz zu. »Dein Freund ist der Sohn des Präsidenten. Ein mächtiger Schutzengel.«

Jetzt sah sie ihn an. »Das könnte bald zu Ende sein.«

Viktor bemerkte den Schmerz, der in diesem Zweifel lag.

»Bist du gut in deinem Job?«, fragte sie ihn.

Viktor zuckte mit den Schultern. Es gab Schlechtere.

Zoya seufzte. Die Aschesäule am Ende ihrer Zigarette wuchs. Die Zigarette ersetzte den Zeigefinger. Viktor fand das Bild skurril.

»Komarow kümmert sich darum«, sagte Viktor.

»Ja, klar«, schnaubte sie. »Wer vertraut schon der Polizei?«

»Ich bin auch ein Polizist«, erinnerte er sie.

»Ich weiß«, sagte sie. »Ist nicht ideal.«

Viktor sah sie an. Ihre arrogante Art, ihn direkt zu kränken, nagte an ihm. »Was hat der Präsident damit zu tun?«, fragte er.

Sie schwieg.

»Oder sein Sohn?«

»Ist nur mein Boyfriend, sonst nichts.«

Boyfriend, dachte Viktor. *Aha.* »Warum hatte er keine Leibwächter?«

»Hat er. Aber er entkommt ihnen gern.«

Unwillkürlich musste Viktor an seine Babuschka denken, die auch ständig floh. Vor der Tristesse ihrer Altersresidenz, vor Langeweile und Einsamkeit. Laut sagte er: »Ich wette, dass er gute Verbindungen hat. Bessere als ich.« Er pausierte. »Ich bin nur ein Tourist.«

»Nein.« Sie schüttelte den Kopf. »Es muss jemand von außen sein.«

»Ausgerechnet von außerhalb der Russischen Föderation?«

Zoya überhörte Viktors Sarkasmus. Vorsichtig ließ sie den verbrannten Tabak über dem Aschenbecher abbrechen. »Ich möchte dich haben.«

»Ich bin aber nicht zu haben«, stellte Viktor kategorisch fest. Unverrückbar, als spräche er mit einem bockigen Kind. „Das glaube ich nicht«, sagte sie. Ihr Russisch klang weich und frei von jeglichem regionalem Akzent. Machte sie ihn etwa an?

»Warum ausgerechnet ich?«, fragte Viktor.

»Du kannst was einstecken. Du bist loyal. Du verstehst etwas davon.«

Viktor fragte sich, woher sie das wissen wollte.

Sie beugte sich so nahe zu ihm, dass er sie riechen konnte. Er mochte ihren Geruch aus Rauch und Seife. »Nenn es Intuition!«

Viktor wollte es nicht benennen. Er wollte Urlaub machen. Warum verfolgte ihn seine Arbeit, wohin auch immer er ging? Er sagte: »Nein« und erhob sich, schlängelte sich durch das Kistenlabyrinth zur Tür.

»Du hast mich nicht gefragt, was du dafür bekommst«, sagte sie zu seinem Rücken.

Viktor sprach mit der Tür, deren Klinke sich zum Greifen nahe befand: »Weil es mich nicht interessiert.«

»O doch.«

Renitente Frau! Störrische Ziege, Nervensäge, Landplage. Viktor befand sich bereits im Flur.

»Ich kann diesen Haftbefehl gegen dich löschen lassen.« Er hörte ihre Stimme wie gedämpft.

Viktor stoppte.

Sie sagte: »Ich habe gute Verbindungen.«

Er haderte kurz mit sich selbst, folgte dem inneren Zwang wie ein Hund der Wurst, die jemand an der Angel hielt und damit wedelte. Er kehrte in das Dachzimmer zurück.

»Kann mich immer noch nicht daran gewöhnen, wie du aussiehst«, sagte Juri Boltanow. Er zitterte und schwitzte. Er wollte nicht mehr warten, aber er musste es. Weil sie nach ihren Regeln spielten. Konversation war in diesen Situationen nicht sein Ding. Du konntest ein Leben lang auf etwas warten, das nicht geschah. Juri besaß die feste Überzeugung, dass er sterben würde. Jedes Mal wenn er darauf wartete.

»Du kannst alles von mir haben«, sagte sie und lächelte. Juri wusste nicht, ob es sich um sinnliche Lippen oder das Maul eines Haifisches handelte. Er wollte, dass es stimmte. Er wollte es. Warten, warten. Er fummelte an einer Federboa herum, die an einem Haken hing. Der Flaum kitzelte seine Finger, es machte ihn völlig wahnsinnig, wie die Federchen seine Haut berührten. Er spürte jeden Kontakt wie einen Mückenstich. Er lachte laut. Sogar für ihn selbst klang es ziemlich überdreht. In dem von mehreren Glühbirnen grell erleuchteten Spiegel sah er sein ausgezehrtes Gesicht. Die harten Linien. Das Verhuschte seines Blickes. *Schau weg!*, befahl er sich.

Sie hingegen sah fantastisch aus. Aufregend, groß und schön. Eine sexuelle Aufforderung für jeden, der sie traf.

Bei Juri bewegte sich unterhalb der Gürtellinie allerdings kaum noch etwas. Erregung verspürte er noch gelegentlich, aber er bekam einfach keinen mehr hoch. Seit Jahren nicht. Etwas lenkte ihn immer wieder ab. Entweder war er zu müde, zu verträumt oder zu wach, geradezu angezündet vor Interesse, Neugierde und Faszination. Es würde nie etwas geben, das diesen Lebenshunger stillen konnte. Oder seine tiefe Depression. Oder das Verlangen, das doch etwas ganz anderes als sexuelles Begehren war. Eher ein Hunger, kurz vor einer Hungersnot. Ein Zwang, etwas Dunkles, Finsteres, das ihn an einer Leine hielt und ihn tanzen und springen ließ, wie es ihm gefiel. Die Überlegungen stressten ihn, regten ihn auf. Er lächelte angestrengt, weil am Ende dieser wirren Gedankenkette die Aggression wartete. Wenn er, Juri, sich gehen ließ … *Lächeln, immer hübsch lächeln!*, dachte er. Lang konnte es nicht mehr dauern. Durfte es nicht. Er fühlte sich ganz wirr, während er beobachtete, wie sie in einer Handtasche wühlte. Er hatte sich früher schon gern gehen lassen. Konflikte, Ärger, Auseinandersetzungen. Er dachte an seinen Vater, seine Mutter, seinen Bruder. Wie er sie vermisste. Und es doch nie mit ihnen ausgehalten hatte. Aber Gedanken an seine Familie verstärkten die Aggression.

»Willst du sie haben?«, fragte sie ihn.

Entsetzt schaute Juri die Federboa an. Es gab nichts, was er weniger haben wollte. Er setzte zu einer umständlichen Erklärung an, einer Mischung aus Entschuldigung, Ablenkung und Kriecherei, aber sie beruhigte ihn, dass alles in Ordnung sei. In Ordnung? Welche Ordnung? Ordnung gab es nicht. Nur Chaos, das ihn überflutete. Dieses Chaos, das ihm alles nahm.

Wieso die Zeit nicht vergehen wollte, wieso sie sich, um ihn zu quälen, hinzog und dehnte? Warum gab es keine Beschleunigungstaste, sofortige Befriedigung? Er musste sich bewegen, nur ein paar Schritte auf und ab gehen in diesem engen dunklen Raum, der völlig überladen mit glitzernden Kleidern und bunten Malkästen war. All diese Eindrücke, die sein Nervensystem provozierten. Es gab nur ein Vorher und ein Danach, was gleich unerträglich schien. Die Momente, in denen Juris Leben perfekt war, vergingen allzu schnell. Sie schienen kürzer als ein Atemzug.

»Schatz«, sagte sie jetzt mit ihrer tiefen Stimme zu ihm, »du musst dich mal wieder waschen. Und frische Klamotten wären auch nicht schlecht.«

Juri nickte beflissen. Natürlich ja, jederzeit, das nächste Mal bestimmt, wenn er sie besuchte. Es konnte auch ein nächstes Leben sein. Ihm reichte dieses. Aber es kam ja immer anders, als man dachte.

Sie wühlte weiter in ihrer Handtasche, als genieße sie sein Martyrium.

Da war es! Ach, das Vergnügen, pure Vorfreude, die ihn durchströmte. Nervös tippelte er auf und ab, jede Faser, jeder Muskel angespannt.

Sie schwenkte das Säckchen vor seinen Augen hin und her. »Aber nicht hier konsumieren!«, ermahnte sie ihn.

Sie fragte ihn, ob er auch saubere Spritzen benutze. Er bejahte, hätte alles bejaht. Sicher umschloss er das Päckchen mit der Hand, erleichtert und durchströmt von Glück. Er griff nach der Türklinke, drückte, rüttelte. Natürlich hatte sie abgeschlossen. Sein Mut sank ins Bodenlose. Er konnte es einfach nicht mehr ertragen, dass sich der nächste Schuss verzögerte. Er fühlte sich hilflos. Ein Orkan der Wut braute sich in seinem Inneren zusammen. Er kannte das Gefühl.

»Ganz ruhig!«, ermahnte sie ihn, den Schlüssel in der Hand. »Berichte mir, okay?«

»Natürlich«, krächzte er unterdrückt. Der Hass, die Wut, die Angst – all diese Gefühle bildeten ein unseliges Gemisch, das durch seine Kehle nach oben drängte, sich in ihm bis in seine Fingerspitzen ausdehnte. Er wusste, was er anrichten konnte, wenn der dünne Geduldsfaden riss. Das war der Grund, warum sie ihn »den irren Juri« nannten. Ihr Hals war so lang und schlank. Ein rot glänzendes Collier lag darum wie ein Kranz. Wie seine Hände es vermochten. Nur enger, fester. Er wusste, wie sich die Muskeln und Sehnen anfühlten, die sich gegen den Druck der Finger wehrten. Wer weiß, was sich noch in ihrer Handtasche befinden mochte. Die Gier packte ihn, setzte ihm zu. Er spürte, wie er dieser explosiven Gewalt nachgeben wollte. Dieser zu Lava verflüssigten Brutalität.

Aber sie steckte den Schlüssel in das Schloss, für einen

Moment war sie ihm ganz nahe. Ihr moschusartiger Geruch fiel ihm auf, er irritierte ihn. Der Schlüssel drehte sich wie in Großaufnahme. Die Tür öffnete sich, und sie beugte sich zurück. Lächelte.

Juri ergriff die Flucht, er rannte über den dunklen Korridor. Brachte fast einen kostümierten Mann zu Fall. Auf dem Weg zur Unterführung hinter dem Theater verschwendete er keinen weiteren Gedanken mehr an sie. Das nicht enden wollende Treffen mit ihr hatte es gar nicht gegeben. Er dachte er nur noch an den nächsten Schuss.

13

Viktor sah in den schwarzen Himmel hinauf. Regenwolken brauten sich zusammen. Zum wiederholten Mal wählte er Siskas Nummer, drückte das Handy ans Ohr. Als er endlich ihre Stimme hörte, klang sie nicht wütend. Keinesfalls. »Hi, Viktor«, sagte sie.

Viktor setzte zu einer komplizierten Erklärung an, entschied sich dann für ein schlichtes Hallo.

»Ich habe dich nicht vermisst«, sagte sie mit leiser Stimme.

»Ich dich auch nicht«, sagte er.

Sie schwiegen. Viktor lauschte ihrer technisch leicht verfremdeten Stimme. In der Leitung knackste etwas. »Hast du Milas Koffer?«, fragte sie.

Viktor verneinte.

»Bist du im Hotel?«

Viktor sagte: »Nein.«

»Was ist passiert?«

Viktor wusste nicht, was er berichten sollte. Dass ein Mann direkt neben ihm erschossen worden war – der feine rote Nebel in der Luft –, dass man ihn festgehalten hatte in einem grün gestrichenen Raum, dass jemand ihm seinen Pass gestohlen hatte, der jetzt wollte, dass er diesen Mord an einem Schriftsteller aufklärte. Es klang so wirr, er hätte sich selbst nicht geglaubt. Viktor sagte: »Ich wurde aufgehalten« und fand, dass es den Sachverhalt gut traf. »Wo seid ihr?«, fragte er.

»Bei Petja.«

Viktor sagte: »Wann kommt ihr ins Hotel?«

Siska sagte: »Ich glaube, gar nicht mehr.«

Viktor hörte die Nachricht, verdaute sie und fragte nach: »Wieso?«

Siska erzählte von einer Einladung, die anders verlaufen war, als sie erwartet hatte. In dem Bericht kamen eine Entführung und eine gebrochene Nase vor. Noch mehr Gepäckverlust.

Viktor fand, dass diese Schilderung durchaus mit seinem Zeitvertreib mithalten konnte. Er fand auch, dass sie frei erfunden klang. Siska lud ihn ein. Sie bat ihn, kurz zu warten, das Handy wechselte in eine andere Hand, Viktor lauschte, ein Mann sprach ihn auf Russisch an. Der Mann musste schwer erkältet sein, seine Stimme klang nasal. Er nannte ihm eine Adresse. Viktor bat darum, die Anschrift zu wiederholen, prägte sich Straße, Viertel und Zahlen ein. Trainierte sein Gehirn, wie sie es ihm im Krankenhaus geraten hatten. Dachte an seine Ärztin Marita Nowak und empfand nichts dabei. Als habe jemand seine emotionale Verbindung zu dieser Person komplett gekappt. Als Viktor auflegte, war es kurz nach Mitternacht.

Er brauchte nochmals zwanzig Minuten, bis ein privates Taxi auf sein Winken reagierte. Mehrere Wagen drehten ab, als sie ihn näher kommen sahen. Schließlich hielt ein schwarzer Wolga mit eingedelltem Kotflügel. Der Fahrer schien so alt wie Viktor selbst zu sein. Er trug eine dicke Wollmütze und eine zerschlissene Lederjacke. Im Mundwinkel klebte ein Zahnstocher, der ein Eigenleben führte. Am Rückspiegel baumelten kleine, alte Kinderschuhe, auf dem Armaturenbrett wippte der Kopf eines beflockten Kunststoffhundes auf und ab. Eine völlig unleserliche Lizenz, auf der sogar der amtliche Stempel verwischt worden war, klebte in einer zerkratzten Plastikhülle auf dem Handschuhfach. Es roch nach Schimmel, verbranntem Plastik und nach altem Staub. Der Fahrer lauschte Viktors Angaben. Sie verhandelten kurz über den Preis in Rubeln, den Viktor unter zehn Euro ansetzte, weil er nicht mehr als üblich über den Tisch gezogen werden wollte. Der Fahrer nickte, Viktor lehnte sich im Sitz zurück.

Im Radio spielte Jazz. Jazz, diese Musik aus einer anderen Zeit. Musik, die alte Männer rührte. Ein Trompeter verstieg sich mehr und mehr in ein Solo, das Viktors Gedanken störte. Aber der richtige Soundtrack für Viktors Leben existierte wohl noch nicht. Lichter, Menschen, Gebäude dieser Stadt flossen an dem beschlagenen Fenster vorbei. Irgendwann prasselten Regentropfen auf die Windschutzscheibe. Mit einem Quietschen zogen die Wischer halbrunde Bahnen in das Wasser, das sich sammelte.

Der Jazz wurde unterbrochen von Nachrichten, die von einem Bombeneinschlag in Syrien berichteten, bei dem vierhundert Zivilisten starben. Die russische Regierung bezichtigte Terroristen. Genadi Nowikow verabschiedete ein millionenstarkes Sanierungsprogramm für Sozialwohnungen. Nowikow. *Das neue Kind*. Schlagworte rauschten in Viktors Ohren: Gaslieferungen, ein russischer Opernstar, Embargo und ein Wetterbericht, der hohe Temperaturen und Regen versprach. Es wunderte ihn, wie mühelos er seine Muttersprache verstand, obwohl er sie kaum noch sprach.

Als Viktor ausstieg, nieselte es. Der feine Nebel zeichnete alle Konturen weich. Es glitzerte und schillerte als Effekt der ihn umgebenden Dunkelheit. Viktor spürte das Feuchte auf seinen Händen, seinem Kopf. Ihm gefiel das lebendige Gefühl. Schemenhaft erkannte er unter einem Regenschirm den Mann, der auf ihn wartete.

Der Fahrer betrachtete neugierig das Haus, vor dem sie parkten. Danach verlangte er von Viktor einen absurd hohen Preis. Viktor, der nicht gewillt war, ihm mehr als das zu geben, was vereinbart war, suchte nach seinem Geldbeutel. Auch nach mehrmaligem Abtasten seiner Jackentaschen fand er nichts. Nur eine Karte mit ihrem Namen und mehreren Telefonnummern. Erst nach einem Moment des Schreckens wurde Viktor klar, dass er seinen Geldbeutel nicht finden würde. Zoya Bogdanowa hatte ihn tatsächlich ein weiteres Mal beklaut.

Unter Oleg Sukovs Augen lagen dunkle Balken. Blut, das sich dort sammelte. Über seiner Nase klebten zwei helle Pflasterstreifen. Dass Franziska Mohn solche Kräfte entwickeln konnte, überraschte Viktor. Dass sie jemanden geschlagen hatte, kam ihm unerklärlich vor. So unerklärlich, dass es fast wieder normal erschien. Viktor erkannte unschwer, dass Oleg Sukovs Nase gebrochen war. Viktors eigene Nase sah genauso aus. Nur eine Laune der Natur. Viktor verlor Kämpfe nicht gern.

Oleg Sukov war von kleiner Statur. Kleiner, als Viktor erwartet hatte. Für einen Moment lang suchte er nach einer Ähnlichkeit mit Petja, bis ihm einfiel, dass Sukov den Jungen auf dem Schwarzmarkt gekauft und adoptiert hatte. War er ein Verbrecher oder nur ein verzweifelter Mann, dessen Kinderwunsch ihn zum Äußersten getrieben hatte? Der Verkäufer hatte eine durch und durch glaubwürdige Fassade aufrechterhalten. Seine Kunden mussten an seriöse

Geschäfte glauben. In Viktors Umfeld existierten normale familiäre Beziehungen nur als Idee. Sein Gegenüber unter dem Regenschirm trug einen extrem gut sitzenden, dunkelblauen Anzug und ein weißes Hemd, das mit Blutstropfen besprenkelt war. Viktors Spiegelbild. Nur anderes Blut von einem anderen Mann.

Als Viktor ihm erklärte, dass jemand ihn bestohlen hatte, kräuselte ein verständnisvolles Lächeln Oleg Sukovs Mund. Er zahlte mit einer fast nachlässigen Geste den geforderten Betrag. Viktor bedankte sich. Er versprach eine schnelle Rückgabe. Oleg Sukov winkte ab. Der Taxifahrer wendete. Mit majestätischer Geste wies Sukov die Einfahrt hinauf. Auf dem Weg zum Haus wollte er den Schirm mit Viktor teilen, aber Viktor lehnte ab.

Viktor hatte im Zuge seiner Ermittlungen in Berlin schon viele Häuser gesehen. Dieses hier erwies sich jedoch als etwas Besonderes. Unendlich viele Glühbirnen erleuchteten die Eingangshalle mit mindestens hunderttausend Watt. Auf dem Boden ein Mosaik, die Decke mit Stuck überladen. Goldene Verzierungen rahmten Kassettentüren ein. Die Treppe, die in das obere Geschoss führte, war mit einem weichen Teppich ausgelegt, der wie eine reich verzierte Schleppe vor Viktors Füßen auslief. Viktor hielt den riesigen Greifvogel mit gelbfarbenem Schnabel auf einem Holzpodest zunächst für ausgestopft, bis dieser ruckartig den Kopf drehte. Viktor erkannte: alles echt. Ab einer bestimmten Gehaltsklasse gab man sich nicht mehr mit Imitaten ab.

Die nächste Stunde in diesem Disney-Schloss entpuppte sich als Reise der Alice im Wunderland. Petja und Trixi saßen in einem Zimmer mit roten Kinostühlen und sahen sich auf der Leinwand irgendeinen Kinofilm an, in dem gerade irgendetwas explodierte. Der Feuerschein spiegelte sich auf Trixis Gesicht. Ernst und beseelt. Endlich angekommen am richtigen Ort.

Mila wühlte einige Gemächer weiter aufgeregt in einem Kleiderschrank. Sie hielt sich ein Kleid nach dem anderen vor den Körper. Sie murmelte Namen von bekannten Pariser Designern vor sich hin und fragte Viktor, was ihr am besten stehe. Dass seine Babuschka teure Kleidung liebte, hatte Viktor nur erahnen können. Besessen hatten sie jedoch nie etwas von Wert. Weder in St. Petersburg noch in Berlin. Tatjana Sukova musste diese geheime Leidenschaft sofort erkannt haben. Viktor mochte seine exzentrische Großmutter, die wie ein Kind im Verkleidungsrausch ein Kleid nach dem anderen anprobierte. Ihr Freund Otto verpasste das Seniorendefilee, weil er in einem Sessel eingeschlafen war und leise schnarchte.

Siska saß mit Tatjana Sukova in einem mit goldenen Ornamenten überladenen Salon, der sie alle wie Zeitreisende aussehen ließ. Lüster, wohin Viktor auch sah. Die Frauen unterhielten sich, bis Siska aufstand und Viktor vorsichtig umarmte. Tatjana Sukova war eine atemberaubende Erscheinung. Viktor hatte selten eine schönere Frau gesehen. Sie musste deutlich jünger als Oleg Sukov sein. Modelmaße, langes, blondes, fließendes Haar. Perfektes Make-up, maßgeschneiderte Couture. Manikürte Fingernägel, zarte Haut. Ein Lächeln, das Gletscher schmelzen lassen konnte.

Alles in allem jedoch nicht Viktors Typ.

Viktors Typ löste sich von ihm: Siska sah müde, aber zufrieden aus. Als habe sie an diesem Tag wirklich etwas geschafft. Viktor fand sie ruhiger als zu dem Zeitpunkt ihres Kennenlernens. Damals hatte sie laute Musik gehört, sich immer etwas überspannt und aufgeregt benommen. Hoch getaktet und intensiv, genauso wie die elektronische Musik, die sie hörte. Neben Tatjana Sukova wirkte sie wie ein Mädchen vom Land. Seltsam natürlich und unbeschwert. Der neue Haarschnitt stand ihr gut. Viktor war ein Gewohnheitstier. Er vermisste Siskas altes Erscheinungsbild. Als ihre winzige Hand sich um seine große schloss, fühlte Viktor an diesem außergewöhnlichen Abend dennoch beinahe so etwas wie Normalität.

14

Sprich langsamer!«, schrie Zoya ihn an.

Kolja Nowikow holte tief Luft. Dieses Gespräch entwickelte sich zu einer handfesten Auseinandersetzung. Kolja fand es absurd, lautlos mit ihr zu streiten. Wie auf dem Trockenen zu schwimmen. So wie sich viele Dinge absurd anfühlten, seitdem sein Vater mit ihm die Geduld verloren hatte. An einem Tag im Winter, bevor er Präsident geworden war. Er dachte an seine Mutter, die seinen Vater abgöttisch liebte. Kritiklos alles hinnahm, was er tat. Zoya war anders. Anders als diese Frau, die nicht verhindert hatte, dass andere ihn nicht ernst nahmen. Dass sie hinter seinem Rücken über ihn sprachen und er dies sogar vor seinem Gesicht nicht bemerkt hätte.

Er zwang sich dazu, langsam zu formulieren, schloss jede Geste mit Nachdruck ab. Als spreche er in Ausrufezeichen.

Zoyas Blick folgte dem, was er sagte, genau. Er liebte sie intensiv, wenn sie sich konzentrierte. So zwang er sie, sich ihm zu widmen, ihm allein. Er wusste, dass das, was er ihr erzählt hatte, sie aufwühlte. Sie wütend und ratlos zurückließ. Er kannte das Gefühl. Im Gegensatz zu ihm würde sie jedoch nie mehr hilflos sein. Er öffnete das Fenster, um die kühle Morgenluft hereinzulassen. Um sie abzulenken. Um sich Zeit zu verschaffen, bevor sie ihm klarmachen würde, wie sehr sie seinen Vater hasste.

Aber sie schwieg, ging langsam zum Fenster, sah hinaus. Sein Vater hatte ihm dieses Refugium bezahlt. Er hätte jede Wohnung haben können, aber diese hier, nahe der U-Bahn-Station Kropotkinskaya, besaß noch alten, zaristischen Charme. Die Decken waren hoch, jeder Raum hochherrschaftlich und weitläufig. Weil Kolja alles haben konnte, was er wollte, wurden die Zimmer kernsaniert, um das Alte mit dem Neuen zu verbinden. Kolja vertrat eine neue Generation, die anders dachte. Wirtschaftlich, global, nicht mehr rein russisch, sondern international. Kolja hatte in Cambridge studiert und in Berlin. Er wusste, dass sein Vater alles wiedergutzumachen suchte. Dass er nie damit aufhören konnte, weil der Schaden, den sein eigener Vater verursacht hatte, unumkehrbar war.

Kolja näherte sich Zoya, wollte sie umarmen, aber sie entwand sich seinem Griff. Dass sie ihn zurückwies, erinnerte Kolja daran, wie schwach er war. Und wie stark sie sich immer gab. Sie nach all diesen Jahren zu besitzen, sogar mit ihr zu schlafen, kam ihm immer noch wie ein Wunder vor. Er wollte sie nicht verlieren.

»Du musst das rückgängig machen«, sagte sie, »diesen Entschluss.«

Kolja las ihre Lippen, ihre Zeichen und lachte auf. Wie konnte er ein Dekret seines Vaters ändern? Selbst er besaß nicht diese Macht. Komm, sagte er, komm, lass uns über etwas anderes reden. Oder gar nicht mehr. Er wollte sie ausziehen, in einem Kuss eng verbunden mit ihr ins Schlafzimmer gehen, sich dort auf das Kingsize-Bett mit der cremefarbenen Leinenbettwäsche fallen lassen, in sie eindringen, versunken in das einzige wortlose Gespräch, auf das sich alle Menschen verstanden.

Aber ihr Gesichtsausdruck stoppte jeden seiner Gedanken. Kolja seufzte. Es handelte sich nur um eine Journalistin. Er hatte seinem Vater davon abgeraten, circa hundert Mal. Aber sein Vater musste ein Exempel statuieren. Kolja hatte den Minister für Kommunikation und Medien hinzuziehen wollen, aber der galt als Hardliner, dem jedweder politische Kurs des Präsidenten noch zu weich erschien. Sein Vater lehnte jegliche Einmischung ab. Er wollte nicht mehr der »Grüne Präsident« genannt werden, weil er Umweltschutz propagierte, durchsetzte und Klimaabkommen nicht nur befürwortete, sondern auch unterzeichnete. Kolja wusste, dass sein Vater im Grunde seines Herzens altmodisch war. Er verwies Frauen gern auf ihren Platz. Er wollte sich von der Presse nichts diktieren lassen. Polina Nikitina hatte sich keineswegs regierungskritisch geäußert. Zumindest nicht nennenswert. Es gab andere Kollegen, die Nowikow sogar hassten. Es gab immer Feinde. Feinde des Systems, die Korruption und Misswirtschaft anprangerten. Manchmal Vergehen gegen die Menschenrechte. Kolja konnte sich die Schlagzeilen der unabhängigen Presse schon ausmalen. Auch im Ausland würden sich die Journalisten das Maul zerreißen. Selbst Kolja verstand nicht, was seinen Vater antrieb. Woher dieser Hass gegen die Journalistin kam, der zu dieser Entscheidung führte.

Zoya suchte nach ihrer Lederjacke. Sie hatte so gar nichts von seiner Mutter. Und nichts mehr von der Frau, die sie vor sieben Jahren noch gewesen war. Sie wirkte stark und unabhängig. Kolja schwante, dass er sie nie wirklich besitzen würde. Warum sie sich ihm hingegeben hatte, konnte er sich kaum mehr erklären.

Sie ging zur Tür. Durchmaß diesen großen Raum mit majestätischen Schritten. Die schwarze Königin verließ den weißen Palast. Weil Kolja Schmerzen verspürte, Stiche sein Herz perforierten, rief er ihr hinterher. Ein unartikulierter Laut, den er sich nur bei ihr gestattete. Sie drehte sich um, weil sie wusste, wie dringlich sein Anliegen war. Abschätzig, trotzig, fest entschlossen, etwas zu tun, was sie sicherlich bereuen würde.

Kolja signalisierte: Er wird nicht erlauben, dass sie in russischer Erde begraben wird. Und es gibt nichts, was du daran ändern kannst. Sein Blick flehte sie an, zu verstehen. Zu akzeptieren, was nicht zu ändern war. Weich zu sein, nicht hart und unnahbar.

Wieder las sie seine Zeichen konzentriert. Sie hatte seine Sprache schnell gelernt, aber niemand beherrschte sie so fließend wie diejenigen, die selbst nichts hörten.

»Hilfst du mir dabei?«, fragte sie ihn.

Er las ihre Lippen, beachtete ihre Hände kaum. Er hing an ihren Lippen. Sinnlich, üppig und kirschrot. Ihr perfekter Mund. Das kann ich nicht, schrieben seine Hände in die Luft.

Er sah, wie sich ihr Gesichtsausdruck verhärtete, wie sich etwas zwischen sie senkte, etwas, das bedeutsamer als Sprache war. Neun Finger formten ein Wort: Verräter.

Als sie die Tür hinter sich zuschlug, fühlte Kolja das Gewicht seiner gesamten Existenz. Eine Leere machte sich in ihm breit. Das Wort, das sie ihm entgegengeschleudert hatte, verletzte ihn. Aber es vernichtete ihn nicht halb so ultimativ, reduzierte ihn nicht auf das, was er eigentlich war. Wie das Wort, das in krakeligen Buchstaben in einem Schulbuch jemand neben seinen Namen gekritzelt hatte: Spast.

»Könntest du das bitte entfernen?«, fragte Bernhard spitz.

Lopez schob das Foto über die anderen. Eine Frau lag auf dem Bürgersteig. Auf den typischen, ausgetretenen übergroßen Berliner Pflastersteinen. Eine Frau in einem Kostüm. Bluse verrutscht, Rock hochgerutscht. Die Beine unnatürlich abgeknickt. Im Kopf der Frau ein rotes Loch. Ränder leicht ausgefranst. Schläfriger Blick. Unter dem

Kopf eine dunkle Lache. Ein roter See. Lopez schloss die beige Laufakte mit dem Buchstabenkürzel ihrer Abteilung. Das LKA führte mittlerweile eine lückenlose elektronische Akte, aber diese Daten auf ihren privaten Computer zu übertragen, das hatte Lopez abgelehnt. Es war die eine Welle, die Infiltration des Privaten durch das Berufliche, die es zu verhindern galt. Diese letzte Bastion würde erst fallen, wenn Bernhard zustimmte. Es sah nicht danach aus.

»Was war das?«, fragte Tessa ausgerechnet jetzt.

Bernhard wuschelte ihr durch die hellen Locken. »Zombies«, sagte er und zwinkerte ihr zu.

Tessa riss gespielt die Augen auf, als beeindrucke sie die Information. Sie lachte.

Lopez hatte ihren Beruf noch nie so betrachtet. Zombiejägerin. Es klang glamouröser, als Berichte zu schreiben, Datenbanken zu durchsuchen, nach DIN-Norm gefertigte Schreibutensilien auf Formularen zu beantragen. Bernhard warf ihr einen warnenden Blick zu, weshalb Lopez schnell ein Glas Marmelade auf die Akte schob. Als könne das Normalität herstellen oder die Gewalt verdecken, die sich zwischen diesen Pappdeckeln verbarg. Ein vorübergehender Verschluss. Bernhard bat Tessa, spielen zu gehen, was diese keineswegs vorhatte. Und so verging der Sonntagvormittag mit gemeinsamen Aktivitäten und Gekreische beim Zähneputzen, mit Kartenspielen und Windelnwechseln. Das Leben spielte sich um diese Akte herum ab. Hier Leben, dort der Tod. Als das Baby endlich schlief, erwartete Lopez das schon lang fällige Gespräch.

Bernhard lehnte in der Küche an der Arbeitsfläche. Lopez konnte sich nicht erinnern, wann er eine andere Farbe als Schwarz getragen hatte. Auch heute steckte er wieder in einer engen dunklen Kluft. Es gefiel ihr, wie er dastand, eher Junge als Mann. Lopez wusste, dass manche ihr einen schlechten Geschmack unterstellten. Shoppen quälte sie,

Make-up fand sie schlicht überflüssig und Friseurbesuche Zeitverschwendung.

Bernhard hingegen war sich seiner Wirkung durchaus bewusst. Lopez gefiel dieses Künstlerding. Es benahm sich so ganz anders, freier als der Umgang, den sie pflegte. Gleichzeitig wusste sie, dass Wunsch und Wirklichkeit nichts miteinander zu tun hatten. Bernhard kämpfte um seine Berufung genauso wie sie.

»Du wolltest das«, sagte Bernhard.

Obwohl er es nicht benannte, wusste Lopez genau, was er meinte. »Ich wollte das nie«, sagte sie. »Ich dachte, es ist meine verdammte Pflicht.«

Bernhard seufzte. »Es läuft bei mir gerade extrem gut.«

»Dann lass es laufen«, sagte Lopez. Sie gönnte ihm den Erfolg mit allen Konsequenzen.

»So einfach ist das nicht«, sagte er.

Lopez sah ihn fragend an.

»Einer muss sich um die Kinder kümmern.«

»Es bleibt dabei. Das mache ich.«

»Macht es dir Spaß?«, fragte Bernhard.

»Ich habe keine Ahnung, wie du das all die Jahre hinbekommen hast«, sagte Lopez. »Ich hasse es.« Sie wusste, dass sie Bernhard nichts erklären musste. Bernhard hatte ihre gemeinsame Tochter großgezogen. Für Lopez befanden sich diese acht Jahre, in denen sie ihren Sohn vermisste, verloren auf einem Spielplatz in Friedrichshain, wie in einem Dunst, der sich nicht lichten wollte. Selbst jetzt, da Luis, der jetzt Petja hieß, wie durch Zauberhand wieder aufgetaucht war und ihre Schuld beinahe zum Verschwinden brachte, selbst jetzt warfen diese Jahre ohne ihn lange Schatten. Als sei das Glück nur ein süßes Versprechen, dem zu glauben sich stets rächte. Eine Illusion.

»Dachte ich mir«, sagte Bernhard.

»Es sollte die Lücke füllen. Wiedergutmachung, wenigstens ein Stück. Es sollte endlich Abstand schaffen. Zwischen Vergangenheit und Gegenwart. Zwischen Leben und Tod.«

»Und? Hat es?«, fragte Bernhard.

»Nein.« Lopez hätte gern erklärt, dass sie sich langweilte, dass ihr die Arbeit stupide vorkam. Füttern, wickeln, waschen, kochen. Dass sie es verlernt hatte, sich wie eine Mutter zu fühlen. Dass sich in ihrem Kopf eine Leere befand, die sich durch kein Gespräch füllen ließ. Dass sie Spielplätze hasste, Spaziergänge durch das Viertel eine ewige Folter darstellten. Dass nichts Substanzielles geschah, Gespräche mit anderen Müttern sich nur um Triviales drehten, dass sie Menschen lieber mied und Kinder nicht verstand. Dass sie die selbstverständliche Diktatur des Mutterdaseins durch keinen von Tessas Küssen, durch keine Liebesbezeugung dieses Babys besser ertrug. »Könnten wir vielleicht eine Tagesmutter …?«

»Das Baby ist gerade einmal ein paar Wochen alt.« Bernhard sagte es mit einer Mischung aus Empörung und Verständnislosigkeit. Als wolle Lopez mit dem Kopf des kleinen Viktor Billard spielen. Als verstehe sie die einfachsten, menschlichen Konventionen nicht.

»Home-Office«, sagte Bernhard nachdenklich, als erwäge er einen obskuren Kauf.

Lopez sah ihn nur an. Sie wollte das hier so sehr, mit einem Verlangen, das ihr selbst zuwider war. Ein Stück von ihrem alten Leben, ein Stück Selbstbestimmung lag in Reichweite. Diesen Zipfel ihres Lebens würde sie nicht mehr loslassen.

»Aber ich behalte das Büro«, sagte Bernhard.

»Klar.« Lopez nickte.

»Keine Leichenfotos mehr, keine Tatortbeschreibungen, keine expliziten Telefonate vor den Kindern«, verlangte er.

»Okay«, sagte Lopez und konnte kaum glauben, wie leicht es gelungen war.

15

Der Tag, an dem Wiatscheslaw Maximow die Firma verließ, war ein Mittwoch. Er ging wie jemand, der ein Beschäftigungsverhältnis verließ, das nicht gehalten hatte, was es versprach. Er hatte die nachlässig gerahmten Fotos auf dem Schreibtisch stehen lassen, eines von seiner kleinen Nichte, die jetzt ein Jahr alt war. Ein Familienfoto, das in der Mitte seine Mutter zeigte, sein Vater war zu diesem Zeitpunkt bereits nach Kasachstan zurückgekehrt. Würde nicht wiederkommen. Ende der Geschichte, Ende seiner Kindheit, aus. Das Ende kam immer viel zu früh. Neben Mutter standen seine Geschwister in unterschiedlichen emotionalen Zerfallszuständen, allesamt entweder Beamte oder Arbeiter, die Gesichter grau, faltig, verlebt. Er umgab sich gern mit ihren Gesichtern. Es ermahnte ihn, nicht wie sie zu werden. Diese Opfer, Rädchen des Systems. Wiatscheslaw Maximow sah nicht gern zurück. Er ging am Bolshoi-Theater in westlicher Richtung vorbei. Er hasste das klassische Ballett. Er fand es lächerlich, überflüssig, Tribut an eine längst vergangene Zeit. Er vermisste die Provokation, das Ungezähmte, Wilde, das nur noch der moderne Tanz beherrschte.

Seltsamerweise verließ er einen Arbeitsplatz, der all das verhieß, der all das gewesen war. Modern, wild und ungezähmt. Verheißungsvoll. Sein Job hatte Maßstäbe gesetzt, hatte das Unmögliche möglich gemacht. Wie? Man musste nur auf die Regeln scheißen. Wagen, was kein anderer wagte. Man musste sich auf ein Gebiet begeben, das so vermint war, dass alle anderen es scheuten. Diese Mentalität sagte Maximow zu. Er hatte keine Angst. Ihm wurde klar, dass sie ihn deshalb eingestellt hatten.

Er war ein wuchtiger Mann. Ein aggressiver Typ, der andere einschüchterte. Er strahlte Vitalität aus. Permanente Aktivität wie ein Kernbrennstab. Er gab Frauen gern einen Schlag mit der flachen Hand auf ihr Hinterteil. Wenn ihm ein Hinterteil gefiel, dachte er sofort an Sex. Und nahm sich, was er wollte, wenn man ihn ließ. Manchmal erzwang er es. Frauen wussten das. Entweder sie mieden ihn oder machten ihn direkt an. Maximows Welt bestand aus schwarz oder weiß. Aus extremen Kontrasten. Dazwischen gab es nichts und würde es nie etwas geben. Maximow interessierte sich nicht für Pastelltöne. Alles Weiche, Zarte, Zögerliche rief sofortige Verachtung in ihm hervor.

In einer Bäckerei kaufte er sich für ein paar Rubel Zupfbrot und verschlang es hungrig, wischte sich mit dem Handrücken Zuckerkrümel aus dem Mundwinkel. Zog mit fettigen Fingern die Fellmütze tiefer ins Gesicht. Den Geschmack von Zimt und Zucker auf der Zunge, fasste er einen Entschluss.

Seit Jahren schrieb er an diesem Manuskript. Er sah auf seine Armbanduhr. Elf Uhr an einem kalten Moskauer Vormittag. Er würde dieses Manuskript beenden. Nichts würde ihn daran hindern. In sechs Monaten würde er es Jewgeni geben. Fertig geschrieben und formatiert.

Wiatscheslaw Maximow kannte viele wichtige Leute. Auch Jewgeni, der als Lektor für einen großen Verlag arbeitete. Praktischerweise schuldete dieser ihm noch einen Gefallen. Maximow würde ihn zu einer Runde Wodka einladen, um ihm danach das großartigste Werk seit Jahren anzubieten. Wiatscheslaw Maximow glaubte an diesen Roman, so wie er an sich glaubte. Mit unverbrüchlicher Zuversicht. Er hatte das Ende dieser Geschichte noch nicht im Kopf, aber einen Titel besaß das Manuskript bereits. Der Inhalt legte den Finger in die offene Wunde russischer Korruption, es wurden Namen und Taten genannt, Wirklichkeit und Fantasie verbunden; der Stil erinnerte an russische

Klassiker, besaß jedoch die moderne Direktheit, ohne die Maximow nichts anzufassen vermochte. Maximow plante auf seinem Spaziergang durch die Stadt jeden Schritt genau. In seiner Wohnung angekommen, setzte er sich an seinen Schreibtisch und schrieb. Tag und Nacht. Er saß, er aß, er trank, er schlief kaum. Als er fünf Monate später sein Werk formatierte, bemaß es vierhundert Seiten. Hundert Seiten hatte er herausgekürzt. Als Arbeitstitel wählte er die Überschrift, die auch der Verlag bei der Veröffentlichung zwei Jahre später nicht änderte. »Die Schande«.

Maximows Plan ging auf. Er forderte einen Gefallen ein, der ihm gewährt wurde. »Die Schande« wurde nicht nur in seinem Wunschverlag gedruckt, der Roman wurde ein Bestseller.

Das Gesicht Polina Nikitinas flimmerte über die Bildschirme aller Kanäle. Tele Russia brachte einen Dauerstream, der von nichts anderem berichtete. Im Radio hörte man nur noch ihren Namen. Viktor erwartete ein Feature zur besten Sendezeit, in dem Präsident Nowikow erklärte, welche Verbrechen diese Journalistin begangen hatte. Großaufnahme, der Präsident ein Bild der Entschlossenheit. Viktor vermutete, dass er nur einen Teil der Wahrheit zeigen würde, natürlich würden alle das wissen und sehen, natürlich spielten sie alle das gleiche uralte Spiel von Herrscher und Untertan.

In der Villa der Sukovs liefen mindestens drei große Flachbildfernseher. Ein eingebauter in der Küche, zwei in den großen Salons. Oleg Sukov betrat das Esszimmer. Er trug leichte Sommerkluft. Die Blutergüsse unter seinen Augen fielen auf. Die Nase wirkte geschwollen, aber gerade, soweit Viktor das beurteilen konnte. Schweigend saßen sie gemeinsam an einem gigantischen Frühstückstisch, der wie von Geisterhand gedeckt und mit einem Speisenangebot bestückt war, das selbst eine Festgemeinschaft überfordert hätte. Allein die Auswahl an Wurst und Käse hätte einem Fünfsternehotel zur Ehre gereicht. Viktor fühlte sich fehl am Platz. Wie ein Bauer, den man in Versailles einquartiert hatte. Aber er war hungrig, also aß er reichlich, Rührei, Schinken und Brot. Er trank vier Gläser Milch. Sukov las zwei Zeitungen quer, scrollte auf seinem Smartphone durch die wichtigsten Neuigkeiten und verfolgte parallel die aktuellen Nachrichten auf dem Fernseher, der auf stumm gestellt war. Siska schlief noch. Viktor hatte ihr gemeinsames Bett heimlich und still verlassen.

Er erinnerte sich an die gestrige Nacht. Wie sie sich zögerlich gegenüberstanden. In einem fremden, dunklen Raum, in dem das Mondlicht Muster auf den weichen Teppich malte. Sie zogen sich nebeneinander aus wie ein altes Ehepaar, legten ihre Kleidung über einen Stuhl. Viktor traute sich nicht, Siska zu berühren, obwohl seine Erektion wie immer, wenn er nackt in ihrer Nähe verweilte, Bände sprach. Schweigend kam sie zu ihm. Sie betrachteten sich beide nach diesem absurden Tag. Eher müde als neugierig. Die zwei groben, roten Narbenwülste ersetzten Siskas Brüste, die ihr ein Chirurg in der Charité abgenommen hatte, nachdem nur wenige Monate nach Viktors Erkrankung auch bei ihr Krebs diagnostiziert worden war. Ihn störte das Fehlen ihrer Brüste nicht. Ihn überraschte und erfreute es, dass es Siska überhaupt noch gab. In Viktors Leben nahm der Tod sich einfach alles, auf das er Appetit hatte. Auch der Tod wählte aus einem reichhaltigen Büfett.

Siska sagte: »Wenn wir wieder zu Hause sind, besorge ich mir Silikoneinlagen.«

Viktor nickte langsam. Was auch immer für Siska funktionierte, war für ihn okay.

»Ich fühle mich wie eine alte Puppe. Abgenutzt, ausgenommen, schlecht repariert.«

»Hör auf!«, sagte Viktor. »Für mich bist du perfekt.« Er dachte an Tonja Kusmin. An ihre raue Schönheit. Das Dunkle, Harte, das sie wie ein Schleier umgab. Ihr hatte ein Unfall das Bein genommen. Sie blieb dennoch eine faszinierende Frau. Eine Gliedmaße weniger änderte nichts daran. Zoya Bogdanowa hatte man einen Finger abgehackt. Manche Menschen wurden erst durch einen Verlust vollkommen. Siska war für Viktor so ein Mensch.

»Ich wollte keine Implantate«, sagte sie.

Viktor konnte sich zusammenreimen, dass ihr das Künstliche daran widerstrebte.

»Du weißt von den Bestrahlungen?«, fragte sie.

»Weiß ich«, sagte Viktor.

»Und dass es noch nicht zu Ende ist?«

Viktor nickte. »Ich will dich«, antwortete er. *Mit allen Konsequenzen,* dachte er. Er hatte schon lang nichts mehr so sehr gewollt.

»Ich möchte, dass du heute kein Kondom benutzt.«, sagte sie.

Viktor zögerte. Aber es drängte ihn, ehrlich zu sein. Weil ihm das hier viel bedeutete, riskierte er viel. »Ich will kein Kind.«

»Ich auch nicht«, sagte sie. »Wenn du in mir kommst, bringe ich dich um!«

»Okay.«

»Schau mich nicht dabei an!«, befahl sie ihm.

»Okay.«

Er sah zum Fenster hinaus, als er in ihre Feuchtigkeit hineinglitt und sich auf dem Teppich rhythmisch über ihr, in ihr bewegte. Viktor hielt sich an die Regeln, fixierte seinen Blick auf den halben Mond und das Wolkenspiel, das langsam vorüberzog. Er hielt sich an Siska fest. Genau lauschte er auf jedes Signal, das ihr Körper ihm gab. Erst als sie unterdrückt schrie und ihre Hüften sich ihm entgegenwölbten, zog er sich aus ihr heraus und ejakulierte auf den teuren Teppichboden.

Viktor erhob sich von seinem goldfarbenen Stuhl mit blumiger Polsterung. Bevor er den Raum verließ, fragte er auf Russisch mit einem Wink zum Fernseher: »Was hat sie eigentlich verbrochen?«

Oleg Sukov sah von seiner Zeitung auf. »Gar nichts.«

Viktor fand, dass der Präsident Polina Nikitina posthum für »gar nichts« ungewöhnlich hart bestrafte.

Oleg Sukov sagte: »Journalisten sind ein Problem in diesem Land.« Seine Stimme klang nasal.

»Ich dachte, sie sichern den Rechtsstaat ab«, sagte Viktor, vielleicht eine Spur zu schnell.

Oleg Sukov lachte auf und verzog sofort das Gesicht vor Schmerz. »Naive Vorstellung.«

»Also gibt es keine Grundlage, auf der dieser Journalistin ein Begräbnis verwehrt werden kann?«

»Die Grundlage ist, dass Präsident Nowikow es verbietet. Mehr Grundlagen brauche ich nicht.«

Nowikow. Das neue Kind. Der Erneuerer.

Viktor schüttelte unwillig den Kopf.

Babuschka rauschte in den Raum. Sie trug ein Kleid, das Viktor noch nie an ihr gesehen hatte. Mila drehte sich, dass der Rock um sie herum in Wellen wogte. Viktor wunderte es nicht, wie schnell seine Großmutter der Faszination des Reichtums erlegen war. Sie genoss diese neue Unterkunft, wie Kinder neues Spielzeug liebten. Otto, ihr dementer Lebensgefährte, schlief vermutlich noch. Ob er sich an ihre abenteuerliche Ankunft in Moskau erinnerte? Wo befand sich Trixi? Schlief sie, oder spielte sie etwas Verbotenes?

Mila fragte aufgeregt: »Was machen wir heute? Sightseeing?«

Viktor seufzte und nickte. Er hatte es versprochen: Urlaub, Moskau, Tourismus pur. Daran führte kein Weg vorbei.

Er hatte einen Auftrag angenommen. Nicht wortwörtlich, aber zumindest stillschweigend akzeptiert. Wo sollte er anfangen, sich über den toten Schriftsteller zu informieren? Die Aussicht, seinen Haftbefehl gelöscht zu sehen, reichte ihm als Antrieb völlig aus. Er hatte keinerlei Sicherheiten, nur ein Versprechen. Gute Beziehungen. Von einer Punkerin, die rauchte wie ein Schlot. Ein Gedanke drängte sich auf: Wenn er zum Ursprung zurückwollte, musste er an der Quelle suchen. So wie es Fische taten. Er hatte von Wiatscheslaw Maximow, diesem Schriftsteller, noch nie etwas gehört, wusste gar nichts über ihn. Er kannte nicht einmal seinen Roman. In Moskau lebte eine Person, die Zugang zu allem Wissenswerten haben musste. Ein mächtiger Mann, der alle Register seines Amtes ziehen konnte. Aber es fühlte sich lebensmüde an, ihn aufzusuchen. Zurückzugehen zu dem, der ihn verhaften wollte. Viktor dachte an Rustam Komarow.

Viktor befand sich auf dem Weg ins obere Geschoss, als er nochmals zurückging. Etwas ließ ihm keine Ruhe. Es überlagerte die neue Verpflichtung, die er eingegangen war. Es überlagerte sogar die Tatsache, dass er Siska wecken wollte, dass er sich freute, Zeit zu haben, um sie zu verführen. Falls sie das wollte, dessen Viktor sich nicht sicher war. Also ging er über die pompöse Treppe, den polierten Marmor und die weichen Teppiche bis in den Raum, in dem Oleg Sukov dabei war, sein Medienfrühstück zu beenden. Ein kleiner drahtiger Mann mit einem eigentlich attraktiven Gesicht. Jung, vermögend, aufstrebend. Ein russischer Napoleon.

»Warum wurde sie nicht längst begraben?«, fragte Viktor.

Sukov sah auf, verwirrt, als habe Viktor ihn aus seinen Gedanken gerissen. »Polina Nikitina?«

Viktor nickte leicht.

»Weil ihr Leichnam nicht in Russland ist.«

Viktor versuchte, diese Formulierung zu verstehen. Wo war diese Journalistin überhaupt gestorben? »Wo befindet er sich dann?«, fragte Viktor ungeduldig, weil ihn die Antwort brennend interessierte.

Oleg Sukov antwortete: »In Berlin.«

16

Viktor hatte sich geschworen, sie nicht anzurufen. Lopez hatte ihren Job geschmissen. Als bedeute ihr die jahrelange Arbeit mit Viktor nichts mehr. Als sei ihre gemeinsame Vergangenheit nur Makulatur. Eine Fußnote der Geschichte, etwas, das man erlebt hatte und vergaß. Viktor hatte mit dem Mutterschutz gerechnet, auch mit einer Elternzeit, aber dass sie den »Delikten am Menschen« dauerhaft den Rücken zukehren wollte, erfüllte Viktor mit einer Enttäuschung, die er nicht in Worte fassen konnte. Ein Fan brach nicht einfach mit dem Fußballteam, dessen Schal er trug.

Als er Lopez endlich nach tonlosem Warten erreichte, traf ihn ihre Stimme, ihr Name, wie ein Schlag. Viktor verband einige der dunkelsten und hellsten Stunden seines Lebens mit dieser Frau. Eine Zuneigung, die erotische Ambitionen übersprungen hatte. Etwas zutiefst Platonisches, eine nüchterne Liebe, die an bedingungslose Aufopferungsbereitschaft grenzte, die alles ermöglichte und nichts ausließ, das menschliches Miteinander ausmachte. Viktor dachte an die Schusswunde in seiner Brust. Er dachte an

Fehler und Unfälle. Ohne zu grüßen, sagte er: »Polina Nikitina.«

»Nicht am Apparat«, antwortete Lopez schlicht.

Viktor lächelte innerlich. »Weißt du etwas davon?« Eine Frage, die sie kannte. Üblich, als sei nichts geschehen. Als seien sie nicht arbeitslos und mit neuen, völlig unterschiedlichen Angelegenheiten beschäftigt. In anderen Ländern, Städten. Auseinanderdividiert.

»Ihre Akte liegt hier auf meinem Küchentisch.«

Im Hintergrund schrie ein Kind. Wahrscheinlich das Baby, das seinen Namen trug. *Ihre Akte.*

Viktor verarbeitete die ungeheure Nachricht. Eigentlich verstand er sie nicht. Lopez sagte etwas über neue Entwicklungen, über Vorwürfe und das Leben, das sich eben nicht berechnen ließ. Viktor spürte der Mischung von Verwirrung und Wut in sich nach. Er durfte diesem Vulkan nicht nachgeben, der Lava, die in ihm aufsteigen wollte, die nur einen einzigen vernichtenden Zweck kannte. Er wollte keine Medikamente mehr nehmen, seitdem Marita Nowak ihn damit vergiftet hatte. Sein Herz, seine Seele, seine Chemie. Der Tumor spielte seine letzte Karte aus. Stirnlappendefekte hinterließen den daran Erkrankten zahlreiche Erbschaften: Konzentrationsstörungen, Desorientierung, auch sinn- und grundlose Aggression. Bei Viktor verstärkte sich vor allem die Gewaltbereitschaft, die er zeitlebens verspürt hatte. *Nicht nachgeben,* dachte er. *Ich darf mich nicht gehen lassen!* Alles in ihm wollte es, hätte es gekonnt, aber die Gegenwehr gegen das, was ihn veränderte, war der einzige Kampf, der ihm noch blieb. Viktor ging Konflikten nicht gern aus dem Weg, auch wenn die Lücke, die die Geschwulst in seinem Gehirn hinterlassen hatte, ein geisterhafter Gegner war. Ihre Akte. »Was … was weißt du davon?«, stotterte er.

Aber Lopez ignorierte ihn. »Es ist nicht das, was du denkst.«

Sie sprach in Rätseln, oder Viktor verlor langsam wieder den Verstand. Es entfleuchte ihm wie ein Atemzug. Unaufhaltsam und mit hoher Geschwindigkeit, einer Lawine gleich. »Du hast mir gekündigt.«

Lopez schwieg.

»Familie, hast du gesagt.« Viktor hörte Lopez atmen, zweitausend Kilometer weiter in einer Altbauwohnung in Berlin.

»Ich hasse es«, wiederholte Lopez zum zweiten Mal an diesem Tag. Die Geständnisse, die sie sich gegenseitig an einem Sonntag machten.

»Was?«

»Windeln, Puzzle, Brei.« Der Dreiklang des Mutterdaseins. Lopez sagte es, Ekel in der Stimme. »Ich will es mögen, aber ich kann nicht. Es hat nichts mit mir zu tun. Die Kinder sind perfekt, aber alles, was mit ihnen zu tun hat, ist es nicht.«

Viktor spürte ihre Zerrissenheit. »Und jetzt bist du zurück?«, fragte Viktor mit der aufkeimenden Hoffnung eines Menschen, der nach einem Überlebenden inmitten eines Absturzgeländes suchte. Er schämte sich dafür.

»Nicht ganz«, sagte sie. »Erst mal Home-Office.«

Viktor konnte sein Glück kaum glauben. Dass dieses lächerliche Wort, das er mit Schreibtischtätern, mit dem absoluten Randgeschehen des Beamtentums verband, ihn jemals so glücklich machen würde, hätte er nicht geglaubt. Home-Office. Ein gutes Wort. Lopez war wieder da. Noch nicht im aktiven Dienst, aber auf dem Weg dahin. Nicht dass Viktor sich selbst an seinem Platz im LKA befand. Er wusste nicht einmal, ob er dahin zurückkehren wollte. Aber wenn es einen anständigen Grund dafür gab, konnte es nur Lopez sein. Durch sie ergab seine gescheiterte Existenz wieder einen Sinn. Viktor gefiel der Aufwind, den er verspürte. Er fühlte sich beinahe unglaubwürdig hoffnungsfroh. Er konzentrierte sich, weil das Gespräch in eine Richtung abzudriften drohte, die er nicht geplant hatte.

Dass Polina Nikitina für Lopez keine Fremde war, konnte Viktor kaum glauben. Also tat er, als habe sich seine zukunftslose Existenz nicht gerade komplett gewandelt, und erwähnte nochmals den Namen der Journalistin, die Präsident Nowikow, der Erneuerer, nicht in russischer Erde beerdigt wissen wollte.

Lopez' Stimme, so wie er sie kannte, ruhig und klar. Die Buchhalterin des Todes in ihrem Metier. »Sie wurde exekutiert. Hier in Berlin. Kopfschuss. Sicher und professionell ausgeführt.«

»Auftragsarbeit?«, fragte Viktor, der sich mit einem Mal wieder in vertrautem Fahrwasser wähnte.

»Hülse haben wir, was eher dagegen spricht.«

Aber Viktor wusste, dass nicht jeder Auftragsmörder sorgsam aufräumte. »Waffe?«, fragte er.

Viktor meinte, Lopez lächeln zu hören, als sie erwiderte: »Wird dich freuen, dass es eine russische Waffe ist.«

Viktor hielt den Atem an, bis er fragte: »Eine Jarygin PJa?«

Lopez schwieg kurz. Sie klang angespannt, als sie ihre Frage formulierte.

Viktor kannte die Tonlage seiner Kollegin, wenn einer ihrer Fälle Form annahm. Wenn etwas Entscheidendes geschah. Eigentlich hatten sie keinen Fall. Keinen Job. Sie befanden sich nicht einmal am selben Ort.

»Woher wusstest du das?«, fragte Lopez.

Viktor hätte gern Lopez' Gesicht gesehen. Er presste sein Handy fester ans Ohr, als er antwortete: »Direkt neben mir wurde am Moskauer Flughafen ein Mann erschossen. Mit einer Jarygin PJa.«

Einige Jahre zuvor drang eine Nähnadel in Urjas Fingernagel ein. Es passierte selten, aber es passierte gelegentlich. Eine Unachtsamkeit beim Nähen, die sich sofort rächte. Ihr hysterisches Schreien rief die Frauen zusammen. Erst Nadja kam auf die Idee, das Transportrad der Maschine zurückzudrehen, sodass Nadel und Faden wieder zum Vorschein kamen. Zwei Frauen kämpften mit Würgereiz, eine verlor den Kampf und erbrach, noch bevor sie die Waschräume erreichte. Urja hyperventilierte, während Blut aus ihrem Fingernagel schoss. Unschöne dunkle Flecken zeigten sich auf dem grünen Stoff, aus dem Uniformen für die Armee geschneidert wurden. Zoya hörte, wie jemand ein Gebet murmelte, wie eine Frau etwas Gehässiges äußerte. Sie band einen Stofffetzen um Urjas Daumen, schob sie an den Schultern in Richtung Krankenstation, obwohl sie schwankte.

Jemand stellte Zoya ein Bein, sodass sie beinahe gefallen wäre. Oksana. Die alte Oksana, die stets mit einem Messer im Gewand durch die Gänge schlich. Hatte ihren Ehemann erst bedroht, danach verletzt. Deswegen saß sie ein. Oksana hasste Zoya. Weil sie Vorteile genoss. Weil sie mehr Pakete als die anderen bekam, deren Inhalt ihr allerdings regelmäßig gestohlen wurde. Zoya lernte, sich die Dinge zurückzuholen. Lernte zu stehlen so wie die anderen. Erwischt zu werden bedeutete jedoch, neue Strafen in Kauf nehmen zu müssen. Zum Beispiel nach der Arbeit, wenn man sich waschen wollte, neben dem Bett zu stehen. Still, bewegungslos und stundenlang, was die Aufseherinnen kontrollierten. Züchtigung diente im Lager dazu, dass sie sich bessern sollte. Mehr zu arbeiten, darin bestand das Ziel, schneller und exakter. Eifrige, kleine Räder im System.

Pakete, zusätzliche Essensrationen. Wer und warum jemand sie außerhalb des Lagers protegierte, konnte Zoya sich nicht erklären. Sie wusste nicht einmal genau, weshalb sie überhaupt hier war. Seit dem Tag, an dem sie überfallen und festgenommen worden war.

Beim Prozess saß sie hinter einer Glasscheibe. Ein durchsichtiger Käfig für ein Tier. Sie trug Handschellen. Ihre Haare waren strähnig. Jemand nannte sie Verräterin. Selbst nach fünf Monaten Untersuchungshaft kam ihr die Situation noch albtraumhaft vor. Zeugen wurden vorgeladen, ihr Arbeitgeber Dworschak von der Buchhandlung, ihr Vermieter Korsakow, alle schemenhaft und in sich gekehrt, die Vorsicht ins Gesicht geschrieben. Ihre Eltern sahen sie an wie etwas, das ihnen fremd geworden war. Dessen tiefen Fall sie nicht begriffen.

Nach zwei Monaten im Lager erreichte die Nachricht sie, dass ihr Vater nicht mehr lebte. Ein Arbeitsunfall. Vielleicht hatte ihn auch der Kummer umgebracht. Die Lagerleitung bewilligte Zoya einen halben freien Tag zum Trauern, obwohl sie zum ersten Mal lieber an der Nähmaschine gearbeitet hätte. Zugeständnisse weckten Missgunst, was noch schwerer zu ertragen war. Ihn, den Polen, hatte sie nicht mehr gesehen. Wohlweislich waren sie schon vor dem Gefängnis getrennt worden. Die Folter hatte System. Das Baby verlor sie nach dem ersten Monat in der Haft. Es hatte wohl erkannt, dass seine Zukunft nicht sicher war. Strafe bedeutete Verlust, was Zoya schnell begriff.

Eine Krankenschwester mit hartem Gesichtsausdruck führte Urja zu einer Liege. Vor ihrem Mund formten sich weiße Atemschwaden, als sie etwas sagte. In den Räumen war es bitterkalt. Immerhin wärmer als die Außentemperatur, die fünfundzwanzig Grad unter null betrug. Es schneite schon seit Tagen. Weiß und kühl, genauso wie die gesichtslose Lagereinrichtung. Zoya bewegte ihre vor Kälte steifen Finger. Aber mit Handschuhen konnte man nicht nähen. Die Russische Föderation benötigte viele neue Uniformen. Darum arbeiteten sie tagein, tagaus.

Zoya ging zu den Arbeitsräumen zurück. Es war eine Stunde nach dem Morgenappell, vielleicht halb acht. Vor den beschlagenen Fensterscheiben lag die Dunkelheit. Eine Flucht machte keinen Sinn, was man hier sehr schnell verinnerlichte. Über Hunderte von Kilometern umgaben nur Birkenwälder das Arbeitslager AK-08.

Kurz vor den Schlafsälen, in denen bis zu hundert Frauen in einem Raum schliefen, bog Zoya zu den Werkstätten ab. In den Gängen war es ungewöhnlich still. Alle anderen arbeiteten. Ein Schatten bewegte sich, etwas in ihrem Augenwinkel blitzte auf. Jemand stieß sie gegen die Wand, sie strauchelte, ein Schlag auf den Kopf schickte Zoya auf den Steinboden. Vor ihren Augen flimmerte es. Ein Funkenmeer. Jemand hielt ihre Hände fest, Übelkeit stieg in ihr auf. Eine Stimme flüsterte: »Diebin.« Sie wollte etwas sagen, aber die Worte steckten in ihr fest. Sie fühlte sich hilflos und benommen. Danach wurde ihr der Zeigefinger abgerissen. Sie wusste es, obwohl sie es nicht sah. Der Schmerz, schrill wie ein Schrei, schaltete für einen Augenblick alle Gefühle, jede Wahrnehmung aus.

Als sie wieder zu sich kam, lag sie in einem weißen Bett, ein dumpfes Pochen in der rechten Hand, das sie geweckt hatte. Um sie herum viele leere Betten. Kein Mensch. Kaum Licht. Es musste Abend sein. Übelkeit stieg in ihr auf. Als sie den rechten Arm hob, sah sie nur einen dicken weißen Verband. Überall nur Weiß, verhasste Nichtfarbe Weiß.

Zoyas Welt war schwarz. In ihrem Kopf hallte das Wort »Diebin« nach. Die Stimme hatte Oksanas Klang. Zoya fror unter der dünnen Bettdecke. Mit der Linken tastete sie nach ihrem Kopf. Nur Stoppeln und einzelne Büschel. Jemand hatte ihr die Haare abgeschnitten.

17

Viktor fuhr sich mit der Hand über die Glatze. Er schwitzte. Seit geraumer Zeit flanierten sie über den Roten Platz. Viktor langweilte sich. Tatjana Sukova trug ein mit Pailletten besticktes, hautenges, weißes Kleid, das Viktor für eine Hochzeit geeignet hielt. Dennoch bewunderte er den schlanken, makellosen Körper, der sich unter dem Stoff bewegte. Tatjana duzte ihn. Viktor kam sich wie ihr Großvater vor. Sicherlich verjüngte dieses perfekte Make-up sie. Um sich nicht der Sonne auszusetzen, trug Tatjana einen kleinen Schirm. Mary Poppins und Fremdenführerin in einer Person. Die Sonne erwärmte die Pflastersteine. Die rote Pracht von Kreml und Basiliuskathedrale leuchtete. Bunte Dächer wie aus Tausendundeinernacht. Smaragde und Saphire. Sie betraten das Lenin-Mausoleum, wechselten vom Tag in die Nacht. Der Volksführer ruhte seit 1924 einbalsamiert in einem Sarg, der kugelsicher war.

Viktor dachte: *Man kann nie vorsichtig genug sein. Nicht einmal nach dem Tod.*

Über dem Sarkophag erhob sich der flache Bau aus rotem Granit und schwarzem Labradorstein. Lenin hatte sich jeden Personenkult verboten. So wie Viktor die Dinge betrachtete, war dieser Schuss gründlich nach hinten losgegangen.

Er lief an der versteckten Leiche vorbei, deren Zustand seit Jahren regelmäßig von Wissenschaftlern kontrolliert wurde. Nicht anständig begraben zu werden, darin bestand wohl das Schicksal, das Lenin jetzt mit der Journalistin Polina Nikitina teilte. Aber da hörten die Gemeinsamkeiten auch schon auf. Viktor wusste, wie es sich anfühlte, wenn der russische Staat eigene Interessen vor die einzelner Bürger stellte. Er dachte an den Haftbefehl, den seine Läuterung nicht ungeschehen machte. Was Menschen in die Welt riefen, mussten sie auch wieder hinaustragen. Momentan lag diese Macht allein in Zoya Bogdanowas Hand. Die exzentrische YouTuberin verfügte über sein Schicksal. Allein an dieser Wahrscheinlichkeit hielt sich Viktor fest. Er wollte nicht in Russland bleiben.

Viktor schaute sich um: Trixi und Petja wirkten desinteressiert, obwohl es hier um eine Leiche ging.

Während Petjas Mutter auf Russisch erklärte und Mila übersetzte, fasste Viktor für sich den Stand der Ermittlungen zusammen. Zwei Tote. Eine Journalistin, ein Schriftsteller. Beide unbequem. Zufallsopfer? Oder hatte sich die YouTuberin im Visier des Schützen befunden? Zoya Bogdanowa verhielt sich auch nicht gerade linientreu. Zwei Länder, unterschiedliche Städte, aber eine Tatwaffe. Die Jarygin PJa. Vielleicht nicht dieselbe.

Er musste Komarow fragen, was die Ballistiker sagten. Das Gebot der Stunde war ein Deal mit dem Polizisten, der ihm nachstellte. Komarow konnte mit Lopez Untersuchungsergebnisse austauschen. Vorausgesetzt, Komarow interessierte sich für internationale Zusammenarbeit, was Viktor bezweifelte. Er musste mehr über den Schriftsteller in Erfahrung bringen. Über ihn wusste er nichts. Hatte keine Anlaufstelle. Leonid Breschnew, ein Kollege, fiel ihm ein. Falls dieser noch für die St. Petersburger Polizei tätig war. Viktor musste nur Lopez' Namen erwähnen. Breschnew würde ihm jeden Gefallen tun. Er erinnerte sich an das gute Einverständnis, das die beiden damals miteinander geteilt hatten. Wie Breschnew Lopez beeindruckt hatte. Und umgekehrt. Aber noch wollte er keinen Gefallen einfordern, nicht jetzt.

Trixi tauschte mit Petja ein paar abfällige Bemerkungen über Tote in Sarkophagen aus. Babuschka schnatterte mit Otto und Siska. Tatjana winkte Viktor mit ihrem Schirm, der seltsam deplatziert wirkte, hier an diesem dunklen Ort. Viktor hatte eine Idee. Sie verließen das Mausoleum. Wieder im Tageslicht, tippte Viktor Trixi auf die Schulter. »Was genau ist YouTube?«, fragte er.

Skeptisch sah sie ihn an. »Nicht dein Ernst«, sagte sie.

Viktor war es bitterernst. »Ich brauche deine Hilfe«, sagte er.

»Wofür?«

»Neuer Fall.«

»Du bist arbeitslos«, sagte sie mit dem Charme eines gewohnheitsbrutalen Teenagers.

»Krankgeschrieben«, korrigierte Viktor müde.

»Weiß Mama etwas davon?«

Viktor schaute Trixi eindringlich an. Sie wirkte abweisend, verschlossen. Ein dunkler, unbekannter Stern. Viktor hatte sie nur in wenigen Momenten anders erlebt.

Trixi schob sich ein paar Strähnen ihres schwarzen Haars hinter die Ohren, nachdenklich. »Ziehst du mich in irgendetwas Illegales rein?«, fragte sie.

Viktor konnte nicht sagen, ob sie interessiert oder vorsichtig war. »Ich bin Polizist«, sagte er vorwurfsvoll.

»Was die Frage nicht beantwortet«, gab sie zurück.

Sie betrachteten einander stillschweigend. Tatjana rief etwas auf Russisch, was Viktor nicht beachtete, weil es hier um mehr ging. Um die ersten Schritte. Um Allianzen. Allein würde er auf fremdem Territorium nicht weit kommen. Er verhandelte in einem Grabmal. Jetzt bat er darum, dass eine Minderjährige ihn unterstützte. Trixi war fünfzehn Jahre alt.

»Na gut«, sagte Trixi. »Ich schulde dir noch was.«

»Tust du nicht«, erwiderte Viktor, der wusste, was sie damit meinte. Trixi war vor nur wenigen Wochen vergewaltigt worden. Viktor teilte dieses Wissen mit ihr. Er hatte ihr den Täter geliefert, obwohl sie es nicht wollte, sogar alles getan hatte, damit er sich nicht einmischte. Damit geheim blieb, was nicht verborgen bleiben sollte. Dass ein Freund sie vergewaltigt hatte, dass sie ihn erkannt hatte, auch wenn sie es leugnete. Weil sie sich schämte. Träume zerbrachen. Erste Liebe ebenso. Viktor wusste, dass man sich dem Unausweichlichen stellen musste. Weil die Vergangenheit die unangenehme Tendenz besaß, Menschen einzuholen.

»Was soll's. Ist ohnehin scheißlangweilig hier.«

Viktor zog die Mundwinkel leicht nach oben. Wer ihn gut kannte, wusste, dass er lächelte. Er profitierte von ihrem hormonell bedingten Unmut, der typisch für Teenager war. Waren sie nicht alle Profiteure eines Systems? »Danke«, sagte er.

»Was soll ich für dich tun?«, fragte sie.

Viktor spürte die Hand von Siska auf seiner Schulter. Warnend legte er den Zeigefinger senkrecht auf den Mund, sodass nur Trixi es sah.

Sie schaute weg.

»Was habt ihr beide Wichtiges zu besprechen?«

Beide beeilten sich, »Nichts« zu sagen. Viktor fand, dass sie wie Lügner klangen und auch so aussahen.

Aber Siska, der sonst nichts entging, schien das nichts auszumachen. »Kommt! Wir wollen weitergehen.«

Siska nahm Viktors Hand, und Viktor kam sich in diesem Glücksmoment sofort selbst wie ein Teenager vor. Siska sah zufrieden aus. Die obligatorischen Kopfhörer baumelten um ihren Hals. Sie trug Jeans und ein blau-weiß gestreiftes Shirt. Blonde, kurze Haarsträhnen kitzelten ihre Stirn. Viktor konnte es für einen Augenblick kaum glauben, was für ein Glück ihm beschieden war. Die Sonne schien. Siskas Hand fühlte sich warm und trocken an. Der Tag lag wie ein Versprechen noch vor ihnen. Wortlos folgte Viktor ihr.

Als er sich zu Trixi umdrehte, raunte sie ihm zu:

»Kinderarbeit. Ist das überhaupt erlaubt?«

Der Boss kam gerade vom Training. Er schoss gern, und er schoss genau. Es gab im Umkreis von zehn Kilometern nur einen einzigen Schießstand, auf dem er diskret mit Groß- und Kleinkaliber übte. Präzision, Bewegung und Koordination trainierte sowie detaillierte Informationen über den Druckverlauf erhielt. Es kostete ihn ein Vermögen, mehrere Bahnen gleichzeitig zu belegen. Auf diese Weise blieb er allein und ungestört. Die Mitarbeiter freuten sich über einen freien Vormittag, wenn er reservierte. Er besaß einen eigenen Schlüssel, verfügte über genaue Informationen, was wie funktionierte. Wenn er ging, schaltete er das Licht aus und verschloss die Tür. Ein Arrangement, das ausgezeichnet funktionierte. Heute hatte er jedoch keinen einzigen Treffer gelandet. Die Verletzung beeinträchtigte ihn. Er sah nicht gut, konnte nicht präzise zielen. Der Verband engte sein Sichtfeld ein.

Dazu die Sorgen. Neue Pläne. Sein Kopf arbeitete pausenlos. Er schlief nicht gut, weil Abschalten unmöglich war. Er würde für Predvidenje neues Personal rekrutieren. »Weitblick«, den man auch von ihm erwartete. In der Hierarchie über ihm wollte jemand Erfolgserlebnisse sehen. Niemand arbeitete nur für sich selbst.

Er las die Bewerbungsunterlagen einer jungen Universitätsabsolventin, die sich auf Wirtschaftsthemen spezialisiert hatte. Er wusste, dass sie mit einem Freund zusammenlebte, der zu viel trank. Und der sie schlug, wenn sie nach Hause kam. Er betrachtete das Röntgenbild aus ihrer Krankenakte. Nicht umsonst verdiente er seinen Lebensunterhalt mit Informationen. Das Paar bewohnte eine kleine Sozialwohnung in den Vororten. Sie verdiente das Geld, von dem er lebte. Gewalt und Abhängigkeit boten einen guten Nährboden für sein Personal. Er erwartete Treue und Loyalität. Egal zu welchem Preis. Diese Bewerberin schien sich unterwerfen zu können, ja geradezu erfahren in dieser

Disziplin zu sein. Das Foto zeigte eine junge Frau mit breitem Gesicht, braunen, kurzen Haaren und einem ernsten Zug um den Mund. Er legte den Bewerbungsbogen neben sich und dachte nach.

Auf seinem Bildschirm veränderten sich die aktuellen Nachrichtenseiten im Sekundentakt. Der Krim-Konflikt, Pakistan, Kaukasus. Darauf beschränkten sich seine Aufträge. Morgen würde Präsident Nowikow etwas anderes behaupten. Eine leicht abgeänderte Version.

Er skizzierte den Verlauf der nächsten Meldungen und schaute auf die Uhr. Kurz vor eins an einem Sonntag. Er befand sich allein im Gebäude. Die Büroräume im Triumph-Palast zu beziehen hatte sich gelohnt. Sie waren als Privatwohnung deklariert. Russlands härtestes Geschäft versteckte sich hinter dem Zuckerbäckerstil. Keiner der Mitarbeiter trug Berufskleidung oder Uniform. Im Gegenteil. Kleidung und Anfangszeiten blieben so variabel, wie es die Legende mehrerer Privatwohnungen verlangte. Sie folgten einem exakten Plan, den ein Mitarbeiter wöchentlich erstellte. Oft arbeitete er in Abendgarderobe. Ein Frack als Verkleidung, was dieser nachweislich auch war. Er grüßte immer höflich im Aufzug, falls sie andere Mitbewohner trafen. Höflich distanziert. Kameras überwachten ihre Tätigkeit. Gelegentlich wertete er die Bänder aus, um sich zu vergewissern, dass sich alle an die Regeln hielten. So bemerkte er, dass Alexej andere Wege ging. Die Uhren, die die verschiedenen nationalen Weltzeiten anzeigten, tickten, wenn ein Zeiger vorrückte. Er mochte den Blick über die Stadt, der sich ihm in der vierzehnten Etage bot.

Eine Viertelstunde später hatte er sich entschieden. Die Aufgabe erforderte Mut und Fingerspitzengefühl. Ein todernstes Spiel, das nicht viele beherrschten.

Er dachte an Alexej, der aus dem Fenster gesprungen war. Ein Versager, den der Mut verließ, als ihm klar wurde, was sie taten. Er hinterließ fünf Kinder und eine überforderte Ehefrau, die nie wirklich verstanden hatte, womit er das Geld verdiente.

Wer Predvidenje verließ, riskierte viel. Oder alles. Die Privilegien waren groß, solange man hier diente. Vierzig Urlaubstage, überdurchschnittlich guter Verdienst, Vergünstigungen, Boni, Schulgeld und Geschenke. Doch wer sich entzog, verlor jegliche Sicherheit. Manche verließen die Stadt, manche wurden verurteilt, mussten ins Lager gehen. Andere starben. Weil er selbst dafür sorgte. Je nachdem und angemessen hart.

Was tun, wenn Russland in Verruf geriet? Was tun, wenn keiner mehr das Vaterland respektierte? Was tun, wenn die Feinde Russlands sich mehrten? Man kontaktierte ihn. Und er handelte. So gestaltete er die Realität.

Er beschloss, die junge dunkelhaarige Journalistin einzustellen. Sie besaß herausragende EDV-Kenntnisse. Die Mutter hatte den Kontakt zu ihr abgebrochen, seitdem ihre Tochter deshalb von der Polizei vernommen worden war. Abhängig und gestraft. Eine ideale Kandidatin. Er lächelte.

Natürlich machte er sich auch Sorgen. Jemand hatte Wiatscheslaw hingerichtet. *Eins.* Polina war in Berlin erschossen worden. *Zwei.* Er glaubte nicht an Zufall, hatte es noch nie getan.

Montag, morgen. Eine neue Woche, die viel versprach. Er hatte eine blendende Idee. Außergewöhnliche Situationen verlangten außergewöhnliche Maßnahmen. Krim, Pakistan, Kaukasus.

Morgen, dachte er, *morgen beginnen wir den Krieg.*

18

Er presste den Hörer an sein Ohr, berührte mit den Fingern die Glasscheibe. Ihr Gesicht dahinter wirkte wie eine Maske. Völlig unbewegt. Die Linien stärker in ihre Haut eingegraben als in seiner Erinnerung. Er begann zu sprechen, und die Worte sprudelten nur so aus ihm heraus. Dass er sich nicht erklären konnte, woher diese Bilder kamen. Ja, er habe sie gesehen. Kurz bevor sie ihn verhafteten. Er sei nicht der Mensch, den sie zeigten. Der da sei ein anderer. Jeder könne das doch erkennen.

Vor sich sah er wieder seinen eigenen, nackten Leib. Er trug eine Ledermütze, die ihm nicht gehörte. Lederriemen wanden sich um seine Brust. Aus einer schwarzen Hose ragte sein Penis, offensichtlich erigiert. Ein Mann mit Bart presste sich an sein Hinterteil. Wie er selbst schaute dieser Mann in die Kamera. In seinen Augen glitzerte pure Lust. Es war dieser Gesichtsausdruck, der ihn erschütterte. Er selbst und doch ein Fremder, der ihm da entgegensah. Dahinter – hatte er es nicht unendlich viele Male zu erkennen versucht? – leuchteten rote Lichter, soffen ab vor dem grau-schwarzen Hintergrund. Es musste eine Fotomontage sein. Einfach nachzuweisen, hatte er geglaubt. Aber da waren der Leberfleck auf seinem Oberarm und das rote Muttermal auf seiner Wange. Jeder erkannte ihn daran. Der Körper vor ihm auf dem Foto gehörte ihm. Er glaubte es mittlerweile selbst. Vielleicht hatten sie es ihm auch eingeredet nach all diesen Befragungen, die sich über Stunden hinzogen. Er verlor sich im Dickicht seiner Antworten. Wo er sich aufhielt, welche Bars er frequentierte, wen er traf? Ob er diesen oder jenen schon einmal gesehen hatte? Welche Praktiken er betrieb, was er dabei empfinde?

Seine Mutter lauschte ihm mit unbeweglichem Gesicht.

Sie hatte ihre grauen Haare zu einem Knoten zusammengefasst. Sie trug einen Kittel über ihrem Kleid. Darüber den alten Wintermantel, dessen Knöpfe sie geöffnet hatte. Ihre Tasche unter den Arm gepresst. Er betrachtete die Adern auf ihren Händen, die sich blau unter der Haut rankten. Er wusste von der Hornhaut und den Schrunden, die sie von der Gartenarbeit und dem Putzen hatte. *Für das Studium*, hatte sie gesagt. *Für dich*.

»Was ist das?« Sie zeigte auf sein Auge, das blau unterlaufen war.

»Nichts«, sagte er. Er konnte es ihr nicht erzählen. Wenn sie seinen Körper sehen könnte, würde sie vor Sorge sterben.

»Bist du wirklich homosexuell?«, fragte sie ihn.

»Nein«, sagte er. Er war nicht schwul und würde es nie sein. Es entsprach nicht seinen sexuellen Vorlieben. Aber wie sollte er ihr das erklären? Er hatte nichts gegen Homosexuelle. Er fand es schrecklich, dass gleichgeschlechtliche Liebe seit Nowikows Gesetzesänderung wieder unter schwerer Strafe stand. »Ich war doch mit ihr zusammen, als sie meine Wohnung stürmten«, sagte er zu seiner Verteidigung. Aber seine Mutter glaubte ihm nicht.

»Hast du etwas von ihr gehört?«, fragte er. Er wusste nur, dass auch sie verhaftet worden war. Mehr hatte er nicht erfahren. Um ihn existierte eine Wand aus Schweigen, die undurchdringlich schien.

»Was ist mit dem Foto?«, beharrte sie. »Das bist du.«

Dass sie es gesehen hatte, ihn so sehen musste, beschämte ihn auf eine nicht wiedergutzumachende Art. »Ich verstehe es selbst nicht«, sagte er. Vielleicht hatten sie ihn betäubt? Doch warum erinnerte er sich nicht an ein Davor oder Danach? Er kannte weder Ort noch Situation. Es machte ihn beinahe verrückt, nicht zu wissen, was geschehen war.

»Du wirst ins Lager kommen«, sagte sie, als sage sie ihm seinen Tod voraus.

»Das wäre völlig absurd«, sagte er. Er erklärte ihr, dass er einen Anwalt hatte, der ihn vertrat.

»Warum bist du dann schon vier Monate in Untersuchungshaft?«, fragte sie mit monotoner Stimme. Ihr Mund bewegte sich, sonst nichts.

Das konnte er ihr nicht erklären. Alles hatte sich gegen ihn verschworen. Sein Leben in Haft war zu einem Mahlwerk geworden, das ihn langsam verschlang. Warum unterstützte sie ihn nicht? Sie musste doch wissen, dass er die Wahrheit sagte. Wieso entkam er diesem Strudel nicht? Jemand tippte ihm auf die Schulter. Seine Zeit war abgelaufen. Er bat um Geduld, eine Minute mehr, aber der Aufseher schüttelte nur den Kopf.

»Mutter«, sagte er, »ich war es nicht.« Er bemerkte, wie seine Hand, die den Hörer hielt, zitterte. Er wollte nicht zurück in den Zellentrakt.

Er hatte sich als junger Mann nie geschlagen, war für den Umgang im Gefängnis nicht gemacht. Für Hierarchien und Gewalt. Homosexuelle galten als Freiwild. Die anderen Häftlinge glaubten ihm genauso wenig wie die Polizei. Völlig verschieden und doch gleich. Drei Männer, die auf ihn zukamen. Einer, der auf ihn wartete. Sie lieferten ihn ab wie ein Paket. Beim ersten Mal hatte er sich noch gewehrt. Einer seiner Schneidezähne wackelte seitdem. Er war überzeugt, dass eine seiner Rippen angebrochen war, weil jeder Atemzug ihn schmerzte. Aber der Arzt in der Krankenstation hatte nur abgewunken. Mit Lappalien gab man sich hier gar nicht erst ab. Beim zweiten Mal zuckte er nur noch zusammen, als der Dürre mit den Metallzähnen ihn an die Wand drückte und mit den Fingern seine Arschbacken auseinanderzog, während er in seinen Nacken atmete. Er roch nach Schweiß und Kohl.

In dem flimmernden Licht der Neonröhre hörte er das Lachen der anderen, die zusahen, die eine Wand bildeten, hinter der die Aufseher ahnten, aber nicht sahen, was geschah. Hier lehnte er allein an der Wand, deren Farbe abblätterte. Dort die anderen. Die Wand war kalt, die Demütigung heiß und vernichtend.

Er bemerkte, wie die Angst sein Herz schneller schlagen ließ. Wie er sich an dem Hörer festkrallte wie an einem Rettungsring.

Ihre Finger lösten sich von der Glasscheibe.

»Bitte hilf mir!«, flehte er. »Ruf jemanden an. Kontaktiere sie! Schreib eine Petition! Informiere Journalisten!« Tränen überschwemmten seine Augen. Die Panik streckte ihre spitzen Finger nach ihm aus.

Das Gesicht seiner Mutter wirkte grau. Sie schüttelte den Kopf, legte einfach den Hörer auf. Er verstand, dass sie ihn aufgegeben hatte.

Sie stand noch unbeweglich am selben Platz vor der Glasscheibe, als die Aufseher versuchten, ihm den Hörer zu entwinden, in den er ohne Unterlass um Hilfe schrie. Bis sie ihn zu Boden rangen, seine Füße und Hände fesselten, sodass er sich nicht mehr wehren konnte. Danach schleiften sie ihn aus dem Raum.

19

Die Frau, die ihm gegenübersaß, wollte so gar nicht zu der Stimme passen, mit der sie bei ihrem ersten Telefonat mit ihm gesprochen hatte. Er hatte sich eine große, blonde Frau vorgestellt, nordischer Typ, massiver Knochenbau. Sie war das Gegenteil: eher unscheinbar, durchschnittlicher Typ. Auf der Straße hätte er sich nie nach ihr umgedreht. An ihrem Oberkörper hing ein unförmiger Pullover, dunkelblau, keine Uniform. Die Haare in einem Braunton mit leichter Welle waren auf Schulterlänge gekürzt. Der Mittelscheitel hätte nicht unvorteilhafter sein können. Ihre Frisur wirkte provinziell und antiquiert. Sie trug kein Make-up. Eine graue Maus. Einzig ihr Blick wirkte konzentriert. Sie formulierte exakt und überdachte jede Frage, die er ihr stellte.

Rustam Komarow interessierte sich nicht für Frauen. Weder privat noch in seinem Beruf. Polizistinnen waren in Russland zwar keine Seltenheit, aber sie arbeiteten eher im Streifendienst. Bei Kapitalverbrechen waren exakt zwei Frauen eingestellt. Eine Fallanalystin, die ständig auf Kongresse reiste, und eine Psychologin, die niemand ernst nahm, weil sie schon mehrfach versetzt worden war. Sie hatte zwei ihrer Vorgesetzten sexuelle Übergriffe am Arbeitsplatz unterstellt, was Komarow für nicht unwahrscheinlich hielt. Wie immer verlief die Angelegenheit im Sand. Sie wurde versetzt, die Vorgesetzten blieben in Amt und Würden. Alle Beteiligten atmeten auf. Seine Kollegen mieden die Psychologin. Keiner wollte sich mit ihr anlegen. Komarow hatte sich informiert: Ihr Abschluss und ihre Gutachten waren beeindruckend, unangefochten und makellos. Er grüßte sie, wenn sie sich in den Korridoren trafen. Einer Zusammenarbeit ging er jedoch aus dem Weg.

Dass diese deutsche Kollegin Kriminalhauptkommissarin sein wollte, überraschte ihn. Sie sah zu jung aus. Unscheinbar, fast naiv. Aber sie hatte ihm zu Beginn ihres Telefonats auf Skype Marke und Ausweis des Landeskriminalamtes in Berlin gezeigt. Geduldig hielt sie die Insignien ihrer Macht vor die Kamera, sodass Komarow sie studieren konnte. Seinen Ausweis hatte sie schlichtweg ignoriert. Als wisse sie, mit wem sie es zu tun hatte. Vermutlich hätte sie das Kyrillische nicht lesen können. Davon ging er zumindest aus. Er hingegen hatte zwei Semester Deutsch studiert. Womit er klar im Vorteil war. Auf der Schule hatte er Englisch und Französisch gelernt. Seine Kenntnisse reichten in diesen Sprachen für ein wackeliges Gespräch über Lebensmittel und einfache Gefühlszustände. Er las die Schrift, und er verstand das Nötigste.

Das Bild ruckelte, stand kurz still, bis sich die Frau am Bildschirm wieder bewegte. Sie saß vor einer schlichten Wand. Komarow fragte sich, was sie wohl hinter ihm sah. Wahrscheinlich das Bild von Präsident Nowikow in einem Holzrahmen vor der ockerfarben gestrichenen Wand, in der sich Risse auftaten.

»Was haben Sie für mich?«, fragte er sie. Sein Englisch war eingerostet, aber deutlich besser als alle anderen Sprachen. Er trieb nicht viel Sport, aber er hörte gern BBC Radio und las englische Klassiker. Mark Twain, Thomas Hardy, Oscar Wilde. Diese Leidenschaften hatte er nicht in den Bewerbungsunterlagen für den Polizeidienst angegeben. Sie hätten sich nicht besonders gut darin gemacht.

»Erinnern Sie sich nicht an mich?« Eine Gegenfrage. Er hatte keine Ahnung, wovon sie sprach.

»Moskau, in Ihrer eigenen Stadt. Eine Tiefgarage im Nabareschnaja-Turm. Wir verfolgten einen Täter, der mit Kindern handelte.«

Mit einem Schlag tat sich die Vergangenheit wieder vor ihm auf. Das flackernde Licht. Die schwarzen Luxuswagen. Zwei Tote, zwanzig Etagen über ihnen. Die Amtshilfe. Der Polizist aus St. Petersburg, der seine Wut beschwichtigte. Der riesige Polizist aus Deutschland, der blutend am Boden lag. Und sie, die alles ruhig koordinierte. »Leonid Breschnew hält sehr viel von Ihnen«, sagte er. »Er hat Sie intelligent und zupackend genannt.«

»Ich kann die Komplimente des Kollegen nur zurückgeben«, sagte Rosa Lopez. »Er bevorzugte unkonventionelle Lösungen. Keine Bürokratie.«

Rustam Komarow bemerkte, wie sie den Weg für das Gespräch zu ebnen suchte. Er lächelte dünn.

»Polina Nikitina wurde mit einer Jarygin PJa ermordet. Unser Ballistiker schickt Ihrer Behörde gern die Ergebnisse zu.«

Komarow nickte. Noch mehr freiwillige Zugeständnisse. »Haben Sie eine Hülse gefunden?«

»Neun Millimeter. Wie zu erwarten war.«

»Die Jarygin PJa ist die Dienstwaffe der russischen Polizei. Auch das Militär benutzt sie seit 2003.«

»Das könnte den Täterkreis einengen.«

»Muss es aber nicht.«

»Dienstwaffen sind nummeriert und registriert.«

»Natürlich können Sie eine dieser Waffen auch auf dem Schwarzmarkt erwerben. Manche werden aussortiert, gelagert und verschwinden irgendwann. Es sollte nicht passieren, aber es passiert.«

»Wir suchen nach jemandem mit Vergangenheit beim Militär oder der Polizei.« Sie schwieg und schaute ihn an, als habe er jetzt etwas zu sagen. Aber er schwieg ebenfalls, weil er sich nicht drängen lassen wollte. »Seit gestern läuft auch eine Anfrage bei Interpol.«

»Wiatscheslaw Maximow«, überlegte er laut. »Exekutiert mit einem Kopfschuss.«

»Wie bei Polina Nikitina.«

Komarow nickte. »Ob es sich um dieselbe Waffe handelt, wird der Vergleich ergeben. Wir fanden ebenfalls eine Hülse. Das Attentat wurde direkt und zügig ausgeführt. Der Täter hat sich nicht die Mühe gemacht, die Hülse einzusammeln.«

»Er handelte in einer unübersichtlichen Situation«, wandte Lopez ein, »am Ankunftsterminal.«

»Zugegeben«, antwortete Komarow.

»Das schließt einen Auftragskiller ein.«

»Dieser Mensch muss sich sehr sicher gefühlt haben. Er drehte sich um und verließ den Flughafen. Die Kameras zeigen nur ein Mal einen dunkel gekleideten Mann, der eine Kapuze trägt. Danach verliert er sich im Strudel der Flüchtenden. Wir fanden keine Waffe. Nichts Brauchbares.«

»Polina Nikitina kam zu einem Bewerbungsgespräch nach Berlin. Sie wollte Russland verlassen. Der Chefredakteur einer großen Zeitung erwog eine Zusammenarbeit mit ihr.«

Komarow hörte das zum ersten Mal. Er überlegte. »Maximow wollte sich mit einer Freundin am Flughafen treffen.«

»Moment«, sagte sie. »Wo wollte er hinfliegen?«

Komarow blätterte in einer Akte. Seine Antwort überraschte ihn selbst: »Nach Berlin.«

»Polina Nikitina und Wiatscheslaw Maximow mussten etwas gemeinsam haben«, nahm sie das Gespräch wieder auf.

»Eine Journalistin und ein Schriftsteller?«

»Das Verhältnis der russischen Regierung zur Presse ist« – sie stockte – »angespannt.«

»Was wollen Sie damit sagen?«

Die Kommissarin sah ihn direkt an. Skype lieferte ein perfektes Bild. »Reden wir nicht um den heißen Brei herum. Könnte es sich um eine Säuberungsaktion handeln?«

Komarow bemerkte, wie eine Welle der Wut ihn überschwemmte. Wie Hitze sich seiner bemächtigte. Er suchte nach einer scharfen Replik. Typisch, die westlichen Reaktionen, die ohne zu zögern verurteilten. In den Köpfen dieser Leute existierte immer noch der Kalte Krieg. Natürlich konnte es nur der böse Russe sein, der die Presse erst demontierte und danach jeden einzelnen ihrer Vertreter erschoss.

»Es wäre nicht das erste Mal. Über zweihundertfünfzig Journalisten wurden in den vergangenen fünfzehn Jahren in Russland umgebracht«, sagte sie.

»Können Sie Beweise dafür vorlegen?«, presste er hervor.

»Die Beweislage von Amnesty International und der Internationalen Gesellschaft für Menschenrechte deckt sich nicht mit der Ihrer Regierung, fürchte ich.«

Komarow wollte den Computer einfach zuklappen. Er hörte sich selbst atmen. Er zwang sich, ruhig zu bleiben. *Der impulsive Russe*. Dieses lächerliche Vorurteil würde er nicht bestätigen. »So funktioniert das nicht. Eine Zusammenarbeit auf der Grundlage von Beleidigung.«

Die Kommissarin sah weg. »Es tut mir leid«, sagte sie.

»Ich habe noch nie einen Mord gedeckt«, sagte er. »Nicht in meiner Abteilung. Nicht hier. Nirgendwo.«

Sie schwieg, notierte sich etwas auf einem Notizblock, der vor ihr lag.

»Was hat Ihr Kollege damit zu tun?«

Sie überlegte einen Augenblick. »Viktor?«

»Was ist mit ihm passiert?« Komarow tippte sich an den Kopf. »Ein Unfall?«

»Warum haben Sie ihn das nicht selbst gefragt?«

»Er war nicht gerade gesprächig, als wir uns trafen.«

Sie zögerte. »Er war krank. Todkrank.«

Komarow bemerkte, dass ihr das Thema nicht lag. Dass sie es ungern besprach. Was meinte sie? Einen Hirnschlag? Einen Tumor? Der grell vernarbte Schädel ihres Kollegen ließ ihn etwas Derartiges vermuten. Nicht nachgeben. Keinen Zentimeter. Schon gar nicht jetzt und hier. »Es liegt noch ein Haftbefehl gegen Viktor Saizew vor.«

»Dieser Haftbefehl ist über fünfundzwanzig Jahre alt. Viktor war damals noch sehr jung.«

Komarow wischte ihren Einwand mit einer Handbewegung beiseite. »Vor einem halben Jahr wird er in Berlin in einen Mordfall verwickelt. Verfolgt diesen Fall bis nach Sankt Petersburg. Nicht nur als Ermittler, wohlgemerkt. In Moskau stirbt jemand in einem Büro, den er kennt und sucht. Er wird bei einem Kampf in einem Parkhaus verletzt. Wir finden ein Kind in einer Kiste. Nur ein halbes Jahr später wird neben ihm am Moskauer Flughafen jemand erschossen.«

»Er ist nur ein Tourist.«

»Sie klingen genauso wie er.«

»Weil es die Wahrheit ist.«

»Dann erklären Sie mir, warum eine andere Zeugin dieses Mordes ihn von oberster Stelle freipressen lässt.«

Die Kommissarin sah ihn überrascht an. Komarow hatte noch einen Trumpf in der Hand, den er jetzt ausspielte: »Er fuhr zusammen mit der Zeugin weg. Sie flohen. Wir folgten ihnen, verloren sie aber auf der Autobahn.«

»Welche Zeugin?«, fragte Rosa Lopez.

»Die Frau, mit der sich das Mordopfer treffen wollte.«

Komarow sah, wie die Nachricht sie traf. Er erkannte, dass Viktor Saizew Fakten verheimlicht hatte. Was lief da zwischen ihm und ihr?

»Wie heißt diese Zeugin?« Ihre Stimme klang belegt.

»Zoya Bogdanowa.«

Sie notierte den Namen in ihrem Buch. »Das klingt unglaublich. Ich habe keine Erklärung dafür.« Sie suchte nach Worten: »Aber … ich kann Ihnen eines versichern.«

»Was?«

»Der Täter hat einen großen Fehler gemacht.«

Die Verbindung auf Skype stockte und zeigte die Kommissarin mit offenem Mund. Das letzte Wort riss ab. Komarow ruckelte am Bildschirm, erwog einen Neustart, aber dann hörte er wieder ihre Stimme leicht zerhackt: »Er hat

Viktor Saizew in die Sache mit hineingezogen. Viktor ist der beste Mordermittler, den ich kenne. Es wird Ihnen nicht gefallen«, sagte sie. Das Bild zeigte sie einwandfrei und klar. »Aber er wird keine Ruhe geben, bis er den Täter gefunden hat.«

20

Es geschah vor vielen Jahren. Sie saßen bereits am Tisch, als er nach Hause kam. Seine Frau beeilte sich, aufzustehen. Sie begrüßte ihn mit einem Kuss. Sein Sohn schaute ihn kurz an, lächelte, rief »Papa« und winkte mit seiner winzigen Hand. Er saß auf einem Kissen, wie es einem Prinzen gebührte, und spielte mit einem Blechauto, das er auf der geblümten Tischdecke hin und her schob.

Er selbst setzte seine Fellmütze ab und hängte den nassen Wintermantel auf. Die Temperaturen fielen. Schnee lag auf den Straßen und würde liegen bleiben. Die Wärme seiner Wohnung hüllte ihn wohlig ein. Seine Frau drängte ihn zum Tisch. Er kam nicht häufig pünktlich nach Hause. Sie fragte ihn, wie sein Tag gewesen sei, was er mit einer Floskel beantwortete: normal. Sie war mit seinen Geschäften weitgehend vertraut, aber nicht mit allem, was er tat. Ein Mann brauchte eine Vertraute, mit der er alles teilen konnte, wenn er es wollte. Er hatte einen Coup gelandet. Der heutige Abschluss seiner Firma würde Geld in die Kassen schwemmen. Entscheidend waren aber nicht die Millionen, sondern die guten Kontakte, die dieser Kontakt generierte. Er wollte hoch hinaus. Ohne Lobby ein aussichtsloser Kampf.

Er galt als Traditionalist. Als einer der wenigen in seiner

Firma frequentierte er kein Bordell. Er behandelte seine eigene Frau wie gleichgestellt, er drangsalierte oder schlug sie nicht, wie zwei seiner Kollegen es mit ihren Ehefrauen offenkundig taten. Seine Frau hatte Ernährungswissenschaften studiert, aber seitdem sie Mutter seines Kindes geworden war, arbeitete sie nicht mehr in ihrem Beruf. Er finanzierte die Familie, sie hielt ihm den Rücken frei. So hatten sie es abgemacht.

Sie aßen wenig Fleisch, was nicht einer angespannten, finanziellen Situation geschuldet war. Sie glaubten an positive Veränderung, die erst durch ausgewählte Ernährung möglich war. Gemüse dämpfte sie lediglich. Sie aßen Reis und Kartoffeln, verschiedene Gemüsesuppen, das Obst passend zu den Jahreszeiten. Sie waren beide schlank und trieben Sport. Die russische Küche, die überwiegend aus zuckrigen Teigwaren und ungesättigten Fettsäuren bestand, lehnten sie ab. Auch ihren Sohn förderten sie entsprechend. Er verfügte über einen für sein Alter angemessenen Wortschatz, entwickelte sich motorisch gut.

Als er sich an den Tisch setzte, begrüßte er nochmals seinen Sohn. Lang hatten er und seine Frau darauf gewartet, dass sie schwanger werden würde. Jahrelang. Dass ihnen dieses Kind geschenkt worden war, betrachtete er als Privileg. Ein Junge bedeutete ihm viel. Er würde ihm alles zeigen, ihm eine Welt hinterlassen, die ihn voranbringen würde. Die Anspannung des Tages wich der Freude, sich unter den Seinen zu befinden. Seine Familie, die, die ihm am nächsten waren.

Der Junge, den er mehr als alles liebte, sah ihn an, verzog den Mund und warf sein Spielzeugauto über den Tisch. Es sauste nur knapp an seinem Ohr vorbei. Er zuckte zur Seite und bemerkte, wie das Spielzeug an der Wand hinter ihm abprallte. Wie es an einer Stelle eine Delle hinterließ.

Der Mund seiner Frau formte ein entsetztes O. Sein Sohn

patschte mit den Händen auf den Tisch. Er selbst stand mit einer sogar für ihn unglaublichen Geschwindigkeit auf und riss das Kind von seinem Stuhl. Eine heiße Welle erfasste ihn. Sein kleines Gesicht war ihm ganz nahe. »Njet!«, sagte er laut und bestimmt. Das Kind verzog das Gesicht. Gerade noch konnte er seine Hände festhalten, bevor sie ihn ins Gesicht schlugen. »Njet!«, wiederholte er scharf und verstärkte seinen Griff. Wie konnte sich dieses Kind so gehen lassen? Er hatte ihm nichts getan. Erziehung war alles. Er konnte ihm das nicht durchgehen lassen. Das Kind weinte.

Seine Frau stand auf. Ihre Hände baten darum, dass er ihr den Jungen reichte. Dass sie ihn halten durfte. Das Kind schrie jetzt nach ihr. »Mama, Mama!« Er blieb stur und hielt den Jungen fest. Sollte der Junge doch nachgeben. Kleiner Despot. Sie wollte ihn beschwichtigen, aber er kam ihrer Aufforderung nicht nach.

In der Küche pfiff der Wasserkessel. Seine Frau schaute hin und her, der Lärm entwickelte sich ohrenbetäubend, als sie das Zimmer endlich verließ. Er setzte das weinende Kind auf seinen Stuhl, nahm vorher aber die Kissen weg. Er wollte nicht, dass sein Sohn verhätschelt wurde. Jetzt weniger denn je. Aber der Junge schrie nur noch mehr. Ein erbostes Brüllen. Endlich ebbte das Pfeifen in der Küche ab. Sein Sohn warf sich auf dem Stuhl zurück, so fest er es mit seinen vier Jahren vermochte. Er schlug sich den Kopf an der Wand an, was ihn beinahe hysterisch werden ließ. Seine Frau eilte aus der Küche herbei, ihr weißes Gesicht schrie Alarm. Er setzte sich auf seinen Platz und griff nach dem Suppenlöffel. Er fühlte sich hungrig und würde dem Exzess dieses Kindes nicht nachgeben. Seine Frau verhielt sich zu weich. Er würde ihrem Beispiel nicht folgen. Er hatte große Ziele, die nur mit Härte verwirklicht werden würden.

Seine Frau versuchte derweil, ihren Sohn zu beschwichtigen, aber er wollte nicht auf ihren Arm. Als sie das strampelnde Kind wieder absetzte, schlug es mit dem Löffel in die Suppe, sodass Flüssigkeit in alle Richtungen spritzte. Sie schrie, weil sie sich an der heißen Flüssigkeit verbrannte. Auch sein Sohn hatte Spritzer im Gesicht. Die geblümte Tischdecke schwamm in einem See. Sein Sohn schien nur noch aus Mund zu bestehen. Weit aufgerissen, rotes Fleisch, darin die kleinen weißen Zähne. Das Kind schwitzte, sein braunes Haar klebte an seinem Kopf. Diese Rage, diese Wut.

Hör auf, hörte er sich sagen. Aber das Kind schrie nur noch mehr. Wie von Sinnen gebärdete es sich. Seine Frau wischte sich Suppe von den Händen, von ihrem Kleid. Das Kind warf in einem Akt kindlicher Wut den Teller vom Tisch, riss an der Tischdecke, sodass alles in Schieflage geriet. Die Wut, die ihn gerade noch heiß überschwemmt hatte, kühlte binnen Sekunden auf Minusgrade ab. Kalte Wut. Er stand auf, beugte sich über den Tisch und holte aus. Der Schlag, den er seinem Sohn versetzte, warf dessen kleinen Kopf herum. Für einen kurzen Moment wurde es ganz still. Und als der Kleine wieder schrie, holte er noch mit der anderen Hand aus und schlug ihn nochmals ins Gesicht. Warum wollte dieses Kind nicht still sein? Warum schwieg es nicht?

Kurz sackte der kleine Körper seines Sohnes zusammen. Seine Frau riss das Kind vom Stuhl, auf dem es nur noch hing und leise jammerte. Sie rannte mit ihm ins Schlafzimmer, um es zu beruhigen. Oder um es vor ihm zu schützen. Aber der Junge wollte nicht aufhören zu wimmern.

Er saß allein am Tisch und konnte das Essen nicht mehr anrühren. Irgendwann verließ er den Raum. Erst Stunden später schlief das Kind erschöpft ein, nur um etwas später weiterzuschreien. Weil das Schreien auch in den nächsten Tagen nicht aufhörte, würde er seine Arbeitsstunden verlängern. Zu Hause war es unruhig und laut. Seine Frau klagte, dass ihr Sohn nicht im Kindergarten blieb. Dass etwas nicht stimmte, weil er ständig schrie. Dass er auf nichts mehr reagierte. Dass das, was er sagte, unverständlich klang. Überhaupt sprach er nur noch wenig, benahm sich ruhig und wenig später, wenn er wütete, explosiv. Nach drei Wochen konsultierten sie einen Arzt, der eine Reihe von Tests einleitete. Er lud sie kurz danach zum Gespräch. Sein Sohn spielte in einer Ecke des Zimmers wieder mit Blechautos. Als der Mann das Zimmer betrat und ihn begrüßte, sah er sich nicht einmal um.

»Was stimmt nicht mit ihm?«, fragte er, nachdem sie Platz genommen hatten.

Seine Frau schlief nicht mehr gut. Schatten unter den Augen kennzeichneten ihr Gesicht. Sie saß aufrecht neben ihm. Ihre Finger krallten sich nervös in ihr Kleid.

Der Arzt, ein stämmiger Mann mit schütterem Haar, sagte, dass es ihm leidtue. Aber er sei sich sicher, dieses Kind sei taub. Es höre nichts. Weder auf dem einen noch auf dem anderen Ohr.

Er bemerkte, wie seine Frau anfing zu weinen. Wie sie neben ihm zitterte. Er selbst stand unter Schock. Sie fragte den Arzt, wie das geschehen könnte. Ihr Junge habe sich so gut entwickelt. Er kenne doch ihr Kind.

Der Arzt benannte Infektionen, Krankheiten, die zum Hörverlust führten. Hirnhautentzündung, Masern. Sei ihr Sohn vielleicht unbemerkt krank gewesen?

Seine Frau schüttelte den Kopf. Ihr Kind war kerngesund, kein Fieber, keine Ausschläge im vergangenen halben Jahr.

Einen Tumor schloss der Arzt aus. Er habe den Jungen untersucht und Bilder gemacht, die keine Tumore zeigten.

Sie saßen regungslos auf den Besucherstühlen, als der Arzt Schläge gegen den Kopf erwähnte, bei denen die Trommelfelle platzten. Er sprach es eher in einem Nebensatz an.

Ihr Sohn warf gerade ein Blechauto an die Wand. Es prallte ab. Wie sich die Geschichte doch wiederholte. Der Arzt betonte die Schwierigkeiten beim zukünftigen Spracherwerb. Besondere Schulen. Einen Grad der Behinderung. Seine Frau atmete neben ihm ruckartig ein.

Jeder Augenblick dieses vergangenen Abends spielte sich vor seinem inneren Auge ab. *Das Auto, der Löffel, die Suppe, der Teller, die geblümte Tischdecke.*

Seine Frau sah ihn an, ihre Lippen zitterten. Auch sie erinnerte sich. Ihr Gesichtsausdruck klagte ihn an. Stumm schrie ihr Blick, dass er, Genadi Nowikow, schuldig an der Behinderung ihres Sohnes war.

Ein Mann hob einen anderen in die Luft, er drehte dessen Körper auf den Händen über seinem Kopf. Der menschliche Helikopter. Viktor bewunderte die schwindelerregende Aktion. Ein Elefant stampfte an Viktor vorbei, während ein ätherisch wirkendes kleines Mädchen auf dessen Rücken Räder schlug. Das Licht in Curryfarben malte den Elefanten gelb. Indien, Gewürze, Farben. Viktor glaubte, Kreuzkümmel zu riechen. Vermutlich spielte nur sein Gehirn wieder verrückt. Es simulierte Gerüche und Farben, aber vielleicht war das hier sogar echt.

Siska saß neben ihm. Sie wirkte fasziniert. Sogar Trixi schien davon beeindruckt zu sein, wie ein Breakdancer sich zu elektronischen Beats verrenkte. Viktor dachte an Bernhard, Lopez' Mann, und wie er das hier hassen würde. Das All-you-can-eat-Büfett für Kulturliebhaber. Alles leuchtete, glitzerte und schillerte. Hochglanzeffekte. Dazu buntes Licht. Das Make-up auf den Gesichtern war so flächendeckend aufgetragen, dass darunter nichts mehr zum Vorschein kam.

Viktor driftete in Gedanken ab und wunderte sich, dass sein Job darin bestand, diese Schichten abzutragen, Lage für Lage, Lüge für Lüge, bis die Wahrheit dahinter zum Vorschein kam. Die Lüge war wie eine Fassade, die es zu durchbrechen galt. Was sich dahinter verbarg, das war meistens noch hässlicher als der Anschein, der gewahrt wurde. Für Viktor war Schönheit nur eine Oberflächenkorrektur, eine gekonnte Restaurierung, nicht mehr als ein modischer Farbanstrich. Viktor hatte ein gutes Verhältnis zu Technik und Struktur. Er fand Schönheit in einem Mechanismus, einer Verzahnung, einer Funktion. Was ließ Dinge arbeiten, was brachte sie dazu, ihren Zweck zu erfüllen? In Viktors Augen galt das für Menschen genauso. Er beschäftigte sich mit dem, was Täter hinterließen, die nicht mehr ordentlich funktionierten. Deren Schalter auf Amok stand. Mit ihren Fehlern im System. Mit Abstürzen und Vernichtungsdrang. Mit dem Kollaps, wenn nichts mehr zu retten war. Mit dem, was zu alldem führte. Viktor konnte nicht mehr oder weniger als ein Wahrheitssucher sein. Wie seltene Trüffel fand er die Wahrheit nur nicht oft.

Und während ein schwarzer Junge vor ihm in einem virtuellen Sandsturm Schlittschuh lief, erkannte Viktor nicht zum ersten Mal, dass er in seinem Beruf nichts wiedergutmachen konnte. Viktor war kein Arzt, kein Sanitäter, nicht einmal Erste Hilfe war von Nutzen, wenn er zu einem Tatort kam. Niemand würde wieder atmen oder leben. Er widmete sich der Wiederherstellung. Die alte Ordnung sollte wieder gültig sein. De facto war aber nicht mehr viel zu ordnen, wenn Viktor kam. Ein Mord war unumkehrbar, er schaffte feste Verhältnisse. Es gab keine Wiederauferstehung, kein Leben nach dem Tod. Nur Trauer und Verwirrte, die über Leichen stolperten, Verzweiflung und Wut. Wenn Viktor seine Arbeit erfolgreich beendet hatte, war die Welt kein besserer Ort. Aber diejenigen, die sich über Leben und Tod erhoben, zog er aus dem Verkehr. Angehörige wollten, dass Täter bestraft wurden. Sie wollten abschließen mit dem Mord. Was sie bekamen, war oft weniger als ein Kompromiss. Wenn er, Viktor, ein Abzeichen trüge, konnte »Sheriff des Todes« sein Titel sein. Eine Fee schwang sich an einem Tuch zu großer Höhe auf. Er stellte sich seinen Titel vor auf einem blanken Silberstern. Er brachte die Mörder vor einen Richter. Nur ein Bote und nicht derjenige, der das Strafmaß verhängte. Viktor betrachtete sich als Dienstleister.

Mit Kultur hatte er allerdings nicht viel am Hut. Spektakel mied er, aber heute war er eingeladen worden. Die Gastfreundschaft der Familie Sukov schien grenzenlos. Beste Plätze hatten sie reserviert. In einer Spielstätte, die sich Lumos-Theater nannte. Achttausend Zuschauer fasste dieser Saal, in dem die Zeit wie in einem Traum ablief. Artisten, Tiere, Tänzer, Musik. Eine Revue. So lautete der Untertitel auf dem grellbunten Plakat.

Viktor wollte ablehnen, aber Siska zwang ihn mit einem strengen Blick, zuzustimmen, als Petjas Mutter Tatjana den Abend plante. Es war Sonntag. Dennoch sehnte Viktor sich nach einer Aufgabe. Dass andere rasteten und pausierten, das passte nicht in seinen Plan. Er hatte eine Pflicht. Fühlte sich dadurch belebt. Ich bin süchtig, dachte er. Süchtig danach, den Dingen auf den Grund zu gehen. Freizeit wurde zu einer Bürde, die er nur noch schwer ertrug. Leider gehörte dieser Tag ganz dieser Reisegruppe, die er einst selbst in einem schwachen Moment ins Leben gerufen hatte.

Siska bohrte ihm ihren Ellbogen in die Seite. Mit einem minimalen Anheben ihres Kinns deutete sie nach vorn. Sie sah aus wie jemand, der sich bestens unterhielt. Kein Bühnennebel, endlich, stellte Viktor fest. Dafür noch mehr laute Musik, von der Viktor zumindest auf einem Ohr kaum mehr etwas hörte.

Tänzerinnen in blauen Kostümen bildeten einen Halbkreis auf einer Fläche, die wie poliert glänzte. Tausend

Lichter, die sich darin spiegelten. Schlanke, lange Beine in perfektem Gleichklang ausgestreckt. Arme bewegten sich gleichzeitig, gleiche Frisuren, identische Kostüme. Nur die Gesichtszüge unterschieden sich. Viktor mochte Uniformismus nicht. Als er sich umdrehte, sah er nur gebannte Gesichter. Auf den Rängen saß nicht ein Einziger, der sich langweilte. Als er sich wieder der Bühne zuwandte, hatten die Tänzerinnen in ihrem Halbkreis Platz gemacht. Eine, die gleicher als die anderen war, trat in ihre Mitte. Sie trug einen Federputz. Ein Pfau in einem Schwarm prächtiger Papageien. Jetzt schlug der Pfau ein Rad. Er sang. Eine rauchige Stimme. Schauer zogen über Viktors Rücken. Er wollte es nicht, aber was er hörte, fesselte seine Aufmerksamkeit. Die Königin schritt langsam an den Bühnenrand. Die Federn und der schwere Mantel zwangen sie zur Langsamkeit. Viktor starrte auf ihre Beine, die noch länger als die der anderen waren. Schier endlos und muskulös, sodass Viktors Blick sich in den glitzernden Strapsbändern beinahe verlor. Eine Fata Morgana, eine Spiegelung. Ein ganzes Orchester spielte groß auf, obwohl kein Musiker zu sehen war. Schwaden von Bühnennebel. Die roten Lippen öffneten sich für einen letzten, langen Ton.

Viktor sah den roten Punkt sofort. Nicht umsonst hatten die Sukovs für einen Platz in der ersten Reihe bezahlt. Ein roter Punkt materialisierte sich auf der Stirn des Pfaus. Der Punkt wanderte und zitterte. Inmitten all der Lichter hätte Viktor den mattroten Strahl beinahe nicht bemerkt. Aber wo endete die Show, und wo begann die Realität?

Viktor wollte es nicht auf einen Test ankommen lassen. Vielleicht auch, weil gestern neben ihm jemand erschossen worden war. Er erhob sich, reckte die Arme in die Luft, gestikulierte wild, lenkte die Aufmerksamkeit auf sich. Wie gleichzeitig die Dinge geschahen, in einem kurzen Moment. Siska zog an Viktors Shirt, er spürte es. Trixi zischte etwas, beschimpfte ihn, weil sie sich für Viktor schämte. Mila rief Viktors Namen. Er hörte an ihrem Ton, wie empört sie war.

Der Pfau drehte sich, betrachtete den Zuschauer, der sich so unerhört benahm während ihres großen Finales. Die Musik schwoll an, verstieg sich, hielt den Ton. Viktor ruderte mit den Armen wie ein Exot, der sich aufspielte. Auch er benahm sich wie ein sonderbares Tier. Es war so laut, dass kaum einer den Knall hörte, aber an dem makellosen Arm des Pfaus zeigte sich ein roter Fleck, der wuchs. Der Paradiesvogel strauchelte, alle Melancholie aus dem Gesicht gewischt. Hinter Viktor raunten die Zuschauer, der Pfau torkelte, duckte sich. Die Tänzerinnen stoben auseinander. Über die Hand des Pfaus lief Blut. Viktor drehte sich um, suchte die Ränge ab. Die Zuschauer starrten ihn an. Er entdeckte niemanden, der eine Waffe hielt. Es musste ein Gewehr sein, kleines Kaliber, eines mit Zielfernrohr und Laserstrahlvisier. Die Musik spielte noch, als sich die Bühne leerte. Einige Zuschauer standen auf, andere schrien, wieder andere drängten zum Ausgang. Siskas Stimme drang an Viktors Ohr: »Was soll das?! Bist du verrückt?«

Nicht mehr als sonst, dachte er und wies sie an, sich zu ducken. Petja bückte sich instinktiv, seine Mutter sah sich hektisch um. Oleg Sukov griff nach seinem Ohr, als habe er einen Luftzug gespürt. Gleichzeitig drückte Viktor Trixis Kopf nach unten, gab Mila ein Zeichen, das Gleiche zu tun. Ihr Freund würde ihr folgen, davon ging Viktor aus. Das alles geschah in Sekunden. Momente, mit Leben prall gefüllt. Nicht mit Tod. Als Viktor sich wieder vorsichtig aufrichtete, war die Bühne leer.

21

Regenwolken hingen über Berlin, ballten und knäulten sich in verschiedenen Grautönen. Lopez ließ sich gern von den bunten Plakaten ablenken, die an jeder Litfaßsäule hingen. Federboas, glitzernde Kostüme, exotischer Tanz. Das Programm des Friedrichstadt-Palasts versprach hochwertige Travestie. Ein Gastspiel internationaler Stars. Lopez sah auf die Uhr. Die Zeit drängte. Sie betrat das Landesinstitut für gerichtliche und soziale Medizin. Die Stille öffentlicher Gebäude an einem Feiertag. Der Geruch nach Staub und Bohnerwachs. Und nach Sterillium.

Morris schaute genauso blöd wie sie, als sie beide den Leichensack öffneten. Leer. Morris sah Lopez an, als habe sie eine Erklärung dafür. Lopez zuckte mit den Schultern. Keine Ahnung. Wie auch? Sie hatte diesen Ort seit Wochen nicht mehr aufgesucht.

Er entschuldigte sich, durchquerte den Raum, tippte hektisch Buchstaben und Zahlen in den Computer. Er murmelte etwas, fragte »Nikitina?«. Lopez rief ihm zu, dass das richtig sei. Polina sei der Vorname. Er rief ihr eine Nummer zu, die Lopez mit der auf dem Schild verglich. Von Weitem sah sie, wie diesmal er mit den Schultern zuckte. Abwartend stand sie da, hoffte auf eine Reaktion. Eine Verwechslung, ein Versehen, ein Fehler. Im grellen Licht der Neonröhren schien alles andere undenkbar zu sein. Lopez betrachtete ihre Schuhe. Flacher Absatz, braunes Leder, Seglerlatschen. Modisch vor circa fünfundzwanzig Jahren. Sie musste sich mal wieder neue Schuhe zulegen, auch wenn sie Shoppen hasste.

Morris war ein guter Mann. In seinem weißen Kittel wirkte er wie der typische Akademiker. Lopez erinnerte sich an die Stationen aus seinem Lebenslauf: Oxford, Sydney und sogar eine Leichenfarm in Tennessee. Morris stammte aus dem Mittleren Westen der USA. Er hatte eine Deutsche geheiratet, die professionell fotografierte. Künstlerehe, hier trafen ihrer beider Leben sich. Morris trug die Haare glatt gescheitelt. Das Wort Pomade drängte sich Lopez auf. Immerhin, Haare besaß er noch. Lopez schätzte ihn auf Mitte vierzig. Von kleiner Statur, erzeugte er stets einen Wirbel, wo immer er auch weilte. Eine klassische Hornbrille saß schief auf seiner Nase. Mangelnde Gesichtssymmetrie, wie Lopez mutmaßte. Er sah wie ein Spießer aus, neigte jedoch zu einer deutlich jüngeren Ausdrucksweise, die ihn oft wie einen Kleinkriminellen klingen ließ. Ein wildes Englisch-Deutsch-Gemisch, Denglish, das schon als eigener Dialekt beim LKA durchging. Jil Sander hätte ihn verstanden und gemocht.

»Fuck!«, sagte er. »Wo habe ich die Lady nur?«

Lady? Lopez wunderte sich bestenfalls milde. Polina Nikitina konnte sich nicht mehr wehren. Wo immer sie auch war. Lopez genoss die Ruhe in diesem Kellergeschoss. Kein Baby schrie, verlangte eine Flasche oder die Brust. Die Menschen, die hier in Plastiksäcken auf etwas warteten, verhielten sich still. Sie stellten keine Forderungen mehr. Auch die Kühle sagte Lopez zu.

Noch vor Wochen hatte es in der Stadt wie in einem Suppenkessel gekocht. Eine Jahrhunderthitzewelle briet den Asphalt, erschwerte den Berlinern das Atmen. Pflanzen starben, das Wasser wurde knapp, das Duschen, Abkühlung nötiger denn je. Eine denkwürdige Zeit für eine Schwangerschaft. Im Vergleich dazu glänzte das Wetter seit Tagen nur noch durch Mittelmaß. Bedeckter Himmel, gelegentlicher Nieselregen, kühle, feuchte Luft. Lopez vermisste den aggressiven Frühsommer nicht. Morris hatte ihn vermutlich hier unten kaum bemerkt. Lopez lehnte sich an die Wand, weil Morris mittlerweile mit dem Hubwagen hantierte. In vier Reihen lagen Leichen in einem riesigen Edelstahlregal übereinander. Jeweils zehn in einer Reihe. Ein beeindruckendes Lagersystem. »Fucking Unordnung«, murmelte Morris und zog eine Bahre nach der anderen heraus. Er öffnete Säcke, konsultierte Namen auf Schildern, schaute in Gesichter. Einmal bat er Lopez, genau hinzusehen.

»Nein«, sagte Lopez. Die hier war es nicht. Zu alt, zu dunkel. Sie kannte Polina Nikitinas Bild aus der Akte, die Gunnar ihr hinterlassen hatte wie ein Geschenk, wie etwas von Wert.

»Wie läuft es at home?«, fragte Morris und zog währenddessen am Reißverschluss eines Leichensacks.

Lopez seufzte. »Super«, log sie ungeniert.

»Dora hatte zwei Fehlgeburten«, sagte Morris und übersprang gedanklich mehrere Stationen. Er meinte seine Frau. »Beschissenste Zeit in my life.«

Lopez wusste nicht, was sie dazu sagen sollte. »Wusste ich nicht, Morris«, sagte sie. »Tut mir echt leid.« Schlimm war es immer, bis es schlimmer kam.

»Damit gehst du nicht hausieren«, sagte er. »Obwohl. Die Scheidungen von Emma und Carlita waren auch ziemlich terrible.«

Drei Ehen. Kaum vorstellbar, dass der untersetzte Morris die Frauen anzog wie das Licht die Motten.

»Dora hat sich ein Studio eingerichtet«, sprang Morris wieder zurück. »She says, sie ist jetzt mit dem Thema durch.« Morris stand neben einer Leiche und wirkte nachdenklich. Er schob die Brille auf der Nase hoch.

Lopez zeigte auf die Bahre.

»Kommt eben immer anders, als du fucking denkst.« Morris gab der Bahre einen Schubs, sodass sie in das Regal zurückrollte.

Lopez dachte an ihre Rolle als Mutter und an Bernhard,

der endlich den Erfolg hatte, der ihm als Schriftsteller zustand. Für den er so hart gearbeitet hatte. Als sie sich heute Mittag bei ihm entschuldigt hatte, wusste er, ohne dass sie sich erklärte, dass sie arbeiten würde. Bernhard fragte nicht, er nickte nur. Kein böses Wort, kein Vorwurf. Seine stille Ergebenheit traf Lopez mehr als ein offenes Gefecht. Mehr als wenn er ihr die Schuld geben und sie beschimpfen würde. Bernhards Großzügigkeit hatte etwas Märtyrerhaftes. Lopez hatte seinen guten Willen schon zu lang ausgenutzt. Dabei hatte sie das Home-Office nur ein wenig ausgedehnt. Minimal. Eine Ausnahme. Die Leichen kamen eben nicht zu ihr. Sie musste Polina Nikitina ihre Aufwartung machen. Anders funktionierte diese Begegnung nicht. Bernhard würde derweil ihr Baby küssen und Tessa etwas vorlesen. Er war so perfekt, dass sich Lopez wie jemand vorkam, der unvollständig lebte.

Morris stand wieder am Computer und kratzte sich an der Stirn. Er telefonierte. Einmal, zweimal. Glitt durch Datenbanken. Als Lopez »Vielleicht in Treptow?« dazwischenrief, schüttelte er nur den Kopf. Telefonierte nochmals. Murmelte: »Auch nicht in Ruhleben.« Erreichte jemanden, sein Gesichtsausdruck hellte sich kurz auf. Als er auflegte, wirkte er deprimiert.

Lopez beobachtete seine nachdenkliche Miene. »Und jetzt?«, fragte sie.

»We fucking lost Polina«, sagte er. »Und ich habe nicht die geringste Idee, wo ihr verdammter Body ist.«

22

Sie blies ihm Rauch ins Gesicht. Viktor reagierte wie gewöhnlich: völlig ungerührt. Sie schlug die Augenlider nieder, die wahrscheinlich unter dem Gewicht des mehrfarbig schillernden Lidschattens und der falschen Wimpern ermüdeten. Als sie ihn wieder ansah, wirkte der Blick aus ihren grünen Augen wachsam und konzentriert. Ein nervöser Mann verband ihr gerade den Arm.

Viktor hätte dem Typen nicht mal eine künstliche Hand anvertraut. Er sah aus wie ein Bodybuilder, aus dem jemand die Luft herausgelassen hatte. Die Haut hing an seinen Knochen wie ein Sack. Er musste einmal ein starker Mann gewesen sein, er besaß dafür die Statur. In seinem Gesicht verliefen tiefe Falten. Dunkle Schatten umlagerten seine Augen. Dunkle Flecken kennzeichneten seine breiten Hände. Sie verrieten Viktor, was die langen Ärmel seines schmuddeligen Pullovers zu verbergen suchten. Der Kerl fixte. So fahrig, wie er agierte, benötigte er dringend einen Schuss.

»Danke«, sagte sie in einem tiefen Bass. Sie meinte Viktor, nicht das Frettchen, das jetzt zurücktrat wie jemand, der Angst vor einem Schlag kaschierte. Der Verband leuchtete weiß. Der nervöse Typ hatte sein Werk mit einer Schleife abgeschlossen, die Viktor an Mädchenzöpfe erinnerten. *Der durchgeknallte Fixer mag sie,* dachte er. Oder er brauchte sie, was sich nicht grundlegend voneinander unterschied.

Sie schlug ihre Beine übereinander, was Viktor kurz einen Einblick gewährt, um den er nicht gebeten hatte. Er sah ihr direkt ins Gesicht. Der breite Mund, der rote Lippenstift. Die Farbe kam ihm bekannt vor, obwohl er von Make-up nachweislich nichts verstand. Siskas Gesicht lebte von ihrer Natürlichkeit, und Lopez konnte Lippenstift vermutlich nicht einmal von Lidschatten unterscheiden. Wenn jemand noch weniger davon verstand als er selbst, dann war es sie. Lopez. Ihre andauernde Abwesenheit. Er vermisste sie und ihre gemeinsame Kommunikation. Ihren Rat. Ihr Witz verschwendete sich an Kinder. Das Telefonat hatte seine abstruse Sehnsucht nur verstärkt.

Der Paradiesvogel vor ihm zog sich das glitzernde Top mit beiden Händen hoch, richtete seine Brüste, und erst da erkannte Viktor, was er für ein Esel war. Sie spielte ihre Rolle wirklich gut.

Sie reichte ihm die Hand und sagte: »Pola Paradies.«

Viktor kannte den Namen von den Plakaten, von der Eintrittskarte, die Petjas Mutter vorzeigte, als sie das Lumos-Theater betraten. Die Attraktion des Hauses war ein Transvestit. Einer der besten, die Viktor je gesehen hatte. Eine wirklich betörend und überzeugend schöne Frau.

»Sie haben mir das Leben gerettet«, sagte sie jetzt zu ihm.

Viktor schüttelte die Hand, schlank, kühl und mit angenehmem Druck.

»Und ich dachte noch«, sagte sie mit einem rauen Lachen, »der kahle Typ da mischt sich in meine Show ein. Was für ein dreister Idiot!«

Viktor störte sich nicht an der Beleidigung. Er war es gewohnt, dass sein Verhalten anderen missfiel. Negativ aufzufallen war seine Paradedisziplin. Jeder hatte mindestens einen Dämon, gegen den er kämpfte. So viel hatte Viktor in all den Jahren in der Abteilung Organisiertes Verbrechen, später bei der Mordkommission gelernt. Viktor konnte kein Alkoholiker sein. Die eigene Brutalität hatte ihn schon fest genug im Griff. Mehr als eine Sucht konnte Viktor sich nicht leisten.

Pola Paradies erhob sich. Sie überragte Viktor sogar um ein Stück. Hohe Absätze, wie Viktor jetzt erkannte. Diese

Schuhe. Seine Erinnerung versetzte ihm einen kleinen Schlag. Er hasste diesen nutzlosen Kopf, dieses Gehirn, das weder im kranken noch im gesunden Zustand makellos funktionierte. Mal meisterlich, dann wieder leerer Raum, nicht möbliert und völlig unbelebt. Viktor bemerkte, wie seine Faust sich ballte. Er zwang sich, ruhig zu atmen. *Ruhig bleiben*. Dieser verdammte, lebenslange Kampf.

»Wie kann ich mich bedanken?«

»Nicht nötig«, sagte Viktor steif. Er wollte nach Hause. Weg von hier. Siska wartete mit den anderen vor der Garderobe. Viktor irritierten die grellen Glühbirnen, deren Licht sich in den Spiegeln noch vervielfachte. All die Federboas und Pailletten, das Schillern machte Viktor nervös. Seine ehemalige Ärztin Marita Nowak hatte ihm erklärt, dass diese Sinneseindrücke sein Gehirn stärker als andere beeinflussten. Dass Farben und Licht Stress verursachten, dass er Anstrengung meiden sollte. Marita Nowak, die jetzt in einer Zelle wahrscheinlich auf die nächste günstige Gelegenheit wartete, sich selbst zu töten. Viktor fragte sich, wann es ihr endlich gelingen würde. Marita Nowak wusste, was sie wollte, und bekam es auch. Zur Not später, irgendwann. Er hatte schon schlechtere Lebensentwürfe gesehen. Er sagte: »Ich muss jetzt gehen.« Etwas trieb ihn, diesen Ort zu verlassen, möglichst schnell.

Pola Paradies griff nach seinem Arm, was Viktor einen elektrischen Schlag versetzte. Viktor wollte nicht angefasst werden. Aber der Paradiesvogel gab jetzt kehlige Laute von sich. Ein Gurren der Begeisterung.

»O mein Gott«, sagte Pola übertrieben betont, »diese Muskeln.«

Viktor entzog ihr seinen Arm, weil er sich nicht als Teil ihrer privaten Showeinlage verstanden wissen wollte.

Der Junkie hüpfte derweil von einem Bein auf das andere. Viktor sah den Hass in seinem Blick. Als habe sich seine

Herrin einem anderen Liebling zugewandt. Viktor wollte kein Favorit, wollte nicht Teil dieses Spiels sein. Er ging zur Tür.

»Juri«, hörte er Pola sagen, »reserviere einen Tisch im Paradies!«

Viktor fragte sich, ob an diesem Ort wohl auch die Ungläubigen in den Himmel gelangen konnten. Das Paradies. Nur ein Wort mehr für ein Versprechen, das niemand einlöste. Juri nickte gehorsam und zog sich in eine dunkle Ecke zurück, in der er leise telefonierte.

Pola rauschte an Viktor vorbei, der Zipfel einer Federboa streifte ihn.

Kaum aus der Tür, drängte jemand sie zurück. Viktor kam sich wie jemand vor, der nur am Rand beobachtete, was geschah. Er wollte gehen, jetzt musste er bleiben. Ewiger Widerspruch. Er hörte, wie die hochgewachsene Pola »Hoppla« und »Jaja, schon gut« auf Russisch sagte.

Einen Moment später lehnte sie lässig an ihrem Garderobentisch. Ihre langen Beine, die glatte Haut, die hochhackigen Schuhe. Viktor suchte, drehte Steine um, fand aber nichts. Er hasste dieses Gehirn.

Als er erneut zur Tür schaute, wusste er jedoch, dass seine Erinnerung gelegentlich noch funktionierte. Er erkannte sofort, wer eintrat. Dünn und steif, aufrecht wie ein Besenstil. Nur lebendig. *Die Geister, die ich rief,* dachte Viktor. Er stellte fest, dass er den richtigen Augenblick, diesen Ort zu verlassen, wieder einmal verpasst hatte. Den Moskauer Flughafen, Marita Nowaks Haus in Dänemark, Finders Büro, das LKA.

Pola bemerkte Viktors Zurückhaltung. »Kennt ihr euch etwa?«

»Darauf können Sie sich verlassen«, sagte der dürre Mann, der Viktor mit einem harten Blick bedachte.

»Was kann ich für Sie tun?«, fragte Pola mit tiefer Stimme. Für Viktor klang es eher wie eine sexuelle Aufforderung.

Der Mann in Uniform zeigte auf Polas Arm. »Auf Sie wurde ein Anschlag verübt?«

»Ach, was«, schmeichelte sie, »nur ein Schüsschen.« Sie zeigte ihren verbundenen Arm. »Aber dieser Mann hat mich gerettet«, rief sie enthusiastisch aus.

»Der schon wieder«, knurrte Rustam Komarow. Er wandte sich Viktor zu: »Sie fangen an, mir mächtig auf den Geist zu gehen.«

Viktor dachte, *du mir auch,* schwieg aber, weil es ihm angeraten schien.

»Die Ermittlungen in dieser Angelegenheit obliegen mir«, sagte Rustam Komarow wie jemand, der vertraut mit Hierarchien war. Viktor wunderte sich, weil ja niemand gestorben war. Eine der Grundvoraussetzungen für das Eingreifen einer Mordkommission. Aber er wollte Komarow diesen Platz ohnehin nicht streitig machen. Hier, in dessen Land, in dessen Stadt.

»Sehr schön«, sagte Pola, »und woher kennt ihr euch?« Vertraulich, als seien sie alte Schulfreunde, die sich bei einem Varietébesuch wiedertrafen.

»Von einem anderen Anschlag gestern Morgen am Flughafen.«

»Weinst du?«, fragte Lopez ihren Chef.

Gunnar vergrub sein Gesicht in den Armen. Dass er sich an einem Sonntag in seinem Büro des Landeskriminalamtes Berlin befand, war nicht normal. Er saß halb auf seinem Schreibtischstuhl, halb lag er auf dem Tisch. Er stöhnte.

»Gunnar?«

Gunnar Scholz erhob sich. Sein Gesicht wirkte grau. Er fuhr sich mit den Fingern durch die strohblonden Haare, so wie er es immer tat, wenn er verzweifelte. »Wenn du erst mal an dem Fall arbeitest, wird es einen Durchbruch geben.« Er pausierte. »Dachte ich.«

Lopez konnte sich ausmalen, dass Gunnars Begeisterung sich in Grenzen hielt. Eine Tote war verschwunden. In einem noch offenen Mordfall. Im Grunde genommen handelte es sich jedoch um ein Problem der Rechtsmedizin. Die mussten auf ihre Leichen aufpassen, nicht das LKA. »Die Untersuchungen waren abgeschlossen«, sagte Lopez, »nichts gestohlen. Alle Materialien zu dem Fall sind noch vorhanden.« Und weil Gunnar kein bisschen fröhlicher aussah, erklärte sie: »Die Leiche wäre ohnehin in ein paar Tagen freigegeben worden.«

»Was es noch weniger verständlich macht.«

»Genau. Wer also profitiert von diesem Leichendiebstahl?«, fragte Lopez.

Gunnar zuckte mit den Schultern, als könne er nichts weniger verstehen. »Der Täter? Ein Verwandter oder vielleicht ein Nekrophiler?«

»Ich glaube nicht an einen Zufall. Schließlich ist nur Polina Nikitinas Körper verschwunden.«

»Kein anderer?«, fragte Gunnar.

»Nein. Und ich glaube nicht, dass Morris sich Arbeit mit nach Hause nimmt.«

Gunnar quittierte den Gag, indem er nicht einmal das Gesicht verzog.

»Morris besorgt die Überwachungsbänder von der Pforte«, sagte Lopez. »Sowohl der Vordereingang als auch der Hintereingang werden videoüberwacht. Jemand musste rein, jemand musste mit einer Leiche wieder raus.«

»Das wirft unsere Ermittlungen nur zurück«, jammerte Gunnar.

»Wir könnten es auch ›neue Entwicklung‹ nennen«, wiegelte Lopez ab. Man musste das Positive sehen, auch wenn diese Eigenschaft nicht gerade zu Gunnars Stärken gehörte.

Der empörte sich müde.

Lopez zog die Jalousien hoch, um Tageslicht in Gunnars Büro zu lassen. Sie sah sich um. »Wow«, sagte sie. »Bei allem Respekt, aber hier sieht es echt beschissen aus.«

Sie kannte ihren Chef als Ordnungsfanatiker. Sein Schreibtisch war stets aufgeräumt. Keine unübersichtlichen Papier- oder Aktenstapel, keine Postsendungen, die verstreut im Zimmer lagen, keine Kleidung, die nachlässig über Stuhllehnen geworfen war. Gunnar liebte gerade Kanten, er ordnete seine Stifte gern nach der Größe an. Lopez war sich sicher, dass seine Sekretärin täglich bei ihm abstaubte.

Jetzt sah Gunnars Schreibtisch genauso wie Viktors aus. Papiere stapelten sich, dazwischen ungeöffnete Briefe. Pakete standen wahllos auf dem Boden. *Post-Eingang oder Ausgang?*, fragte Lopez sich. Auf dem Zweisitzer lag eine dünne Wolldecke, ein Sofakissen hatte jemand völlig zerknautscht. Die Spur von Alltagsgegenständen zog sich vom Sofa bis zum Schreibtisch hin. Leere PET-Flaschen, Fast-Food-Verpackungen, etwas aus China, aus Italien, ein schlaffes Stück Stoff, das wie eine schwarze Socke aussah. Lopez inspizierte den Mülleimer. Ausgerechnet der war leer.

Gunnar selbst sah aus, als ob er eine Woche lang nicht geschlafen hätte. Sein Hemd war zerknittert, sie glaubte sogar, einen Kaffeefleck an seinem Kragen zu sehen. Spätestens jetzt wurde Lopez klar, dass Gunnar litt.

Sie ließ ein paar Bücher von einem der Besucherstühle zu Boden gleiten, weil sie keinen besseren Platz dafür finden konnte. »Ich glaube nicht, dass dein Problem nur eine verschwundene Leiche ist. Was ist los?«, fragte sie, weil sie etwas sagen musste.

Gunnar sah sie nur ausdruckslos an. »Peter möchte eine Geschlechtsumwandlung.«

Lopez zog eine Augenbraue hoch. »Wer ist Peter?«

»Unser ältester Sohn.«

»Okay.« Lopez zog das Wort in die Länge, weil sie mit allem gerechnet hatte. Mit einer Scheidung, mit Versetzung, mit der Midlife-Crisis, aber nicht damit. »Wie alt ist er?«

»Vierundzwanzig.«

Lopez erwog seine Antwort kurz. »Also ein erwachsener Mann.«

Gunnar zuckte nur mit den Schultern, als sie das Offensichtliche erwähnte.

»Und jetzt?«

»Ich verstehe das nicht.«

»Hast du mit ihm geredet?«

»Nur kurz. Am Telefon. Als er mir die Nachricht überbrachte.«

Lopez dachte nach. Die Uhr, die schief über Gunnars Tür hing, tickte leise. Zeit verging. Am Himmel zog ein Flugzeug einen sich auflösenden, weißen Kondensstreifen hinter sich her. Gunnar starrte sie aus blutunterlaufenen Augen an. Ratlos, resigniert.

»Erstens«, sagte sie, »das ist überhaupt kein Problem.«

Gunnar wollte etwas erwidern, aber sie verbat es sich mit einer Handbewegung. »Zweitens«, sagte sie, »rufst du ihn jetzt an. Ihr müsst euch treffen. Und reden.«

»Aber …«, sagte Gunnar.

»Kein Aber.« Lopez hob einen Bilderrahmen auf, dessen Ecke unter einigen Unterlagen hervorlugte. Sie betrachtete das Foto, auf dem Gunnar mit seiner Frau Monika und zwei lachenden Jungen zu sehen war. »Der hier?«, fragte Lopez.

Gunnar nickte.

»Er sieht echt super aus.«

Gunnar seufzte, als habe Lopez ihm damit einen letzten, tödlichen Degenstich versetzt.

Lopez suchte das Mobilteil des Telefons, fand es unter zwei Fallakten und sah Gunnar fragend an, bis er ihr schließlich eine Ziffernfolge nannte. Lopez tippte, drückte die Wahltaste, reichte ihm das Telefon. Als Gunnar nach kurzer Wartezeit jemanden am anderen Ende begrüßte, verließ sie den Raum.

23

Das Paradies war ein besonderer Ort. Viktor glaubte nicht an Gott. Er glaubte nicht an ewige oder irdische Gerechtigkeit, er glaubte nicht einmal an sich selbst. Viktor lebte das Leben aufrecht und mit größtmöglicher Empathie. Dass dieses Leben widersprüchlich und verwirrend war, störte ihn nicht. Man konnte sich an alles gewöhnen. An Widrigkeiten, an Krankheiten, Einsamkeit, sogar an den Tod. Viktor wusste mit unbeweglicher Sicherheit, dass nach seinem Tod der Hammer fallen würde. Dunkelheit, Ende, Nichts. Das Nichts würde keine Farbe haben, keinen Namen, keinen Ton. Viktor verließ sich auf diese Überzeugung wie auf seine Großmutter. Das Ende musste ein Ende sein. Alles andere war Augenwischerei.

Das Paradies war eine Bar oder ein Club. So genau wusste Viktor das nicht. Das Paradies bestand aus einem gewundenen Raum, der wie ein Wurmloch wirkte. Für einen ehemaligen Tumorpatienten bot das Paradies allerhand Gefahren. Auch hier funkelten bunte Lichter, Stroboskopleuchten funkten ein unverständliches Signal. Discokugeln warfen Lichtfragmente in die Dunkelheit. Schon kurz hinter dem Eingang küssten Männer sich. Die Hände eines

Mannes mit Vollbart lagen auf dem Hinterteil eines jungen Mannes in T-Shirt und Jeans. Viktor beobachtete, wie Männer sich berührten, leckten, küssten. Zunächst hielt er die wenigen Frauen, die er sah, für Transvestiten. Bei näherer Betrachtung entpuppten sie sich jedoch als Frauen, so wie Viktor Frauen kannte. Sie betonten üppige Brüste. Zumindest konnte Viktor keine Wölbung unter ihren oft nackten Bauchnabeln erkennen. Es kostete ihn Überwindung, überhaupt dort hinzusehen. Einige Besucher der Bar lächelten Viktor milde zu, was an seiner Begleitung liegen musste. Neben Pola Paradies wirkte jeder andere Mensch wie Staffage. Wie eine Beilage zu einem exquisiten Menü. Wie eine laue Zugabe nach einer wirklich guten Show. Wo der hochgewachsene Transvestit entlangschritt, öffnete sich eine Gasse. Viktor schwamm in Polas Fahrwasser wie ein Fisch. Er konnte sich nicht erklären, wie er überhaupt hier gelandet war. Wie er sich hatte überreden lassen.

Im Theater hatte sich Siska kurz zuvor wortlos umgedreht. Trixi feixte, und Petja lächelte spöttisch, als Viktor ihnen seine Pläne für den Abend verriet. Er hatte eine Verabredung mit Pola Paradies. Tatjana Sukova klatschte in die Hände und lobte Viktors guten Geschmack. Pola Paradies war in Moskau wirklich prominent. Niemand verstand seine Entscheidung besser als Tatjana Sukova. Viktor sah, wie sie ihm zuzwinkerte. Vielleicht simulierte es aber nur sein Gehirn. Wem oder was war schon zu trauen? Viktor traute sich selbst nicht mehr.

Pola Paradies war Rustam Komarow derweil in ihrer Umkleide so dicht auf den Leib gerückt, dass Viktor einen Kollateralschaden befürchtete. Pola schmeichelte und streichelte den Polizisten, bis er nicht weiter zurückweichen konnte. Er maßregelte sie nicht wegen ihrer Aufdringlichkeit, er nahm keine Haltung an. Sie lud ihn sogar ein, sie zu begleiten, ein Stündchen hätte er doch sicherlich noch für sie Zeit. Sie nannte ihn tatsächlich Zuckermäulchen. Viktor wunderte sich, wie offensiv sie sich benahm.

Aber Komarow zierte sich, erwähnte Untersuchungen, Konsequenzen, die forensische Beweislage. Er lud den Transvestiten für den nächsten Morgen vor. Nannte eine Uhrzeit, das Polizeipräsidium, dritter Stock. Pola sagte zu. Sie lachte und winkte, als er ging. Viktor konnte sein Glück kaum glauben. *Einmal. Zweimal.* Er entging dem Moskauer Kollegen erneut. Ein drittes Mal würde es nicht geben.

Komarow sah ihm direkt ins Gesicht und deutete mit zwei gespreizten Fingern erst auf sein Gesicht, dann auf ihn. *Ich lasse dich nicht aus den Augen,* besagte seine Geste.

Sobald sich die Tür ihrer Garderobe geschlossen hatte, fragte Viktor Pola, ob Homosexualität in Russland nicht unter Strafe stünde. Pola lächelte ihn an und fragte im Gegenzug, ob er selbst schwul sei.

Viktor konnte sich nichts Absurderes vorstellen. Er hatte sich nie für Männer interessiert. Nicht ein einziges Mal. Höchstens, um seine Aggression an ihnen auszulassen. Seine Kräfte mit ihnen zu messen. Nasen einzudrücken, Nierenschläge auszuteilen. Ihre Körper zu traktieren, bis sie am Boden lagen. Rein sexuell hatten ihn Männerkörper nie erregt.

Pola klärte ihn auf, dass sie zu bedeutend sei, zu wichtig, ein Star. Dass niemand sich dafür interessierte, was sie in ihrer Freizeit tat. Sie galt als das Vorzeigesternchen des russischen Varietés. Im Ausland sei sie ebenfalls gefragt. Gastspiele erfreuten sich dort größter Beliebtheit. Sogar der Präsident habe ihre Show bereits ein Mal besucht. Genadi Nowikow sei so etwas wie ihr Schutzengel. Viktor bemerkte, dass Pola zwar viel redete, aber seine ursprüngliche Frage nicht beantwortete. Sie klimperte mit den falschen Wimpern. Aber als Viktor gehen wollte, schüttelte sie den Kopf.

Mit dem gekrümmten Zeigefinger bat sie ihn, zu ihr zu kommen. Viktor rückte ganz nahe an ihr Gesicht heran. »Ich möchte mich noch bei dir bedanken«, sagte sie leise.

»Wofür?«, fragte Viktor wie jemand, der nach der Pointe suchte.

»Dafür, dass ich noch lebe.«

Viktor winkte ab. Er brauchte keinen Dank. Am Flughafen hatte er erfahren, wohin Dankbarkeit führen konnte. Viktor wollte nicht wieder in einem unbekannten Raum festgehalten werden. Er hatte bereits einen Auftrag angenommen, den er nicht haben wollte. Sein Leben befand sich in der Hand anderer. Er stand schon beinahe auf dem Gang, was der nervöse Fixer neben Pola mit Erleichterung zur Kenntnis nahm. Er stellte sein Tänzeln sofort ein.

»Zoya wird auch da sein.«

Als Viktor das hörte, drehte er sich um. »Was hast du gesagt?«

Pola wiederholte den Namen von Viktors neuer Auftraggeberin. Zoya Bogdanowa. Eine gute Freundin nannte Pola sie und lächelte dabei.

»Woher weißt du überhaupt, dass ich sie kenne?«, fragte Viktor. Er verstand es nicht. Es kam ihm wie ein Trick vor, den man vor ihm verbarg.

Pola zuckte aufreizend mit einer Schulter. »Es gibt wenige Dinge, die ich nicht weiß.«

Ein Orakel, dachte Viktor. Die einzige Gabe, von der Ermittler ständig träumten. Die Kenntnis von Zukunft und Vergangenheit. In Form eines Mannes, aufgetakelt zur Frau. Sein Handy klingelte. Warum passierte nichts im Leben linear? Warum passierte alles parallel? Siska, die wartete, dass er zu ihr kam. Dass sie gemeinsam nach Hause gingen. Vielleicht miteinander schliefen. Viktor zuckte innerlich hin und her, weil er sich nicht entscheiden konnte.

Ein Kopf, der neben ihm explodierte, eine Frau, die mit

ihm fiel, ein stummer Mann, der sie küsste, Suppe in einer Schüssel, ein Paradiesvogel, der alte Haftbefehl.

Siska und er würden noch zehn Tage in Moskau bleiben, sie besaßen alle Zeit der Welt. »Wo?«, fragte er. Pola lächelte und ging voraus.

Es war Frühling geworden. Der Boden weichte langsam auf. Der Frost ließ nach, ein paar grüne Spitzen zeigten sich in Mauerritzen. Kolja erinnerte sich genau an den Tag. Der fünfundzwanzigste Mai. Fünfeinhalb Jahre war das her. Er hatte auf diesen Tag hingelebt wie andere auf das Ende einer Chemotherapie. Er hatte ihr Briefe geschrieben, lange Briefe. Er hatte diesen Moment genau geplant. Jeder ihrer Stimmungen nachgefühlt. Seine Informationen waren präzise. Schließlich bezahlte er dafür.

Sein Vater befand sich schon in Amt und Würden, er saß fester im Sattel denn je. Aber sein Vater war kaum noch ansprechbar. Auslandsreisen und Regierungspflichten zwangen ihm einen genau geplanten Alltag auf. Kolja beriet ihn in vielen Angelegenheiten. Und er nahm sich den Spielraum, den er benötigte, einfach heraus. Diese Sache betraf nur ihn selbst; sein Vater vertraute ihm. Er stützte den Ellbogen auf dem Fensterrahmen auf. Die triste Gegend, durch die sie fuhren, erinnerte an eine Mondlandung. Es gab hier nichts als Gräser, Hügel, Staub.

Über Kilometer waren sie durch Niemandsland gereist. Der graue Boden ging nahtlos in einen grauen Himmel über. Maximale Unwirtlichkeit. Darin bestand das System: möglichst große Einsamkeit. Kaum Strommasten, keine Telekommunikation. Keine Städte, keine Fluchtwege.

Er passierte den grauen Zaun aus Betonplatten, oben gesäumt mit Stacheldraht. Die Lager benötigten eigentlich keine Zäune. Niemand würde weit kommen, wenn er versuchte zu fliehen. Kolja überprüfte sein Aussehen, bevor sein Fahrer und Leibwächter ausstieg und ihm die Tür öffnete. Kolja sah sich um. Noch mehr Schneereste neben grauem Beton. Der Schnee wurde, so gut es ging, geräumt. Er bat den Fahrer zu warten. Als dieser insistierte, schüttelte er nur den Kopf und ging allein auf den Lagereingang zu.

Die Direktorin, eine korpulente Jungfer aus Sibirien, die noch Kopftuch trug, grüßte ihn kühl, indem sie ihm zunickte. Kein Handschlag. Kolja wusste aus ihrer Akte, dass sie harmlos aussah, es aber keinesfalls war. Sie hatte Hauswirtschaft studiert, Unternehmenslogistik aufgesattelt und danach als stellvertretende Leiterin in einem reinen Mädcheninternat gearbeitet. Sie führte im Lager ein straffes Regiment. Sie hasste Männer, Frauen aber noch viel mehr. Wer ihr dumm kam, wusste, dass sie aus Prinzip nicht spaßte. Einzelhaft galt als ihr Lieblingserziehungsinstrument. Es funktionierte ganz hervorragend. Kolja nickte ihr ebenso kühl zu. Sie wechselten kein Wort. Sie wusste, dass er nichts hörte.

Er hatte ihr geschrieben, worin der Grund seines Besuches bestand. Sie führte ihn durch triste Korridore. Beton, rissig verputzt. Kolja konnte erahnen, dass vor ein paar Wochen sein Atem noch in der kalten Luft gefroren wäre. Selbst mit den steigenden Temperaturen schien die Atmosphäre kalt zu bleiben. Als sei die Stimmung im Lager eine eigene Materie mit einer eigenen Gradzahl unter null. Es roch nach einem scharfen Reinigungsmittel und zu viel Feuchtigkeit. Kolja sah niemanden, traf niemanden. Es war, als betrete er ein Geisterhaus. Er wurde sich seiner eigenen Präsenz bewusst, seiner teuren Kleidung, dem akkuraten Haarschnitt, der rahmengenähten Schuhe und seiner lässigen Eleganz, die hier so fehl am Platz wirkte, so unmöglich wie das Blühen einer Orchidee.

Die Direktorin ging voraus. Sie blieb stehen, um auf Kolja zu warten. Sie öffnete eine Tür und nickte Kolja zu, weil sie ihm den Vortritt ließ. Einen Augenblick später stand Kolja in einer riesigen Fabrikhalle. Frei liegende Rohre verliefen an den Wänden, in der meterhohen Decke sah er vereinzelt Löcher, durch die Tageslicht hindurchschien. Kolja, sich seines Standes wohl bewusst, errötete nicht, als sich alle Köpfe zu ihm umdrehten. Unzählige Frauen an unzähligen Nähmaschinen. *Das also ist die Hölle, die wir selbst betreiben,* erkannte er.

Mit resoluten Schritten ging die Direktorin an ihm vorbei, er folgte ihr. Die Kälte schlich sich unter seinen Maßanzug. Kolja fror. Gesichter starrten ihn an. Müde, lüstern, neugierig, manchmal leer. Kolja sah viele Emotionen. *Aber keine lächelt, niemand lacht,* dachte er. Vermutlich hatte man es ihnen abgewöhnt. Oder es lohnte sich an diesem Ort nicht mehr. Als die Direktorin stehen blieb, nahm sie fast militärisch Haltung an. Koljas Herzschlag beschleunigte sich. Ein nahezu übermenschliches Glücksgefühl bemächtigte sich seiner. Der Moment, auf den er so lange gewartet hatte, wurde endlich wahr.

Kolja erkannte sie sofort, auch wenn sie völlig anders aussah. Er erschrak. Sie hatte kurzes Haar. Noch nie hatte er einen schlechteren Haarschnitt gesehen. Sie hatte abgenommen, Schatten unter den Augen und eine Inhaltslosigkeit im Blick, die Kolja einen Stich versetzte. Die grüne Lagerkleidung hing an ihr wie ein Sack. Auf ein kurzes Kommando der Lagerleiterin hin erhob sie sich langsam, als habe seine Anwesenheit sie aus einem Traum gerissen. Oder aus einer Trance. Unter dem Nähmaschinenarm blieb ein schwarzer Uniformärmel schlaff liegen. Kolja kannte Stille. Sie war sein Freund. In ihm war es immer ruhig, aber in diesem Augenblick bekam diese Tonlosigkeit etwas Unheimliches. Er musste sich zusammenreißen, weil er die Frau kaum wiedererkannte, die jetzt vor ihm stand.

Sie sah ihn an, als verwirre sie seine Anwesenheit. Als sei

er ein Fremder, den sie zum ersten Mal sah. Er war sich der Blicke der anderen Frauen wohl bewusst, hier in dieser immensen Fabrikhalle, in der die Luft gefror, genauso wie der Tatsache, dass alle Nähmaschinen schwiegen. Obwohl er nichts hörte, wusste er es. Mechanisch reichte er ihr die Hand, die sie zögerlich nahm. Kalt und spannungslos. Kolja fragte sich, ob sie ihn wiedererkannte. Sie zeigte keine Regung. Eine Puppe hätte nicht weniger auf ihn reagiert.

Die Direktorin klatschte in die Hände. Eine Geste, die Kolja in ihrer Abruptheit aufschreckte. Alle Frauen senkten die Köpfe. Kolja sah, wie die Nähmaschinen die Arbeit wiederaufnahmen. Nur heimlich warf man ihm noch Blicke zu. Er gab der Direktorin das Zeichen – nur ein Kopfnicken, sie schritt voraus. Zoya zögerte, bis sie sich in Bewegung setzte. Auf ihrem letzten Weg durch diese grauen Gänge aus Beton. Als sei sie sich nicht sicher, dass das hier wirklich geschah. Als füge sie sich in ihr Schicksal, so wie sie es gelernt hatte. Kolja bildete das Ende dieser bizarren Prozession. Wieder einmal wurde er sich seiner Macht bewusst. Es entsetzte und befriedigte ihn gleichermaßen. Ein übermächtiges Gefühl.

Eine Stunde später saß sie in ihrer eigenen, alten Kleidung neben ihm auf dem Rücksitz. Ihre wenigen Habseligkeiten hatte jemand in seinem Kofferraum verstaut. Kolja bemerkte den Geruch nach Mottenkugeln, der sie umgab, genauso wie das Fremdartige in ihrem Gesicht. Neue feine Falten, andere Gesichtszüge, eine Verwandlung, die ihm unheimlich erschien. Er saß neben einer anderen Frau. Sie fuhren auf einer mit Schlaglöchern übersäten Straße mit überhöhter Geschwindigkeit durch endlose Felder. Sie schaute unbewegt zum Fenster hinaus. Als habe jemand eine leere Hülle neben ihn gesetzt und den Inhalt zurückgehalten oder an einem unbekannten Ort geparkt. Die Wolken hingen am Himmel wie ein dunkler Vorhang, der nicht preisgeben wollte, was er hinter sich verbarg. Kolja fragte sie, indem er auf das Radio zeigte, ob sie Musik hören wollte. Sie nickte. Er wusste nicht, was er wie sagen sollte, weshalb er schwieg. Unmöglich, sie seine Stimme hören zu lassen. Einfach so.

Was hatte er erwartet? Eine Umarmung? Offene Dankbarkeit? Dass sie ihn genauso sehr vermisst hatte wie er sie? Er fühlte sich schuldig, obwohl er sie nach Hause holte. Weg von diesem Ort der Läuterung. So weit alles nach Plan.

Kolja zwang seine Hände zur Ruhe. Als er zu ihr hinüberschaute, vorsichtig und zufrieden, sich wenigstens in ihrer Nähe zu befinden, erkannte er, dass sie lautlos weinte. Was ihn jedoch inmitten dieser neuen Möglichkeiten mehr als alles andere verstörte, war die Hand, die auf ihrem Oberschenkel lag. Die Hand, die sie ihm hingestreckt hatte, als er sie zwischen den Hunderten von Nähmaschinen und Frauen begrüßte. Das hatte ihm die Direktorin verschwiegen. Das hatte ihm niemand mitgeteilt, obwohl er um präzise Berichte gebeten und für diese Genauigkeit auch gezahlt hatte. Unübersehbar war die verkrüppelte, rechte Hand, an der ihr Zeigefinger fehlte.

24

Kolja starrte auf die Scherben, die zu seinen Füßen lagen. Er hatte seinen Vater noch nie so wütend gesehen. Genadi Nowikow tigerte durch den Saal. Er wanderte vom Fenster zur Tür und wieder zurück. Wie ein Tier im Zoo mit Käfigkoller. Er ließ sich nicht beschwichtigen. Kolja sah einfach nur zu. Er kannte seinen Vater, wusste, dass er so nicht mit sich reden ließ. Mit präzisen Zeichen gab ihm sein Vater zu verstehen, dass er das nicht auf sich sitzen lassen konnte. Dass er sie bestrafen würde, egal wie.

Kolja wusste, dass sein Vater gerade aus den Fitnessräumen gekommen war. Seit Jahren trainierte er wie besessen. Kolja erkannte die Anzeichen einer Sucht. Auch das Boxen hatte den Körper seines Vaters geformt. Der hochgewachsene Genadi Nowikow sah aus wie ein in die Jahre gekommener Olympionike. Er ernährte sich vegan. Niemals hatte es einen dynamischeren Präsidenten gegeben. Einen, der mehr Souveränität ausstrahlte. Er trug Anzughosen, aber kein Jackett. Die Ärmel des hellblauen Hemds hatte er hochgekrempelt. Außer bei offiziellen Anlässen verzichtete er gänzlich auf Krawatten. Den Oberlippenbart trug er akkurat gestutzt. Eine Mode, die ihm gut stand. Er sah intelligent und tatkräftig aus. Wie der Erneuerer, den diese Nation auch brauchte.

»Wo warst du in der vergangenen Nacht?« Sein Vater konnte nicht ohne Strenge fragen.

Unterwegs, beschrieb Kolja knapp.

Sein Vater presste die Lippen zusammen, als müsse er sich etwas verkneifen. Kolja wusste, was das war.

»Du darfst nicht allein unterwegs sein. Weil es zu gefährlich ist.«

Kolja verstand die Sorgen seines Vaters, aber er benötigte diverse Freiheiten.

»Du hast Leibwächter, Fahrer. Warum lässt du dich nicht begleiten? Oder willst du entführt werden?«

Kolja sah zu Boden. Er wusste, dass sein Vater recht hatte. Er billigte vieles nicht, was Kolja tat. Kinder mussten sich irgendwann von den Eltern lösen. Eigene Wege gehen. Seine Mutter verstand ihn so viel besser als sein Vater. Er vermochte es nicht einmal, sich bei ihm zu entschuldigen. Es wollte ihm einfach nicht über die Lippen gehen.

»Ich sorge mich um dich. Könnte es nicht ertragen, wenn dir etwas passiert.«

Sein Vater sah ihn an wie jemand, der unerwidert liebte. Es zerriss Kolja fast das Herz, dass seine Gehörlosigkeit immer zwischen ihnen stehen würde.

Die Unmöglichkeit eines Implantates, das ihm das Hören ermöglichen würde. Die Begeisterung seines Vaters, als er von dieser neuen Methode erfuhr, die Anfang der Neunzigerjahre in Deutschland Schule machte. Kolja war an der Universitätsklinik in Hannover dreimal operiert worden. Es gab Komplikationen. Sein Körper wollte das Silikon nicht haben. Erst zwei Jahre später gab sich sein Vater geschlagen. Sein Sohn blieb taub.

Kolja erinnerte sich noch an das Gesicht seines Vaters. Er sah aus wie jemand, der nicht nur einen Kampf, sondern eine ganze Schlacht verloren hatte. Kolja sah seinen Vater an. Er nickte langsam, wissend, dass sein Vater ihm nicht glaubte. Dass Genadi Nowikow unter ihrer Entfremdung litt.

Kolja war beinahe froh, dass die Nachrichten sie beide ablenkten, auch wenn er sofort bemerkte, wie sich sein Herzschlag beschleunigte, wie er zusammenzuckte, als er die Bilder sah. Wer demonstrierte da? Auch sein Vater rückte näher an den immensen Flachbildschirm heran. Er hatte alle Berater aus dem Zimmer geschickt. Vielleicht schämte er sich. Als wolle er, dass er, Kolja, die ganze Wucht seiner Wut verspürte. Als könne er diese Provokation nur mit seinem eigenen Fleisch und Blut teilen, mit seinem Sohn.

Er benutzte die Fernbedienung, vermutlich, um den Ton lauter zu drehen. Kolja beobachtete den Stummfilm genau, der sich vor ihm abspielte. Er las die Bauchbinden, die mit immer neuen Buchstabenkombinationen die Situation erklärten. Er versuchte, die Lippen des Moderators zu lesen, aber er konnte sich nur mühsam konzentrieren.

Sie hingegen hätte er überall erkannt. Er kannte ihren Körper in- und auswendig. Er wusste, wie sie sich bewegte. Er brauchte nicht einmal ihr Gesicht zu sehen, um zu wissen, dass es sich um sie handelte. Dass ausgerechnet sie diese Prozession anführte. Sie hatte ihn gewarnt. Vier Menschen trugen einen Sarg. Sie gingen direkt hinter ihr. Als die Kamera heranzoomte, erkannte Kolja die enge, schwarze Lederkleidung, das blondierte Haar und den kirschroten Lippenstift. Wie immer bewegte ihn ihre Schönheit, das Selbstbewusstsein, das sie ausstrahlte. Sie hatte nichts mehr gemeinsam mit der Frau, die er damals aus dem Straflager abgeholt hatte. Mit dieser leeren Hülle, dieser erniedrigten Kreatur. Kolja hatte seine Entscheidung oft genug bereut. Auch die bezaubernde, intelligente Buchhändlerin, in die er sich verliebt hatte, gab es nicht mehr. Als habe sie unzählige Persönlichkeiten, die ihr zur Verfügung standen. Als wählte sie eine aus, so wie es ihr gefiel. Sie erfand sich ständig neu. Sogar an einem Punkt, als nichts mehr von ihr übrig war.

Kolja hätte ahnen müssen, dass sie ihm schaden würde. Dass er ihr nicht gewachsen war. Das wurde ihm in diesem Moment erschreckend klar. Hatte sie ihn vielleicht nur benutzt? Nein. Das zu glauben hätte ihn auf das reduziert, was er nie sein wollte. Nicht sein konnte, durfte. Sie schwieg, ihre Lippen bewegten sich nicht mehr. Als wisse sie, dass Kolja ihr zusah. Als verweigere sie die Kommunikation.

Sein Vater wollte wissen, ob er etwas davon geahnt habe. Kolja schüttelte den Kopf. Diese Leiche befand sich doch vor Kurzem noch in Berlin. In einem rechtsmedizinischen Institut.

»Und was befindet sich dann in diesem Sarg?«, fragte sein Vater.

Im Fernsehen verlas jemand eine Stellungnahme. Kolja las wieder ihren Namen. Sie sagte, dass Polina Nikitina

Russin sei. Dass jemand die Journalistin im Ausland ermordet habe. Dass niemand das Recht hatte, ihr ein ordentliches Begräbnis in ihrer Heimat zu verwehren. Nicht einmal der Präsident der Russischen Föderation.

Kolja sog unwillkürlich die Luft ein. Sein Vater stand jetzt still. Sein athletischer Körper wirkte unnatürlich steif. Der verstand eine Kriegserklärung, wenn man sie ihm machte. Der sogenannte Grüne Präsident, der auf erneuerbare Energien setzte, auf weniger Filz und Korruption. »Du musst sie davon abhalten, dass sie auf den Roten Platz ziehen«, sagte er jetzt. »Das geht zu weit.«

Das kann ich nicht, antwortete Kolja. Er hätte es wissen müssen. Er hatte keine Macht mehr über sie.

Die Kamera zog auf, zahlreiche Menschen hatten sich hinter dem Sarg versammelt und folgten ihm. Eine schweigende Prozession. Jetzt Vogelperspektive. Aus den Straßen strömten Menschen, die nur eine Richtung kannten. Sie bildeten Gruppen, Truppen, sammelten sich. Kolja konnte nur mutmaßen, um welche Menge es sich handelte. Die wimmelnde Schar sah aus wie ein Volk aus Ameisen. »Über zehntausend Demonstranten« las er auf dem roten Band, dass unter den Livebildern lief. Unglaublich. Wie hatte sie das gemacht? YouTube war ein mächtiges Medium.

Kannst du ihr nicht das Begräbnis gewähren?, fragte er seinen Vater. Er signalisierte: All diese Menschen demonstrieren für Polina Nikitina. Sie ist tot. Harmlos. Was hat sie dir getan?

Sein Vater sah ihn an wie ein Objekt. »Das geht dich gar nichts an.« Als Kolja nicht reagierte, sagte er: »Sie darf auf keinen Fall in russischer Erde beerdigt werden. Es bleibt dabei.«

Kolja fragte sich, was sein Vater vor ihm verbarg. Was verband ihn mit dieser Frau? Er verstand es einfach nicht: Ziehe sie auf deine Seite. Das wäre klug.

»Wen? Deine Freundin?«, fragte sein Vater spöttisch.

Es wäre geschickter, sagte Kolja, als auf Konfrontation zu gehen. Sie hat sehr viele Follower.

Die Zerstörung geschah lautlos. Vor seinen Augen zersplitterte das Bild. Etwas Dunkles traf auf die Glasscheibe, Kolja wandte sich unwillkürlich ab, versuchte, mit den Händen sein Gesicht zu schützen. Splitter spritzten in alle Richtungen. Ein paar davon trafen seine Hände, seine Stirn.

Kolja kannte die Wucht, die die Wut seines Vaters entfaltete. Die Explosivität. Als er wieder aufsah, offenbarte der Fernseher sein Innerstes. In seiner Mattscheibe klaffte ein großes Loch. Die Fernbedienung lag in mehreren Teilen am Boden wie ein ausgeweidetes Tier.

Sein Vater rollte seine Hemdsärmel hinunter.

Kolja las, was seine Lippen deutlich formten: »Ich werde diese Demonstration beenden. Zur Not auch mit Gewalt.« Sein Vater ging zur Tür. Dort formulierte er genau und untermalte jedes Wort mit Gesten: »Wenn du Zoya Bogdanowa nicht in den Griff bekommst, wird sie zurück ins Lager gehen.«

Der Graue schubste den Bärtigen an. »Nachgeben wird er nicht.«

»Natürlich nicht. Warum sollte er?«

»Er würde sein Gesicht verlieren.«

Der Graue spuckte aus. Er redete sich in eine Art Rage hinein, faselte von Liebe. »Das größte Gefühl. Erinnerst du dich noch?«

Nein, der Bärtige wusste nicht mehr, wie das war. Als er noch als Maschinist auf Schiffen gearbeitet hatte, vögelte er Huren, wenn sie bezahlbar waren. Er hätte nicht sagen können, ob das Liebe war. Bevor er arbeitslos wurde, hatte er eine Zeit lang einer Bäckerin nachgestellt. Sie hatte ein riesiges Hinterteil und bemehlte Brüste, wenn sie die

Bäckerei nach der Frühschicht verließ. Dann aber ließ sie sich mit dem Lehrling ein. Einem zehn Jahre jüngeren Kerl, der schielte.
Der Bärtige steckte die Hände in die Taschen des grünen Parkas und zog sich die Mütze ins Gesicht. Es war kalt. Nicht winterkalt, aber kalt genug. Er rückte die Pappe zurecht, auf der er saß. Kaum jemand wollte ihnen heute einen Rubel zuwerfen. Liebe gab es nicht.

25

Wiatscheslaw Maximow. Viktor hatte eine Ewigkeit nach dem Namen gesucht. Als er ihn aussprach, bemerkte er, dass er lallte.

Was sagst du? »Chto – was?«, fragte Pola. Über den Lärm hinweg schrie sie ihn an. Aus den Lautsprechern drang ein dumpfer Bass, etwas Elektronisches nagelte in einem schnellen Takt. Auf einer improvisierten Tanzfläche zuckten Körper im Rhythmus des wechselnden Lichts.

»Wiatscheslaw Maximow«, sagte Viktor noch einmal. »Kanntest du ihn?« Er wusste nicht mehr genau, warum er fragte. Es gab jedoch einen dringenden Grund. Er sollte aufklären, warum jemand gestorben war. Dafür würde er von seiner alten Schuld befreit. Nein, nicht von der Schuld. Nur von der Strafe für die Schuld.

»Kto – wen?«, schrie Pola. Sie sah ihn an, als könne sie ihn nicht verstehen. Als habe sie vergessen, warum sie hier waren. Hier, in dieser Bar.

»Moloko.« Juri stellte ein Glas vor Viktor ab, der zu zählen versuchte, um das wievielte es sich handelte. Eine helle

Flüssigkeit schwappte über den Rand. Das wievielte Glas? Das erste, zweite, fünfte? Viktor begann von vorn, weil ihm Zahlen fehlten, verloren gingen oder sich ihm verweigerten. Der Alkohol. Aber er trank doch nicht, durfte es nicht.

Pola flüsterte Juri etwas zu, der drehte sich um und ging. Wahrscheinlich, um eine neue Bestellung aufzugeben. Viktors Mund fühlte sich trocken an, weshalb er das Glas in großen Schlucken leerte. Er schmeckte die Milch, aber auch etwas anderes. Wodka.

Er wischte sich über den Mund. Mit einem Mal schien ihm die Geduld zu fehlen, er hatte sie schlicht verloren. Pola saß neben ihm und rauchte. Er packte sie am Ausschnitt ihres Kleides, zog sie zu sich her. Ihre dick geschminkte Haut kam ihm ganz nahe. Er konnte jede Pore erkennen, jede Falte, jede Unreinheit. Die schwarz nachgemalten Augenbrauen, der bunte Lidschatten, das falsche Haar. Er hatte sie etwas gefragt.

»Ich kannte ihn kaum«, sagte sie. Viktor roch Puder und ein schweres Parfüm. »Wir haben früher mal zusammen gearbeitet.« Ihre Stimme, tief und klar.

Viktor sah, wie Juri sie von der Theke aus beobachtete, wie er sich jetzt in Bewegung setzte.

»Und was?«, wollte Viktor wissen.

»Journalismus, Medien«, sagte sie vage und: »Lässt du mich jetzt bitte wieder los?«

Viktor lockerte seinen Griff.

Pola sank auf ihren Platz zurück. Ordnete ihr Kleid.

»Er wurde ermordet«, lallte Viktor, »am Flughafen direkt neben mir.« Seine Kleidung war gewaschen worden, aber er spürte die Blutflecken immer noch. *Maximows Kopf, den eine Kugel traf.*

Pola nickte. »Habe ich im Fernsehen gesehen.«

Viktor fragte, ob sie eine Erklärung dafür habe. Pola zuckte hilflos mit den Schultern. Sie habe ihn nicht mehr getroffen, seitdem er Schriftsteller geworden war. Viktor wollte wissen, ob er Feinde gehabt habe. Er fragte sie. Die Worte, die er hervorstieß, klangen verwaschen. So kam es Viktor vor.

Pola lachte. Mit seinem Buch habe Maximow die komplette politische Elite auf sich angesetzt. Er habe jeden, der Macht ausübte, brüskiert.

»Auch die Familie Nowikow?«, wollte Viktor wissen.

»Natürlich«, antwortete der Transvestit. »Obwohl Nowikow angeblich versucht, gegen Filz und Korruption anzugehen.«

Viktor musste sich konzentrieren. Er fühlte sich müde. Konturen verschwammen leicht, Lichtpunkte weiteten sich zu Sonnen. »Nowikow. Was ist das für ein Typ?«

Pola lächelte verschmitzt. »Der Präsident?« Sie stieß die Luft aus, als habe er einen Witz gemacht. »Woher soll ich das wissen? Er hat nur ein Mal meine Show besucht.«

Viktor wollte weiterfragen, aber er suchte nach dem Aufhänger. Nach dem, weshalb er hier war. Etwas, das ihn brennend interessierte. Mit schwerer Zunge fragte er: »Was ist mit Zoya Bogdanowa?«

Pola kniff die Augen zusammen, überlegte. Antwortete dann langsam: »Keine Ahnung, was mit ihr ist.«

»Woher kennst du sie?« Viktor sah, wie sich die Züge um Polas Mund verhärteten, wie sie aber immer noch lächelte. Es zumindest versuchte.

»Ich habe sie ein Mal getroffen. Auf einer Preisverleihung.«

Viktor sah Pola fragend an.

»Ich klicke ihre Videos. Ich bin ein Fan!« Polas Stimme klang überschwänglich. Als sei das alles eine Meldung, als sei das alles eine Party wert. Sie hob ihr Glas, prostete Viktor zu, vor dem sich wie durch Zauberhand ein neues Glas materialisierte. »Auf Zoya Bogdanowa!«, rief Pola laut.

Viktor wollte auf niemanden trinken. Er wusste nicht, warum. Diese Zoya war nur eine Erpresserin. Jemand, der ihn zu etwas zwingen wollte. Aber er hob dennoch das Glas an und trank daraus. Eine unendliche Müdigkeit dehnte sich in ihm aus. Er musste schlafen, aber er musste den Moment noch hinauszögern. »Ich …« Er suchte nach den richtigen Worten. »Ich will nach Hause«, sagte Viktor, sich der Ungenauigkeit des Begriffs bewusst. Er wusste selbst nicht, was er damit meinte. Als er aufstand, schwankte er leicht. Seine Zunge wog Zentner, seine Augenlider öffneten sich nur noch schwer.

Beflissen hielt Juri Pola ein Handy hin. Aufgeregt deutete er mit dem Zeigefinger auf das Display. Pola las und zog die Augenbrauen hoch. Andere versammelten sich um sie, lasen das, was sie schon gelesen hatte. Erschrecken in die Gesichter gemalt.

»Was?«, lallte Viktor, »was ist passiert?«

Juri reichte ihm das Mobiltelefon. Viktor versuchte, die kyrillische Schrift zu lesen. Die Buchstaben veränderten sich. Sie wuchsen, wurden wieder klein. Sie waberten und verzogen sich, bis es Viktor endlich gelang, sie mit seinem Blick zu bannen. Für einen Moment lang glaubte er, jemand habe sich einen Scherz erlaubt. Aber er sah, dass es sich um die Webseite der *New York Times* handelte. Lächerlich, was er da sah, diese Schlagzeile.

Die Briten hatten Pakistan den Krieg erklärt.

Unmöglich, eine Halluzination. Der Wodka. Er hatte zu viel getrunken. Obwohl er sich nur an drei Gläser erinnern konnte. Dieses grausame Gehirn.

Pola sah ihn ernst an: »Was ist mit dir los?«

Viktor konnte nicht mehr antworten, er taumelte auf den Ausgang zu, rempelte andere Männer an. Jemand schubste ihn, Viktor raunte etwas, aber er spürte, wie ihm langsam jegliche Kontrolle entglitt. So kündigten sich Anfälle an.

Aber er war gesund. Diesen Tumor gab es nicht mehr. Warum machte das alles keinen Sinn?

Pola lief ihm nach, sie rief seinen Namen. Er wischte ihre Hand von seiner Schulter. Er hörte, wie sie jetzt Juris Namen rief. Vielleicht bildete er es sich auch nur ein. Er solle Viktor nach Hause bringen. Viktor fragte sich erneut, wo genau das war. Er verspürte Übelkeit. In der Nase einen schweren Duft, vermischt mit kaltem Rauch. Auf der Zunge den Geschmack nach Verrat.

Als er den Weg nach draußen endlich fand, hielt jemand ihm die Tür auf. Jemand nickte ihm unterwürfig zu. Viktor registrierte alle Formen nur noch verschwommen, aber er hätte schwören können, dass dieser Jemand Juri war.

Viktor lag in einer Lache dunklen Blutes. Warum befand er sich hier? Es roch nach Erbrochenem. Es korrespondierte mit seiner Übelkeit. Sein Kopf schmerzte. Mit den Fingern ertastete er eine Platzwunde. Er erhob sich, musste sich abstützen, schwankte, fing sich wieder. Als er endlich stand, wischte er sich über das Gesicht. Blut. Blut überall. Zu viel Blut, um nur von ihm stammen zu können. In dem dunkelroten See lag eine Waffe. Viktor kannte das Fabrikat, aber der Name wollte ihm nicht einfallen. Er besaß privat keine Waffe, hatte auch im Dienst seit Langem keine mehr benutzt. Wieso lag dann eine hier? Hatte ihm jemand eine untergeschoben? Aber wer?

Es brachte ihn fast um den Verstand, nicht zu wissen, was geschehen war. In ihm machte sich eine Leere breit. In seiner Erinnerung tauchte der Flughafen auf, jemand schoss einem Mann mitten ins Gesicht. Jemand starb, in Moskau und in Berlin. Er war in Moskau. Es war Nacht. Er sah sich um. Er sah keinen Menschen weit und breit. Arbat, die Gegend kannte er. Gestern, am Vorabend, schien der Stadtteil nur aus einem bunten Lichtermeer zu bestehen. Er hatte etwas getrunken, etwas gefragt. Alles andere verschwamm. Viktor fühlte sich wie nach einem Zusammenstoß aus der Bahn geworfen. Er musste schnell eine Entscheidung treffen, etwas tun. Er hatte ein Déjà-vu, eine Fata Morgana der Erinnerung.

Warum bin ich hier?, fragte Viktor sich. Auch wenn er die Antwort nicht kannte, wusste er, dass er nicht hier bleiben durfte, um auf die Antwort dieser Frage zu warten. Intuitiv entschied er sich für eine Richtung und setzte sich in Bewegung. Nach einigen Metern hielt er an und ging zurück. Seine Fußabdrücke wiesen ihm den Weg. Nur Sekunden waren vergangen. Die Waffe lag noch an derselben Stelle. Viktor ergriff sie ruhig, wischte sie notdürftig mit seiner klammen Jacke sauber und steckte die Pistole in den Hosenbund. Er dachte an Fingerabdrücke und Spuren. Danach drehte er sich um und lief, so schnell er konnte, weg von diesem Ort.

Viktor zog seine Jacke aus. Er warf sie in einen Mülleimer. Er stolperte weiter, versuchte, nicht zu rennen, aber schneller zu laufen, als zu gehen. Die Nachtluft griff mit kalter Hand nach seiner Haut. Er fror. Die blutverschmierte Jacke zu verlieren bedeutete einen schmerzlichen Verlust. Das Pflaster war trocken, aber jeder Schritt tat Viktor weh. Er konnte kein Taxi nehmen, keine U-Bahn, er wusste nicht einmal, wohin er fliehen sollte. Wo er sich bewegte, versuchte er, Straßenlampen zu meiden, deren Licht ihm in dieser Nacht ungewöhnlich hell erschien. In einem düsteren Hauseingang legte er eine Pause ein.

Er durfte Siska nicht anrufen. Was sollte er ihr erklären? Dass er von einem Tatort geflohen war? Er wusste nur, dass sein Verweilen dort seinen Untergang eingeleitet hätte. Dass er kein Risiko mehr eingehen konnte. Nicht nach seiner Verhaftung am Flughafen. Er konnte Petjas Familie nicht benutzen. Petja hatte es schon schwer genug. Wie konnte er die Gastfreundschaft missbrauchen, die ihm so großmütig angeboten worden war? Was sollte er diese Menschen noch glauben lassen?

Ihm erschienen die vergangenen Tage wie ein konfuser Traum. Als ob er Spielball eines bösen Dämons geworden war. Viktor war nicht abergläubisch, aber er verstand nicht, wer oder was ihn hier verfolgte. Sein Kopf schmerzte, pochte, wieder lief Blut über sein Gesicht. Er fühlte, wie ihn diese unendliche Ressource Kraft zu verlassen schien. Er fühlte sich schwach. Nervös tastete er nach seinem Handy, das er nicht fand. Im Hauseingang hinter ihm hörte er ein Geräusch. Ein Rascheln, das Viktor zusammenzucken ließ, als er gerade gehen wollte.

Eine Gestalt löste sich aus der Dunkelheit. Viktor roch Spiritus und dachte an Eiterflechte. Er würgte kurz, kam aber nicht umhin, dem heiseren Raunen zu lauschen, das seinen Namen erwähnte. *Unmöglich,* dachte Viktor. *Warum kannte hier jemand seinen Namen?* Ein Obdachloser wankte auf ihn zu, Wollmütze tief ins bärtige Gesicht gezogen. Ein schlammfarbener Parka, aus dem schmutzige Hände ragten. Klobige Schuhe schleiften über den Asphalt. Viktor hörte den Inhalt der Flasche hin und her schwappen. Er sah die tiefen Falten im Gesicht des Mannes, der in seinem Aufzug dennoch seltsam alterslos wirkte. Er sprach ein so lallendes Russisch, dass Viktor ihn kaum verstand. Ein anderer kam dazu. Die beiden luden ihn wie einen alten Bekannten ein. Wenn er allein sei, könne er bei ihnen schlafen. Wenn ihm kalt sei, teilten sie gern mit ihm. Einer streckte Viktor eine Flasche hin, der andere, kleiner, dicker und mit grauem Haar, kicherte. Viktor erkannte die beiden. Er hatte sie bereits einmal gesehen. Lauerten sie ihm etwa auf?

»Wart ihr das?«, fragte Viktor.

»Was?«, wollten beide unisono wissen.

Aber Viktor verspürte keinen Drang, ihnen irgendetwas zu erklären. Er wusste nicht einmal, ob die beiden wirklich existierten oder ob diese Figuren nur seinem angeschlagenen Kopf entsprangen.
»Die Geschichte entwickelt sich nicht gut für dich«, sagte der mit dem grauen Haar. Viktor fand, dass er jetzt beinahe nüchtern klang.
»Du bist verdammt«, sagte der andere.
»Würde mich nicht wundern, wenn er ein Mörder wäre«, lallte der Graue.
»Würde mich nicht wundern, wenn er sich am falschen Ort rumtrieb.«
Viktor wollte nicht länger bei diesen betrunkenen Propheten verweilen. Er befand sich wieder einmal auf der Flucht. Er durfte hier nicht bleiben.
»Er braucht Hilfe«, sagte der Graue.
»Er braucht ein Telefon«, sagte der Bärtige.

Die beiden nickten einander zu, als hofften sie auf Bestätigung.

Als Viktor sich kurz umsah, hielt der Graue ein Mobiltelefon in der Hand. Viktor fand, dass es seinem eigenen täuschend ähnelte. Hatten sie ihn bestohlen, als er bewusstlos am Boden lag? Es gab viele alte Geräte dieser Art. Oder unterlag er nur wieder einer wilden Fantasie? Die Zeit drängte, und Viktors Zeit lief ab. Ohne zu zögern, griff er nach dem Telefon. Falls es funktionierte, interessierte sich Viktor für die Herkunft dieses Gerätes nicht. Er sagte: »Spasibo«, gab sein Passwort ein und stellte fest, wie sich das Display auf die ihm vertraute Art erleuchtete.

Ihre Karte steckte noch in seiner Hosentasche. Ihre Telefonnummer schien jetzt wertvoller als alles andere zu sein.

Es schien eine Ewigkeit zu dauern, bis er endlich ihre Stimme hörte.

26

Detlev von der Kriminaltechnik stieg über ein paar Spielzeuge, die im Flur lagen. Er hob die Füße hoch, als wate er durch Schlamm. Das Baby lag auf Lopez' Schulter wie eine müde Katze. Spannungs- und regungslos. Aber es schrie gerade nicht, was alles war, was zählte. Detlev folgte Lopez bis in die Küche, die sie für sich nur noch Einsatzzentrale nannte. Mit einer schnellen Handbewegung wischte sie Papier und Buntstifte, Knete, Rasseln und zwei Barbiepuppen vom Tisch. Sie fielen in eine Kiste, in der noch andere Spielzeuge lagen.

Detlev sah sich beinahe angeekelt um. »Schöne Wohnung. Irre groß«, sagte er, »aber verwahrlost.«

Lopez kannte Detlev schon eine halbe Ewigkeit. Er war ein abgehobener Typ, der zu viel auf sein Aussehen gab. Kleidung spielte die größte Rolle in seinem Leben. An ihm war ein Dressman verloren gegangen. Es mangelte ihm nie an natürlicher Arroganz. Heute sah er wie ein Model aus. So stellte sich Lopez Männer vor, die für Prada über den Laufsteg liefen. Detlev trug bleistiftdünne Anzughosen, deren kurze Hosenbeine den Blick auf exquisite Seidensocken lenkten. Dazu cognacfarbene Budapester. Ein Jackett, das seine Schultern betonte und sich jeder seiner Bewegungen wie ein Handschuh anpasste.

»Hat eigentlich irgendjemand in deiner Familie Kinder?«, fragte sie ihn.

Detlev verneinte. Er habe lediglich einen Bruder. Der sei Informatiker, ein Nerd, der sich nur für Technik interessiert und nicht für Frauen – Gott sei Dank!

Weltfremd. Lopez lächelte. Detlev, der andere Planet. Er war einer der besten Mitarbeiter des LKA. Ein akribischer Techniker und Wissenschaftler. Fleißig und konzentriert.

Emotionslos, aber zuverlässig wie eine Schweizer Uhr. Lopez störte sich nicht daran, dass er die Menschen in gut und schlecht angezogen einteilte. So kannte sie ihren Platz in Detlevs Welt.

Als er immer noch abwartend vor ihr stand, deutete sie auf einen Stuhl und bat ihn, Platz zu nehmen. Detlev inspizierte die Sitzfläche skeptisch, sodass Lopez ihm ein Geschirrhandtuch zuwarf, mit dem er das Sitzmöbel sorgsam abwischte. Lopez schob ihm ein frisches Glas und Wasser hin. Detlev lehnte dankend ab. Vielleicht misstraute er der Qualität. Er sah sich suchend um. Er sagte: »Es riecht nach saurer Milch.«

»Willkommen in meiner Welt«, antwortete Lopez. Automatisch strich sie über den Rücken des Babys. Sie spürte seine Hitze, seinen Schweiß. Dieses warme, kleine Lebewesen, das später mal ein Mann sein würde. So wie Bernhard oder Detlev, so wie Viktor. Ein langer Weg. Steinig und steil.

Sie musste an Petja denken und daran, wie groß er schon war. Wie ihre Wege sich nach Jahren gekreuzt hatten. Was er wohl jetzt in Moskau tat? Sie vermisste ihn und wusste, dass sein früher Verlust für sie immer ein Grund bleiben würde, sich selbst zu verachten.

»Deine Welt existiert vielleicht bald nicht mehr.« Detlev reagierte auf Lopez' fragenden Blick. »Heute schon die Nachrichten gehört?« Lopez verneinte. »Die Briten haben Pakistan mit Krieg gedroht.«

»Wieso?«

»Weitere Atomtests, der Tod von zwei französischen Touristen in Haft, Pakistan will seine Raketen gegen einen französischen Flugzeugträger richten.«

»Aber …«

»Pakistan dementiert alle Vorwürfe.«

»Woher kommt auf einmal dieser scharfe Ton?«

»Keine Ahnung«, sagte Detlev. »Es war, als hätte der Rest der Welt zwei Monate verbalen Aufrüstens verpasst.«

Lopez überlegte. »Ich brauche deine Hilfe«, sagte sie.

Detlev nickte. »Für welchen Krieg?«

Lopez lächelte müde über seinen schwarzen Humor und erklärte, dass Gunnar sie einbeordert habe, dass sie aber wegen der Kinder nur selten außer Haus arbeiten könne. Daher das Home-Office. Dass sie deshalb auf seine Hilfe zähle.

»Bei Mord gibt es jetzt Home-Office?«, fragte Detlev mit einem ungläubigen Lachen, als halte er das Ganze für einen guten Scherz.

»Wenn es dir besser gefällt: externe Ermittlerin.«

»Sieht ziemlich intern hier aus, wenn du mich fragst.«

Lopez ignorierte Detlevs erneuten Seitenhieb. »Polina Nikitina.« Sie warf den Namen des Opfers in den Raum.

»Da hat die Rechtsmedizin wohl voll versagt. Dass die einen Leichnam verlieren, kommt auch nicht oft vor.«

»Ich glaube nicht, dass sie ihn verloren haben.«

»Soll was genau bedeuten?«

»Dass er gestohlen wurde.«

Detlev zog die Augenbrauen zusammen. Er sah skeptisch aus.

»Zwei Sachen«, sagte Lopez. »Erstens. Könntest du bei Interpol nach ähnlichen Fällen suchen. Von hier aus komme ich nicht ins System.« Der Zugang wurde streng reglementiert.

Sie sprach mit Detlev über die Waffe, die Jarygin PJa. Über seine ballistischen Ergebnisse und über Wiatscheslaw Maximow, den Schriftsteller, der auf die gleiche Art in einem Moskauer Flughafen hingerichtet worden war. Sie bot Detlev an, ihm Rustam Komarows Kontaktdaten zu schicken. Erwähnte, dass sich eine Kontaktaufnahme mit dem russischen Ermittler jedoch schwierig gestalten würde.

»Wieso?«, wollte Detlev wissen. »Weil er nicht unsere Sprache spricht?«

»Oder du vielleicht nicht seine?«, stichelte Lopez. »Aber das ist es nicht.« Sie klärte Detlev über Viktors alte neue Probleme auf, seine Anwesenheit an einem Tatort, den Haftbefehl.

Detlev widersprach kategorisch. Wies hin auf die Verjährungsfrist. Aber Lopez schüttelte den Kopf. Seit wann kenne sich ausgerechnet er, Detlev, mit russischer Rechtsprechung aus? Er wisse, dass Rechtsstaatlichkeit nicht immer oberste Prämisse in Russland sei. Komarow sei höflich gewesen, aber bestimmt. Es gelte, Fakten zu schaffen und nicht auf Fairness zu vertrauen.

»War ja klar«, sagte Detlev, »dass es nur Ärger gibt, wenn Viktor endlich mal Urlaub macht.«

Lopez ignorierte die Bemerkung. Sie sagte: »Zweitens. Der Eingang der Rechtsmedizin wird videoüberwacht. Wir haben tatsächlich einen Mann, sogar ein Gesicht. Könntest du das bitte abgleichen? Mir einen Namen liefern?«

Detlev schüttelte den Kopf. »Auf keinen Fall«, sagte er, »für den Job bin ich überqualifiziert.«

Lopez konnte nur zustimmen. Für sie als Mutter galt das auch. Aber ohne Detlevs Hilfe würde es nicht gehen. Weil sie auf ihn angewiesen war. »Die anderen haben nichts erreicht. Ich brauche einen fähigen Mann. Ich brauche dich.«

»Ich stehe leider nicht auf Frauen«, sagte Detlev mit einem Grinsen im Gesicht.

»Du schaffst es wirklich, aus jeder höflichen Bemerkung etwas Schmieriges zu machen«, sagte Lopez. »Wenn du Probleme mit deinen neuen Aufgaben hast, wende dich an Gunnar.«

Detlev rollte mit den Augen. »Na, toll!«

Schweigend saßen sie am Küchentisch.

»Und was machst du solange?«, wollte er wissen.

»Ich überprüfe alle Flüge von und nach Russland an dem Tag, an dem Polina Nikitina ermordet wurde.«

»Jemand könnte auf dem Landweg kommen oder gehen.«

»Wird leider unmöglich, all diese Bewegungen im Nachhinein zu kontrollieren.«

Detlev seufzte. »Ein dämlicher Job.«

»Überhaupt nicht«, sagte Lopez, »nur etwas, das getan werden muss.«

»Kein Wunder«, antwortete Detlev mit einem Seitenblick, »dass du das so siehst.« Als müsste Lopez als Hausfrau und Mutter wirklich verzweifelt sein, um so zu denken.

»Sag mal«, fragte Lopez, »was macht die Personalsituation?«

»Schlecht. Wir sind unterbesetzt.«

»Hat sich schon jemand auf meine Position beworben?«

Detlev sah weg und fragte, ob sie das wirklich wissen wolle. Lopez antwortete mit einem festen Ja. Der Realität ins Auge zu sehen schien ihr nur angemessen. *Die Zukunft kennen. Bring es hinter dich!*

»Ich habe vor einiger Zeit Bewerbungsunterlagen von Mette Hansen auf Gunnars Schreibtisch gesehen.«

»Mit ihrem Spezialgebiet kriminalistische Forensik könnte sie *dich* gut ersetzen.«

Detlev schnaubte verächtlich. »Niemand könnte das.«

Lopez befürchtete, dass er es tatsächlich ernst meinte.

Detlev fuhr fort: »Sie ist in erster Linie Polizistin. Hat Erfahrung mit Gewaltverbrechen. Ist ja nicht so, dass sich Hunderte auf eine befristete Stelle bewerben.«

Mette Hansen. Kobenhavens Politii. Der Namen versetzte Lopez einen Stich. Sie hatte bereits mit ihr gemeinsam ermittelt. Mette Hansen war eine hervorragende Kollegin aus Dänemark. Aber es konnte doch nicht so einfach vonstattengehen, länderübergreifend zu arbeiten. Womit hatte sie gerechnet? Mit jemandem, den sie nicht kannte? Mit jemandem, der unfähig war? Damit sie zurückkommen konnte, möglichst schnell?

»Du bist Hausfrau«, sagte Detlev, als habe er ihre Gedanken gelesen. Wie beiläufig wischte er sich ein Stäubchen vom Revers. »Kann dir egal sein. Du bist raus!«

Seine harten Worte trafen Lopez. Er formulierte nur das, was sie bereits kapiert hatte: dass sie vom Regen in die Traufe gekommen war.

27

Als Viktor seine Augen öffnete, fädelte Zoya einen weißen Faden in eine Nähnadel ein. Ihre Zungenspitze schaute zwischen ihren Lippen hervor. Sie wirkte konzentriert. Viktor musste an Siska denken, die auch Nadeln und Fäden verwendete. Viktor lag in der Horizontalen. In seinem Kopf pulsierte es. Er spürte noch jeden Faden, mit dem sie seine Kopfhaut im Krankenhaus zusammengenäht hatten. Weiße Bettwäsche, nackte Wände, Bettgestelle wie Gefängnisse, damals in der Charité. Zoyas Gesicht verschwand kurz aus seinem Blickfeld und materialisierte sich wieder vor einem hellen Hintergrund. Ihre Haare unterschieden sich kaum von dem Licht, das sie umgab. Viktor umklammerte mit eisernem Griff ihr Handgelenk. Sie hielt die Nadel zwischen Daumen und Mittelfinger. Dazwischen der vernarbte Stumpf. Sie schaute ihn vorwurfsvoll an. »Willst du das lieber selber machen?«, fragte sie.

Für einen Moment musste Viktor verarbeiten, dass sie

Russisch mit ihm sprach. Russland, Moskau. Er wollte verreisen. Jetzt lag er hier.

»Könntest du mich bitte loslassen?«, fragte sie.

Sie störte seine mühsamen Überlegungen. Er erinnerte sich, dass er in ein Auto gestiegen war, Straßenlampenlichter zogen an Fensterscheiben vorbei. Jemand hatte ihn aus dem Wagen gezogen. Nicht Zoya, sondern ein Mann. Viktor kannte seinen Namen, der ihm auf der Zunge lag, aber er wollte ihm nicht einfallen. Danach zahllose Treppen, die er hinaufstolperte, ein langer, langer Korridor. Am Ende Licht, das ihn blendete. Die Übelkeit. Müdigkeit, der er nachgab, als er sie sah. Er atmete langsam aus und fiel. »Blutvergiftung«, sagte er. Er lallte immer noch. Unmöglich, dass sie ihn verstand.

»Dass du dir um so was Sorgen machst«, sagte sie kopfschüttelnd. Sie deutete auf eine Flasche Wodka, die auf Viktors Augenhöhe stand.

»Lass«, sagte Viktor, und dass er lieber warten wolle.

»Wenn du noch länger wartest, kann das niemand mehr nähen. Es wird eine üble Narbe geben. Obwohl«, sagte sie mit einem beredten Blick, »übel ist bei dir eher relativ.« Viktor wusste, dass sie seinen Kopf meinte. Die roten Linien, die ihn entstellten, die nie mehr verschwinden würden. Wie eine rote Signatur, die Chirurgen unter ihre Arbeiten setzten. Viktor lockerte den Griff seiner Hand. Er schluckte trocken, fühlte sich verwirrt.

»Hör zu«, sagte sie, »wenn ich etwas kann, dann nähen. Ich habe zwei Jahre lang nichts anderes gemacht.«

Viktor beeindruckte das Argument. Er ließ sie los.

Sie rieb ihr Handgelenk. »Du solltest lieber etwas trinken«, schlug sie vor. Sie drehte am Schraubverschluss der Wodka-Flasche, aber Viktor schüttelte den Kopf.

»Jemand hat mir etwas in die Milch getan«, brachte er mühsam heraus. Verwaschen formuliert.

Sie sprach mit ihm wie mit einem verwirrten Kind. »Das kannst du mir alles gleich erzählen.«

Viktor glaubte ihr kein Wort. Sie beschwichtigte ihn. Er richtete sich auf. Sie wich zurück. Das Zimmer geriet in Schieflage. Das Licht flackerte. Viktor stützte sich am Tisch ab, streckte die Knie durch, wagte einen Schritt. Das Zimmer drehte sich. In dem Kreisen des Mobiliars erkannte er schemenhaft eine Gestalt, die sich mit dem Sessel drehte, auf dem sie saß. Viktor wollte noch etwas sagen, tun, aber der Strudel riss ihn mit. Viktor stürzte in ein dunkles Kaninchenloch. Mit einem Schlag gerieten alle seine Schmerzen, Fragen, Sorgen wieder in Vergessenheit.

»Was machst du da?«

»Spielen«, antwortete Trixi.

Siska schüttelte den Kopf. Sie saßen hier in diesem Palast und warteten. Sie hatte sich diese Reise anders vorgestellt. Sie wusste, wann ihre Tochter wirklich spielte. Sie kannte sie zu lang. Andere Bewegungen am Bildschirm, die Gesichtszüge anders angespannt. Trixi ohne Computer zu denken, das war wie ein Banker ohne Geld. Oder ein Bauer ohne Feld. »Wir reden nicht mehr viel miteinander«, sagte sie.

Trixi sah auf: »Na und?«

Siska atmete tief ein. Sie wunderte sich nicht mehr über Trixis grobe Art. Höflichkeit wurde antrainiert. Sie wollte keinen höflichen Affen, sie liebte ihre Tochter, obwohl diese soziale Fähigkeiten nur minimal beherrschte. *Scheidungskind,* dachte sie, wollte sich aber nicht dafür schuldig fühlen. Fünfzig Prozent aller Kinder würden am Leben scheitern, wenn dieses Kriterium spielentscheidend war. Es gab nicht die eine Qualität, auf die es ankam, die eine Rolle, die jeder spielte. Es existierten nur Variationen einer Variation.

»Ich würde gern etwas mit dir allein unternehmen. Wir haben so lange keinen gemeinsamen Urlaub mehr gemacht.«

»Okay«, sagte Trixi, ohne aufzusehen, »schlag doch was vor.«

Siska erkannte Ablehnung, wenn sie ihr begegnete. »Was würdest du gern unternehmen?«

Trixi schaute sie kurz an: »Keine Ahnung. Frag doch Viktor!«

Siska seufzte. Viktor war vergangene Nacht nicht heimgekehrt. »Viktor ist nicht da«, sagte sie.

»Was?« Jetzt wirkte ihre Tochter wirklich interessiert. Siska wurde zum ersten Mal klar, dass Viktor es geschafft hatte, ihrer abweisenden Tochter nahezukommen. Näher, als es ihr vielleicht je gelingen würde. Wie hatte er das nur gemacht?

»Anders«, sagte Trixi, als habe sie die Gedanken ihrer Mutter gelesen. »Anders gefragt: Wo hängt er gerade rum?«

Siska wusste es nicht. Es passte nicht zu Viktor, und gleichzeitig stand es ihr nicht zu, ihn nach seinem Zeitvertreib zu fragen. Ihre Krankheiten hatten sie voneinander getrennt. Sie wollte ihn nicht einbeziehen. Mit der Hand tastete sie unwillkürlich nach dem, was nicht mehr da war. Ihre Brüste. Es fiel ihr zunehmend schwer, etwas zu benennen, was nicht mehr existierte. Vielleicht musste man darüber sprechen wie über ein göttliches Phänomen, eine höhere Macht. Die Bestrahlungen, der Krebs. Es wurde zunehmend unmöglich, positiv zu denken. Zuversichtlich zu leben. Es ging einfach nicht mehr.

Trixi stand auf: »Du schaffst das, Mama. Wir schaffen das gemeinsam.« Sie setzte sich neben sie.

»Du bist schön«, flüsterte sie ihrer Mutter ins Ohr.

Siska weinte. Es brauchte nicht mehr viel, damit alle

Dämme brachen. Was war das für ein Gefühl? Liebe, Trauer, Verzweiflung. Vielleicht eine Mischung aus alledem. Ihr entströmte eine Hitze, die sie beide wärmte. Hier, in diesem viel zu großen, überladenen Haus. In diesem Zeichentrick-Schloss, in dem sie sich versammelt hatten. Die Einsamen, Verrückten, Alten, Kranken. Hier, auf diesem Zauberberg, ohne Zauber, ohne Berg.

»Was willst du unternehmen, Mama?«, fragte sie.

»Ich möchte die Tretjakow-Galerie besuchen«, sagte Siska, ohne zu zögern.

»Muss mich noch schnell fertig machen«, sagte Trixi. Sie wischte ihr mit dem Handrücken die Tränen aus dem Gesicht.

Siska nickte, sagte: »Okay.«

»Du solltest wieder mehr Musik hören«, sagte Trixi. »Weil diese Stille dich nur runterzieht.«

»Ich kann nicht mehr«, sagte Siska und wusste nicht, ob sie die Musik oder das Leben meinte.

Sie schwiegen. Starrten auf den weichen Teppich. Lauschten den Geräuschen des Hauses. Durch Bodenbeläge, Marmor und dicke Porträtgemälde gut gedämmt.

»Viktor wird zurückkommen«, sagte Trixi.

Siska sah sie zweifelnd an.

»Was du nicht verstehen willst, ist, dass er dich wirklich mag. Keine Ahnung, warum das so schwierig für dich ist.«

Siska schaute weg. Dieses Gespräch fühlte sich falsch an. Als müsse sie es mit ihrer Tochter führen und nicht umgekehrt.

»Mit oder ohne Brüste, das spielt keine Rolle. Für andere vielleicht, aber nicht für Viktor.« Trixi stand auf. »Fünf Minuten«, sagte sie und verließ das Zimmer.

Siska erhob sich langsam, folgte einer unsichtbaren Anziehungskraft. Unerlaubt, verboten. Aber sie zeigte keinen Widerstand. Setzt sich über Fairness und Vertrauen einfach hinweg. Sie starrte auf den Bildschirm von Trixis Laptop. Ihr Blick huschte über Bild und Schrift. Sie las den Namen Zoya Bogdanowa, bevor der Bildschirmschoner einen schwarzen Mantel über alles warf.

28

Als vor Viktors Augen alles wieder in den Fokus schwamm, die Konturen wieder klarer wirkten, abgegrenzt und fest, setzte er sich auf. Sein eigener Gestank machte ihm zu schaffen. Er sah an sich hinab. Kein schönes Bild. Auf seinem Shirt klebte Blut und Erbrochenes. Als er wieder aufschaute, blickte er in zwei Gesichter. Er erkannte Zoya Bogdanowa und ihren Freund. Zoya im engen, wortlosen Gespräch mit diesem Yuppie. Dieses Paar wollte so gar nicht in Viktors Vorstellung von einer Liebesbeziehung passen. Der gehörlose Kolja deutete auf Viktor, der sich ertappt fühlte, wie er die beiden beobachtete.

Zoya sah sich zu ihm um und lächelte. »Wieder unter den Lebenden?«, fragte sie auf Russisch.

Aber diesmal erschien es Viktor völlig normal. Er traute seiner Stimme noch nicht, weshalb er langsam nickte. Nichts geriet in Schieflage, nur nagender Kopfschmerz plagte ihn.

»Dusche ist da.« Sie zeigte auf eine Tür. Viktor saß in dem Raum, in dem sie Videos drehte. Er hockte auf dem gelbfarbenen Sofa und hatte es vermutlich versaut.

Zoya fragte, ob er Hilfe brauche. Weil Viktor die Antwort selbst nicht kannte, erhob er sich vorsichtig. Was hätte sie schon tun können? Ihn halten, aufrichten? Viktor war es ein Rätsel, wie er überhaupt hier gelandet war. Noch stand er, seine Beine knickten nicht ein. Vor ihm auf dem Tisch lag seine Geldbörse. Als habe er sie dort einfach vergessen. Wortlos steckte Viktor sie ein. Ohne nachzusehen, was Zoya Bogdanowa daraus entnommen hatte. Sie nahm sich ohnehin einfach, was ihr gefiel. Er fragte sich, wie lange er diese Geldbörse sein Eigen nennen durfte, bevor Zoya sie wieder stahl.

Viktor reckte sich, suchte sein Gleichgewicht, fand es und sah Kolja eindringlich an. »Spasibo!«, sagte er. Das immer gleiche Wort. Dieser Mann stellte sich immer wieder als sein Schutzengel heraus. Aber warum, das begriff Viktor nicht. Zufälle passierten, aber wenn sie sich häuften, sprach die Statistik gegen sie.

Kolja schlug ein Bein über das andere und nickte langsam.

Viktor schlurfte zur Tür.

Zoya bat ihn, vorsichtig zu sein. Viktor wollte glauben, dass sie ihn persönlich meinte und sich nicht nur um ihr Mobiliar sorgte. »Warum habt ihr das für mich getan?«, fragte er.

»Du arbeitest doch für mich. Krankenversicherung ist auch mit drin«, sagte sie.

Ja, genau. Viktor erinnerte sich, warum er sich überhaupt in dieser Lage befand. *Hoffnungslos.*

»Du siehst echt scheiße aus.« Sie erinnerte ihn: »Du stinkst.«

Viktor griff nach der Türklinke, die sich angenehm kühl anfühlte. Viktor sehnte sich nach warmem Wasser, das über seinen Körper rann.

Noch einmal rief sie ihn. Er sah sie fragend an.

»Wie ist das passiert?«

Viktor dachte einen Moment nach, wartete auf ein Wunder, das aber nicht geschah. Was war eigentlich passiert? Was hatte er getan? Er wusste es nicht mehr.

Zoya kam zu ihm. Das Lächeln wirkte wie weggewischt. »Was ist das?«

Viktor sah an sich hinab. Nur den Kopf zu beugen überflutete seine Synapsen mit neuen Schmerzsignalen. Sie zeigte auf seinen Hosenbund, in dem eine Waffe steckte.

»Wir haben uns nicht getraut, sie anzufassen. Wussten nicht, ob sie geladen und entsichert ist.« Sie verzog den Mund zu etwas, das vielleicht ein Lächeln war. »Wollten dir nicht aus Versehen die Eier wegschießen.«

»Als hätte dir das was ausgemacht«, sagte Viktor. Er wusste, dass sie keine Fingerabdrücke auf der Pistole hinterlassen wollten. Er musste nachdenken, erinnerte sich an die Waffe, die Jarygin PJa. Er stülpte sein T-Shirt über die Hand und zog die Waffe damit aus dem Hosenbund, ging zum Tisch und legte die Pistole darauf. Auch er wollte keine Fingerabdrücke auf dieser Waffe hinterlassen. Es sei denn, sie befanden sich bereits darauf. Wieso wusste er nicht, wie er zu dieser Waffe gekommen war? Er musste sie aus einem bestimmten Grund mitgebracht haben. Viktor fühlte sich, als suche sein Gehirn nach Gleichgewicht. Als schwappe es in der Hirnschale hin und her.

Kolja starrte die Pistole wie etwas Schmutziges an. Zoya wirkte fasziniert. »Hast du die benutzt?«

Viktor wollte mit Nein antworten, konnte es aber nicht. Er wünschte, er hätte es gekonnt. Er sagte stattdessen: »Ich weiß es nicht.«

»Dreh sie um!«, befahl Zoya ihm.

Kolja und Viktor schauten sie zeitgleich an. Viktor tat, worum sie ihn gebeten hatte.

Zoya beugte sich vor, kniff die Augen zusammen, richtete sich wieder auf. »Die kenne ich.«

Ein Stromschlag reiste über Viktors Rückgrat, seine Nackenhaare stellten sich auf. Der Grund. »Woher?«

Zoya antwortete wie eine Schlafwandlerin. Ihre Stimme klang weich und doch seltsam kühl: »Ich hatte da mal einen Freund …«

Vier Stunden früher wusste Rustam Komarow: Dieser Mann war tot. Er lag vor ihm in einer kleinen Gasse. Sein Körper lehnte halb an der Wand, halb lag er am Boden zwischen Ansammlungen von Müll. Kisten, Autoreifen, Kleidungsstücke, alte Tüten, die ihren Inhalt preisgaben wie ein geöffneter Unterleib Organe. Der Mann war sauber exekutiert worden. Kopfschuss. Mitten ins Gesicht. Die Nase war durch den Schuss zertrümmert worden, aber er sah kaum Blut. Fundort nicht gleich Tatort, was neue Fragen aufwarf. Keine Waffe weit und breit. Während Kriegsgerüchte in den Medien kursierten, hatte andere der Tod bereits ereilt.

Er kniete sich hin. Jetzt erst sah er den langen Schnitt. Er zeichnete über der Kehle eine ausgefranste, rote Linie, die vom Kinn des Toten verdeckt wurde. Kehle durchtrennt, danach erschossen worden oder umgekehrt. Was sollte das? Wie oft konnte man sterben?

Komarow wandte sich ab. Dieser Mann lächelte. Als habe er den Tod begrüßt und freundlich empfangen. Wie einen alten Freund. Als Polizist wusste er, dass es so etwas wie eine Handschrift bei Mördern selten gab. Aber hier erkannte er ein Prinzip. Er mochte Abweichungen von der Norm nicht gern. Aber warum sollte es kein chaotisches Element geben? Eine Handschrift, eine Art zu töten, etwas Prägnantes wie ein Signal? Manchmal war das Chaos das einzig zugrunde liegende Prinzip. In diesen Fällen konnte eine Ausnahme die Regel sein.

Rustam Komarow hatte sich nie besonders für Menschen interessiert. Er fand Tiere faszinierend, Zahlen, später Physik und Chemie. Seine Eltern arbeiteten als Ärzte in einem Moskauer Krankenhaus. Er wuchs in einem Vorort auf, in dem die Häuser geräumig und groß gebaut wurden. Ein Vorort, in dem Bäume am Straßenrand bis in den Himmel wuchsen. Seine Eltern hatten ein Kindermädchen für ihn eingestellt, dessen Freundlichkeiten er geflissentlich ignorierte. Er las und spielte. Er brauchte niemanden. Freunde störten ihn mit ihren konkreten Wünschen, mit ihrem lauten Geschrei, ihrem ständigen Bewegungsdrang. Rustam Komarow verhielt sich eher introvertiert. In der Schule saß er gern allein in einer Bank. Er verstand nicht, wie andere gerade das als Strafe auffassen konnten. Er genoss den Raum, die Ruhe, die von ihm selbst ausging. In seiner Vorstellung existierten nur seine Lehrerin und er in diesem Klassenzimmer. Alle anderen benahmen sich wie Störfaktoren. Er blendete sie aus. Dem Unterricht der Lehrerin hörte er zu, genoss es, er lernte wie von selbst. Zu Hause musste er nichts nachholen oder ergänzen, weil er die Lektionen aufsog wie ein Schwamm und alles, was er hörte, speicherte. Er ergänzte sein Wissen nach Belieben, und seine Eltern besorgten ihm die Bücher, die ihn reizten.

Sein älterer Bruder hasste Bücher. Er hasste auch seine Eltern, die Schule, Hausaufgaben, den Dutzendnamen, den seine Eltern ihm gegeben hatten, und jegliche Autorität. Seinen Bruder Rustam hasste er nicht, er ignorierte ihn. Sie hatten einfach nichts gemeinsam, mieden einander. Wie hätte er denjenigen lieben können, der alles das war, wovon seine Eltern träumten?

Rustam bekam mit, dass sein älterer Bruder die Schule schwänzte, dass er mit den Eltern stritt, wenn sie nach Hause kamen, dass er einmal weglief und erst zwei Tage später wiederkam. Dass er sich weigerte, zur Schule zu gehen, dass er die Eltern bestahl, dass sie ihn eines Tages des Hauses verwiesen, als er den Vater schlug. Sein Vater schwieg danach eine Woche lang. Seine Mutter wachte morgens mit rot verweinten Augen auf. Rustams Bruder war gerade sechzehn Jahre alt. Sie wollte nach einer späten Fehlgeburt – einer toten Schwester, die den achten Schwangerschaftsmonat nicht überlebt hatte, wie er später erfuhr – nicht mehr schwanger werden. Er erinnerte sich noch an die Beerdigung, das kollektive Schweigen seiner Eltern, das sich zu Hause über alles legte.

Seine Eltern behandelten Rustam wie ein Einzelkind. Sie verhielten sich ihm gegenüber wie gute Freunde, die einem nichts abschlugen. Rustam sprach nicht viel, hielt sich abseits, aber er gab sich höflich und antwortete intelligent, wenn man ihn etwas fragte. Er liebte seine Eltern auf eine distanzierte Art.

Sein Vater sorgte sich eine Weile, weil er keine Freunde hatte. Als ein über die Grenzen Russlands bekannter Onkologe arbeitete er zu viel, kam mit zu viel Leid in Kontakt, als dass er sich dauerhaft über etwas Gedanken machte, das eigentlich problemlos funktionierte. Rustam Komarow beklagte sich nicht darüber, dass er seine Eltern selten sah. Seine Eltern wechselten sich in Schichtdiensten ab, sodass sie einander auch kaum trafen. Er selbst schloss mit Bestnoten die Schule ab und bewarb sich bei der Moskauer Universität im Fach Chemie. Die Elemente und wie Dinge miteinander, aufeinander reagierten, Ordnungen, die sich fanden und auflösten, um neue Verbindungen einzugehen, das faszinierte ihn.

An einem strahlend schönen Tag im Oktober wurde sein Vater umgebracht. Jemand rammte ihm ein Messer in Unterleib und Brust, als er das Krankenhaus nach der Arbeit verließ. Er verblutete zwanzig Meter Luftlinie neben dem Operationssaal, gerade noch hatte er einem Architekten einen Magentumor erfolgreich entfernt. Der Täter warf das Messer achtlos weg und wartete auf einer Bank neben dem Personaleingang des Krankenhauses zuerst auf den Tod des Arztes, danach auf die Polizei. Es handelte sich um den Ehemann einer Patientin, der dem Arzt die Schuld gab, für den Tod seiner Frau verantwortlich zu sein. Der Täter ließ sich widerstandslos festnehmen.

Rustam Komarow trauerte mit einer für ihn völlig unbekannten Intensität. Seine Mutter alterte über Nacht. Ihre Haare verloren alle Farbe. Einen Monat lang schloss sie sich in dem großzügigen Haus in einem Moskauer Vorort ein. Sie verriegelte die Türen und klappte die Fensterläden zu. Rustam Komarow musste während dieser Zeit durch ein Badezimmerfenster im Erdgeschoss einsteigen. Seine Mutter saß im Sessel ihres verstorbenen Mannes im Wohnzimmer und starrte an die Wand. Sie aß nur, wenn ihr Sohn ihr etwas brachte. An manchen Tagen setzte er sich neben sie. Während sie schwiegen, dachte er nach.

Nach drei Wochen sagte er zu ihr: »Ich breche mein Studium ab.«

»Ich werde wegziehen«, antwortete sie, anscheinend ohne Zusammenhang.

»Wohin?«, fragte er, aber sie ignorierte seine Frage, stellte ihm eine andere: »Wie konnte dein Vater nur dafür bestraft werden, dass er Gutes tat?«

Rustam überlegte, aber er fand nichts Überzeugendes, das er ihr darauf antworten konnte. Keine Formel, keine These, kein neues Element. »Ich werde mich bei der Polizei bewerben«, sagte er stattdessen.

Ordnungen, die sich fanden und auflösten, um neue Verbindungen einzugehen. Menschen, die miteinander, aufeinander reagierten.

»Ich werde nie darüber hinwegkommen«, sagte sie.

»Das werden wir nie«, sagte er.

»Du erinnerst mich an ihn«, sagte sie mit erstickter Stimme, »du bist alles, was mir noch geblieben ist.«

Er wusste nicht, ob das ein Vorwurf oder schmeichelhaft für ihn war. Emotionen vermochte er nur schwer einzuordnen. Rustam dachte an seinen Bruder, der verschollen war. Er beschloss, dass er ihn suchen würde, weil seine Eltern auch durch ihn unschuldig am Leben gelitten hatten. Weil der Bruder den Vater vielleicht ersetzen konnte. »Als Polizist werde ich sehr schwer zu ermorden sein«, sagte er.

»Das hoffe ich«, sagte sie.

Sie umarmten einander. Am Tag der Beerdigung seines Vaters verabschiedeten sie sich an seinem Grab. Seine Schwester hatte Gesellschaft bekommen. Der Vater lag jetzt neben ihr. Die Mutter zog nach St. Petersburg. Rustam Komarow wohnte weiterhin in dem großzügigen Haus in einem Moskauer Vorort. Die Mutter vermachte es ihm stillschweigend. Er öffnete die Fensterläden, entriegelte die Tür. Er beobachtete den Prozess, der dem Täter gemacht wurde. Er wollte wissen, was mit dem Mörder geschah. Zu wie vielen Jahren Haft er verurteilt wurde. Ob er sich erleichtert fühlen würde oder nicht.

Als er jetzt vor diesem lächelnden Toten in einer kleinen Gasse abseits des Arbat stand, erinnerte er sich an den Moment, als der Richter das Urteil verkündete. Er rief den Namen des Mörders. Dieser stand auf. Dieses Ereignis bildete eine nicht mehr zu löschende Sequenz in Komarows Gehirn. Komarow hielt das Bild an.

Weil er verstand, dass sein Vater schon lang vorher gestorben war. Nämlich an dem Tag, an dem sein Bruder das Haus verließ und sie ihn nie mehr wiedersahen.

Der eigene Tod hatte seinen Vater endgültig befreit. Von diesem Versagen, dieser Trauer, dieser Schuld, sein Kind verloren zu haben, das doch lebte. Rustam Komarow versuchte, sich zu erinnern. Wie sein Bruder ausgesehen hatte. Dieser Junge mit seinem unverständlichen Hass auf diese Welt. Er hatte ihn nach all den Jahren beinahe nicht wiedererkannt. Gesicht und Körper ausgezehrt von Drogen und Gewalt. Komarow hatte ihn im Lumos-Theater nicht erkennen können, weil er dort im Dunklen stand wie jemand, der verborgen bleiben wollte. Eine Gestalt der Unterwelt. Ob er *ihn* erkannt hatte? Ein Rätsel, dessen Antwort immer offenbleiben würde. Jemand hatte diesen Mann Juri genannt, nur ein paar Stunden zuvor. Ein Dutzendname in Russland, wie so viele andere. Er teilte diesen Namen mit dem Mörder seines Vaters. Als habe er ihn auf diesem Umweg nochmals umgebracht.

Komarow war sich sicher, dass dieser tote Mann, der vor ihm an der Wand lehnte, sein Bruder Juri war.

29

Was siehst du, Viktor?«, fragte Lopez das Baby, das ruhig atmend neben ihr auf dem Sofa schlief. Niemand antwortete. Der kleine Viktor pausierte nur vor dem nächsten Schrei. Der große Viktor amüsierte sich in einer anderen Stadt. Hochzeitsreise, Flitterwochen. Oder war das schon zu weit gedacht? Über den Fernseher glitten tonlos Bilder. Lopez eröffnete nur eine Unterhaltung mit sich selbst. Sie stellte sich Viktor vor, wie er unbeweglich neben ihr verharrte, nachdenklich. Wie er kurz antwortete. Wie er den Mund nur minimal verzog, wenn sie einen wirklich guten Gag platzierte. »Was siehst du, Viktor?«, murmelte sie.

Natürlich hatte die Interpol-Datenbank keine brauchbaren Treffer ausgeworfen. Nicht einmal ein kluger Typ wie Detlev konnte vergleichbare Verbrechen oder das Glück erzwingen. Das Problem: Es gab zu viele Kopfschüsse.

Die Mafia und die Kartelle schworen auf diese Technik. Allerdings versicherten sie sich oft mit einem zweiten Schuss. Oder einem dritten. Oder der Killer leerte sicherheitshalber das ganze Magazin. Auch der eine oder andere Selbstmörder schoss sich in den Kopf. Aber ein Kopfschuss ging nicht immer tödlich aus. Manche überlebten mit schwersten Verletzungen. Man musste das Zwischen- oder Stammhirn treffen, um einen sofortigen Atemstillstand hervorzurufen.

Selbstmörder informierten sich mittlerweile im Internet. Sie setzten den Lauf der Waffe unter dem Kinn an der Kehle an, was das Geschoss nach oben lenkte. Oder sie schossen sich in den Mund. Keiner wollte noch Stunden auf den Tod warten oder langsam verbluten. Wenn der Winkel stimmte und die Kugel am Hinterkopf austrat, galt der Schuss als final. Nicht nur als Rettungsruf.

Das war ich, dachte Lopez. Aber kaum jemand wusste, dass sie sich damals das Leben nehmen wollte. Weil sie und Viktor es bis heute »Unfall« nannten. Viktor, der darauf bestand. Sie konnte sich kaum mehr daran erinnern. Jemand hatte aus diesem Film ihrer Erinnerung die entscheidenden Bilder herausgeschnitten, er ruckelte und zeigte nur Standbilder vom Davor und Danach.

Sie mit einer Waffe, ihrer Waffe in der Hand. Viktor, der hinter einer Glasscheibe die Lippen bewegte. Der Lauf ihrer Waffe zeigte auf sie selbst.

Der Moment, als nichts passierte.

Danach ein Schuss.

Die Glasscheibe zerbrach.

Viktor, der ihren Nachnamen rief.

Viktor, dessen Finger auf seiner Brust lagen.

Rote Farbe, die über seine Hand lief.

Kein Treffer auf Interpol. Nichts, was zu genau diesem Schema passte. Kopfschuss aus kurzer Distanz. Eine Jarygin PJa.

Detlev betonte, dass diese Verbrechen zwar passierten. Aber sie würden meistens aufgeklärt. Als Lopez sich nach dem Warum erkundigte, erklärte er, dass Wut als Auslöser galt. Morde aus Leidenschaft würden nicht minutiös geplant. Nicht jeder verschleiere die Tat. Beispielsweise der wütende Ehemann in Moabit, der den Liebhaber seiner Frau in einer Kleingartenkolonie erschoss. Er habe danach ein Bier getrunken und sich der Polizei ohne Widerstand gestellt. Lopez fragte, ob er Zahlen zu Auftragsmorden habe. Organisiertes Verbrechen habe bereits auf seine Anfrage reagiert, erklärte Detlev ihr am Telefon. Nein, er wolle nicht zu Lopez nach Hause kommen. Ein Besuch in der »Kita des Teufels« habe ihm vollauf gereicht. Lopez lachte. Was hätte Organisiertes Verbrechen denn gesagt? Kollege Möller habe ihm Bilder von russischen Banden, türkischen Banken, arabischen Banden gezeigt. Er habe die Fotos Lopez in einer Mail angehängt. Detlev stellte Fragen nach dem möglichen Motiv.

Lopez seufzte und beklagte Lücken, zu wenig Details und neue Fragen. Jeder konnte sich eine Waffe besorgen. Heute shoppte man im Darknet wie in einer Mall.

Das Baby rührte sich kurz und seufzte. Lopez sah, wie auf dem Bildschirm das Logo der *Tagesschau* erschien. Halb hing sie noch ihren Gedanken nach. Ein Geräusch. Ihr Handy klingelte in ihrer Hosentasche. Eilig zog sie es hervor. Das Baby durfte nicht aufwachen. Noch nicht. Intensiv verlangte das Gerät nach Aufmerksamkeit, es schrie Lopez förmlich an. Das Baby blinzelte und reckte sich. Lopez hielt die Hand über Mund und Lautsprecher. »Gunnar«, flüsterte sie, »was ist?«

Innerlich beschwor sie ihr Kind, still zu bleiben, weiterzuschlafen.

Gunnar wollte wissen, warum sie flüsterte.

Lopez verfluchte ihn und seine Unkenntnis. Der Junge öffnete die Augen, verzog den Mund. Sein Durst war gestillt. Die Windel frisch und trocken. Aber der kleine Viktor holte Luft, Lopez kannte den Gesichtsausdruck, bemerkte, wie eine Welle des Ärgers sie mitriss, wie sie eine bodenlose Enttäuschung verspürte und Gunnars Replik im anschwellenden Geschrei einfach unterging. Kurz unterbrach sie das Gespräch mit einem hastig geäußerten »Warte mal!«, versuchte, das Baby zu beruhigen. Sie erkannte auf dem Bildschirm einen Namen, legte das schreiende Kind wieder ab, suchte hektisch nach der Fernbedienung, um den Ton lauter zu drehen. Stürzte zum Fernseher, um sich das, was sie dort sah, nicht entgehen zu lassen. Der Ton des Fernsehers kämpfte gegen den des Babys an. Sie hörte den Namen Polina Nikitina, der vorher in einer Bauchbinde über den Bildschirm geflimmert war. »Gunnar«, rief sie jetzt ins Telefon, »schalte das Erste ein!«

Sie verstand nicht, was Gunnar antwortete. Es ging unter in dieser Mischung aus Wutgeschrei und extremer Lautstärke der *Tagesschau*. Lopez ignorierte den Lärm. Sie hoffte, dass wenigstens Gunnar sie hören konnte. »Das glaubst du nicht«, rief sie. Lopez verließ das Wohnzimmer, zog die Tür hinter der Kakofonie aus Mensch und Technik einfach zu. Atmete einen Augenblick lang die Stille ein, hier, in diesem dunklen Flur, während hinter ihr das Chaos toste.

»Gott, Lopez, was ist bei dir los?«

»Alles okay, Gunnar«, log sie. »Hast du den Fernseher angeschaltet?«

Gunnar hantierte im Hintergrund, die Zeit zog sich wie ein Gummiband.

»Siehst du das?«, fragte Lopez.

»Die Briten wollen Krieg? Pakistan auch?!«, stellte Gunnar nüchtern fest. »Erzähl mir was Neues!«

»Nein«, sagte Lopez, »erkennst du sie? Dort in dem Sarg?«

Es dauerte einen Moment, danach antwortete er leise: »Ich fürchte, ja.«

»Wer hätte gedacht, dass wir Polina wiederfinden?« Ein Triumphgefühl breitete sich in Lopez aus. »Ausgerechnet in Moskau auf dem Roten Platz.«

Es sollte zwei Mal klingeln. Beide Male würden Viktor überraschen. Das erste Treffen würde ihn erfreuen, das zweite würde seine schlimmsten Ängste wahr werden lassen.

Es klingelte.

Viktor wollte Zoyas Wohnung gerade verlassen. Er stand in dem schlauchartigen Gang und griff nach der Klinke. Als er das abgehackte Geräusch hörte – wahrscheinlich hatte die Leitung einen Defekt, Viktor tippte auf altersbedingten Kabelverschleiß –, schaute er sich nach seiner Auftraggeberin um, die sich noch mit ihrem »Boyfriend« unterhielt. Sie kam schnell und direkt auf Viktor zu.

»Wen erwartest du?«, fragte er.

»Niemanden«, sagte sie schroff, als gehe ihn das gar nichts an. Vielleicht stimmte es, vielleicht log sie auch, wie es alle taten.

Viktor zuckte mit den Schultern, er wollte gehen. Zoya betätigte den Öffner, und Viktor wandte sich zur Tür. Kolja folgte ihm. Er verließ die Dachwohnung wortlos wie jemand, der nichts mehr zu sagen hatte. Viktor wollte sich nicht erneut von Kolja fahren lassen. Aber auch er verstand den Vorteil, in einem verdunkelten Wagen unsichtbar zu werden. Er wollte nicht als Ziel für einen Verfolger durch Moskau laufen, solange er nicht wusste, was genau mit ihm geschehen war.

Sie hatten die Nachrichten des staatlichen Fernsehens angesehen und gehört. Zoya durchsuchte YouTube, aber nirgendwo fand sich etwas über ein Gewaltverbrechen im Arbat. Viktor kam das seltsam vor. Es war helllichter Tag. Jemand musste die Blutlache entdeckt haben. Er war sich sicher, dass die Polizei bereits ermittelte. Genauso hätte er in Berlin auf einen rätselhaften Vorfall reagiert. Vorausgesetzt, es gab ihn. Vorausgesetzt, seine Erinnerung spielte nicht mit ihm. Verstecken oder Fangen oder russisches

Roulette. Vielleicht hielt man die Ermittlungen geheim. »Verdächtig ruhig« nannte Viktor die Situation.

Zoya fragte ihn, ob er sich sicher sei. Die Straße, das Blut. Vielleicht habe die Kopfverletzung seine Erinnerung beeinträchtigt. Oder gelöscht.

Viktor wollte glauben, wissen, dass er kein Mörder war. Er fand es beruhigend, dass es zumindest noch keine Leiche gab. Er selbst hatte zum Morden einfach keinen Grund. Viktor winkte ab, drehte sich um, und Kolja folgte ihm.

Das erste Klingeln der Haustür tönte noch in seinem Ohr. Viktor wusste nicht, mit wem er gerechnet hatte. Vermutlich mit einem Unbekannten, dem Postboten oder einem Paketdienst, der Zoya neue Ware für ihre YouTube-Videos brachte. Influencer wurden gesponsert, sie brauchten dieses Zeug. Womit hatte er gerechnet? Vielleicht mit einem Freund?

Womit er nicht gerechnet hatte, waren Siska und Trixi. Sie kamen ihm im Treppenhaus entgegen. Trixi sah ihn schuldbewusst an.

»Siehst du«, sagte Siska, »ich wusste, er ist hier.«

30

Gunnar wirkte wie jemand, der schnell gelaufen war. Außer Atem betrat er ihre Wohnung. Lopez stand an der Tür und wusste nicht, was ihren Chef schon wieder zu ihr trieb. Auch sie hatte ihm etwas zu sagen. »Ich habe Neuigkeiten.«

»Sehr gut. Ich auch«, antwortete er. Gehetzt sah er sie an.

Danach eilte Gunnar voraus, nahm am Küchentisch Platz,

als sei dies sein Büro. *Meine Einsatzzentrale,* dachte Lopez. So viel hatte ihr Chef schon kapiert. Er begrüßte Bernhard, der am Tisch saß und das Baby am Bauch kitzelte.

»Heute so ruhig bei euch«, bemerkte Gunnar etwas zerstreut. Lopez ärgerte die Bemerkung. Erstens, weil sie stimmte, und zweitens, weil sie Gunnar gern erklärt hätte, dass dies nicht an Bernhard lag. Das Baby hatte einen guten Tag. Dass Bernhard jetzt noch mit dem Kind spielte, war ein Zufall. Er hatte gleich einen Termin. Aber die Erklärung dafür schien ihr unangemessen und kompliziert. Jedes Wort hätte wie eine Verteidigung gewirkt, die sie nicht nötig hatte. Und dennoch wurmte die Tatsache sie, obwohl sie die Ruhe genauso genoss wie alle um sie herum.

Sie bot Gunnar etwas zu trinken an, aber er lehnte ab. Er schien ungeduldig auf sie zu warten. »Zuerst du oder ich?«

Bernhard bemerkte die angespannte Stimmung und bot an, zu gehen. »Nein, nein, bleib bitte hier«, sagte Gunnar. Auffordernd sah er Lopez an.

»Ich weiß gar nicht, ob ich das hören will«, sagte Bernhard säuerlich. Aber er blieb.

Lopez begann: »Detlev hat den Leichendieb ausfindig gemacht.«

»Name?«, fragte Gunnar kurz. Als sei das so einfach. Als handele es sich nur um einen Klick in einer Datenbank.

»Den Namen haben wir noch nicht, aber ein Gesicht.«

Sie ließ die drei kurz zurück, kam wieder und hielt eine schwarz-weiße Kopie in der Hand.

»Was ist das?«, fragte Gunnar. »Etwa ein Fax?«

»Wenn es hilft, greifen wir auch auf veraltete Technologien zurück.«

Ihr Chef betrachtete das vergrößerte Foto. »Warum hat das so lange gedauert?«

»Er hatte sich gut getarnt. Trug die Berufskleidung. Besaß einen gefälschten Ausweis, kam mit den anderen Angestellten rein. Also nicht zu einer Unzeit oder allein. Er musste nicht einmal einbrechen. Danach folgte er einer anderen Mitarbeiterin wieder hinaus. Er schiebt eine Bahre. Wahrscheinlich hat er die Leichname vertauscht.«

»Lächerlich. Das kann doch nicht so einfach sein.«

Lopez zuckte mit den Schultern. »Ich fürchte aber, dass es genau so war.«

»Wie hat er die Leiche außer Landes gebracht?«

»Auf dem Landweg. Ein Flugtransport ist kompliziert, Behälter, Papiere, Anträge. Das dauert. Auf dem Landweg brauchst du nur bei den Grenzkontrollen Glück.«

»Hast du sicherheitshalber die Flüge am Tag ihres Verschwindens überprüft?«

»Natürlich. Berlin – Moskau. Keiner kannte das Gesicht. Es gab auch keinen Sondertransport, den wir hätten zuordnen können.«

»Er wird sie wohl kaum in einen Koffer gepackt haben«, sagte Gunnar nachdenklich.

»Obwohl das tatsächlich möglich wäre, aber ich glaube nicht daran.«

»Warum? Warst du mal Assistentin eines Zauberers?«

Lopez ignorierte Gunnars Scherz. »Er stiehlt die Leiche, um sie beerdigen zu lassen. In Russland. Es kommt zu einer Demonstration, die große Aufmerksamkeit erhält. Sie provoziert Präsident Nowikow, der die Beerdigung verboten hat.«

Gunnar schaute Bernhard an, als verstehe er vielleicht, worauf Lopez hinauswollte. Bernhard zuckte mit den Schultern, Lopez fuhr fort: »Hier ging es um Respekt, nicht um Leichenschändung. Polina Nikitina wird nicht zusammengefaltet wie ein Objekt. Sie nach Moskau zurückzubringen, das sollte ihrem Körper Bedeutung verleihen, sollte ein Zeichen setzen.«

»Antigone.« Bernhard lachte leise und schüttelte den

Kopf. Er lehnte sich zurück. Das Baby lachte kurz auf, als habe er einen wirklich guten Witz gemacht.

Lopez nickte.

»Wer, zum Teufel, ist Antigone?«, wollte Gunnar wissen.

»Musstet ihr das nicht in der Oberstufe lesen?«

»Ich habe Fachabi gemacht«, sagte Gunnar nicht ohne Stolz.

»Musst du mal googeln«, sagte Lopez, »aber der entscheidende Punkt kommt noch.«

Gunnars fragender Gesichtsausdruck ließ vermuten, dass er bereits den ersten Punkt verpasst hatte.

»Wir haben uns völlig auf Polina Nikitina konzentriert. Also habe ich mir die Bilder von der Demonstration nochmals angesehen.«

Gunnar starrte Lopez an, als jongliere sie mit zwölf Bällen.

»Zoya Bogdanowa hat die Demonstration organisiert und angeführt.«

»Wer ist Zoya Bogdanowa?«, fragten Gunnar und Bernhard fast gleichzeitig.

»Diejenige, die mit Viktor nach dem Mord an Wiatscheslaw Maximow am Flughafen verhört wurde.«

Lopez hatte Gunnar von dem Mord erzählt, von der Jarygin PJa. Davon, dass sie die ballistischen Ergebnisse des LKA mit einem Ermittler der Moskauer Mordkommission teilte. Gunnar wusste auch von dem alten Haftbefehl gegen Viktor. Aber Viktor war noch krankgeschrieben. De facto arbeitete er gerade nicht für das Dezernat.

»Donnerwetter. Die beiden kannten sich?«

»Das weiß ich nicht. Aber eine Verbindung muss existieren.«

»Die Passagierlisten ergaben nichts?«

»Ohne Beschreibung, ohne Namen – niemand, der heraussticht, fürchte ich.«

Gunnar schwieg und dachte nach. »Jetzt ich«, sagte er nach geraumer Zeit, in der sie dem Glucksen des Babys gelauscht hatten. »Ich möchte, dass du nach Moskau fährst.«

Lopez sah ihn ungläubig an. »Das geht nicht«, sagte sie mit einem Seitenblick auf Bernhard und das Kind.

»Eilvisum, heute Abend Flug. Das LKA hat ein dringendes Interesse daran, diesen Mord aufzuklären. Du hast die Angelegenheit zügig vorangebracht. Du solltest fahren, und zwar schnell.«

Bernhard schaute an die Wand. Seine Mundwinkel zuckten. Als wolle sie möglichst schnell von dem Thema ablenken, fragte Lopez: »Was war deine Neuigkeit?«

Gunnar wirkte verwirrt: »Dass du nach Moskau fährst. Habe ich doch gesagt.«

»Aber … aber ich habe dort keine Befugnisse«, stammelte Lopez.

»Die hatten wir beim letzten Mal auch nicht.«

Lopez bemerkte, dass er das Wort »wir« benutzte. »Und ich stille noch.«

Alle schwiegen, bis Bernhard sagte: »Das ist doch ein abgekartetes Spiel. Ihr habt das alles minutiös geplant.«

Lopez bestritt die Vorwürfe, und Gunnar sah unschuldiger als ein Kleinkind aus.

Bernhard drückte Lopez das Kind in die Hände, verließ den Raum, schloss die Tür. Lopez und Gunnar hörten, wie er im Flur unterdrückt brüllte und schrie. Vielleicht schlug er mit den Fäusten an die Wand.

Als er wieder in die Küche kam, hatte er ein hochrotes Gesicht. Er atmete zweimal deutlich hörbar ein und wieder aus. Dann sagte er ganz ruhig: »Du könntest abpumpen. Danach füttere ich zu. Wäre ja nicht das erste Mal.« Lopez traf ein vernichtender Seitenblick.

Gunnar sprach weiter, als habe Bernhards Ausbruch nicht stattgefunden. »Super. Ich kümmere mich um das Visum und den Flug. Ein Kurztrip. Mehr gibt das Budget ohnehin nicht her. Morgen Abend, spätestens übermorgen kommst du zurück.«

Auch das Baby atmete tief ein und aus. Es schlief.

Lopez sagte leise: »Okay.«

Sie schaute zu Boden, um Bernhards harten Blicken zu entgehen, bis Gunnar sich wortlos erhob.

31

Haben Sie das genäht?«, fragte Siska interessiert.

Zoya schaute Viktor fragend an, weshalb er notgedrungen übersetzte. Danach beantwortete sie die Frage: »Ja.«

»Gute Arbeit«, lobte Siska und meinte die neue Naht auf Viktors Schädel, die Zoya nur notdürftig mit einem transparenten Pflaster abgeklebt hatte. Als sei Viktors Kopf der einer Puppe und Versuchsobjekt für jeden, der Nadel und Faden schwang.

Zoya wollte wissen, ob Siska auch nähte.

Als Pathologin müsse sie das gelegentlich, bejahte Viktor. Er fühlte einen ungewohnten Stolz auf die Frau, die er seine Freundin nannte. Auch wenn es der Situation nicht angemessen erschien. Siska hatte zusammen mit Trixi das Sofa okkupiert. Viktor stand in der Tür und wunderte sich, dass es ihm nie zu gelingen schien, dieses Dachzimmer zu verlassen, obwohl er es ständig versuchte. Die abnehmende Intensität des Tageslichts vor dem Fenster ließ vermuten, dass der Mittag in den Nachmittag übergegangen war. Zoya saß auf Koljas Schoß. Er hatte seinen Arm um ihre Hüfte gelegt. Kein Zweifel, dass sie ein Paar waren. Harmonisch, bis auf ihre Kleidung, die nicht unterschiedlicher hätte sein können. Zwei soziale Schichten, unnatürlich nahe in perfekter Harmonie.

»Drehst du hier deine Videos?«, fragte Trixi.

Zoya lauschte Viktors Übersetzung und nickte. »Woher weißt du, was ich mache?«, fragte sie skeptisch.

»Ich mag besonders das, wo du in einer Uniform der Miliz Lippenstift und Schlauchboote verkaufst.«

Viktor wunderte sich, was Zoya noch alles getan hatte. Wen sie noch gegen sich aufgebracht hatte. Und warum sie immer noch in Freiheit lebte.

Kolja beobachtete ihre Unterhaltung genau. Irgendwann gab er Zoya ein Zeichen. Viktor erklärte Siska und Trixi, dass Kolja sie nicht hören konnte.

»Wir müssen reden«, sagte Siska. Trixi nickte, dankbar dafür, dass ihre Mutter unterbrach. Zoya schaute Viktor an.

»Okay.« Obwohl er nur ahnen konnte, worum es diesmal ging.

Trixi warf Viktor einen Blick zu, den er nicht zu deuten wusste. Warnte sie ihn? Hatte sie ein schlechtes Gewissen? Oder entschuldigte sie sich für etwas?

»Ermittelst du wieder«, fragte Siska ihn, als blende sie alles andere einfach aus.

Viktor überlegte. »Ermittlungen würde ich das nicht nennen.«

»Mir nichts davon zu erzählen, einfach nicht wiederzukommen«, sagte sie, »das ist wie Betrug.«

Viktor hätte gern beklagt, dass sie übertreibe. Er hätte gern gefragt, was sie hier überhaupt wollte. Er hätte gewünscht, dieses Gespräch fände nicht statt. Er konnte sich einfach nicht entschuldigen. Noch nicht.

Zoya wollte wissen, worum es ging, aber Viktor winkte ab. Er würde ihr nicht noch mehr Macht über sich geben.

»Ich habe ihn darum gebeten«, log Trixi.

Siska starrte sie an. »Was? Aber wieso? Davon hast du nichts erzählt.«

»Du und ich, wir reden ohnehin nicht viel miteinander. Und wenn, gibt es meistens Streit.«

»Aber was hast du überhaupt damit zu tun?«

»Warte!« Trixi wandte sich an Zoya. »Ich bewundere dich.« Sie sah aus wie ein Teenager, der endlich den Leadsänger ihrer Boyband traf. »Ich liebe deine Videos, aber du bräuchtest mal ein neues Intro. Das jetzige hat höchstens Sowjetcharme.« Sie zögerte: »Könnte natürlich sein, dass du es oldschool magst.«

Zoya lauschte Viktors Übersetzung. Der hatte kurz überlegt, ob er vielleicht etwas Diplomatisches oder komplett anderes übermitteln sollte. Trixis Worte kamen ihm wie immer ungehobelt und übergriffig vor. Er verstand erstmals, wie man sich als Übersetzer unbequemer Nachrichten fühlen musste. Aber er entschied sich für die Wahrheit. Auf Russisch log er einfach nicht schnell genug.

Zoya zog die Augenbrauen hoch, als sie das Wort Intro hörte. Währenddessen fuhr Trixi fort. Viktor kam kaum noch mit dem Übersetzen hinterher.

»Oldschool?«, fragte Zoya. Ein spöttisches Lächeln umspielte ihre Lippen.

Trixi nickte ernst und nachdrücklich. Zeitgleich zog sie einen Laptop aus ihrer Umhängetasche heraus. Sie klappte den Bildschirm hoch. »Du hast mich um einen Gefallen gebeten«, sagte sie zu Viktor.

Viktor entschloss sich eigenmächtig, diesen Satz nicht zu übersetzen. Es vermittelte ihm das trügerische Gefühl, die Situation noch im Griff zu haben. »Dazu kommst du hierher?«

»Wenn der Berg nicht nach Hause kommt, kommt der Prophet zum Berg.«

Viktor verarbeitete die Nachricht, Frechheit und offenkundige Kritik. Trixis Finger tippten und klickten. »Sieh dir das an.«

Unwillig kam Viktor näher, betrachtete das Farbbild. Ein Mann presste sich an einen anderen Mann. Beide trugen enge Lederkleidung, die aus Gurten und engen Slips bestand, die ihre Haut nur knapp bedeckten. Der eine hatte die Hose leicht hinuntergeschoben. Seine Hände lagen auf den Schultern des anderen, der sich nach vorn beugte.

»Anale Penetration«, sagte Siska. »Schau mich nicht so an! Ich konnte nicht verhindern, dass sie es sieht.«

Viktor konnte nicht sagen, ob sie ihn verschaukelte.

Sie zuckte mit den Schultern. Unschuldig. »Ich wollte nur in eine Ausstellung gehen.«

Viktor hatte noch nie erlebt, wie überzeugend Siska die Schulmädchenmasche beherrschte. Vielleicht bereitete ihr sein Unbehagen sogar Vergnügen. Er sah, dass Zoya sich erhob, um das zu sehen, was sie betrachteten. Aber Viktor bat sie mit einer Handbewegung, dort zu bleiben, wo sie war. Zoya unterhielt sich eindringlich und schnell mit ihrem Freund.

»Du weißt, was sie gemacht hat, bevor sie mit Videos bekannt wurde?«, fragte er Trixi mit einem Seitenblick auf seine Auftraggeberin.

»Sie war im Gefängnis.«

»Lager«, korrigierte Viktor, der kein Bedürfnis mehr verspürte, etwas zu übersetzen.

»Zwangsarbeit. Weißt du auch, warum?«

Viktor schüttelte den Kopf. Ein Mädchen erklärte ihm die Welt.

»Deswegen.«

Viktor betrachtete das Foto.

»Ihr Ex-Freund. Ein Journalist. Wurde verurteilt wegen homosexueller Propaganda und Verkehr mit einem Minderjährigen.«

»Das ist er?«, fragte Viktor. Er konnte sich vorstellen, was diese Fotos in einem Land bewirkten, in dem Homosexualität immer noch unter Strafe stand. Wenn die Bilder erst im Netz kursierten.

»Yep. Hat seine Arbeit verloren, seine komplette Existenz.«

»Aber Bilder können lügen«, wandte Siska ein.

Viktor nickte. Fotomontagen hatten eine lange Tradition. Wenn Bilder zu Propaganda wurden. Wenn sie nicht mehr das zeigten, was auf ihnen ursprünglich zu sehen war. Wenn eine Wahrheit konstruiert wurde, die besser als die Wahrheit klang. Die anderen nutzte. »Aber was hatte sie damit zu tun?« Mit einem Heben seines Kinns wies er auf Zoya.

»Sie wurde als Kollaborateurin mit bestraft.«

Viktor musste das sacken lassen, doch selbst danach machte die Information keinen Sinn. »Aber wieso?« Für Viktor konnte Zoya alles sein, aber lesbisch war sie nicht. Konzentriert folgte sie dem Gespräch, das sie führten. Unwissend, wie frei sie sich über ihre Vergangenheit unterhielten.

»Nein«, korrigierte Trixi unwillig.

»Weil sie mit ihm zusammenlebte und seine Umtriebe nicht anzeigte.« Siska fasste nochmals in einem Wort zusammen, was Viktor dachte: »Sippenhaft.«

Trixi holte dramatisch Luft. »Der Typ heißt …«

»Vanja Poljakow.« Viktor beendete den Satz für sie.

»Woher wusstest du das?«

»Zoya hat es mir gesagt«, erklärte Viktor barsch. *Ich hatte da mal einen Freund.* Wie sich die Fäden doch verflochten. Zuerst nicht mehr als einzelne Stränge, kein Zusammenhang. Aber langsam bildete sich ein Zopf.

Zoyas Kopf ruckte hoch. »Vanja. Was ist mit ihm?«, fragte sie auf Russisch.

Viktor bemerkte, wie dringend sie das wissen wollte.

Kolja warf ihr einen Blick zu, den Viktor nicht deuten konnte. Trauer, Enttäuschung? Oder traf das Wort Verzweiflung eher den Kern? Vielleicht eine Mischung aus alledem. Gedanken sprudelten durch Viktors Gehirn. Liebte sie ihn noch? Er konnte sie hier nicht fragen. Zu viele Zeugen, die Antwort zu privat. Aber kannte er die Antwort nicht bereits?

»Liebst du ihn noch?«, entwischte es Viktors Mund.

Zoya sah ihn direkt an, jetzt kalt wie ein Stein, als habe seine Frage ihre Innentemperatur abgekühlt. Als habe sich das gespannte Warten auf Neuigkeiten in etwas Existenzielles verwandelt, dessen Kern aus Eis bestand, ewigem Eis. »Beantworte keine Fragen, deren Antworten du nicht ertragen kannst.«

Viktor wusste nicht, ob sie ihn meinte oder über sich selbst sprach. Es fiel ihm zunehmend schwer, Antworten zu erhalten, die er auch verstand. Vielleicht hatte er verlernt, die richtigen Fragen zu stellen. Vielleicht erlebte er nur immer wieder die Unmöglichkeit von Kommunikation.

Zoya sagte: »Er war nicht homosexuell.«

War. Sie sprach über ihn wie über einen Toten. Wie über eine Figur aus der Vergangenheit. Viktor sah sie fragend an. Er bemerkte, dass sie sich von Kolja weggedreht hatte. Damit er ihren Mund nicht sehen konnte. Sie wollte nicht, dass er verstand, worüber sie redeten.

»Als sie ihn holten, hatte er Sex mit mir.« Kein Raum für Zweifel. Nicht einen Finger breit. »Sie schickten eine Spezialeinheit. Für einen Homosexuellen? Wohl kaum.«

»Warum dann?«, fragte Viktor.

»Er war Schriftsteller und Journalist. Er muss an etwas Wichtigem gearbeitet haben. An etwas, das einflussreichen Menschen schaden konnte. Ich hatte zwei Jahre Zeit, darüber nachzudenken. Es muss so sein.«

»Etwas Wichtiges. Aber was?«

»Finde es heraus!«, sagte sie.

Siska und Trixi folgten dem schnellen Wortwechsel mit fragendem Gesichtsausdruck.

»Weißt du, wo er jetzt wohnt?«, wollte Viktor von Zoya wissen. Er verspürte ein warmes Gefühl, eine elektrische Welle, die wie ein Impuls sein Herz schneller schlagen ließ.

»Ich wusste, dass du das fragen würdest«, sagte Siska. Sie klang wie eine Prophetin, die das zuverlässige Eintreffen des Vorhergesagten selbst nicht mehr ertrug.

Viktor musste einmal mehr eingestehen, dass er für diese Frau ein offenes Buch war, in dem sie wie in Großbuchstaben alles las. »Ruf sofort Lopez an!«, sagte Viktor.

Siska zog ihr Handy aus der Tasche, suchte nach der Nummer, wählte, legte das Gerät ans Ohr. Ihre leisen Worte begleiteten ihr weiteres Gespräch.

»Nein«, sagte Zoya jetzt.

Wie in einer Slapstickkomödie drehten sie alle die Köpfe, was daran lag, dass Zoya ein deutsches Wort benutzt hatte.

»Keiner weiß, wo er wohnt. Er verschwand spurlos, nachdem er aus dem Lager entlassen worden war.« Zoya Bogdanowa sprach tatsächlich Deutsch. »Ich habe ihn gesucht, aber sie haben ihn verschwinden lassen.« Gutes Deutsch, wenn auch mit einem starken russischen Akzent. Viktor gefiel der Klang. Dass sie zwei Sprachen teilten, verband ihn mit ihr. Er wollte gern länger bei dem Gedanken verweilen.

Weil alle Zoya fragend ansahen, erklärte sie: »Was? Glaubt ihr, wir sind dumm, weil wir nur Russisch sprechen? Wir haben in der Schule Deutsch gelernt. Ich habe danach viel im Original gelesen. Lasker-Schüler, Seghers, Wolf.«

Lasker-Schüler. Viktor wusste nicht einmal, wer das war.

»War er schuldig?« Viktor zeigte auf das Foto, das Vanja Poljakow halb nackt zeigte.

»Du stellst die falschen Fragen«, sagte Zoya Bogdanowa. Hatte Viktor nicht genau das geahnt? »Schuldig kann höchstens das System sein«, fuhr sie fort, »das so etwas bestraft. Natürlich ist das Bild ein Fake. Ein ziemlich guter allerdings. Aber das hat beim Prozess niemanden gestört.«

Siska hielt kurz mit der Hand den Hörer zu. »Ich mag sie«, sagte sie zu Viktor. Er verstand die Frauen nicht, aber er konnte die Tatsache akzeptieren, dass sich das voraussichtlich niemals ändern würde.

Es klingelte. Das zweite Mal. Zoya gab Kolja ein Zeichen, entfernte sich, um die Tür zu öffnen. Sie drehte sich noch einmal um: »Du bist richtig gut. Wie heißt du?«

»Trixi.«

Zoya nickte anerkennend. »Wenn ich mal ein neues Intro brauche, komme ich zu dir.« Sie wandte sich ab und verließ den Raum. Trixi sah aus, als habe ihr jemand ein überraschendes Geschenk gemacht.

Viktor sagte zu ihr: »Gute Arbeit.«

»Hast du etwas anderes erwartet?«, fragte Trixi ihn mit einem schiefen Lächeln.

Viktor wollte antworten, aber etwas krachte, splitterte, alle horchten auf. Schritte von schweren Schuhen polterten den Gang entlang. Zoya kam rückwärtsgehend wieder in das Zimmer zurück, in dem alle alarmiert aufsahen. Viktor stand wie Kolja mitten im Raum. Es war kaum zu glauben, Viktor rechnete mit einer Halluzination, aber eine Waffe zeigte tatsächlich auf Zoyas Kopf. Ein schwarz uniformierter Mann hielt die Pistole. Hinter ihm strömten weitere Polizisten nach. Wortlos legte sich Zoya Bogdanowa auf den Bauch, jemand kniete auf ihrem Rücken, aber das nahm Viktor nur noch aus dem Augenwinkel wahr. Kisten wurden umgeworfen, Scheinwerfer kippten. Jemand richtete eine Waffe auf ihn. Eine Jarygin PJa. Die Dienstpistole der russischen Polizei. Wortlos zwang der Lauf der Waffe ihn, sich hinzuknien. Viktor gehorchte, dachte an Lopez und an das Timing, das nie günstig schien. Er dachte auch an die Waffe, die in seinem Hosenbund steckte. Kalte Furcht kroch in jeden Winkel seines Körpers, richtete sich darin ein. Siska sagte noch etwas in ihr Handy, aber Viktor konnte es nicht genau verstehen. Das Gerät rutschte ihr aus der Hand. Während ein Polizist ihm die Hände hinter dem Rücken fesselte, saßen Siska und Trixi ganz ruhig da. Hatte Trixi den Laptop zugeklappt? Viktor hatte es nicht genau gesehen.

Es wurde still, niemand sprach. Zoya zappelte kraftlos am Boden. Nur das schwere Atmen der russischen Polizisten war zu hören. Viktor kannte das Adrenalin, das die Atmung bei einem Einsatz beschleunigte und noch mehr Blut in die Extremitäten pumpte. Er wehrte sich nicht. Warum auch? Was konnte er gegen zehn bewaffnete Polizisten ausrichten? Selbstmord überzeugte Viktor nicht als Option, vor allem nicht in dieser ausweglosen Situation. Ein anderer Ort. Dennoch dachte Viktor an den Flughafen. Sie standen, knieten, lagen so eng beieinander, dass Viktor den Angstschweiß der anderen riechen konnte. Der Raum war wie bei einer Mottoparty völlig überfüllt.

Rustam Komarow trat ein, und Viktor wusste, was das bedeutete: dass das Ende zuverlässig kam.

Er lief zuerst zu Zoya, betrachtete sie. Ihre erfolglosen Versuche, sich zu befreien. Ihr Atem, der stoßweise ging. »Wie die Geschichte sich doch wiederholt«, sagte Komarow.

Viktor hob den Kopf nur einen Zentimeter, um zu sehen, was Kolja tat. Keine Waffe richtete sich auf den Präsidentensohn, weil er gleicher als andere war. Kolja gestikulierte. Als er nach seinem Handy griff, machte Komarow vier lange Schritte und schlug es ihm einfach aus der Hand. Viktor sah, wie Röte in Koljas Gesicht stieg. Viktor erkannte auch in seinem Blick nackte Angst.

»Anruf unnötig«, sagte Komarow und schüttelte den Kopf. Er sprach langsam, sodass Kolja jedes Wort von den Lippen lesen konnte. »Befehl von ganz oben. Keiner schützt sie mehr.«

Viktor wusste, dass Komarow Zoya meinte, und sah, wie Kolja förmlich in sich zusammensackte, dieser schöne, machtlose Mann.

»Warum?«, fragte Viktor.

Komarow zog ein Foto aus der Manteltasche und zeigte es im Raum herum. Zoya musste sich den Hals verbiegen, damit sie das Bild sehen konnte. Auch Viktor erhaschte einen Blick. Er spürte, wie das Blut in seinem Magen zusammenlief. Weil er den Mann kannte.

»Juri«, sagte Zoya unterdrückt. »Was ist mit ihm?«

»Juri ist tot.«

Komarow drehte sich zu Viktor um, beugte sich zu ihm hinunter, tastete ihn ab, hielt inne, bellte einen Befehl, nahm, was man ihm gab, ließ einen Gummihandschuh über seine Finger schnalzen, zog die Pistole aus Viktors Hosenbund, lächelte, ließ sie in eine Tüte gleiten, die einer seiner Männer beflissen für ihn offen hielt, und sagte, so wie es Revolvermänner in Western taten: »Das Spiel ist aus.«

32

Als das Flugzeug in ein weiteres Luftloch sank, jaulte der Geschäftsmann neben Lopez auf. Er krallte sich an den Armlehnen fest, sodass Lopez die Knöchel unter seiner Haut hervortreten sah. Ein rotes Piktogramm forderte eindringlich, die Anschnallgurte zu schließen. Lopez blieb stets angeschnallt. Turbulenzen drohten jederzeit. Sie wollte nicht in die Höhe schnellen, während das Flugzeug unter ihr absackte. Dennoch ängstigten sie diese überraschenden Bewegungen des Flugzeugs nicht.

Sie spürte eine Hand auf ihrem Arm. Der junge Mann neben ihr entschuldigte sich bereits auf Englisch. Eine spontane Reaktion, er greife in diesen Situationen nach allem, was ihn halten könne. Offensichtlich keine Anmache. Sein Gesicht wirkte blutleer, er atmete flach. Dunkle Haare, akkurat gekämmt. Lopez wollte nachdenken. Aber die unruhige Situation gestattete es nicht. Sie ließ ihren Blick über die anderen Fluggäste schweifen. Fremde auf dem Weg in die gleiche Stadt wie sie. Moskau.

Sie erkundigte sich bei dem Mann neben ihr nach seinem Namen, nach seinem Beruf, stellte sich kurz vor. Nichts half bei Angst besser als Ablenkung, als ein kurzes Gespräch. Nach einigen besorgten Seitenblicken, als könne er die nächsten Luftlöcher bereits sehen, ließ er sich auf die Unterhaltung ein. Er arbeite für Aeroflot.

Überrascht erkundigte sich Lopez: »Bei Flug- oder Bodenpersonal?«

Schnell klärte er sie auf, dass er sein Geld in der Entwicklung verdiene. Innenraumausstattung. Er informiere sich auf Flügen, wie die anderen Gesellschaften ihre Maschinen gestalteten, was funktionierte und was nicht.

»Dann sind Sie so etwas wie ein Spion?«, fragte Lopez.

Er lächelte. Da überschätze sie seine Fähigkeiten. Marktforschung sei wohl eher das richtige Wort. Alle Fluggesellschaften hielten das so. Man wolle wissen, wie sich die Konkurrenz verhielt, und sich durch gute Einfälle inspirieren lassen. Tatsächlich seien die meisten Materialien und Gegenstände ohnehin genormt. Er stöhnte auf, als die Maschine erneut absackte.

In Lopez' Augen hatte dieser Mann mit Flugangst seinen Beruf komplett verfehlt. Aber Lopez erkannte, dass ihn das Gespräch belebte. Seine Gesichtsfarbe glich nicht mehr der hellen Flugzeugwand, der Innenverkleidung mit einem Stich ins Grau.

Sie fragte, und er antwortete. Dass er Moskau liebe. Dass er dort aufgewachsen sei. Am Rand der Stadt, wo die sozial Schlechtergestellten in verfallenden Häusern wohnten und qualifizierte Arbeit Mangelware war. Seit Nowikow wehe der Wind der Erneuerung. Er saniere Stadtviertel und baue viel. Er startete Bildungsprogramme in den Schulen. Auch er selbst habe davon profitiert und nach einem guten Abitur studieren dürfen. Ingenieurtechnik. Er habe Nowikow viel zu verdanken, der bereits in seiner ersten Amtszeit neue Stipendien für Benachteiligte ins Leben gerufen hatte. Er erzählte von seinem Studium, von der Öffnung Russlands. Seine Stimme wurde leiser, bis Lopez sie kaum noch vernahm.

Russe, Vielflieger, Moskau, Berlin. Eine Chance, eine Möglichkeit. Erfolgsquote gering. Lopez wartete ab, bis ihr Sitznachbar während seines Erzählstroms kurz Luft holte. Seine Gesichtsfarbe wirkte jetzt wieder völlig normal. Die Turbulenzen hatten nachgelassen. Das Gespräch belebte ihn.

»Sie fliegen viel?«, unterbrach sie ihn.

Er bejahte.

»Wissen Sie noch, wann Sie das letzte Mal geflogen sind?«

Er dachte kurz nach. »Natürlich.«

Lopez fragte nach dem Datum, nach dem genauen Tag. Ob er am Abend oder morgens geflogen sei.

Als er ihr die Antwort gab, auf die sie gehofft hatte, wollte sie wissen, ob er sich noch an den Flug erinnere. Das Angebot einer Stewardess, Getränke zu reichen, lehnte sie kurz angebunden ab, fixierte mit ihrem Blick das Gesicht des jungen Mannes, der für eine Fluggesellschaft arbeitete und das Fliegen doch nicht vertrug. Er musste sich erinnern.

Er antwortete mit einem einfachen Ja.

Lopez lehnte sich zurück, um ihn nicht mit ihrer Anspannung zu verunsichern. »Fiel Ihnen jemand auf? Wer saß neben Ihnen? Erinnern Sie sich an irgendetwas Besonderes?« Sie lächelte, um ihn zu ermutigen.

»Warum wollen Sie das wissen?«

Was sollte sie antworten? *Ich ermittle in einem Mordfall. Ich habe keine Ahnung, keinen Plan und halte mich an einem Strohhalm fest.* »Ich bin Schriftstellerin«, sagte sie, »und sammle Flugzeuggeschichten von genau diesem Tag.« Still bat sie Bernhard um Verzeihung. Wenn man sich von Berufs wegen mit Formen von Wahrheit und Abweichungen davon beschäftigte, bekam man auf diesem Gebiet eine gewisse Routine. Lopez wunderte sich, wie schnell ihr diese Lüge gelang.

Ihr Sitznachbar sah sie skeptisch an. Lopez nickte ihm aufmunternd zu. »Ich bin gespannt.«

Lopez überraschte es immer wieder, wie weibliches Interesse Männer stimulierte.

Er erzählte von einem übergewichtigen Geschäftsmann, der ihm die Armlehne streitig gemacht habe, einer eiskalten, dunkelhaarigen Stewardess, die ihn völlig zu ignorieren schien, sogar, als er etwas bei ihr bestellte. Von einer jungen Berliner Familie mit Kleinkindern, die alle Fluggäste in den

Wahnsinn trieben, weil sie zuerst nicht aufhörten zu weinen und sich beim Landeanflug auf dem Weg zur Toilette in den Gang übergaben. Von einem alten Herrn mit gelblicher Gesichtsfarbe, der schwer atmete und, wie er selbst, das Ende das Fluges herbeizusehnen schien. Von einer russischen Künstlergruppe, die ausgelassen feierte, deren Mitglieder aus vielen Mädchen und einem Mann bestand, wobei eines der Mädchen ihm mit einem Augenzwinkern einen Flyer zugesteckt habe, dessen darauf annoncierte Veranstaltung ihn jedoch nicht interessiert habe, weil er Musical, Travestie und Revuen prinzipiell mied, weshalb er mit …

Lopez unterbrach ihn: »Der Mann. Wie sah er aus?«

»Welcher Mann?«, fragte ihr Sitznachbar verwirrt. Er zögerte. »Sie sind keine Schriftstellerin«, stellte er fest.

Lopez schüttelte den Kopf. »Nein.«

Eine Durchsage ertönte, die ankündigte, dass das Flugzeug jetzt in den Landeanflug überging. Lopez griff ihrem Sitznachbarn beinahe in den Schritt. Mit einem Ruck zog sie seinen Gurt straff. Ein taktischer Übergriff. Er sog die Luft ein, eine Mischung aus Angst und Respekt im Blick.

»Ich bin Polizistin.« Sie zückte ihre Marke und zeigte ihm ihren Ausweis. »LKA. ›Delikte am Menschen‹. Und Sie sind ein Zeuge.«

»Wofür?« Wie kurz zuvor wich alle Farbe aus seinem Gesicht. Diesmal waren andere Turbulenzen daran schuld.

Um den dramatischen Effekt zu steigern, sagte Lopez: »Mord.«

Nach dem Morden hatte er sich nie schlecht gefühlt. Nicht sonderlich. Höchstens müde und leer. Das Adrenalin, das sämtliche Nervenbahnen kitzelte und dessen erhöhter Spiegel nur langsam sank. Doch dieses Mal setzte ihm die Tat zu. Mit dem Gewehr zu schießen war ein distanzierter Akt. So hatte er es gelernt. So war er ausgebildet worden. Das Schießen verlangte keine unmittelbare Nähe. Aber mit der Pistole zwang er sich diese Nähe auf. Geh hin! Sei ihnen ganz nahe! Gib ihnen die Chance, dich zu erkennen, zu verstehen.

Es hatte ihn enttäuscht, dass keiner von ihnen etwas zu verstehen schien. Die Menschen waren abgelenkt, befanden sich in ihrer eigenen Welt, in der ein plötzlicher Tod keinen Platz hatte. Weder als Ereignis noch als Läuterung. Überraschung blitzte kurz in ihren Augen auf. Er hatte sich viele Gedanken darüber gemacht. Gab es vielleicht einen archaischen Mechanismus, der verhinderte, dass man den eigenen Tod begriff? Doch am Ende dieser Überlegungen stand immer nur die eine Frage: ob er sich selbst danach besser fühlte? In manchen Momenten kam es ihm nicht wie eine Strafe vor, sondern wie das Zerschlagen eines Systems. Und wollte er das nicht? Diese Gruppe zerschlagen? Sie ausrotten? Beobachten, wie die Angst um sich griff? Wie sie alle nicht mehr ruhig schliefen. Sich erst mal umdrehten, wenn sie das Haus verließen, bis sie sich nicht mehr auf die Straße wagten. Bis ihnen ihr Zuhause unheimlich wurde. Bis es sich in einen finsteren Ort verwandelte.

Handelte er zu schnell? Hätte er mehr Zeit verstreichen lassen müssen? Im Nachhinein wirkte sein Vorhaben chaotisch und die Wirkung beinahe zufällig.

Zuerst wollte er seine schwarze Kleidung auf einen Haufen werfen und verbrennen. In diesem Hinterhof brannten ständig Feuer. Aber die Obdachlosen, die sich wärmten oder etwas in die Flammen hielten, schauten ihn an. Verlangen im Blick. Er hatte seine Kleidung jedes Mal verschenkt. Warum sollte nicht noch jemand davon profitieren? Also gab er Jacke, Kapuzenpullover und Hose bereitwillig drei verschiedenen Menschen, die ihre Hände danach ausstreckten. Bei einem davon war er sich nicht sicher, ob es sich nicht um eine Frau handelte.

Er würde warten, nicht mehr lang. Er hatte schnell getötet, weil er nicht nachgiebig werden wollte. Die Polizei war korrupt, aber sie arbeitete auch schnell. Der Druck auf seine Verfolger musste so hoch sein, dass er ihnen immer einen Schritt voraus war. Daher die Eile, deshalb die Hast. Ermittlungen benötigten Zeit. Zeit, die er seinen Feinden nicht gönnte. Sie hatten ihm Zeit gestohlen. Unendlich viel Zeit. Zeit mit ihr. Zeit. All diese Stunden in einem nach Pisse stinkenden Loch. Der unermessliche Verlust.

Er stöckelte über Abfälle, alte Dosen und Kartons zur Hauptstraße. An den Häuserwänden saßen oder lagen die Obdachlosen auf Pappe. Manche schliefen, manche unterhielten sich.

Er hörte, wie einer von ihnen mit sich selbst redete: »Weit kommst du nicht. Sie kriegen dich, sie holen dich. Ist nur eine Frage der Zeit, bis sie dich an den Eiern haben.«

Die Worte eines alten, verwirrten Mannes. Was für ein Leben hatte dieser Mensch vorher wohl geführt? Lehrer oder Bankier? Chemiker oder Professor an der Universität? Vielleicht bestand hierin der Grund, warum er immer wieder ihre Gesellschaft suchte. Wer fiel, fiel tief. Er kannte sich sehr gut mit dem Fallen aus. Fallen über Treppen, aus der Zeit fallen, Gefallene. Fallen glich dem Sterben. Bis heute begleitete ihn das Gefühl.

Als er auf die Hauptstraße kam, blendete ihn das grelle Tageslicht. Er betrachtete die unzähligen SUVs, die am Straßenrand parkten. Obszöner Reichtum und beschämende Armut auf Tuchfühlung. Beide Phänomene prägten das Bild dieser Stadt. Er bog links ab.

33

Der Präsident versprach dem russischen Volk in seiner Antrittsrede, das Justizsystem völlig zu erneuern. Der Erneuerer versprach mehr Transparenz, was bei der Umstrukturierung der Polizei aber nicht gelang. Die Miliz war bereits 2011 in Polizei umbenannt worden. Zuvor hatten Milizangehörige geraubt, gemordet und Recht gebeugt. Einmal in einer Tankstelle. Ein Angehöriger der Miliz bedrohte die Verkäuferin und erschoss den Tankwart und zwei Kunden, die gerade zahlen wollten. Obwohl er nicht im Dienst war, trug der Mörder Uniform. Ein weiteres Mal im Sommer bei einer Hochzeit im Park: Zwei Männer in Uniform verschafften sich Zugang zum Festzelt, erstachen die Braut, danach vier Gäste. Der Bräutigam und der Vater der Braut überlebten schwer verletzt. Ein anderes Mal schoss ein Milizionär in einem Supermarkt um sich. Er hatte sich darüber geärgert, dass er nicht genügend Treuepunkte bekam. Er geriet mit der Kassiererin und der Marktleiterin in einen Streit, was beide mit dem Leben bezahlten. Das Vertrauen der Bürger in die Ordnungskräfte schwand, weshalb der Name der Behörde und die Uniformen geändert wurden.

Nowikow gab den Erneuerungsmaßnahmen noch einen besonderen Impuls: Er wollte sogar Gefängnisse renovieren lassen. Aber in Moskau betrieb man Justizvollzugsanstalten genauso wie vor zweihundertfünfzig Jahren. Das Material gab nach, die eisernen Etagenbettgestelle genauso wie die Holztische und Stühle. Sie wurden schon immer nur notdürftig geflickt oder verschwanden ersatzlos, wenn nichts mehr zu reparieren war. Die Zellen waren ohnehin überfüllt, vierfach belegt. Jeder weitere freie Zentimeter wurde begrüßt. Das Personal änderte sich, die Regeln kaum. Das Mobiliar so gut wie nie.

Butyrka nannte sich das Moskauer Untersuchungsgefängnis 2. Es war zu Zeiten erbaut worden, als in Russland noch Katharina die Große herrschte und in Moskau die Pest wütete. Während der Adel die Flucht ergriff, weil täglich über tausend Menschen starben, wurde der Grundstein für eines der größten Gefängnisse des Landes gelegt. Möglicherweise stammten die vergilbten Zellenanstriche über Stockflecken noch aus dieser Zeit. Das russische Volk hatte sich damals gewehrt: Es ging gegen Ärzte, Apotheker, Regierende und Kirche vor. Die Überlebenden zogen lynchend durch die Stadt, sie raubten und plünderten, aber es gelang ihnen nicht, den Kreml zu stürmen. Drei Tage währte die Revolte, danach ebbte sie ab. Weitere kleinere Aufstände wurden niedergeschlagen. Die eine Hälfte der Moskauer Bevölkerung hatte derweil ihr Leben verloren. Die andere Hälfte erbte eine andere Stadt.

Wer im Butyrka-Gefängnis landete, wurde schon vor der Urteilsfindung bestraft. Allein die Untersuchungshaft konnte Monate, sogar Jahre dauern. Als Nowikow von Sanierungsmaßnahmen sprach, musste er Gebäude meinen. Das Rechtssystem selbst jedoch zeigte sich erstaunlich widerständig gegen jede Art von Restauration.

Viktor wusste, wie entscheidend der erste Eindruck war, den ein Mensch machte. Das galt für Bewerbungsgespräche, Small Talk auf Partys genauso wie im Knast.

Der erste Eindruck, den Viktor als Mensch hinterließ, war negativ. Das gewährleistete beste Voraussetzungen, wenn er plante, sich möglichst unbeschadet unter Kriminellen aufzuhalten. Unter Gefängnisinsassen war der sechste Sinn sehr ausgeprägt. Sie errieten zuverlässig, ob es sich bei einem Gefangenen um einen Polizisten handelte oder nicht. Viele erkannten Ordnungshüter auf den ersten Blick, was einer zweiten Verurteilung gleichkam. Diesmal durch die Häftlinge, die Polizisten hassten. Repressalien der Mitgefangenen machten Viktor keine Angst, aber die pure Anwesenheit auf begrenztem Raum verursachte eine altbekannte Beklemmung in ihm. Ein lähmendes Gefühl, das er kaum ertrug. Die Furcht seiner Babuschka vor genau diesem kritischen Moment begleitete ihn schon ein halbes Leben lang. Sie hatte alles unternommen, alles zurückgelassen, damit es genau dazu nicht kommen konnte. Aber Viktor wusste auch, dass es immer anders kam.

Wenn Viktor zurückdachte, erinnerte er sich nur noch an das Auf- und Zuklappen von Türen, ein unerträglich lautes, beinahe ohrfeigenartiges Geräusch. Gefängnisse waren keine ruhigen Orte, obwohl fast jeder, der hier weilte, zur Untätigkeit verdammt war. Menschen schrien und beschwerten sich, manche schlugen mit Gegenständen auf Wände, Bettgestelle oder Gitter ein. Andere sangen, grölten, was die rohen Betonwände noch vervielfältigten. Für Viktor war schon das Gebäude der Butyrka ein gewalttätiger Ort, weil er seine Ohren folterte. Dass er auf einem Ohr nicht mehr gut hörte, zahlte sich hier kaum aus. Die Beschallung hatte etwas Bedrückendes. Viktor empfand den Lärm genauso quälend wie grelles Licht. Er hatte keine Möglichkeit, wegzusehen.

Die Zelle roch nach Pisse, nicht nach Urin. Pisse, scharf und stechend, alt. Permanente Erinnerung an das, was Menschen ausmachte. Exkremente. Der rudimentärste Kreislauf, der einen Körper am Leben hielt. Der Gestank wirkte auf ihn genauso grell wie der Lärm. All das drang auf ihn, in ihn ein. Wie eine giftige Substanz. Wie etwas Kaltes, das jetzt die Kontrolle übernahm. Rostiges Metall, kühles Licht auf kahlem Beton.

Koljas Hände zitterten. Es wollte ihm nicht gelingen, diese Mail zu schreiben. Ständig vertippte er sich, kein Wort schien das richtige zu sein. Kein Satz gelang.

Er stand auf, um auf und ab zu gehen. Aber er konnte sich nicht beruhigen. An wen konnte er sich wenden? Wohin sollte er gehen? Der Kreml verbot sich wie von selbst. Seinem Vater zu begegnen traute er sich nicht zu. Er fühlte sich allein.

Er setzte sich, betrachtete die Tastatur, holte tief Luft und tippte den Satz: Juri ist tot.

Er wählte einen Adressaten aus, verschlüsselte den Text und verschickte die Mail mit einem Klick. Es gab keine vollständige Sicherheit. Immerhin benutzte er die neueste Sicherheitstechnik. Der russische Staat bezahlte viele Spezialisten und Geeks fürstlich für ihre Dienste. Nicht umsonst verfügte Russland über die besten Hacker dieser Welt. Schließlich hatte man aus den Kommunikationslecks der Vergangenheit gelernt.

Er wartete. Sah sich in seinem Appartement um und bemerkte, dass ihm diese perfekten Räumlichkeiten, die hohen Decken, der Stuck, das weiße, edle Mobiliar nichts mehr bedeuteten. Nicht ohne sie. Als er wieder auf den Bildschirm schaute, ging gerade eine E-Mail ein. Eine rote Eins leuchtete auf. Er öffnete eine Nachricht, die besagte:

Jemand jagt uns.

Er tippte: Ich weiß, wer es ist.

Die Antwort folgte prompt.

Wie verhalten wir uns?

Hast du Angst?

Nein. Ich kann mich wehren.

Ich habe Angst.

Niemand kann sich besser schützen als du.

Nicht mehr.

?

Zoya wurde verhaftet.

Na und?

Mein Vater hat sie zum Abschuss freigegeben.

Kolja wartete. Zeit verging. Die Unruhe zerpflückte jede Minute zu Ewigkeitseinheiten, die Stunden zogen sich.

Was ist mit der Firma? Wie soll es weitergehen?

Wie immer. Wir können uns jetzt nicht zurückziehen.

Was passiert mit dem Personal?

Wie viele sind schon über acht Jahren da?

Nur noch du und ich.

Kolja bezwang das Zittern seiner Finger und schrieb:

Wir müssen uns treffen.

Sag mir, wer es war.

Kolja überlegte. Es gab keine vollständige Sicherheit. Er durfte kein Risiko eingehen. Er schrieb: Heute Abend. Bei ihm. Danach klappte er den Bildschirm zu und versuchte, die aufsteigende Panik zu unterdrücken.

34

Lopez hatte sich ihre Ankunft in Moskau anders vorgestellt. Dienstag, zehn Uhr dreißig Ortszeit. Vor nur vier Tagen war jemand hier auf diesem Flughafen neben Viktor ermordet worden. Sie stand neben ihrem Handgepäck in der Ankunftshalle und telefonierte. Die LED-Leuchten warfen ihr Licht auf den glänzenden Marmorboden. Von dort strahlte es zurück. Vor Lopez starrten Abholende und Reisende auf die Anzeigetafel hinter ihr. Niemand achtete auf sie. Als sie den Flugmodus ihres Handys aufhob, tat sich nichts. Sie aktivierte die mobilen Daten, Roaming, neue Nachrichten gingen ein. Lopez war dankbar für das Dienstgerät, das ihr lückenlose Kommunikation gewährleistete. Wenn Viktor und sie getrennt ermittelten, verband sie doch immer dieses Gerät. Vorausgesetzt, dass sie Viktor erreichte. Sender, Empfänger. Eine Maschine konnte nicht mehr ausrichten als der Mensch, der sie bediente. Sie checkte ihre Mailbox und wünschte, sie hätte es nicht getan.

Hörte zu, spürte, wie der Schock sie packte, zwang sich, ruhig zu bleiben und die Lage zu sondieren, so wie sie es gewöhnlich tat. Ihre Brüste spannten. Ein Milchstau, weil sie nicht stillte. Sie vermisste ihr Baby, und dass es sie mit seinem Saugen erleichterte. Sie musste Gunnar verständigen, der von den neuesten Entwicklungen noch nichts wusste. Ihre Anwesenheit hier schien nötiger denn je. Auf einem Bildschirm verfolgte sie Werbung in kyrillischer Schrift, lachende Frauen, die akkurat gekämmte Haare in einer Kreisbahn präsentierten, während sie sich drehten. Kein Shampoo dieser Welt konnte diese Perfektion bewirken. Danach folgten die Nachrichten des staatlichen Fernsehens. Aufmacher: Krieg.

Russland schaltete sich als Vermittler zwischen Großbritannien und Pakistan ein. Lautlos bewegte Präsident Genadi Nowikow den Mund. Die Bilder hinter ihm zeigten Raketen, die abgefeuert wurden, ihren Flug durch die Luft, Einschläge und Rauchwolken. Lopez hoffte, dass es sich tatsächlich nur um Tests handelte. Oder um Archivmaterial. Dass die Realität sie nicht gerade überholte. Dass kein Krieg begann, während sie fern der Heimat war. Weit weg von Berlin, wo Bernhard ihre Kinder hütete.

Als Siska endlich an ihr Handy ging, sagte Lopez ohne Einleitung: »Die Welt spielt verrückt.«

Siska antwortete: »Schon immer.«

»Wie geht es dir?«

»Du glaubst gar nicht, wie froh ich bin, dass Gunnar dich geschickt hat.«

»Bist du in Sicherheit?«

Siska bejahte. Man habe nur ihre Daten aufgenommen und sie direkt wieder gehen lassen. Aber Viktor sei in Untersuchungshaft. Sie habe sich geweigert, ohne ihn zu gehen. Sie habe sich beschwert, aber man habe ihr gedroht. Sie sei mit Trixi bei Petjas Adoptiveltern. Ob Lopez …

»Siehst du gerade Fernsehen?«

»Nein? Sollte ich?«

»Unbedingt.«

»Warum?«

»Ist Mila eigentlich bei dir?«

Siska zögerte einen Augenblick. »Nein. Ich glaube nicht.«

»Weil sie gerade im Fernsehen ist.« Lopez traute ihren Augen kaum. Aber Mila – es handelte sich tatsächlich um Viktors Großmutter – sagte etwas in die Kamera. Sie lachte dabei. Ihre weißen Haare leuchteten. Lopez hätte sie überall erkannt. Sie trug ein leuchtend rotes Kleid und eine bunte Jacke, die Lopez noch nicht kannte. Die nächsten Bilder zeigten eine riesige Ansammlung von Menschen auf dem roten Platz, die sich um ein Zentrum scharten. Und Mila mittendrin. *Polina Nikitina,* dachte Lopez. Sie ist noch immer dort.

Und Mila auch. Viktors Großmutter hatte noch nie ein Hehl aus ihren Ansichten gemacht, was Lopez mehr als alles andere gefiel. Mit Viktor teilte sie den Hang zur Renitenz.

Die Kamera zog weiter auf. Polizisten drängten auf den Platz. Die Kamera zoomte heran. Sie trugen schwarze Uniformen, Helme, Schlagstöcke und Schilde. Lopez verstand weder Schrift noch Wort, aber die Situation sah nicht gerade friedlich aus. »Bist du noch da?«

Siska sagte mit Verzögerung: »Ja.« Entgeistert fragte sie: »Was macht Mila dort?«

»Sieht aus wie eine Demonstration. Sie muss da weg.«

Siska sagte: »Ich habe keine Ahnung, wie ich sie erreichen soll.« Für Lopez klang sie wie jemand, der erkannte, dass ihm die Kontrolle komplett entglitten war. Und dass er es zu spät bemerkte. »Lopez«, sagte Siska jetzt, »die haben uns gestern Nachmittag wie Schwerverbrecher festgenommen. Uns mit vorgehaltener Waffe bedroht. Uns brutal aufs Präsidium geschleppt.«

Lopez wollte sie unterbrechen, aber Siska ließ es nicht zu.

»Ich habe nicht alles dort verstanden. Aber eines haben sie mir deutlich gesagt: Viktor steht unter Mordverdacht.«

Lopez bemerkte, wie sie schwankte. Wie sie den Halt

verlor. Viktors und ihr Leben beim LKA war in zumeist ruhigen Bahnen verlaufen. Viktor hatte sie ausgebildet und ihre Mitarbeit ausdrücklich gewünscht, als er aus dem Organisierten Verbrechen zur Mordkommission wechselte. Viktor ignorierte jegliche Bürokratie und neigte zu unkonventionellen Ermittlungsmethoden. Aber er beugte nie das Recht und handelte überlegt, auch wenn sein Aussehen andere Schlüsse nahelegte. Sie bekamen Fälle zugewiesen, forschten, suchten, lösten sie gelegentlich. Seit einem Jahr schien alles schiefzugehen. Die Ereignisse überschlugen sich. Viktor verhielt sich völlig unberechenbar. Er brachte sich ständig in Gefahr. Dennoch wusste Lopez, dass es einen Grund für sein Verhalten gab. Sie konnte nicht glauben, dass er gemordet hatte. Jeder, aber nicht er.

Siskas Stimme drang an ihr Ohr. »Sie haben Blut an seiner Kleidung gefunden. Und die Mordwaffe.«

»Unmöglich«, hörte Lopez sich sagen.

»Lopez, du musst ihn da rausholen.«

Lopez hatte Gunnars Auftrag zwar anders aufgefasst, aber sie sagte: »Deshalb bin ich hier.«

Sie tauschten noch Informationen aus, und Lopez notierte sich eine Adresse, die Siska ihr buchstabierte: Butyrka Untersuchungsgefängnis, Novoslobodskaya Uliza, 45, Moskau. Lopez dachte an Viktors Großmutter und bat Siska: »Kontaktiere Mila! Sie muss nach Hause kommen. Und zwar sofort!«

Auch in dieser ausweglosen Situation gab es noch Hoffnung, weil Lopez jemanden in dieser Stadt kannte.

Sie schickten vier Aufseher. Einer davon rief Viktors Namen. Viktor wollte sich nicht erheben. Warum auch? Machtspiele. Wenn es darauf ankam, beherrschte er jeden Zug dieser Partie. Als er sich nicht rührte, berieten sich die Männer.

Einen Tag zuvor hatte Viktor es geschafft, um sich herum jede Menge Platz zu haben. Er saß allein auf einer Metallpritsche. Die anderen hatten sich verzogen, saßen auf dem kalten Betonboden oder lehnten an der Wand. Als Viktor ein paar Minuten zuvor die Zelle betrat und sich die Tür hinter ihm schloss, gingen ihm zwei kleinere Männer aus dem Weg. *Ängstlich, keine Gefahr*, dachte Viktor. Drei Typen saßen auf dem einzigen Bett und unterhielten sich. Sie starrten Viktor an, und er wusste, dass sie ihn abschätzten. Viktor reagierte. So hatte es ihm seine Babuschka beigebracht.

Aber er erinnerte sich an Zeiten, spürte sie noch tief in sich rumoren, als er nur agierte. Schnell und gnadenlos. Er schlug immer als Erster zu, bevor die anderen damit rechneten. *Nicht lang fackeln. Klare Verhältnisse schaffen. Den anderen keine Zeit zum Nachdenken geben.* Gott, hatte sich das gut angefühlt. Bis die Schmerzen nach dem Kampf einsetzten, bis der Adrenalinschub nachließ, bis er seiner Babuschka wieder in die Augen sah. Er las Missbilligung und Angst. Manchmal wirkte sie völlig resigniert. Er wollte sich nicht mehr von ihr verarzten lassen, was sie damals stillschweigend und behutsam tat. Danach zwang sie ihn zu den niedersten Arbeiten. Sie ließ ihn putzen, bohnern. Böden, Teppichleisten, auch das Klo.

Einer der drei Männer kam jetzt auf Viktor zu. Viktor versuchte, seine Tattoos zu lesen. Kirche, vier Kuppeln auf vier Türmen. Vier Verurteilungen. Schlange um den Hals, was für einen Fixer sprach. Nicht früher, sondern aktuell. Es gab so gut wie nichts, was man nicht im Gefängnis bekommen konnte. Das hatte er gehört.

Eine beinahe unheimliche Ruhe kam über Viktor. Er meinte, sich selbst ein- und ausatmen zu hören. Er spürte, wie die Luft über seine Lippen strich. Wie der Atem seine Mundhöhle wieder kühl füllte und seinen Brustkorb hob.

Der Mann lachte ihn breit an. Viktor zählte sechs Zähne aus Metall. Sowjetische Maßarbeit. Mit einer nachlässigen Geste schob er den Fixer aus dem Weg.

Viktor wusste, wie es wirkte, wenn er jemanden berührte. Alles an ihm war hart. Feinmotorisches gelang ihm nicht. Er konnte nur grob zupacken. Wenn er sich bewegte, kannte diese Bewegung nur eine Richtung, ein Ziel. Aus dem Augenwinkel bemerkte er, wie der Mann zur Seite stolperte. Viktor erinnerte sich, wie leicht es war, Menschen aus dem Gleichgewicht zu bringen. Wie sehr er es damals genossen hatte. Dieses mächtige Gefühl. Es fühlte sich so gut an, dass es dem Konsum von Drogen glich. Wenn man sich darauf einließ, wurde man sofort wieder abhängig.

Mit seinem Blick suchte er die beiden Männer vor ihm auf der Pritsche nach Tätowierungen ab. Einer der beiden hatte ein freundliches Gesicht, eingerahmt von anständig geschnittenem braunem Haar. In seiner Oberlippe klaffte ein Spalt. Ein Zahn lag frei. Er erinnerte Viktor an einen amerikanischen Schauspieler. Der Tätowierte trug ein weißes Trägershirt, das eine ansehnliche Oberarmmuskulatur zur Schau stellte. Hier fand Viktor, was er gesucht hatte. Auf jeder Schulter einen Stern. Dieser Mann hatte hier etwas zu sagen.

Viktor ging auf ihn zu. Bevor er sich erheben konnte, griff Viktor nach dessen Hals. Er umfasste ihn wie selbstverständlich und hob den Mann hoch. Es war nicht das erste Mal, dass er diesen Drang verspürte. Wie lange war das her? Erst vor Kurzem unter dem Einfluss von Tabletten in Berlin. In seinen eigenen Diensträumen. Mitten im LKA. Viktor nutzte das Überraschungsmoment, weil keiner der anderen etwas tat. Sie fürchteten den Freak, der jetzt in ihrer Zelle regieren wollte. Der Sternenmann mit dem Lippenspalt zappelte, seine Augen traten leicht hervor. Viktor konnte alle seine verfaulten Zähne sehen. Seine Finger krallten sich in Viktors Arme. Vorsichtig stellte ihn Viktor rechts von sich ab, löste seinen Griff und sah zu, wie der Mann zurückwich und nach Luft schnappte. Als Viktor sich umdrehte, war die Pritsche frei. Viktor setzte sich. Die Männer um ihn herum starrten ihn an wie ein wildes Tier. Er befand sich in einem Zoo, in dem er nur überleben konnte, wenn er das wildeste Tier von allen wurde.

Viktor lehnte sich zurück. *Nicht lang fackeln. Klare Verhältnisse schaffen. Den anderen keine Zeit zum Nachdenken geben.* Reden wurde überschätzt.

Viktor bemerkte, wie bei ihm der Überlebensinstinkt einsetzte. Ein Bulle im Knast. Es war nur eine Frage der Zeit, bis ihn ein anderer Gefangener hier erwischte. Zur falschen Zeit am falschen Ort. Als sie kamen, um ihn zu holen, hatte er sich eine Art »Scheißegal-Haltung« zugelegt. Etwas, das ihn unversöhnlich stimmte. Auf dieser beschissenen Reise, die mit einem Albtraum begonnen hatte und auch so enden würde, in diesem irrlichternden Rechtssystem, auf das Viktor genauso wenig vertraute wie auf den nächsten amerikanischen Präsidentschaftskandidaten. Führten sie draußen schon Krieg? Viktor wunderte sich, wie klein die Probleme der Welt wurden, wenn das Private überlebensgroße Dimensionen annahm.

Als die anderen Gefangenen noch weiter zurückwichen, wusste Viktor, dass er Farbe bekennen musste. Keine Zugeständnisse, kein Zentimeter, schon aus Prinzip. Er verdrängte das Bild seiner Babuschka, das zuverlässig dann auftauchte, wenn er es am wenigsten brauchte. Ihr Gesichtsausdruck machte ihn schwach. Was war mit Siska und Trixi passiert? Hatte man sie auch eingesperrt? Viktor verspürte eine eiskalte Wut, deren Intensität ihn selbst immer wieder überraschte.

Er wehrte sich eine gute Weile und konnte sogar ein paar

Treffer landen. Einer der Aufseher ging zu Boden, ein anderer sank auf die Knie. Er stöhnte und erhob sich auch nicht mehr. Vier andere drängten jedoch nach, er sah, wie weitere Aufseher sich im Laufschritt näherten, hörte ihre Schritte, überdeutlich und laut. Als mehrere auf ihn mit schwarzen Stöcken einprügelten und ihn ein Schlag am Kinn traf, gaben seine Beine nach. Er kam noch einmal hoch, aber alles um ihn herum sah verschwommen aus. Seine Fäuste verfehlten jetzt ihr Ziel.

Einige Schläge später hatten sie seine Hände gefesselt und schleiften ihn über den Gang. Wenn Viktor die Augen öffnete, zeichnete sich jeder Krümel, jeder Rotzfleck, jede Wollmaus wie vergrößert unter einem roten Filter ab. Dazwischen Türen, die wie Vortore zur Hölle mit einem lauten Krachen zuschlugen. Sie wollten ihn in einen Polizeitransporter schieben. Weißes Blech, darauf blaue Schriftzeichen. Viktor bäumte sich auf, aber ein Ellbogen traf ihn im Gesicht. Weil sie ihn festhielten, konnte er nicht ausweichen. Als er wieder zu sich kam, saß er auf einer Holzbank in dem Wagen, der schon fuhr. Er schaute durch vergitterte Fenster, vor denen Moskau vorüberflog. Auf Viktors Zunge ein kupferner Geschmack. Er hätte sich gern das Blut aus dem Gesicht gewischt, es behinderte seine Sicht. Aber Kabelbinder zwangen seine Hände zusammen, sie schnitten in seine Handgelenke ein. Also hielt er den Kopf gesenkt.

Wohin würden sie ihn bringen? Eine halbe Stunde später sollte er es erfahren.

35

Oleg Sukov hatte in den vergangenen fünfzehn Jahren viele kommen und gehen sehen. Mitarbeiter, Kollegen, Kontrahenten, Präsidenten. Er war als Einziger noch immer da. Er sah unwiderstehlich gut aus, hatte ansehnliche Geldbeträge auf einem Luxemburger Nummernkonto geparkt. Er besaß Immobilien in Russland und Übersee. Er hatte eine Frau geheiratet, um die ihn alle beneideten. Sein Sohn bestand auf der Schule jeden Test, galt als außergewöhnlich intelligent. Manche nannten ihn hochbegabt. Sein Job war anspruchsvoll, er forderte ihn jeden Tag. Seine Dienste ließ er sich fürstlich entlohnen. Das wenigste, was er tat, galt als legal. Was war also passiert?

In den vergangenen Tagen hatte sich der Wind gedreht. Menschen starben. Mit dem Besuch der Deutschen fing es an. Es gab Zufälle, und Oleg Sukov hatte schon jede Menge davon erlebt. Aber er glaubte nicht daran.

Sie fuhren die Auffahrt zu seinem Haus hinauf. Bevor ihn der Fahrer aussteigen ließ, betrachtete er seine Nase, die abzuschwellen schien. Die Blutergüsse unter seinen Augen färbten mittlerweile fast seine Wangen ein. Das Blau ging in ein Grün über und wandelte sich in ein ungesundes Gelb. Er sah aus wie das Opfer einer Schlägerei. Unglaublich, dass eine Frau diesen Schaden verursacht hatte. Das hatte er niemandem erzählt.

Tatjana öffnete ihm die Tür. Die Wärme seines Hauses empfing ihn. Dazu dieses göttliche Weib! Sie wirkte angespannt. Sukov küsste sie. Er würde ihr nie etwas abschlagen können. Ihre hohen Absätze klapperten über den italienischen Marmor. Er konnte seine Augen nicht von ihrem Hinterteil abwenden, um das sich ein enger, schwarzer Stoff spannte. Sie zog ihn zu einem Chesterfield-Sofa hin und bat ihn, neben ihr Platz zu nehmen. Er wollte zuerst seine Tasche ablegen, aber sie betonte die Dringlichkeit ihrer Unterredung. Ihre Hand lag auf seinem Bein. Die Fingernägel perfekt manikürt und in einem Rosé lackiert. Aufgeregt und leise erzählte sie, dass Viktor Saizew festgenommen worden sei. Siska und ihre Tochter Trixi habe man wieder freigelassen. Sie seien in einer Wohnung aufgegriffen worden. Er werde es nicht glauben: bei dieser Aufrührerin Zoya Bogdanowa.

Oleg Sukov fühlte sich mit einem Mal hellwach, er richtete sich auf. *Die* Zoya Bogdanowa? Die Leichen durch Moskau kutschierte und auf dem Roten Platz aufbahrte? Die dem Präsidenten die Stirn bot? Was hatte der Besuch ihrer Gäste mit dieser Gegnerin des Staates zu tun?

Tatjana zuckte mit den Schultern. Sie wisse es nicht genau, aber es scheine so, als habe Viktor für sie gearbeitet. Das hätte zumindest seine Freundin Siska gesagt. Und noch etwas: Ob er Mila vorhin auch im Fernsehen gesehen habe? Viktors Großmutter.

Oleg verneinte. Er habe sich im Auto auf dem Heimweg befunden. Diese Nachricht habe ihn noch nicht erreicht, obwohl er ständig die Berichterstattung im Fernsehen verfolgte.

Tatjana klärte ihn darüber auf, dass Mila auf dem Roten Platz in der Menge der Demonstranten zu sehen gewesen sei. Sie habe sogar ein kurzes Interview gegeben. Sie sprach sich für eine Beerdigung dieser Journalistin aus. Ja, sie wisse, wie unglaublich das klinge. Aber genau das sei passiert.

Oleg Sukov schwieg, er musste nachdenken. Was war das für eine Familie, in der sowohl Enkel als auch Großmutter sich wie Wahnsinnige verhielten? War Viktor unter einem Vorwand hierher gereist? Hatten sie ihre Gastfreundschaft missbraucht? Egal wie er es auch drehte. Er spürte, wie kalte Wut ihn packte.

Seine Frau unterbrach seine Überlegungen. »Du musst deine Verbindungen spielen lassen, damit Viktor wieder freikommt. Er ist in Untersuchungshaft.«

Oleg Sukov zwang sich, nicht laut aufzulachen. Diese Verräter retten? Er wollte nichts weniger als Kontakt mit der Polizei. Er hatte natürlich Verbindungen. Mit die besten, die es gab. Er wusste aber auch, dass es um diese Kontakte zurzeit nicht gut bestellt war.

Dieser Viktor war endlich da, wo er hingehörte. Sukov erinnerte sich an das Gespräch, das sie beim Frühstück geführt hatten. Hatte er sich aus Berechnung nach Polina Nikitina erkundigt? Sukov fühlte sich manipuliert. Unbegreiflich, dass das ausgerechnet ihm geschah. Aber hatte nicht er diese Familie als Gäste eingeladen? Sie hatten sich nicht aufgedrängt.

Ihn verärgerte es, dass er die Zusammenhänge nicht verstand. Dass er sich kein klares Bild machen konnte, dass dieser Besuch sich als trojanisches Pferd entpuppte, dessen Inhalt sich zuverlässig gegen ihn richtete. Wieso sollte er Viktor helfen? Nur weil sein Sohn ihn mochte? Weil er der Kollege der leiblichen Mutter seines Sohnes war? Weil seine eigene Frau ihn ansah mit dieser Hoffnung im Blick, als könne er alles für sie tun? Ein Kind kaufen, den reinsten jemals geschliffenen Smaragd für sie in eine Halskette einarbeiten lassen, Menschen aus Gefängnissen freipressen.

Der Witz bestand darin, dass in Russland beinahe alles möglich und alles käuflich war. Aber wollte er kaufen? Angebot und Nachfrage. Er beruhigte seine Frau, indem er ihre Schultern streichelte. Er würde sehen, was sich machen ließ.

Oleg Sukov bemerkte, wie ein Gewicht auf seiner Brust lastete. Er hatte keine Ahnung, wie er es seiner Frau sagen sollte. Aber eines wurde ihm zunehmend klar: Sie mussten das Land verlassen. Petja, er und sie. Er interessierte sich nicht im Geringsten für die Ausländer. Vielleicht würde er sich für sie interessieren, wenn er den Kontext verstand. Was wollten sie in Moskau? Hier ging es um mehr. Seine Familie musste fliehen. Am besten sofort. Aber heute Abend hatte er noch einen wichtigen Termin. Er dachte an seine Waffe und an Munition. Sie konnten morgen packen.

Vorausgesetzt, es war bis dahin noch nicht zu spät.

36

Komarow schnitt Viktors Handfesseln mit einem Taschenmesser durch, das er danach sorgfältig zusammenklappte und wieder einsteckte. Er ging zu seinem Schreibtisch, entnahm der quietschenden Schublade ein Stofftaschentuch, das er Viktor reichte. »Ich verstehe nicht, warum Sie sich so stur benehmen.«

Viktor wartete, bis das Blut allmählich wieder durch seine Handgelenke pulsierte. Wie der Schmerz sich in etwas Stechendes verwandelte. Er betrachtete die roten Striemen, die seine Haut wie rote Armbänder zeichneten, erhob sich langsam, ging zu einem Waschbecken, dessen Porzellan von einem dunklen Riss durchzogen war. Es hing in einer Ecke dieses trostlosen Zimmers. Er drehte das Wasser auf und wusch sich das Gesicht. Blut rann in den Abfluss. Viktor spürte, wie eine Schwellung an seinem Kinn wuchs. Sein rechtes Augenlid wollte sich nicht öffnen lassen. *Kleinigkeiten. Nicht der Rede wert.* Den Spiegelblick vermied er. Wenigstens das hatte er in den vergangenen Monaten gelernt. Mit dem Taschentuch trocknete er sich das Gesicht ab. Schweren Schrittes ging er zurück zu dem Stuhl, auf den man ihn gesetzt hatte. Weil er daneben stehen blieb, sagte Rustam Komarow: »Setzen Sie sich!«

Viktor überlegte, ob er dem Polizisten einen unnötigen Vorteil verschaffte, wenn er dem Befehl folgte. Doch seine Wut schwelte nur noch, und er bemerkte, wie die Glut langsam verlosch. Er fühlte sich unendlich müde, also nahm er Platz.

»Sie sehen furchtbar aus.«

Viktor konnte den Satz nicht mehr hören. Er wusste nicht, was ihn mehr verärgerte: dass jemand die Tatsache laut aussprach oder dass jemand sie ständig wiederholte. Viktor sah den russischen Polizisten an. Er harrte der Dinge, die da kommen würden. Verhöre konnten ewig dauern. Es nannte sich so lange Befragung, bis mehr daraus wurde. Eine Vernehmung oder ein Verhör. Er musste feststellen, dass er sich schon im Vorfeld des noch Kommenden verausgabt hatte. Viktor wartete auf die erste Frage. Auf ein erstes Signal. Vorher würde er schweigen. Vielleicht sogar danach.

Aber Komarow blieb wie er stumm. Zwei Ringer, die sich begutachteten, beobachteten und abschätzten. Komarow saß ruhig auf seinem Stuhl. Kein Bürostuhl, nur ein Holzgestell, vier Beine. Der Polizist hatte seine Handflächen aneinandergelegt. Sein vogelartiges Gesicht wirkte völlig ausdruckslos. Viktor nahm den Wandanstrich hinter ihm wahr. Ein Grün, das er bereits von Leonid Breschnews Arbeitsplatz aus St. Petersburg kannte. Seit wie vielen Jahren hatte hier niemand renoviert? Über Komarows Kopf das Bild des russischen Präsidenten Nowikow. Diesmal fiel es Viktor sofort auf. Kolja, Zoya, wie er sie vor nur wenigen Tagen einfach begleitet hatte. Ein Wagnis. Viktor kam nicht umhin, festzustellen, dass seine Chancen heute schlecht standen. Was war aus ihr geworden, aus Zoya, der diebischen YouTuberin? Viktor begriff, dass er zu viele Probleme hatte, um sie auf einmal lösen zu können. Er würde sie abarbeiten, eines nach dem anderen.

Optimismus. Viktor konnte sich nicht erklären, woher die Regung kam. Niemand hatte weniger Gründe, optimistisch zu sein, als er. Sein schlimmster Albtraum hatte sich in Realität verwandelt. Er saß in einem russischen Gefängnis. Ein russischer Beamter hatte es auf ihn abgesehen. Viktor unterdrückte die aufkommende Welle der Hoffnungslosigkeit. Als kontrolliere ein Mann, der mit einem Felsen aus dem Flugzeug sprang, die Situation.

Viktors eigene Räumlichkeiten beim LKA galten intern als Produkt eines jahrelangen Sparprogramms, das jegliche Neuanschaffung im Keim erstickte. Im Vergleich zu diesem Zimmer, dem darin stehenden Metallungetüm eines Schreibtisches aus einer anderen Zeit, dem spärlichen Inventar, das noch aus Sowjetzeiten zu stammen schien, kam ihm sein eigener Status protzig vor. In diesem Büro verrichtete jemand seine Arbeit so wie er.

Viktor verstand den Zusammenhang zwischen Reichtum, Armut und Korruption. Diese Räumlichkeiten gehörten nicht einem, der von dem System profitierte. Hier arbeitete jemand, der keine guten Verbindungen zu haben schien. Oder jemand, der es geschickt zu verbergen wusste.

Viktor dachte an Finder, den einen korrupten Beamten des LKA, dem er das Handwerk legen konnte. Auch Finder hatte im Verborgenen gewirtschaftet, Geld gescheffelt und wirkte dennoch wie ein armer Wicht. Komarow vertrat den russischen Polizeiapparat, aber man sah es ihm nicht an. Viktor wusste nicht, was ihm diese Erkenntnis sagen wollte. Ob sie ihn beunruhigte oder er ihr misstraute.

Jetzt hätte er den Polizisten gern etwas gefragt. Warum er hier war, was er, Komarow, von ihm verlangte, warum er sich überhaupt die Mühe machte? Worauf warteten sie hier in diesem tristen Raum? Und warum roch es nach Asbest?

Die Minuten vergingen, und Viktor würde nicht nachgeben. Er hatte dieses Spiel zu oft gespielt, auch wenn er heute auf der anderen Seite des Brettes saß. Komarow wusste es noch nicht, aber Viktor galt als ungekrönter Meister dieses Spieles. Müdigkeit überfiel ihn hinterrücks. Er atmete tief durch, bildete sich ein, wie der Sauerstoff ihn belebte.

Zeitgleich mit der sich öffnenden Tür stellte Viktor fest, dass noch ein weiterer Stuhl in Komarows Büro auf jemanden wartete. Unbesetzt und leer. Jetzt begriff er auch, warum. Viktor hatte mit einem neuen Schlägertrupp gerechnet, mit einer Gegenüberstellung, einem Zeugen, der ihn erkennen und entlarven würde. Wegen irgendeines Verbrechens, Totschlag, Mord. Mit wem er nicht gerechnet hatte, war die Frau, die den Raum betrat. Sie wirkte ernst und gleichzeitig voller Energie.

Viktor bildete sich viel darauf ein, unerschütterlich zu sein, auf die Fähigkeit, nicht gefühlsbetont zu reagieren, sondern die Dinge auf sich wirken zu lassen, sie anzunehmen, ohne schnell zu urteilen, sie zu betrachten wie etwas, das er zum ersten Mal interessiert betrachtete. Kaum etwas Menschliches konnte ihn aus der Fassung bringen.

Aber jetzt grüßte ihn seine Berliner Kollegin höflich. So als begegneten sie sich in ihrem gemeinsamen Büro beim LKA. Lopez in Zivil. Lopez in Reisekleidung. Lopez aus Fleisch und Blut.

In diesem Moment hätte Viktor fast vor Erleichterung geweint.

Rustam Komarow erhob sich. Lopez reichte ihm die Hand. »Freut mich, dass wir uns endlich persönlich kennenlernen«, sagte sie auf Englisch.

»Die Freude ist ganz meinerseits«, antwortete Komarow mit breitem russischem Akzent.

Viktor konnte sich die Situation nicht erklären, aber er

wunderte sich, wie höflich die beiden miteinander verkehrten. Wie lange kannten sie sich schon? Jahre? Als steige er, Viktor, gerade mitten in eine Kinovorführung ein, deren einleitende Szenen er komplett verpasst hatte. Deren Geschichte er sich zusammenreimen musste, so gut es eben ging.

Lopez wirkte nicht nervös, höchstens leicht angespannt. Jetzt schaute sie ihn an. Wie ein Wolkenschatten huschte etwas über ihr Gesicht. Sorge, Entsetzen, Überraschung. Vielleicht auch nichts von alledem. Sie umarmte ihn nicht, reichte ihm nicht die Hand. All das hätte nicht zu ihrer Verbindung gepasst. Bedingungsloses Vertrauen gepaart mit maximaler körperlicher Distanz. Viktor wurde in diesem Moment, in dem er sich zutiefst verletzlich fühlte, klar, dass ihr Abstand einem Sicherheitsabstand glich.

Lopez ging, ohne ihn aus den Augen zu lassen, um ihn herum. Sie setzte sich neben ihn. Sie agierte wie eine Schauspielerin in einem Theaterstück. Viktor starrte derweil vor sich auf den rissigen Linoleumbelag, auf seine verschlissenen Schuhe. Wenigstens die hatte man ihm gelassen. Seine eigene Kleidung hatten sie sichergestellt. Er trug ein kratziges Hemd und eine steife Jacke, die nach Dachboden roch. Trotz dieser falschen Haut genoss er das Gefühl: Er war nicht mehr allein.

»Wie geht es dir?«, fragte sie leise.

»Ging mir schon schlechter«, sagte er gewohnheitsgemäß, »vor circa einem halben Jahr.« Er drehte den Kopf, um ihr ins Gesicht zu sehen.

Ein fast unsichtbares Lächeln umspielte ihre Lippen. Gut oder schlecht war eben immer eine Frage der Relation.

»Ich war es nicht«, sagte Viktor.

»Ich weiß«, sagte Lopez.

Sie schwiegen. Mehr zu sagen gab es nicht.

Wie jemand, der einen stillen Dialog unterbrach, schaltete sich Komarow ein. »Ich glaube auch nicht, dass Sie es waren«, sagte er auf Russisch.

Viktor konnte nicht mehr viel überraschen, aber diese Aussage brachte ihn tatsächlich aus dem Gleichgewicht. Lopez sah ihn fragend an. Viktor bemerkte das babylonische Sprachgewirr. So wie der russische Ermittler sich auf das von ihnen Gesagte bezog, wurde Viktor klar, dass Komarow Deutsch zumindest rudimentär verstand. Er hatte seinen Landsmann unterschätzt. Seine eigenen Landsleute. Zoya Bogdanowa und dieser Polizist. Beide waren Kosmopoliten, so viel mehr als Lopez und er.

»Pochemu?«, fragte Viktor. Warum?

»Sie mögen ein Idiot sein, krank und kaum zurechnungsfähig, aber nicht einmal Sie würden die Mordwaffe bei sich tragen«, sagte Komarow.

»War es überhaupt die Mordwaffe?«

Komarow nickte. »Unsere Spezialisten konnten die Waffe mit den Spuren vergleichen, die wir von Ihnen« – er blickte zu Lopez – »sowie im Fall von Wiatscheslaw Maximow und Juri Boltanow hatten. Volltreffer.«

Viktor übersetzte. Er teilte Lopez außerdem mit, dass Komarow auch Deutsch verstand. Lopez hob nur erstaunt die Augenbrauen.

»Wir müssen über Waffen reden«, sagte Komarow in gebrochenem Deutsch.

Lopez und Viktor schauten sich an, weil beide die gleiche Frage auf den Lippen gehabt hatten.

Die Antwort nahm Komarow ihnen ab: »Wir werden ab sofort zusammenarbeiten.«

Komarow stellte diese Tatsache einfach fest. Er fragte nicht danach, er forderte. Viktor vermochte das kaum zu glauben. Dieses Gespräch nahm nicht im Entferntesten den Verlauf, den Viktor erwartet hatte. Viktor fragte sich, ob Komarow nur taktierte. Ob er sie beide gewogen stimmen wollte, um sich danach wieder gegen sie zu stellen? Zusammenarbeit kam in seinen Überlegungen einfach nicht vor. Er war der Gejagte, Komarow der Jäger. Warum benahm sich Komarow nicht so? Also fragte er: »Warum haben Sie mich dann festgenommen?«

»Weil Sie einen sehr guten Schuldigen abgeben.«

Viktor konnte das nicht bestreiten. Komarow hatte recht.

»Ich brauche einen Sündenbock. Ich muss dem Leiter meiner Behörde Bericht erstatten. Im Zweifelsfall kommen Sie mir als Täter gerade recht.«

Viktor fand den Pragmatismus des Kollegen beeindruckend. Komarows Rückschlüsse klangen überraschend einfach, auch wenn sie ihm nicht zusagten.

»Wenn wir nicht gemeinsam zügig zu Ermittlungsergebnissen gelangen«, sagte Komarow, »liefere ich Sie ans Messer. Ich verliere nämlich langsam die Geduld mit diesem Fall.« Rustam Komarow ließ die Nachricht sacken. »Und mit Ihnen, Herr Saizew, sowieso.«

Damit stand er auf und verließ wortlos den Raum.

37

Die anderen betrachteten Zoya Bogdanowa, als käme sie direkt von einem fremden Stern. Was daran lag, dass sie Zigaretten und ein Handy besaß, obwohl man ihr alle persönlichen Gegenstände abgenommen hatte. Eine Aufseherin hatte sie in eine weitere Zelle verlegt, in der nicht mehr zwanzig, sondern nur noch fünf Frauen warteten. Sie hatte ihr auf dem Weg dorthin Handy, Kippen und Feuerzeug zugesteckt. Zoya wollte ablehnen, weil sie Repressalien befürchtete. Aber die Aufseherin schüttelte den Kopf. Danach ignorierte sie Zoya, als wäre sie Luft. Zoya steckte die Gegenstände wortlos ein.

Die Zellentür schloss sich hinter ihr. In dem gemauerten Raum befanden sich die anderen Insassinnen. An die Gitterstäbe gelehnt, auf dem Doppelbett sitzend, zwei unten, eine oben und eine auf dem Boden kauernd. Zoya suchte noch nach einem freien Platz, wo sie bleiben konnte. Alle guten Plätze waren bereits besetzt. Durch ein vergittertes Fenster fiel mattes Licht, das helle Streifen auf den Boden malte. Die Wände hatten Flecken auf unzähligen Anstrichen, die alte Flecken und Reparaturen verdecken sollten. Verschiedene Schriften, schwarze Striche, Skizzen, obszöne Wörter wie auf einer Toilettenwand.

Hinter einer halbhohen Trennmauer vermutete Zoya die Latrine. Unverkennbar, der Geruch.

Sie zündete sich zuerst eine Zigarette an und sog gierig an ihr. Die anderen beobachteten den Rauch, der von Zoyas Lippen aufstieg. Danach ging sie zu der Trennmauer, als das Handy in ihrer Tasche vibrierte. Ein beinahe irrealer Ton, der jeder auffiel, obwohl er kaum zu hören war. Die Blicke der Frauen klebten an Zoya. Die Frau, die am Boden saß und leise weinte, schaute auf, nur um für einen Augenblick später wieder den Kopf zu senken. Die anderen nahm Zoya kaum wahr, weil sie hektisch nach dem Gerät suchte. Als sie es fand, offenbarte sich der Blick auf den Ort hinter der Trennwand: angeschlagene Keramik, frische Exkremente, nur wenig Wasser, das in der Schüssel stand. Kein Deckel. Zoya versuchte, flach zu atmen, und las, was auf dem Display stand. »Ich liebe dich.«

Kolja. Er konnte alles. Er hatte ihr dieses Gerät besorgt. Hinter Gefängnismauern konnte man Königin sein, wenn jemand dafür bezahlte. Ihr hatten sie alles abgenommen, aber Kolja saß an der Quelle, die nie zu versiegen schien. Er schrieb ihr. Trotzdem hatte sie sich nie hoffnungsloser, leerer als nach diesen drei Wörtern gefühlt.

Kolja war machtlos, das sagte er damit. Sonst säße sie nicht hier. Genau das spürte sie. Endgültig und final wie in dem Moment, als die Männer sie die Treppe hinunterschleppten und ihn, den Sohn des mächtigsten Mannes im Staat, einfach ignorierten, als sei er durchsichtig. Sie erlebte diese Gewalt zum zweiten Mal. Ein Trauma, das sich wiederholte. Genauso brutal und überraschend wie beim ersten Mal. Diese Demütigungen. Sie hörten niemals auf. Die Aschesäule an ihrer Zigarette wuchs.

Zoya las: »Das Handy gehört jetzt dir. Sie werden es dir nicht wegnehmen.«

Dann: »Ich werde dir alles besorgen, was du brauchst.«

Danach: »Du kannst alles haben.«

Alles, nur die Freiheit nicht, dachte Zoya. Sie wartete auf die entscheidende Information, die er zurückhielt. Sie ahnte schon, was ihr bevorstand.

Kolja schrieb: »Mein Vater weigert sich, dich wieder freizulassen.«

Danach: »Ich habe alles versucht.«

Langsam breitete Kolja seine Gedanken vor ihr aus, SMS für SMS.

»Wirklich alles.«

»Er will den Roten Platz räumen lassen.«

»Zur Not auch mit Gewalt.«

Asche fiel neben ihr zu Boden, sie nahm einen letzten Zug. Zoya bemerkte, wie ihre Finger zitterten, als sie schrieb: »Lass mich!«

Sie starrte auf das Display, auf dem sich keine Buchstaben materialisieren wollten.

Endlich schrieb er: »Niemals!«

Zoya Bogdanowa würde nicht weinen. Sie hatte genug geweint. Ihre Tränen waren in einem kühlen, weißen Bett in einem kalten Raum versiegt. Sie hatte einen Finger und ihre Haare verloren. Danach verschwand auch die Traurigkeit. Die Verzweiflung war ein Stein, trocken und hart. Ihre Finger hörten auf zu zittern. Sie wusste nicht mehr, was sie schreiben sollte. Also unterließ sie es. *Lass mich. Niemals.* Sie drückte die Zigarette an der Latrinenwand aus, bevor sie sich die Finger daran verbrannte. Als sie das Gerät wegstecken wollte, ging noch eine Nachricht von Kolja ein: »Lieber sterbe ich.«

»Ich weiß nicht, wie viel Zeit wir haben.«

Viktor verstand, was Lopez damit meinte. Ihr Gespräch durfte nicht zu lang dauern. Sie mussten sich auf das Wesentliche beschränken. Aber was war das Wesentliche? Komarow hatte den Raum verlassen, um ihnen die Möglichkeit für ein Gespräch zu geben. Warum? Wieso? Viktor gewöhnte sich langsam daran, mehr Fragen als Antworten zu haben. »Wie geht es dem Baby?« Das Kind kam ihm als Erstes in den Sinn. Dass es seinen Namen trug, erschien ihm immer noch wie ein gelungener Twist des Schicksals.

»Es schreit sehr viel.«

Viktor nickte. Ansonsten hörte er immer nur von braven Kindern. Er hatte diesen erschöpften Eltern nie geglaubt. »Und wie geht es dir?«

Lopez schien zu überlegen. Es gab viel zu sagen, zahlreiche Antworten, aber die Gelegenheit schien ungünstig. Ihre Brüste fühlten sich so heiß an, als ob sie explodieren wollten. Sie musste die Milch ausstreichen. Diese hinterhältige Natur! Was nicht zu bewältigen war, vertagte man. »Frag mich das noch mal, wenn wir beide im Flieger nach Berlin sitzen.«

Lass uns loslegen, dachte er.

Lopez setzte sich so, dass sie Viktor direkt ansehen konnte. Hier in einem heruntergekommenen Büro in der Mitte

Moskaus, achttausend Kilometer von ihrer Heimatstadt entfernt. »Ich wiederhole«, sagte Lopez. Die Buchhalterin des Todes, wenn es um Zahlen und Fakten in Mordfällen ging.

Viktor verspürte einen vertrauten inneren Kitzel, ein Wohlbefinden, das andere Menschen vermutlich nie verstehen würden. Das er selbst nicht verstand. Er und Lopez, seine Kollegin, befanden sich in ihrem ureigensten Element. Eine Ermittlung. Glück, Berufung oder Perversion?

»Dieselbe Mordwaffe«, fuhr Lopez fort. »Drei Opfer. Ab jetzt können wir von einem Mehrfachtäter sprechen.«

Viktor hakte nicht ein, weil er zustimmte.

»Eine Journalistin, ein Schriftsteller, ein … was eigentlich? Wer war dieser Juri überhaupt?«

Viktor dachte nach. »Er war drogenabhängig. Schon seit langer Zeit.«

»Ungewöhnlich, dass ihm die Kehle durchgeschnitten wurde.«

»Nein«, sagte Viktor, »der Täter benötigte das Blut.«

»Dann wurde Juri nachträglich noch erschossen?«

»Um ein Zeichen zu setzen.« Anders wusste Viktor das nicht zu erklären. »Er wohnte bei Zoya Bogdanowa. Ich habe ihn nie dort getroffen, aber er scharwenzelte auch um Pola Paradies herum.«

»Um wen?« Lopez hob die Augenbrauen.

»Ein Transvestit. Hauptdarstellerin einer Vorführung, die im Lumos-Theater läuft. Ich traf ihn da.«

»Seit wann besuchst du irgendwelche Shows?«

Viktor richtete sich auf. »Varieté. Touristenprogramm. Die Sukovs haben uns dazu eingeladen.«

»Davon hast du mir nichts erzählt.«

»Wie sollte ich?«, fragte Viktor. »Ich wurde am Flughafen festgehalten, nach einer Schießerei im Theater überfallen. Danach wieder verhaftet. Ich hatte nicht viel Zeit.«

»Du hast aus deinem Urlaub echt was gemacht.«

Viktor ignorierte die Ironie.

»Was für eine Schießerei?«, fragte Lopez jetzt.

»Kein Mord«, sagte er, als ob das die einzige Kategorie darstellte, in die er Ereignisse unterteilte. »Jemand feuerte während der Vorstellung aus einem Gewehr. Nur ein Mal. Pola bekam einen Streifschuss ab.«

»Irgendwelche Ergebnisse?«

»Leider nicht mein Fall«, erwiderte Viktor.

»Wir müssen Komarow danach fragen. Passagierlisten«, sagte Lopez unvermittelt.

»Wie bitte?«, fragte Viktor.

»Die Passagierlisten, die ich überprüft habe. Dreimal darfst du raten, wer am Tag von Polina Nikitinas Ermordung nach Berlin geflogen ist.«

Viktor sah Lopez fragend an.

»Eine Künstlertruppe des Lumos-Theaters. Sie reisten zu einem Gastspiel im Friedrichstadt-Palast.«

»Stopp«, sagte Viktor. Er brauchte Zeit zum Nachdenken.

»Ich habe die ganze Zeit nach einer Verbindung zwischen Berlin und Moskau gesucht«, sagte Lopez aufgeregt. »Das muss sie sein.«

»Ich war mit Pola und Juri in dieser Bar. Pola kennt auch Zoya Bogdanowa.«

Lopez klatschte vor Freude in die Hände. »Perfekt. Könnte nicht besser sein.« Viktor wusste, dass Lopez es liebte, wenn die Dinge auf einmal Sinn machten. Wenn das Mosaik ein Bild ergab. Viktor konnte noch kein Muster erkennen. Verständlich, weil er sich zu nahe vor dem Gemälde befand.

»Aber warum wurde dann auf Pola Paradies geschossen?« Für Viktor wirkte das immer noch absurd.

»Ein misslungener Mordversuch?«

»Andere Waffe, anderes Geschoss«, hielt Viktor dagegen. »Keine Pistole, ein Gewehr.«

»Könnte auch ein Ereignis unabhängig von der Serie sein«, schlug Lopez vor.

Sie schwiegen, dachten nach.

»Aufgabe sollte sein«, sagte Lopez, »die Hintergründe aller Beteiligten zu durchforsten. Wer besitzt Waffen? Wer hatte Zugriff darauf?«

»Bringt uns zurück zu der Jarygin PJa«, sagte Viktor. Mehrere Menschen, hingerichtet mit einer bestimmten Waffe. Bedeutungslos wirkte das nicht. »Komarow ist im Besitz der Mordwaffe. Bedeutet es, dass das Morden jetzt aufhören wird?«

»Gute Frage«, sagte Lopez. »Vielleicht diente der Verlust der Waffe auch nur einem praktischen Zweck.«

»Welchem?«, fragte Viktor, weil sie es von ihm erwartete.

»Dich ans Messer zu liefern. Du bist ein idealer Kandidat.«

Als Opfer »ideal« zu sein gefiel Viktor nicht. Genauso wenig wie die Tatsache, das von Lopez zu hören. Widerstand regte sich in ihm, so müde er auch war. »Noch mal alles auf Anfang«, sagte er. »Polina Nikitina. Was weißt du über sie?«

Lopez erzählte ihm von dem Leichenschwund, von der ergebnislosen Suche, von den Bildern der Überwachungskamera. Viktor wollte die Bilder sehen. Lopez zog ihr Handy aus der Tasche und zeigte Viktor das Foto, das Detlev vergrößert hatte.

»Das ist Juri!«, sagte Viktor, Überraschung ins Gesicht gemalt. Noch vor kurzer Zeit hatte er in dessen Blut gelegen.

Es wurmte Viktor, dass jemand ihn benutzte. Er fühlte sich verfolgt. Warum hatte er nichts bemerkt? Er konnte sich an nichts erinnern. Unmöglich, dass er zu etwas Derartigem wie Mord fähig war. Aber was im Dunkeln lag, musste ergründet werden. Viktor wollte es sich nicht eingestehen, doch er fürchtete sich vor dem, was dort noch lauerte. Unglaublich, wie dicht jemand dieses Netz gesponnen hatte. Obwohl sein gesamter Körper schmerzte, verspürte er eine Nervosität, die ihm Auftrieb verlieh.

»Du meinst den Toten?«, fragte Lopez.

Viktor berichtete ihr, wie er sich nach dem Barbesuch unwohl gefühlt hatte, wie er in einer Blutlache aufwachte. Wie er auf einer Pistole lag. Wie er sie an sich nahm. Wie er geflohen war. Wie man kurz danach Juri in einer Seitenstraße fand. Kopfschuss, wie bei den anderen Opfern. Wie Komarow Zoyas Wohnung gestürmt hatte, wo er ihn, Viktor, vermutete. Juri hatte dort gewohnt. Wie alle festgenommen wurden und nur Kolja verschont blieb.

Sie dachten beide darüber nach, warum der ermordete Fixer in Berlin Leichen stahl. Und warum er dafür Tage später mit seinem Leben bezahlte.

»Wer ist Kolja?«, fragte Lopez.

»Glaubst du nicht«, sagte Viktor. Er deutete auf das Porträt, das über dem Arbeitsplatz von Rustam Komarow hing. Lopez riss überrascht die Augen auf. Der Sohn des Präsidenten? Boyfriend von Zoya Bogdanowa? Viktor glaubte sich selbst nicht mehr. Das Leben, das er führte, glich der Erfindung eines Schriftstellers, einer verdammten Illusion.

Lopez lehnte sich im Stuhl zurück, streckte die Beine weit von sich, sah an die Decke, fuhr sich mit den Fingern über das Gesicht. Sie stöhnte. »Wo bist du da nur hineingeraten, Viktor?«

In etwas Privates, Großes, Fremdes? In einen Strudel, der ihn mit sich riss? In eine Vorhölle, aus der es kein Entkommen gab?

Lopez setzte sich wieder aufrecht hin, rückte ihren Stuhl

nahe an Viktors heran. Vertraulich beugte sie sich zu ihm hin. »Was ich allerdings nicht verstehe«, sagte sie leise, »ist die Rolle, die Komarow bei alldem spielt.«

Viktor hatte sich bis dahin kaum gerührt. Er hatte selbst darüber nachgedacht.

»Warum locht er dich nicht einfach ein? Jemand hat ihm einen Täter auf dem Silbertablett serviert.«

»Einen deutschen Polizisten?«, fragte Viktor.

»Einen vorbestraften Russen«, widersprach Lopez. Jede Medaille hatte zwei Seiten. Mindestens.

»Aber wer?« Mörder. Viktor wurde schlagartig klar, dass Lopez von ihm sprach. »Etwas hat sich verändert«, sagte er.

»Allerdings. Wir stehen kurz vor einem Krieg.«

Viktor fragte sich, ob sie einen Atomkrieg meinte, einen Bürgerkrieg oder seinen ganz eigenen Kampf, den er nicht verlieren wollte. Die Welt hatte sich verändert, seitdem er sie bereiste. »Komarow steckt bereits mittendrin.«

»Wie meinst du das?«, fragte Lopez.

»Seit dem Mord an Juri. Vorher hat er nur seinen Job gemacht, aber jetzt …«

Lopez sah ihn an.

»… ist es etwas Persönliches.« War das nicht Lopez' Satz, den er da formuliert hatte?

Lopez runzelte die Augenbrauen. »Das ist verdammt wenig für einen Mann, der im Trüben fischt.« Sie meinte Viktor damit.

»Schwimmt«, korrigierte Viktor sie. Er dachte an den See aus Blut. »Und noch etwas. Ich glaube, dass Komarow uns etwas verheimlicht.«

»Und was …?«, fragte Lopez spöttisch.

»Das«, ergänzte Viktor, der eine Ahnung hatte, »wird er uns gleich selbst sagen.«

38

Komarow sah auf die Uhr. Er würde ihnen noch zehn Minuten geben. Bis dahin würden sie die wichtigsten Informationen austauschen. Seine Strategie war schlicht: mehr Personal, schnellere Ergebnisse. Die Hierarchie verlangte es, dass er jemandem auskunftspflichtig war. Jemandem, der sich mehr für schnelle als für korrekte Resultate interessierte. Erfolge spielten eine große Rolle in dem Russland, dem alle zu neuer Größe verhelfen wollten. Jeder hatte daran seinen Anteil, so gering er auch erschien. Hätte Viktor Saizew ihn gefragt, wie viele Männer auf diesen Fall angesetzt worden seien, hätte er wahrheitsgemäß antworten müssen: einer, nämlich er selbst. Gespart wurde am Personal, besonders wenn es um sensible Informationen ging. Sein Vorgesetzter stellte lieber vorübergehend ein Sondereinsatzkommando auf, als dauerhaft eine ausreichende Anzahl an Polizisten auf einen Fall anzusetzen.

Momentan wurden ohnehin alle Kräfte am Roten Platz gebündelt. Diese Demonstration forderte volle Aufmerksamkeit der Ordnungskräfte. Beinahe jeder Polizist Moskaus war dort unterwegs. In Mannschafts- und Polizeiwagen, in Uniform oder Zivil.

Der Präsident hatte eine Maxime ausgegeben: Nieder mit den Demonstranten! Egal wie das geschah. Keiner verstand, warum ihn die Kundgebung so aufbrachte. Natürlich war es undenkbar, dass eine Frau den Roten Platz für antirussische Propaganda missbrauchte. Aber Nowikow hätte einlenken können. Ein Begräbnis für eine Journalistin. Er war schon sonderbarere Kompromisse eingegangen. Ausgerechnet dieses eine Zugeständnis hätte ihm die Gunst des Volkes eingebracht.

Natürlich wusste Komarow von der Verbindung von

Nowikows Sohn mit der aufmüpfigen Zoya Bogdanowa. Worauf man sich immer verlassen konnte: Kinder taten genau das, was ihren Eltern missfiel. Jeder wusste, dass Nowikow diese Beziehung missbilligte. Aber Nowikow liebte seinen Sohn abgöttisch, der, wäre er nicht gehörlos gewesen, als Nachfolger gehandelt worden wäre. Warum der Präsident sich selbst so im Weg stand? Warum er den gewaltsamen Konflikt heraufbeschwor? Er demonstrierte Stärke, aber wem gegenüber und wofür?, fragte sich Rustam Komarow. Während Großbritannien sich mit Pakistan maß, ruhte Russland dazwischen wie ein Fels. Jetzt einen inneren Konflikt zu pflegen schien kontraproduktiv.

Als sein Diensthandy klingelte, zögerte Komarow, den Anruf anzunehmen. Ihm lief die Zeit davon. Er musste die Faktenlage sortieren. In seinem Büro unterhielten sich die beiden Deutschen schon viel zu lang. »Komarow«, meldete er sich. Er lauschte der Stimme am anderen Ende der Leitung, richtete sich automatisch auf. Weil Hierarchien Gehorsam einforderten, zumindest, wenn man unten stand. Er bestätigte, erklärte sich kurz, hörte und stimmte zu. Er durfte nichts anderes wagen. Natürlich, selbstverständlich, ja. Es folgte eine Einladung, die Komarow eher als Befehl verstand.

Er hatte noch nie ein ähnliches Telefonat geführt. Es überfiel ihn aus heiterem Himmel. Unmöglich, dass das hier gerade geschah. Es musste einen Grund geben. Eine Verbindung, die er noch nicht verstand. Er hätte gern gefragt, warum man gerade ihn kontaktierte, warum nicht sein Vorgesetzter Rede und Antwort stehen musste. Aber diese Fragen zu stellen stand ihm nicht zu. Diese Angelegenheit war groß und wuchs mit jeder Minute. Komarow begriff, dass sie ihm womöglich bereits über den Kopf gewachsen war. Und so bestätigte er nochmals, was er bereits zugesichert hatte: »Ich werde da sein. Heute. Zwanzig Uhr.«

Er legte auf mit dem sicheren Gefühl, dass sich eine Schlinge um seinen Hals zuzog, von deren Existenz er nichts gewusst hatte.

Zwei Stunden später saß Lopez in einem anderen Raum der Polizeidirektion am Leningradsky Prospekt. Wie selbstverständlich hatten Komarow und Viktor sie vorgeschickt. Ein Gespräch unter Frauen, hatte Komarow es genannt. Viktor wollte, dass Lopez seine Auftraggeberin kennenlernte. Nichts ging über persönlichen Kontakt. Er selbst fand sich zu verhängnisvoll verstrickt.

Lopez hatte sich auf einer gelbfarben gefliesten Toilette die Muttermilch aus den Brüsten gestrichen. Die helle Flüssigkeit rann vor ihren Augen in den Abfluss des Waschbeckens. Die Tränen schossen ihr in die Augen. Unterdrückt verfluchte sie die Mutterschaft. Sie verfluchte Viktor und Komarow. Sie fluchte, bis ihr niemand mehr einfiel, den sie verfluchen konnte, dachte an das Baby und seinen himmlischen Geruch. Danach zog sie ihre Bluse zurecht und atmete tief durch.

Wieder in einem anderen Raum, starrte sie auf vergilbte Wände, die einst grün gestrichen worden waren. Ein Grün, wie sie es aus anderen Amtsstuben kannte. Leonid Breschnew schlich sich kurz in ihre Wahrnehmung ein. Ärmel hochgeschoben, Knöpfe, die überall am Stoff spannten, ein joviales Lächeln auf dem Gesicht. Lopez verdrängte das Trugbild. Nahm den Linoleumboden wahr, bemerkte an der Decke Leuchtstoffröhren.

Ein Lüftchen bewegte Spinnweben wie einen Hochzeitsschleier hin und her. Das Fenster vergittert, Rahmen, die verzogen sein mussten, was den Luftzug erklärte, der keine Gemütlichkeit aufkommen ließ. Lopez bemerkte einen stechenden Geruch in der Luft. Eine chemische Note, die ihr Übelkeit verursachte. Natürlich hatten Viktor und Komarow sie vorgeschickt. Sie wollten nicht hier sein. Also führte sie es: ein Gespräch von Frau zu Frau.

Sie musste zugeben, dass der Auftritt gelungen war. Zoya Bogdanowa wurde in Handschellen hereingeführt. Als ein Polizist sie ihr abnehmen wollte, weigerte sie sich. Sie warf den Kopf zurück, ein paar Strähnen ihres wasserstoffblonden Haares flogen durch die Luft. Den Kopf hatte sie sich teilweise rasiert. Löcher in Ohrläppchen, Nase, Lippen und Augenbrauen. Man hatte sie gezwungen, die Piercings abzulegen.

Lopez sah, wie der russische Kollege Zoya Bogdanowa anstarrte. Mit einer Mischung aus Respekt und Gier. Als er nur einen Schritt zurücktrat, versetzte Zoya dem einzigen freien Stuhl im Zimmer einen Tritt, sodass er gegen die Wand flog, mit einem Knallen abprallte und dort liegen blieb.

Lopez lehnte sich zurück, um das Schauspiel zu betrachten. Sie gab dem Polizisten einen Wink, dass er den Raum verlassen konnte. Als er zögerte, weil die Situation schon jetzt zu eskalieren drohte, nickte Lopez ihm aufmunternd zu. Langsam wich er weiter zurück, verließ mit alarmiertem Gesichtsausdruck den Raum und schloss die Tür. Derweil trat Zoya ein weiteres Mal mit dem Fuß an die Wand. Ein schwacher Abdruck ihrer Schuhsohle blieb zurück. Die Hände hielt Zoya immer noch gefesselt vor sich. Sie fluchte auf Russisch, was Lopez nicht genau verstand. Lopez bewunderte den Ausbruch, die schiere Energie, die von dieser Frau ausging. Eine starke, wütende Frau. Viktor hatte einen Hang zu solchen Bekanntschaften. Sie musste an Tonja Kusmin denken, an Marita Nowak. Wobei die eine verschwunden, die andere gefangen in einer Zelle war.

Zoya bewegte sich wie eine Preisboxerin von einer Ecke des Raumes zur anderen. Mit einem gezielten Tritt schleuderte sie den Stuhl erneut durch die Luft. Metall schepperte gegen Stein. Zoya wütete weiter. Ihre schwarze Lederjacke hatte einen ausgefransten Riss. In der Nylonstrumpfhose zählte Lopez mindestens sechs Laufmaschen. Die Schnürstiefel unterstrichen den martialischen Eindruck. Zoya hielt einen Moment inne, sodass Lopez ihr Keuchen vernahm.

Langsam erhob sich Lopez, griff nach dem Stuhl, um ihn wieder an den Tisch zu stellen. Freundlich nickte sie Zoya zu. »Bitte. Setzen Sie sich!«

Wie ein wildes Tier schien Zoya sich nicht entschließen zu können. Als misstraue sie Freundlichkeit und dieser Fremden ohnehin. Lopez wartete und zog eine Packung Zigaretten aus der Tasche. Komarow hatte sie ihr vorher mit der Bemerkung, dass sie sie bald gut gebrauchen könnte, zugesteckt. Zoya nahm unwillig Platz. Ihre Brust hob sich bei jedem Atemzug. Sie zog mit den noch gefesselten Händen eine Zigarette aus der Packung, Lopez zündete sie ihr an. Für einen Augenblick waren sich ihre Gesichter ganz nahe. Der Tabak glomm vor ihren Augen auf. Zoya lehnte sich zurück.

»Besser?«, fragte Lopez auf Deutsch.

»Besser«, bestätigte Zoya. Sie sprach mit einem harten Akzent, der jedes R und jedes Ch betonte. Der ihre eigene Unversöhnlichkeit unterstrich.

»Darf ich Deutsch sprechen?«, fragte Lopez.

Zoya zuckte nur mit den Schultern, als könnte ihr nichts gleichgültiger sein. Aber die Reaktion verriet Lopez, dass sie die Sprache verstand. Zoya war des Deutschen mächtig. So viel hatte Viktor ihr gesagt.

»Mein Name ist Rosa Lopez. Ich bin die Kollegin von Viktor Saizew. Kommissarin beim LKA Berlin.«

Zoya sah sie an, als könne sie ihr vieles erzählen. Als sei Misstrauen ihr zweiter Vorname. »Berlin. Was wollen Sie dann hier?«, fragte sie.

»Mein Kollege ist in Haft. Nicht ganz unschuldig daran sind Sie.«

Verächtlich stieß Zoya Rauch zwischen den Lippen aus. »Ihr Kollege sollte den Tod meines Freundes aufklären.« Sie rollte das R, betonte das Wort Freund auf eine ganz spezielle Art, zog an der Zigarette, aß den Rauch.

»Jetzt steht er unter Mordverdacht.«

»Er hat nichts erreicht. Ein Versager. Außerdem leidet er unter Kontrollverlust.« Sie hustete.

Lopez schwieg kurz. »Etwas, das Sie beide verbindet«, sagte sie. Der Beleidigung zum Trotz entspannten sich Zoyas Züge.

»Ich möchte mit Ihnen reden«, sagte Lopez.

Die Leuchtstoffröhre über ihnen flackerte. Sie sahen beide zeitgleich auf. »Ich werde nicht über Kolja sprechen«, sagte Zoya etwas zu schnell.

Lopez wusste, dass sie ihre Gedanken las. »Ich will nicht über Männer sprechen. Erzählen Sie mir von sich!«

»Frauen, die über Frauen reden?«, fragte Zoya verächtlich. Jedes Wort eingebettet in Rauch.

»Genau.«

»Was wollen Sie wissen?«

»Warum Sie in Berlin Leichen stehlen lassen?«

Zoya beugte sich nach vorn, legte die gefesselten Hände auf den Tisch. Qualm stieg zwischen ihr und Lopez wie eine Trennwand auf.

Lopez' Blick wanderte unwillkürlich zu dem roten Fingerstumpf. Zu dem Hautwulst, der eine Fingerkuppe ersetzte.

»Warum?«, fragte Zoya. Zeit verging. Aber Lopez schwieg. »Wenn Ihnen etwas weggenommen wird«, sagte Zoya, Hass im Blick, »dann holen Sie es sich zurück.«

Lopez wusste nicht genau, ob sie von Leichen, Ehre oder Fingern sprach. *Dinge, die man sich zurückholte*. »Ich verstehe nicht.«

Zoya schwieg provokativ.

Lopez sagte: »Was wollen Sie? Dass Viktor so endet wie Sie vor nicht allzu langer Zeit? In einem Arbeitslager? Oder in einem Gefängnis, in dem er als Polizist vermutlich nicht lang überleben wird?« Lopez fühlte sich wie jemand, der mit sich selbst spricht. Wie jemand, der auf der anderen Seite einer Mauer versuchte, sich mit Zeichensprache verständlich zu machen.

»Sie wollten doch nicht über Männer sprechen.« Spott troff aus jedem Wort.

Lopez ruderte zurück. »Was haben Sie getan, um verurteilt zu werden?«

»Nichts.« Zoya spuckte das Wort aus.

Lopez sah sie fragend an.

»Ich war Buchhändlerin. Sie haben ein Sondereinsatzkommando geschickt. Als wollten sie eine Mücke mit einem Hammer erschlagen. Ich war bei meinem Freund zu Besuch. Wir hatten gerade Sex, aber das hat niemanden gestört. Sie haben uns überfallen, Waffen auf uns gerichtet und ihn nackt abgeführt. Ich hörte noch, wie er auf der Treppe fiel. Keiner sprach mit uns oder erklärte uns irgendetwas. Eine brutale Entführung und nicht mehr.«

»Was passierte mit Ihnen?«

»Auch ich wurde verhaftet. Aber erst danach.«

»Wonach?«, fragte Lopez, die sich schon jetzt vor der Antwort fürchtete.

Zoya fragte: »Nachdem der Erste die Hose heruntergezogen hatte und der Zweite seinen Gürtel öffnete und der Dritte seine Hose …?«

»Sie wurden vergewaltigt?«, unterbrach Lopez sie.

»Drei Mal. Wobei ich das dritte Mal kaum mitbekam.« Die Zigarette fiel ihr aus der Hand. Sofort schmorte ein Loch in die Tischplatte. Zoya schnippte den Stummel mit Mittelfinger und Daumen auf den Boden. Ihre Lippen glichen einem dünnen Draht. »Ich hatte nie jemandem etwas getan. Ich habe gelesen und Bücher verkauft und einen Mann geliebt. Dafür wurde ich bestraft.«

»Haben Sie herausgefunden, wer diesen Einsatz leitete?«

»Nein. Nicht damals. Aber vor ein paar Tagen habe ich einen von ihnen erkannt.«

Lopez erwischte sich selbst bei einem hektischen Seitenblick. Sie scannte noch mal mit den Augen den Raum, in dem sie saßen. Konnte nichts entdecken, traute ihrem Eindruck aber nicht. In ihrer Tasche fand sie einen Zettel. Auf dem notierte sie mit einem Kugelschreiber in Druckbuchstaben den Namen KOMAROW mit einem Fragezeichen. Sie legte den Stift daneben auf die Tischplatte.

Zoya las, was Lopez geschrieben hatte. Sah Lopez einfach nur an. Dann strich sie das Fragezeichen durch und ersetzte es durch einen Punkt.

Lopez zerknüllte den verräterischen Zettel, steckte den Papierball wieder ein. »Juri Boltanow«, fragte sie, »warum wohnte er bei Ihnen?«

Die Frage schien Zoyas Interesse zu wecken. »Juri hätte nicht so sterben dürfen. Er hat das nicht verdient«, sagte sie. Ihre Stimme klang jetzt weicher als zuvor. »Vor ein paar Jahren verlor er seine Arbeit, fand danach keine mehr. Geriet mit Drogen in Kontakt. Das ging irrsinnig schnell. Kam nicht mehr davon los. Verlor seine schöne Wohnung an der Twerskaja Uliza. Bekam nichts mehr geregelt. Wir kannten uns von früher. Er war ein guter Freund … von Vanja und mir«, schob sie hinterher.

»Vanja?«, fragte Lopez.

»Mein Freund«, korrigierte Zoya. »Er hieß Vanja Poljakow.«

»Wieso ›hieß‹?«

»Weil er verschwunden ist.«

Lopez runzelte die Stirn. »Verschwunden«, wiederholte

sie. Lopez kannte sich damit aus. Besser als irgendjemand sonst. Sie hatte jede Untiefe dieses Zustandes ausgelotet, hatte jede dunkle Ecke, jeden Splitter dieses schmerzenden Gefühls erforscht. Aber es war nicht leicht, einfach zu verschwinden. Menschen suchten nach denjenigen, die sie liebten, ließen nicht ab davon. Menschen konnten sehr unnachgiebig sein. »Woher wollen Sie das wissen? Verschwunden ist nicht tot.«

»Weil ich lang und sorgsam nach ihm gesucht habe. Weil er einfach nicht mehr aufgetaucht ist. Weil das nicht ungewöhnlich für Oppositionelle ist.«

»War Ihr Freund denn ein Oppositioneller?«

Lopez bemerkte, wie schwer Zoya die Antwort fiel. Wie die Sekunden vergingen und ihr Gegenüber immer noch nach einer Antwort suchte. »Ich weiß es nicht.«

»Aber …« Lopez wusste nicht mehr, wonach sie fragen sollte. Sie verstand diese Art von Beziehung nicht. Was vielleicht auch zwischen zwei, die sich liebten, im Dunkeln lag. Sie selbst hatte nie mit der Suche nach ihrem eigenen verschwundenen Sohn aufgehört. Das Nichtwissen, Raten, Hoffen hatte sie langsam, aber sicher aufgezehrt. Nur das Finden beendete diesen Zustand unendlichen Verlangens, unendlicher Verzweiflung, ultimativer Schuld. Warum hatte Zoya die Suche aufgegeben? Lopez fragte sie.

Zoya beugte sich nach vorn, sie flüsterte. Als fürchte sie Mithörer. Wie die Liebe zu Vanja in Demütigung umschlug. Wie der Aufenthalt im Lager sie erniedrigte. Wie ihre Persönlichkeit mit jedem Tag mehr ausradiert wurde wie ein falscher Bleistiftstrich. Wie sie nicht verstand, was sie selbst Schlimmes getan hatte. Wie die Strafe in keinem Verhältnis zu dem Vergehen stand. Dass Vanja Homosexualität unterstellt wurde, obwohl sie in einer eindeutigen Situation überrascht worden waren. Wie sie die Fotos von Vanja, die Vorwürfe gegen ihn, nicht verstand. Wie sie damit haderte, was Vanja wirklich war. Wie sie, Zoya, ihren Freund erst noch bemitleidete. Wie sie ihn als Opfer des Systems verortete, so wie sie ein Opfer war. Wie ihr langsam bewusst wurde, dass er sie nicht gewarnt hatte. Wovor auch immer er sich fürchtete. Dass er ihr nie gesagt hatte, was genau er tat. Dass sie in ihrer Liebe bedingungslos auf ihn vertraut hatte. Naiv. Wie sie sich hasste, weil sich ihr ganzes Dasein nur auf ihn bezog. Wie sie beschloss, nie mehr unschuldig zu sein. Wie sie vor der Zeit entlassen wurde, weil Kolja Nowikow, der Sohn des Präsidenten, ein gutes Wort für sie einlegte. Wie sie sich früher schon einmal getroffen hatten. Wie sie nicht aus Dankbarkeit in die nächste Beziehung stolpern wollte. Wie Kolja ihr jedoch jeden Tag wieder gezeigt hatte, dass er sie anbetete. Wie sie seine weitreichenden Beziehungen genutzt hatte, um Vanja zu finden, der nach der Entlassung aus dem Gefängnis untergetaucht oder verschwunden war. Wie die Suche ergebnislos verlief. Wie sie beschloss, ein eigenes Leben zu führen. Wie Kolja ihr Türen öffnete. Wie sie ihn auch benutzt hatte, weil sie nur noch ein Ziel kannte: Widerstand. Wie er verhinderte, dass sie erneut für ihre Provokationen büßen musste. Wie sie sich unter seinem Schutz in ihren Videos endlich laut äußern konnte. Wie sie das Aufbegehren gegen diese Gesellschaft genoss und Vanja über diesen Erfolgen endlich vergaß.

»Wovor hätte Vanja Sie warnen sollen?«, wollte Lopez wissen.

»Weiß ich bis heute nicht. Aber er hat es nicht getan.«

Lopez fand diese Art der Kommunikation absurd. »Was hat Ihr Freund beruflich gemacht?«

»Er war Künstler. Er tanzte, sang und schrieb Gedichte. Und er arbeitete für Predvidenje.«

Lopez hatte den Namen noch nie gehört. »Was ist das?«

»›Weitblick‹. Eine Nachrichtenagentur.«

Lopez kannte Reuters. Sie hatte auch einmal von der TASS gelesen, einer russischen Agentur. »Warum kenne ich den Namen nicht?«

»Weil Europäer nur amerikanische Namen kennen?« Zoyas Frage klang ätzend.

Lopez breitete im Kopf die Faktenlage aus, sortierte neu. »Ihr Freund arbeitete also auch als Journalist?« Lopez dachte an Polina Nikitina. Ihr Herz klopfte unnatürlich stark. Blut pumpte durch ihre Adern, sodass sie ein Pochen am Hals verspürte. Unruhe, Aufregung, die sichere Gewissheit, dass gerade etwas geschah.

Zoya nickte. Als sei das völlig normal. Und jedem anderen auch bekannt.

»Auch Juri?«

»Ja«, sagte Zoya Bogdanowa zögerlich, »damals zumindest noch.«

Lopez stand abrupt auf. »Und was hat Wiatscheslaw Maximow getan, bevor er Schriftsteller wurde? War auch er Journalist?«

Zoya beugte sich ruckartig nach vorn. Etwas gluckerte in der Wand, Lopez hörte einen unterdrückten Schrei, ein Schleifen, etwas kratzte an der Tür. Schritte entfernten sich.

Zoya schlug mit der Faust auf den Tisch. »Verdammte Scheiße! Du kannst alle Teile haben und das große Ganze doch nicht sehen.« Mit weit aufgerissenen Augen sah sie Lopez an. Weil Erkenntnis Augen öffnete. »Sie haben recht.«

39

Rustam Komarow hielt mit dem Wagen dort, wo die Uliza Ilyinka am Kaufhaus GUM zum Fluss hin einen Bogen machte. Er musste dort halten, weil er unmöglich weiterfahren konnte. Menschen flohen an ihnen vorbei. Menschen mit wehenden Kleidern, Menschen, die etwas verloren hatten und es einfach liegen ließen, Menschen mit ängstlichen Gesichtern. Regenwolken dräuten über der Stadt. Ein feiner Nieselregen benetzte die Windschutzscheibe. Viktor versuchte zu begreifen, wie er von einem Gefangenen wieder zum Polizisten hatte werden können. Beinahe ohne Übergang, einfach so.

Er saß auf der Rückbank eines Polizeiautos. Wenigstens das signalisierte noch seinen Status als Heimatloser. Bei dem Auto handelte es sich um ein Fahrzeug der Marke Ford. Ausgerechnet bei der Moskauer Polizei auf eine amerikanische Marke zu treffen, empfand Viktor als Ironie. Vielleicht musste er auch nur endlich akzeptieren, dass der Kalte Krieg Geschichte und die Globalisierung eine Tatsache war.

Lopez verfolgte die Szenerie von der Beifahrerseite aus. Sie rasten durch die Stadt. Vor großen Kreuzungen schaltete Komarow die Sirene ein, damit sie Vorfahrt bekamen. Das Blaulicht drehte sich und warf schillernde Reflexe auf diejenigen, die ihnen entgegenströmten. Viktor fand die Situation auch ohne diese nervösen Farbzuckungen bedrohlich genug.

Lopez hatte ihn und Komarow nur kurz über das Gespräch mit Zoya Bogdanowa informiert. Danach drängte der leitende Ermittler sie zum Aufbruch.

Es war fünf Uhr, der Nachmittag ging bereits in den Abend über. Komarow bedeutete ihnen mit einer knappen

Geste, auszusteigen. Der Himmel spielte Feuerland. Sie lösten die Sicherheitsgurte. Viktor schien es fast unmöglich, die Autotür zu öffnen. Der Druck der gegen die Fahrtrichtung stürmenden Menschen zwang ihn dazu, sich mit seinem gesamten Gewicht dagegenzustemmen. Lopez wartete einen günstigen Moment ab, um auszusteigen. Komarow stand völlig ungerührt inmitten der Menschenmassen. Sah Viktor richtig? Zündete er sich gerade eine Zigarette an? Rauch stieg von den Lippen des Russen auf. Er nickte Lopez zu, ihm zu folgen.

Viktor ging stillschweigend davon aus, dass er ebenfalls gemeint war. Komarow war kein Idiot. Er wusste, dass Viktor seiner Kollegin überallhin folgen würde. Er hatte lang genug auf sie gewartet. Gegen den Strom boxten sie sich durch. Sie fädelten sich in jede sich bietende Lücke ein, versuchten, den beinahe unvermeidlichen Kontakt mit den ihnen entgegenströmenden Menschen zu vermeiden, bis sie auf den Roten Platz gelangten. Seit Viktors letztem Besuch hatte sich dieser Ort drastisch verändert. Wegen der zahllosen Menschen konnte Viktor das Pflaster nicht mehr sehen. Vor einem orangeroten Himmel bewegten sich Schilder, Transparente, Köpfe. Tausende Menschen skandierten Parolen. Lautsprecher dröhnten. Die Demonstration schien auf dem Siedepunkt zu sein. Komarow zog seine Marke aus der Tasche und wies Lopez an, auch ihre mitzunehmen. Viktor rückte näher auf. Für Lopez deutlich sichtbar, schüttelte er den Kopf. Zum ersten Mal fühlte er sich sicherer ohne diese Insignien der Macht. Ohne diesen weithin sichtbaren Beweis, auf welche Seite er gehörte. Allein mit einer Polizeimarke hier durchzugehen glich einem Selbstmord. Vielleicht würde sich der Mob seines Problems annehmen. Viktors Problem hieß Komarow. Aber das um ihn herum brandende Chaos hinderte ihn daran, seinen Gedanken weiter nachzuhängen. Was wollte Komarow von ihnen?

Warum schleppte er sie hierher. Warum riskierte er überhaupt Viktors und Lopez' Flucht?

Menschen liefen durcheinander, schrien. Manche warfen Steine. Transparente wehten zerrissen durch die Luft. An den Seiten des Platzes sah Viktor Polizisten, die mit Schlagstöcken auf einzelne Demonstranten einschlugen. Jetzt verstand Viktor, dass Komarows Marke sie vor den Polizisten schützen sollte, nicht vor den Demonstrierenden. Eine Menschentraube verbarg den Blick auf einen anderen Menschen, der am Boden lag. Viktor sah, wie eine Gestalt an den Armen weggeschleift wurde. Wie die Masse nachgab. Organisch, weich, wie ein einziges lebendes Geschöpf. Schützend hielt Viktor Lopez den Rücken frei. Nicht selten prallte jemand gegen ihn, nur um weiterzutaumeln, Parolen auf den Lippen, die Viktor kaum verstand.

»Wissen Sie, was das ist?«, rief Komarow ihnen zu.

Viktor las das Wort »Demonstration« von Lopez' Lippen ab, sah ihr fragendes Gesicht.

»Das dort.« Komarow zeigte zu einem Erdhaufen in der Mitte des Platzes. Eine Art Podest war mit roten Stoffbahnen und Blumen dekoriert. »Das ist Polina Nikitina.«

Viktor bemerkte, wie Lopez' Körper sich versteifte.

»Das ist Zoya Bogdanowas Werk. Ihr Verdienst.« Es klang nach Abscheu und Bewunderung zugleich. »Der Platz wird auf Geheiß des Präsidenten geräumt«, sagte Komarow.

»Aber das hier«, rief Lopez, »sieht aus wie brutale Polizeigewalt.« Eine Wand schwarz gekleideter Polizisten mit Schilden und schwarzen Helmen rückte näher. Auf der anderen Seite des Platzes erkannte Viktor einen Wasserwerfer. Viktor wusste, dass die Einheiten auch Tränengaspatronen besaßen. Falls sie nicht sogar scharfe Munition benutzten. Die Stimmung auf dem Platz signalisierte: Alles war erlaubt.

»Viktor«, rief Lopez, »ich glaube, Mila ist hier.«

Viktor wollte »Unmöglich« sagen. Seine Babuschka hatte doch gerade noch in Sukovas Kleiderschrank gewühlt. Doch wenn er es recht bedachte, blieb sie nie an einem Ort. Sie folgte immer ihrem eigenen Kopf. Er sah sich nervös um. Falls sich seine Großmutter tatsächlich hier befand, war sie in Gefahr. Mila scherte das wenig, wenn ihr ein Anliegen wichtig war. Sie hatte nie ein Hehl aus ihren Ansichten gemacht. Viktor hatte die Begeisterung seiner Babuschka für Tatjanas Kleiderschrank vielleicht doch überschätzt.

Eine Frau erklomm zehn Meter weiter einen Wagen. Sie schrie etwas, das Viktor nicht verstand. Mehrere Polizisten rissen ihr die Füße weg, zerrten sie an den Haaren zu Boden. Inmitten der wogenden Menschenmasse konnte Viktor nicht mehr erkennen, was mit ihr geschah. Lopez wollte sich zu der Gruppe durchschlagen, aber Komarow rief sie zurück.

Er schob sich vorwärts, in Richtung Zentrum des Platzes. Er überragte die meisten Demonstranten, was jetzt von Vorteil war. Überall Köpfe, Gesichter, Arme. Unmöglich, Mila hier zu finden. Eine Nadel in einem brennenden Heuhaufen.

Lopez' Hand lag kurz auf Viktors Arm. »Sie wird wieder zu Hause sein«, rief sie. »Du kennst deine Großmutter. Sie ist vorsichtig. Sie weiß, wann es Zeit ist, zu gehen.«

Was meinte Lopez damit? Ihre erste Flucht aus Russland oder jetzt die zweite? Im Übrigen war Mila alles andere als vorsichtig. Sie benahm sich in den vergangenen Wochen wie ein verzogenes Kind.

Jemand stieß Lopez zur Seite, sie strauchelte und fing sich wieder. »Sobald wir hier raus sind, rufe ich Mila an«, schrie sie Viktor zu. Brandgeruch lag über dem Platz. Starker Regen fiel.

Komarow schaltete sich ein. »Verstehen Sie, wer das zu verantworten hat?«, rief er. »Seine Freundin.« Er nickte Viktor zu.

Viktor wollte etwas sagen. Dass Zoya nicht seine Freundin war. Nichts weniger als das.

Aber Lopez kam ihm zuvor: »Warum all das?«

»Sie wollte Polina Nikitina auf dem Roten Platz begraben«, brüllte er erbost. »Sie warf Erde auf den Sarg. Alle Demonstranten haben es ihr nachgemacht.«

»Na, und?«, rief Lopez außer sich. Ihre Körperhaltung und ihr Gesichtsausdruck signalisierten, dass sie das alles unbegreiflich fand.

»Sie hat Nikitina begraben, obwohl Präsident Nowikow es verboten hat. Sie hat ihn damit aufs Äußerste provoziert.«

Aber warum genau? Viktor begriff es einfach nicht. Ein Staatsmann, der sich über eine inszenierte Beerdigung aufregte und deshalb einen Bürgerkrieg anzettelte? »Worum geht es hier eigentlich?«, fragte er Komarow.

Komarow dirigierte sie zum Wagen. Nur mühsam ließ sich Lopez davon abhalten, umzukehren. Sie half einem jungen Mann vom Boden auf, wurde selbst von dem Menschenstrom mitgerissen, fand aber wieder zu Viktor und Komarow zurück.

Als sie ihr Handy zückte, um die Demonstration zu filmen, zog Komarow seine Waffe. Er zielte auf Lopez. Schlagartig wichen die Demonstrierenden vor ihnen zurück. Komarow war Lopez ganz nahe. Er musste seine Stimme nicht einmal mehr erheben. »Ich müsste Ihr Handy konfiszieren. Stellen Sie die Fotos in Russland online, wird der Inhalt in kürzester Zeit entfernt werden.«

Lopez hatte einen Zug um den Mund, der von Starrsinn kündete. Viktor näherte sich Komarow. Das Dasein in der Schusslinie wurde ihm zunehmend vertraut.

»Sie wollen Ihrem Kollegen helfen?«, fragte Komarow Lopez. »Aber wie, wenn Sie im Gefängnis sind?« Der Polizist sprach ganz ruhig. Er betrachtete Lopez kühl.

Viktor hatte keine Pistole. »Nehmen Sie die Waffe runter!«, sagte er. »Sofort.« Vielleicht noch ein langer Schritt, dann hatte er Komarow erreicht.

Komarow runzelte nur die Augenbrauen. Ihn interessierte nicht, was Viktor sagte. Viktor hoffte, dass er nicht schießen würde oder konnte.

Pro: Zu gefährlich, der Schuss konnte mehrere Menschen treffen.

Kontra: Gab es eine bessere Deckung als dieses Chaos hier?

Doch Lopez steckte ihr Handy wortlos wieder ein. Viktor bemerkte, wie die Wut ihren Körper weiter erhitzte. Wie der Hass beinahe durch ihre Poren diffundierte. Er kannte diesen Zustand von sich selbst. Viktor wusste auch, dass man sich Lopez besser nicht zum Feind machte.

Komarow nickte wohlwollend und steckte seine Waffe wieder ein. Viktor erkannte das Modell. Die Jarygin. Sie war allgegenwärtig, überall. Die Menschenmasse um sie herum verdichtete sich wieder wie Materie um den Nachhall einer Anomalie.

Als sie endlich zum Auto kamen, hatte jemand die Windschutzscheibe zerstört. Durch einen Steinwurf war ein spinnennetzartiges Muster auf die Fahrerseite gezeichnet worden. Kurz danach saßen sie zu dritt im Wagen und rangen nach Luft. Komarow schaltete wieder die Sirene ein, deren Lärm sich nur mühsam gegen den anschwellenden Geräuschpegel durchsetzen konnte. Rückwärts fuhr er die Straße zurück, bis der Weg frei wurde. Komarow gab Gas.

»Es wird Verletzte geben«, sagte Lopez.

»Und den einen oder anderen Toten«, sagte Komarow ungerührt.

Lopez schaute ihn an, holte aus und versetzte ihm eine schallende Ohrfeige.

Komarows Kopf schnellte zur Seite, in voller Fahrt

bremste Komarow hart. Das Geräusch des Schlages noch in Viktors Ohr, kam der Wagen zum Stehen. Komarow hielt sich die Wange. Viktor hatte Stille noch nie so laut erlebt. »Haben Sie sich vielleicht gefragt«, sagte Komarow, »warum ich Ihnen das zeige?«

»Weil Sie ein Arschloch sind?«, sagte Lopez.

»Sie müssen etwas über uns Russen wissen. Wir sind stolze Menschen. Jeder einzelne ist stolz. Wir sind eine stolze Nation.«

»Vorkriegsklischees«, sagte Lopez kühl.

»Hätte eine andere Nation uns provoziert«, entgegnete Komarow, »Deutschland oder die USA, hätte unser Kommunikationsministerium reagiert. Aber hier handelt es sich nicht um einen internationalen Zwischenfall.«

»Was, zum Teufel, meinen Sie damit?«, fragte Lopez.

»Sondern um etwas sehr Privates.« Komarow sah die beiden wie begriffsstutzige Kinder an.

Lopez rollte mit den Augen. Ihre Hand lag auf dem Türgriff. Sie wollte aussteigen.

»Sie haben wirklich keine Ahnung, wer Polina Nikitina wirklich war.« Komarow stellte es mit Spott fest. Seine Wange rötete sich nach Lopez' Schlag. Ein sichtbarer Abdruck von Lopez' Hand zeichnete sich ab.

Viktor versuchte zu verstehen, was Komarow ihnen erklären wollte. Er verstand es in dem Moment, als auch Lopez es endlich begriff. Ihr Mund öffnete sich, aber die eigene Überraschung verhinderte, dass sie es laut sagte.

Rustam Komarow sprach es für sie alle aus: »Genadi Nowikow hatte ein Verhältnis. Mit Polina Nikitina.« Als er ihre überraschten Gesichter sah, lachte er zum ersten Mal seit ihrem Kennenlernen. Er lachte laut und ausgiebig. Er konnte gar nicht mehr damit aufhören. Seine Schultern bebten. Sie sahen wortlos dabei zu, wie er sich Lachtränen aus den Augenwinkeln wischte.

Er beobachtete sein Haus. Diese obszöne Oligarchenvilla. Bezahlt mit Blut und Tränen. Bezahlt mit zerstörten Leben, trostlosen Existenzen. Er hatte versagt. Hatte zu langsam recherchiert, zu lang gebraucht. Sie handelten schnell, so viel schneller als er. Ihnen standen Mittel zur Verfügung, von denen er nur träumen konnte. War es nicht das, was über Schicksale entschied? Macht und Geld, Macht und Verbindungen? Macht.

Er zog die Kapuze ins Gesicht. Die Nacht hatte gerade einen Grad an tiefer Dunkelheit erreicht, der Formen und ihre Schatten verschmolz. Auch er selbst würde nur ein weiterer konturloser Umriss sein. Es regnete schon den ganzen Tag. Regenperlen spiegelten sich dort, wo Straßenlampen Licht auf sie warfen. Wasserschwere Wolken jagten über den Himmel. Selten blitzte der Mond hervor. Wie ein Prominenter, der den Massen nur kurz sein Gesicht zeigte.

Im Vergleich zu seinem bisherigen Vorgehen fehlte ihm ein Plan. Eine Idee, ein System, das Erfolg versprach. Er würde warten. Einfach warten. Wenigstens das hatte er gelernt. Nichts zwang ihn heute, er hatte frei. Seine Arbeit verlangte intensive Vorbereitung. Er musste funktionieren, und das auf den Punkt. Neben ihm rumorte es. Eine Gestalt hob sich jetzt schemenhaft vor dem Hintergrund ab. Jemand raunte etwas, er setzte sich in Bewegung, kam aber nicht umhin, zu hören, was gesprochen wurde, hielt inne, lehnte sich an einen Zaum und lauschte.

»Es neigt sich dem Ende zu.«
»Das Ende wird schrecklich sein.«
»Für manche wird es weitergehen.«
»Aber anders als bisher.«
»Ich sehe ein rotes Meer.«
»Ich sehe Wasser, hell und klar.«

»Weil du ein Säufer bist.«
»Und du ein Orakel, auf das keiner hört.«
»Wahrheit, was ist das schon!?«
»Die Wahrheit ist die kleine Schwester der Korruption. Die eine kann ohne die andere nicht leben.«
»Schwestern, die sich hassen.«
»… und brauchen.«
»Wie du und ich.«

Einer der beiden lachte heiser.

Er hörte, wie eine Flasche an die andere stieß. Ein heller Klang. Er ging auf die Männer zu, die er im Dunkel vermutete. Als er sie fand, setzte er sich zu ihnen.

40

Die Frauen verhielten sich respektvoll, sie sprachen kaum mit ihr. Sie schliefen in Schichten, achtlos, wer von ihnen das Bettzeug vorher benutzt hatte. Sie teilten wortlos das Essen, das in vier Portionen kam. Zoya vermaß in den nicht vergehen wollenden Stunden und Minuten mit den Augen Wolldecken und Laken, die nachlässig über durchgelegene Matratzen gezogen waren. Sie hatte kein Werkzeug. Besteck wurde gezählt. Es war unmöglich, eines der stumpfen Messer zu behalten. Sie wollte Kolja nicht mit einem derart offensichtlichen Gesuch behelligen.

Eine der Frauen bat um ihr Handy, um ihren Mann anrufen zu können. Zoya gestattete es ihr. Aber sie beobachtete die Frau misstrauisch. Sie alle lauschten dem aufgeregten Getuschel, das jedoch sofort verstummte, als der Blick einer Wache wie ein Taschenlampenstrahl prüfend durch die Zelle glitt.

Zoya saß auf der Bettkante. Im Gefängnis war es entweder zu dunkel oder zu hell. Zoya hatte nie lang geschlafen, es gab so viel zu tun. Ein nie enden wollender Druck, nicht nachzugeben, zu leben, zu handeln. Sie hätte jetzt schlafen können. Stunden-, wochenlang. Sie vertraute prinzipiell niemandem, hier in dieser Zelle noch weniger als vor ihrer erneuten Verhaftung. Aber sie fühlte sich wach, hellwach. Obwohl Sauerstoff Mangelware zu sein schien, obwohl irgendjemand immer schrie oder rumorte, obwohl die Metalltüren ständig ins Schloss krachten. Dieses Gefängnis war ein lauter Ort. Zoya fühlte eine Unruhe in sich aufkommen, die sie von ihrer ersten Untersuchungshaft kannte. Sich nicht frei bewegen zu können verstärkte nur den Bewegungsdrang. Zoya stand auf, ging in der Zelle hin und her.

Die Frauen schauten ihr eine Weile zu. Ihr Blick sagte: *Käfigkoller. Geht vorbei.*

Zoya würde bald jede Schattierung des Betonbodens kennen, jeden Strich auf der Wand, jeden Zentimeter freies Mauerwerk, an dem der Putz fehlte. Ihre Gedanken kreisten, wiederholten sich. Immer wieder nagte das Unrecht an ihr. Immer wieder fragte sie sich, an welchem Punkt sie zu weit gegangen war. Immer wieder quälte die Tatsache sie, dass niemand ihr Recht zusprechen würde. Dass ihr zuverlässig immer wieder Unrecht widerfuhr. Dass sie diese Situation provoziert hatte, aber die Konsequenz nicht mehr ertrug. Dass sie nicht nochmals einen Finger einbüßen würde, sich nicht nochmals in diese Körperhülle zurückziehen würde, in der sie sich verloren hatte. Diese Zoya gehörte der Vergangenheit an. Sie dachte an Kinder. Sie hatte keine. Sie würde nie welche bekommen.

Kolja. Zoya. Kolja. Zoya. Als SMS schrieben sie sich gegenseitig ihre Namen. Wie eine Beschwörung. Die lautlose Stimme des anderen im Ohr. Buchstaben auf einem Display. Dieses Handy wurde zu einem Rettungsring, zu einem winzigen Kanarienvogel, der noch sang, solange ihn das austretende Gas unter Tage nicht zum Schweigen brachte. Kolja versicherte ihr, wie sehr er sie liebte, brauchte. Dass er sie dort herausholen würde, so wie er es bereits ein Mal getan hatte.

Sie erinnerte sich, wie Kolja im Arbeitslager erschienen war. Wie ein Ritter in strahlender Rüstung, dessen Existenz man nicht verstand, nur bewundernd zur Kenntnis nahm.

Zoya, die Buchhändlerin, hatte geschwiegen, weil es nichts zu sagen gab. Kritik äußerte jeder Bürger, aber ihr ging es gut. Es betraf sie nicht. Nicht persönlich, so wie es jetzt wieder geschah. Nicht bis zu dem Moment, als die Polizisten sie nackt zu Boden warfen. Sich auf sie setzten und ihre Gürtelschnallen lösten, während Finger in Handschuhen ihre Arme festhielten.

Koljas Bild wurde von dem Vanjas überlagert. Liebe ihres Lebens. Stolzer, kluger Mann. Ein Mensch, der alles wagte. Der trotzdem scheiterte. Sie wusste nicht einmal, woran. Hier würde sie es nicht erfahren.

Sie schrieb seinen Namen – Vanja. Warum, konnte sie sich nicht erklären. Sie vermied es, mit Kolja über ihn zu sprechen. Etwas Dunkles senkte sich dann über ihn, eine graue Stimmung, ein schwarzes Netz. Eine Traurigkeit, die ihn vor ihr klein machte. Sie bat Kolja wieder einmal, nach ihm zu suchen. Jetzt, in dieser hoffnungslosen Situation. Vielleicht war er noch zu retten, auch wenn sie es nicht mehr war. Er schwieg, schrieb nicht zurück, sie insistierte. Vanja, schrieb sie. Es musste einen Zusammenhang geben, tippte sie. Etwas, das ihn mit denjenigen verband, die ermordet worden waren.

Kolja fragte, was sie wusste, was sie gehört hatte. Zoya schrieb das Wort »Journalisten« und dass alle Ermordeten sich gekannt hätten. Das Gespräch mit der deutschen Polizistin hatte diese Erkenntnis hervorgebracht.

Kolja schwieg. Er schrieb nichts mehr. Zoya fühlte sich inmitten dieser atmenden, weinenden, schmatzenden Frauen trotz größtmöglicher Nähe allein. Verlassen, verloren. Abgeschnitten vom Rest der Welt.

Zoya hakte nach, die schwindende Akkuleistung im Blick. Angst griff nach ihr. Angst vor der Einsamkeit, Angst vor dem, was Kolja verbarg. Sie schrieb seinen Namen. Kolja. Was weißt du?

Aber er antwortete nicht. Vielleicht hatte er Besseres zu tun. Vielleicht wollte er nicht. Vielleicht konnte er es nicht. Als sie das Handy ermüdet und enttäuscht zur Seite legen wollte, leuchtete das Display wieder auf.

Er schrieb ihr: Misch dich da nicht ein!

Sie las diese fünf Wörter mehrmals, wollte ihre offenkundige Botschaft aber nicht begreifen. Ein lächerlicher Satz, der allem widersprach, was Zoya zu sein glaubte. Der ihre Beziehung mit Hohn und Spott überzog. Der ihr ihren Platz zeigte. Eine Zurechtweisung, die sie niemals akzeptieren würde. Kolja wusste das.

Zoya überlegte. Sie dachte so intensiv nach, dass es sie ins Schwitzen brachte. All diese Gerüche, die sie umgaben. Körperflüssigkeiten, die sich zersetzten. Zoya verspürte einen Selbstekel, Wut, danach Enttäuschung und Resignation. Sie besaß keine Strumpfhose mehr. Trug Gefängniskleidung. Ein kariertes Hemd, grüne Hose. Die überfüllten Zellen machten Privatsphäre unmöglich. Ruhe gab es nur nach dem Tod.

Zoya dachte an all die Videos, die sie gedreht hatte. An das, was Realität ausmachte und dass diese oft nicht mehr von einer Projektion zu unterscheiden war. Gab es eine digitale Wahrheit? Bevor sie die alles entscheidende Frage stellen würde, forderte sie von Kolja einen letzten Gefallen ein. Sie hatte es ihm zugesagt. Kolja, ihr verlängerter Arm. Er stahl diese Gefälligkeit für sie.

Hast du ihn auf dem Gewissen?, fragte sie Kolja. Er schrieb nur ein Wort zurück. Danach verlosch das Display wie ein Kerzenstummel, dessen Flamme keinen Sauerstoff mehr zum Brennen fand. Zoya begann zu verstehen, dass sie wieder einmal getäuscht worden war. Diese Täuschung war so groß und vollständig, dass ihr die Entscheidung nicht mehr schwerfiel. Sie verspürte eine große Leichtigkeit.

Kolja beantwortete ihre Frage. Er schrieb: Vielleicht.

Kurz bevor das Licht gelöscht wurde, begann Zoya, eine der Frauen anzurempeln. Sie nahm sich die schwächste vor, die neben ihr an der Wand lehnte. Diejenige, die vorher am Boden gesessen und gewimmert hatte. Sie hatte dunkles, strähniges Haar, das sie in einem schiefen Zopf zusammengebunden trug. Der Blick in ihren großen Augen signalisierte, dass sie nicht verstand, warum Zoya sie auf einmal provozierte. Zoya versetzte ihr eine Ohrfeige. Das Geräusch des Schlags wurde von den Zellenwänden als Echo zurückgeworfen. Die Frau weinte, hob die Hände vor das Gesicht. Zoya zischte eine Beleidigung. Die anderen Insassen regten sich. Zwei wiesen sie zurecht. Eine tiefe Stimme raunte etwas Bedrohliches. Zoya ging furchtlos auf die Stimme zu. Eine Faust traf sie wie ein Vorschlaghammer an der Brust. Zoya rang nach Luft, klappte zusammen, hielt sich mit der Hand am Metallrahmen des Bettes fest. Die riesige Frau erhob sich jetzt neben ihr. Sie überragte Zoya um gut einen Kopf. Ihre Brüste wogten, ihr Bauch hing über einen schlaffen Hosenbund. Sie trug eine weite Bluse mit dem gefängnistypischen Karomuster. Die Amazone schüttelte den Kopf wie in Zeitlupe. *Nein*, sagte ihr Blick. *Tu das besser nicht!*

Zoya richtete sich mühsam auf, sie glaubte das Wort »Njet« zu verstehen, das zwischen den dicken Lippen hervorquoll. Neonlicht flackerte über ihr wie eine Fehlzündung. Die andere Frau lag am Boden und schluchzte. Unscharfe Bilder in Zeitraffer.

Zoya holte mühsam aus und versetzte der Dicken einen Schlag ins Gesicht. Sie zuckte nicht einmal, nur das Fleisch waberte kurz hin und her. Zoyas Hand fühlte sich an, als habe sie sich verbrannt.

Danach: Ein gezielter Faustschlag landete in ihrer Nierengegend. Zoya ging zu Boden, schnappte nach Luft. Trat mit den Füßen aus wie ein wildes Pferd. Fand Widerstand, es krachte. Sie hörte einen wütenden Ausruf, Schläge prasselten auf sie ein. Zoya schützte ihren Körper nicht. Sie hustete, schmeckte auf der Zunge Blut. Das Gesicht der Dicken schwamm über ihr in den Fokus, allmählich wurden die Konturen scharf. Zoya hielt das Bild mit purer Willenskraft fest. Sie spürte, dass etwas in ihrer Brust gebrochen war. Ein Knochen, nicht das Herz, das schon seit einem Morgen vor fünf Jahren in Trümmern lag.

Die Dicke schaute sie nachdenklich an. »Warum tust du das?«, fragte sie mit einem schweren Akzent. Sie musste aus Sibirien stammen.

Zoya versuchte, sich zu konzentrieren, obwohl die Schmerzen über sie mit wechselnder Intensität hinwegrollten. Es fiel ihr schwer, zu sprechen, aber sie musste es zu Ende bringen. »Fotze!«, stieß sie hervor. Blut sprühte mit jedem Wort aus ihrem Mund.

Die Dicke schüttelte ihren Kopf und das fettige Haar. »Lebensmüde, ja?«, fragte sie. Ein Gegenstand aus Stahl blitzte auf.

Die Sekunden kamen Zoya wie Ewigkeiten vor. Etwas

drang in ihren Unterleib ein, es wurde ihr ganz warm. Sie spürte ihre Beine nicht mehr, ihr Herz schlug mit zunehmender Frequenz, bis es sich verlangsamte und jeden zweiten Schlag ausließ. Etwas quoll über ihre Lippen, ein Schauer lief über ihren Rücken. Ihre Finger zuckten, genauso wie das Licht über ihr.

Kolja, dieser Viktor, Komarow, am Ende Vanjas Gesicht. Dazu das Gefühl, dass keiner dieser Männer es wert gewesen war. Vanja. Die Enttäuschung, was aus ihm geworden war. Ein Mörder? Hatte sie das Bett nur mit Tätern geteilt? Sie würde sich nicht mehr retten lassen. Von niemandem. Weil sie sich nur selbst retten konnte.

Als es endlich dunkel wurde, wusste sie nicht genau, ob gerade die Nachtzeit im Gefängnis angebrochen war oder ihr Todestag.

41

Gib mir Trixi«, sagte Viktor.

Wortlos reichte Siska ihrer Tochter das Handy. Trixi saß in einem riesigen Louis-XIV-Sessel, dessen mit Goldbordüren gesäumter Blumenstoff sich merkwürdig von ihrer schwarzen Jeans und dem Batikshirt abhob. Sie hatte die Knie hochgezogen und kaute Kaugummi. Umständlich stellte sie den wie immer geöffneten Laptop auf den Tisch.

»Hm?« So begrüßte Trixi Viktor.

Mila, Viktors Babuschka, die Siska gegenübersaß, richtete sich auf. Mit aufgeregten Gesten forderte sie das Telefon. Aber Trixi schüttelte den Kopf.

»Wie geht es ihm?«, fragte Mila im Flüsterton.

»Ich glaube, gut«, sagte Siska. *Aus dem Gefängnis, aber nicht aus dem Schneider,* das hatte er gesagt. Sie fühlte sich erschöpft. Lopez war nach Moskau gereist. Ein Lichtblick. Immerhin. Viktor wurde zwar nicht mehr im Gefängnis festgehalten, aber er befand sich auch noch nicht in Freiheit. Siska bemerkte, wie eine Last von ihr abfiel, obwohl sich Sicherheit anders anfühlen sollte.

Trixi hörte Viktor am anderen Ende der Leitung zu, der ungewöhnlich viel zu sagen zu haben schien. Normalerweise bestanden Telefonate mit Viktor aus nicht mehr als zehn Wörtern. Er behandelte Sprache wie der Frühling eine Polarlandschaft. Mit minimaler Ausstattung. Viktors Grundproblem bestand in Siskas Augen darin, dass eine Beziehung mit ihm so gut wie unmöglich war.

Siska kannte Arbeit und deren Tendenz, Menschen zu vereinnahmen. Sie hatte jede Untiefe dieses Umstandes bereits ausgelotet. Sie wusste, dass immer mehr Arbeit unter immer weniger Menschen aufgeteilt wurde. Weil Optimierung als einziger Maßstab galt. Siska arbeitete gern, aber sie verband kein sinnliches Verhältnis mit ihrem Beruf. Sie zweifelte jedoch zunehmend daran, dass das auch für Viktor galt.

In der kurzen Zeit ihres Zusammenseins hatte man Viktor vergiftet, eingesperrt und ins Krankenhaus eingewiesen. Er war entweder verreist, verletzt oder inhaftiert. Normalität verkam zu einem fiktiven Zustand. Siska fühlte sich in der Beziehung mit Viktor wie in der Hand eines süchtigen Spielers, der je nach Laune über sie entschied, der über ihr Schicksal würfelte, der nicht aufhörte zu zocken, bis einfach nichts mehr übrig blieb. Bisher hatten sie in ihrer Beziehung wenig Glück gehabt.

Angestellte der Sukovs flatterten wie aufgeregte Vögel um sie herum. Sie bauten Kofferberge vor der Haustür auf. Als flüchteten früher oder später alle, sobald Viktor und seine Entourage irgendwo Einzug hielt. Siska wurde übermannt von einem fatalistischen Gefühl.

Oleg Sukov begegnete ihr nur ein Mal kurz auf der Treppe. Er sah wie ein Dressman aus. Der dunkelblaue schmale Anzug, das helle Hemd, das er am Kragen offen trug, die passenden Schuhe. Nur die gebrochene Nase störte das perfekte Bild. Im Modelgeschäft zu überleben schien immer schwieriger zu werden. Siska fragte sich, was genau Oleg Sukov machte. Außer schwerreich zu sein. In welcher Branche er arbeitete. Sie hatte sich noch nicht danach erkundigt. Ihr Verhältnis hatte leider schon beim ersten Kennenlernen einen Knacks bekommen. Nichts an dieser Reise verlief normal.

Seine Frau rauschte in einem grünen Chiffonkleid in den Raum. Sie war die Einzige, die nicht völlig deplatziert in diesem Rokokotraum eines Hauses wirkte. Falsche Kerzen, deren elektronische Dochte an den Wänden flatterten, warfen ihr Licht über die Szenerie. Eine Höhle nahm sich gegen diesen Ort gemütlich aus.

Trixi hielt jetzt das Handy zwischen Schulter und Ohr geklemmt, ihre Finger huschten auf dem Laptop hin und her. Trixi, dieses Bit-affine Kind.

Siska benutzte das russische Wort für emotionale Verdrängung in Frageform. »Wodka?«

Tatjana nahm neben ihr auf dem Sofa Platz. Mit hochgezogenen Augenbrauen fragte sie ungläubig zurück: »Wodka?«

Siska nickte, und Tatjana lachte. Eine dunkelhaarige Frau in schwarzem Kleid und weißer Schürze zeigte auf ein Gepäckstück. Tatjana schickte die Frau mit einem Auftrag wieder weg.

Mila hielt jetzt das Handy, und Siska verfolgte den Dialog. Mila sagte etwas von Vergangenheit und Zukunft, etwas von Perestroika und Glasnost. Sie bat Viktor, zurückzukommen, und zwar bald. Sie holte Luft, schwieg, rollte mit den Augen, seufzte. Irgendwann beendete sie das Gespräch.

Ihr gequälter Gesichtsausdruck signalisierte Siska, dass sie dieses Gespräch nicht zum ersten Mal mit ihrem Enkel führte. Das Leben mit Viktor besaß etwas tragisch Zirkuläres. Es wollte nicht recht vorankommen.

»Was hat Viktor zu dir gesagt?«, fragte Siska ihre Tochter.

»Nichts«, antwortete Trixi.

»Und was machst du da?«, insistierte Siska.

Ihre Tochter warf ihr einen ultimativ genervten Blick zu. »Das willst du nicht wissen, glaub mir.«

»Will ich aber doch.«

»Ich suche nach einer Waffe.«

Siska suchte nach Worten, fand zunächst keine und platzte dann heraus: »Du machst Witze!«

»Genau«, sagte Trixi. »Humor. Voll mein Ding.«

Die Frau in Kleid und Schürze kehrte mit einem Tablett zurück. Tatjana bedankte sich und goss in vier Kristallgläser großzügig ein. Sie reichte Siska, Otto und Mila eines, hob ihres an, während sie »Nastrowje« und »Auf die Zukunft« sagte. Sie trank das Glas in einem Zug aus, und Siska sah keinen Grund, es ihr nicht gleichzutun. Beim ersten, zweiten und beim nächsten Glas.

Sie saßen in Komarows Büro und schwiegen wie Mitwisser eines Verbrechens, die sich gegenseitig belasteten. Komarow ergriff das Wort. »Er musste eine militärische Ausbildung haben. Die Waffe galt als vermisst. Sie verschwand zusammen mit anderen aus einem Depot. Es passiert, auch wenn es selten geschieht. Die Seriennummer wurde aus der Waffe zwar herausgefeilt, aber es ist beinahe unmöglich, sie rückstandslos zu entfernen.«

»Haben Sie einen Namen?«

Komarow studierte nochmals kurz auf dem Bildschirm die neuesten Untersuchungsergebnisse. »Vanja Poljakow. Sie nannten ihn den Polen. Dichter, Sänger, Journalist. Familie wanderte vor zwei Generationen bei uns ein. Er wurde relativ spät zum Militär eingezogen. Mit sechsundzwanzig Jahren.«

»Seine Familie konnte kein Schmiergeld zahlen, um ihn vor der Armee zu bewahren?«, fragte Viktor.

Komarow schüttelte den Kopf, Lopez hörte zu.

Komarow erklärte: »Jeder neue Rekrut leidet unter der ›Dedowtschina‹, den Repressalien der dienstälteren Offiziere, die die Jungen quälen.«

»Wie läuft das ab?«

»Es passiert ständig. Ist eine Tradition«, sagte Viktor. »Ein Fall ging durch die Presse. Ich war damals siebzehn Jahre alt. Offiziere misshandelten und vergewaltigten einen Soldaten. Ihm mussten kurz darauf die Beine amputiert werden.«

Komarow schwieg. Lopez sah angeekelt aus.

Viktor sagte: »Ein extremer, aber kein Einzelfall.«

»Daher also die Jarygin PJa«, sagte Lopez.

»Sie stammt aus Militärbeständen, wie gesagt«, erklärte Komarow.

»Alle Wege führen zu ihm«, ergänzte Lopez. »Zu Vanja Poljakow. Ich kannte den Namen bereits. Er war Zoya Bogdanowas Freund, bevor er festgenommen, verurteilt und inhaftiert wurde.«

»Was wissen Sie darüber?«, fragte Komarow.

»Ich weiß es aus erster Hand. Zoya Bogdanowa selbst hat es mir erzählt.«

Kühl erklärte Komarow: »Wir folgten damals nur einem Befehl.«

Viktor und Lopez sahen einander an.

Komarow fuhr fort: »Er wurde als gefährlich eingestuft. Homosexuell, promiskuitiv.«

Lopez drehte sich weg. »So ein Schwachsinn.« Beinahe tonlos sagte sie: »Ich halte das hier echt nicht mehr aus.« Sie erhob sich, griff nach ihrer Jacke.

Aber Viktor bat sie mit einer Handbewegung, noch zu warten. »Sie waren an diesem Einsatz beteiligt?«, fragte er Komarow.

»Ich befand mich noch in einer anderen Einheit, war aber einer der Beamten vor Ort.«

Viktor antwortete fassungslos: »Zoya Bogdanowa und Sie, Sie kannten sich seitdem?«

Komarow nickte.

»Langsam frage ich mich, ob Ihre Ermittlungen vielleicht nicht ganz uneigennützig sind.« In Lopez' Augen loderte ein Hass, den Viktor so offen noch nie bemerkt hatte.

»Ich schäme mich für diesen Einsatz«, sagte Rustam Komarow.

Aber Lopez' Wut schwelte weiter. Sie schien nicht bereit zu sein, dem Polizisten noch irgendetwas zu glauben. Viktor tat das, was er gelernt hatte. Er wartete auf den richtigen Moment.

»Ich glaube, wir handelten damals nicht korrekt. Ich glaube, dass etwas vertuscht wurde. Aber mir waren die Hände gebunden.«

»So wie heute auf dem Roten Platz?«, fragte Lopez mit ätzendem Sarkasmus.

»Es gab eine offizielle Richtlinie. Die besagte, dass keine Informationen nach außen gelangen durften.«

»Von wem?«

»Vom Vorgesetzten meines Vorgesetzten.« Komarow sprach jetzt leise. Als ob die Wände Ohren hätten.

»Warum interessierte sich die Familie Nowikow überhaupt für Vanja Poljakow?«, fragte Viktor.

»Du stellst die falsche Frage«, sagte Lopez gnadenlos. »Warum hat sich der Sohn Nowikows für ihn interessiert?«

»Predvidenje«, überlegte Viktor laut. »Der Namen taucht immer wieder auf. Was ist das für eine Firma?«

Komarow gab den Namen auf der Tastatur seines Computers ein. Er drehte den Bildschirm so zu Lopez und Viktor herum, dass sie die Einträge sehen konnten. »Eine Medienagentur.«

»Nur sechs Einträge bei Google?«, sagte Lopez überrascht. »Da stimmt etwas nicht.«

Komarow klickte die Einträge nach und nach durch. Er wirkte nachdenklich. »Das ist völlig nichtssagend.«

Lopez befahl ihm: »Googeln Sie Juri Boltanow, Polina Nikitina und Wiatscheslaw Maximow zusammen mit dem Namen der Agentur.«

Zehn Treffer, davon nur zwei, in denen sowohl Wiatscheslaw Maximow als auch Juri Boltanow und Predvidenje enthalten waren.

»Bilder!«, befahl Lopez schroff.

Komarow klickte einige der Bilder an.

Ein Zeitungsfoto von einem mit einem Tuch bedeckten Menschen, der vor einem Gebäude auf der Straße lag.

»Zum Text!«, forderte Lopez. »Viktor, übersetz mir das!«

Viktor überflog den Artikel, der beschrieb, dass ein Mann aus dem Fenster des Triumph-Palastes gefallen war. Er schien über den Putzeimer am offenen Fenster gestolpert zu sein, war unglücklich gefallen. Ein tiefer Sturz. Ein Kollege, Wiatscheslaw Maximow, bekundete, dass er der Firma fehlen werde. Ein anderer Mitarbeiter, Juri Boltanow, nannte es »tragisches Geschick«, der Verlust sei groß. Der Geschäftsführer sprach der Familie des Verunglückten im Namen von Predvidenje sein Beileid aus.

»Kein Name«, sagte Lopez. »Aber wer ist dieser Geschäftsführer?«

Komarow klickte, las, aber er schüttelte den Kopf.

»Lassen Sie mich mal«, forderte Lopez ihn auf. Komarow erhob sich widerstandslos von seinem Stuhl, um ihr Platz zu machen.

Viktor beobachtete die Dynamik, die sich zwischen den beiden entfaltete. Hatte Leonid Breschnew Lopez noch zu Füßen gelegen, trennte Komarow und Lopez eine Art raubtierhafte Aversion.

Lopez wechselte zügig auf deutsche Seiten, englische. Viktor wartete und sah zu, wie sie nach einer Viertelstunde entnervt aufgab. Enttäuscht lehnte sie sich zurück. Dass Lopez keine Erfolge vorweisen konnte, kannte Viktor nicht. Sie wischte sich einige Haarsträhnen aus dem Gesicht. »Verdammt.«

»Was nun?«, fragte Komarow.

»Ich weiß, wen wir anrufen können«, sagte Viktor.

»Den FSB vielleicht?«, fragte Lopez sarkastisch.

»Die Tochter meiner Freundin kennt sich mit Computern sehr gut aus.« Viktor kam sich wie ein stolzer Vater vor, der er nicht war.

Komarow fragte skeptisch: »Ist das legal?«

Lopez schnaubte. »Nicht nur Russland verfügt über gute Hacker«, bemerkte sie süffisant.

Komarow kniff die Lippen zusammen. Die deutsche Kollegin schien ihm noch mehr als ihr Kollege zuzusetzen.

»Wir haben trotzdem noch ein Problem«, sagte Viktor. »Wo ist Vanja Poljakow?«

»Handelt es sich bei ihm tatsächlich um einen Mörder, oder wird er das nächste Opfer sein?«, fragte Lopez.

Sie schwiegen, etwas knackte, die Nacht senkte sich vor dem Fenster über die Stadt.

»War Vanja tatsächlich homosexuell?«, fragte Viktor.

Komarow verzog spöttisch den Mund. »Natürlich nicht.«

Lopez beugte sich weit über den Tisch. Mit dem Zeigefinger deutete sie auf den Russen. »Und Sie haben ihn trotzdem verhaftet? Sie sind kein Polizist«, spuckte Lopez. »Sie sind ein Kollaborateur, ein Täter. Sie kotzen mich an.«

»Sie irren sich.«

»Wäre das erste Mal.« Lopez. Überlebensgroß und selbstbewusst.

Viktor hatte lang genug gewartet. Auf den richtigen Moment. »Warum haben sie Pola Paradies damals nicht sofort verhaftet?«

Lopez' Gesichtsausdruck signalisierte Unverständnis. Viktor wechselte in einem Moment das Thema, in dem Komarow einen Fehler eingestand. In dem sie endlich die Oberhand gewannen.

Viktor ergänzte: »Damals nach der Varietévorstellung.«

»Warum hätte ich das tun sollen?«, spottete Komarow. »Pola war ein Opfer, keine Täterin.«

»Sie hat Sie offen angemacht.«

»Na, und?«, fragte Rustam Komarow.

»Als würde Sie sie kennen. Es hat Sie nicht gestört. Sie sind zuständig für Kapitalverbrechen, Mord. Pola hatte aber nur einen Streifschuss abbekommen.«

»Seit wann kennen ausgerechnet Sie sich mit der Arbeitsaufteilung in unserer Behörde aus?«

»Sie wollten dort ermitteln, damit es kein anderer tut.«

Komarow richtete sich zu voller Größe auf.

»Sie haben sie aus anderen Gründen verschont«, mutmaßte Viktor.

»Und die wären?« Komarows ovales Gesicht wirkte angespannt, die helle Haut wie glatt gezogen.

»Sie sind selbst homosexuell.«

Es geschah nicht oft in ihrem Beruf, aber Lopez riss überrascht die Augen auf.

Komarow lächelte minimal. Fast beifällig. Er machte sich nicht die Mühe, etwas abzustreiten. Er sagte nur: »Habe mich schon gefragt, wann Sie endlich darauf kommen.«

42

Eine Fahne zeigte die Farben der Russischen Föderation, weiß, blau, rot, eine andere das russische Wappen auf dreifarbigem Grund. Sie rahmten den schweren Holzschreibtisch mit Goldkante ein. Zwei Lampen, ein Glasmodell von Tiffany, die andere modern aus Stahl, standen auf dem Tisch. Tischkalender, Telefon, Computer, Stifteköcher, mittig ein weißes Blatt Papier wie absichtlich dekoriert. Jeder Gegenstand schien mit exaktem Abstand zur Tischkante ausgerichtet. Zwei Besucherstühle, die Holzlehnen mit Ornamenten überladen, die Bezüge blumenbestickt. Ein Schreibtischstuhl, der mit grünem Leder gepolstert war. Schwere braune Vorhänge, die das bodentiefe Fenster verbargen, vor dem es regnete. Der Raum perfekt klimatisiert. Die Wände waren mit Holz getäfelt. Über allem thronte an der Wand der goldene Reichsadler. Wahrscheinlich hing nur in Genadi Nowikows Büro als einziger Amtsstube des Landes kein Konterfei von ihm. Warum? Weil er selbst hier regierte.

Der Präsident empfing den Boss in Anzughose und am Kragen offenem, weißem Hemd mit Handschlag. Er zeigte auf sein Gesicht, machte Witze über sein Aussehen und fragte ihn, wer ihn so zugerichtet habe.

Der Boss log, er habe beim Sparring zu viel eingesteckt. Obwohl er gar nicht boxte. Nowikow wusste das nicht. Es sei denn, er überwachte ihn. Aber das hätte er bemerkt. Oblag nicht ihm selbst das Sammeln von Informationen und deren Veränderung? Er solle den anderen Kerl erst einmal sehen, scherzte er.

Nowikow lachte und bat ihn, Platz zu nehmen.

Sie befanden sich jetzt zu dritt im Raum. Kolja Nowikows Händedruck war weich. Seine Handflächen überzog ein feuchter Film. Sein Blick wirkte unstet, kein Lächeln, nichts.

Der Boss fragte sich, ob Kolja die Nachfolge seines Vaters antreten würde. Man traute dem gehörlosen Sohn wenig zu, aber der Boss hatte sein Potenzial schon früh erkannt. Kolja zog die Fäden im Hintergrund. Er hatte eine internationale Erziehung genossen, im Gegensatz zu seinem Vater. Er dachte global. Für seinen Vater würde Russland immer an erster Stelle stehen. Aber die Russen würden keinen Mann wählen, der nichts hörte. Sie liebten ausdrucksstarke Persönlichkeiten, naturverbunden, die mit nacktem Oberkörper Tennis spielten oder wie Nowikow wöchentlich Marathon liefen und Geräte stemmten.

Der Boss hatte Nowikows Wahlkampf mitfinanziert, was ihm Privilegien sicherte. Männer mussten viril sein und vital. Ein Gehörloser passte nicht in das Bild des ersten Mannes im Staat. Aber der Boss wusste, dass die Amerikaner einen Schwarzen zum Präsidenten gewählt hatten, Engländer eine Premierministerin und Deutsche eine Frau als Kanzlerin. Wer konnte schon vorhersehen, was die Zukunft bringen würde? Die Welt veränderte sich täglich. Er saß am Puls der Zeit. Der Boss veränderte selbst diese Welt. Darin bestand sein Job. Den würde er verlieren, das wurde ihm jetzt klar.

Nowikow sprach laut: Hatte Zoya Bogdanowa nicht Geld veruntreut? War ihr das nicht nachzuweisen, dass sie sich bereichert, keine Steuern für ihre Einnahmen gezahlt habe? Man müsse nur die entsprechenden Dokumente beschaffen, und die Grundlagen für ein Verfahren seien vorhanden. Oder Unterlagen veröffentlichen, bevor es zu einem Verfahren kam. Vielleicht hatte sie auch eine lesbische Freundin gehabt. Ob das nicht wahrscheinlich sei? Die Demonstration sei so gut wie aufgelöst, der Rote Platz beinahe geräumt. Er erwartete noch einen aktuellen Bericht, danach zügige Gerichtsverfahren, denen harte Strafen folgen würden.

Kolja folgte dem Gespräch mit den Augen. Seine Mundwinkel zitterten. Er sah aus wie jemand, der bei einem wichtigen Rennen endlich geschlagen worden war. Mit einem Räuspern zog er die Aufmerksamkeit auf sich.

Sein Vater schaute ihn ungnädig an. Dennoch las er die schnellen Gesten, mit denen sein Sohn ihm etwas erklärte. Kategorisch schüttelte er den Kopf. Laut sagte er: »Njet!« Seine Geduld in dieser Angelegenheit war erschöpft.

Das Gesicht seines Sohnes verzog sich schmerzhaft, als bemühe er sich nicht einmal mehr um eine Fassade. Er legte seinem Vater die Hand auf die Schulter, aber der wischte sie einfach weg.

Der Boss schaute zu Boden, um nicht Zeuge dieser stillen Auseinandersetzung zu werden. Um nicht mit ansehen zu müssen, wie der Vater den eigenen Sohn verstieß.

Er sagte laut, dass natürlich alles möglich wäre, dass er sich um diesen einen Auftrag noch kümmern werde, dann aber das Land verlassen müsse, weil jemand systematisch ehemalige Mitarbeiter der Agentur ermordete. Drei von ihnen habe es bereits erwischt. Er habe nicht vor, der vierte zu werden.

Nowikow fragte, ob er wisse, wer das sein könnte.

Der Boss bestätigte, dass er eine Vermutung habe, denjenigen aber nicht finden könne. Sonst hätte er ihn längst schon … Anstatt eines Verbs entschied er sich für die Diplomatie.

Jeder Mensch hinterlasse Spuren, sagte der Präsident. Unmöglich, dass es einer nicht tue. Wer derjenige denn sei?

Der Boss überlegte, aber er musste offen sprechen. Dazu diente dieses Gespräch. Es handele sich um Vanja Poljakow. Ob Nowikow sich noch an ihn erinnere?

Kolja zuckte bei der Erwähnung des Namens zusammen

wie jemand, der getreten worden war. Schweißperlen bildeten sich auf seiner Stirn.

Genadi Nowikow setzte sich. Er wirkte ungerührt. Der Name sage ihm auf Anhieb nichts.

Der Boss erklärte, dass Vanja damals als der Pole bekannt gewesen sei. Ein Poet, Sänger und guter Journalist, bevor er für die Agentur zu arbeiten begann. Nach dem Tod von Alexej habe er sich leider gegen die Firma gewandt.

Genadi Nowikow wollte wissen, um welchen Alexej es ging. Kolja stand mitten im Raum und sah aus, als ob er gleich zusammenbrechen würde.

Etwa der Alexej, der aus dem Fenster gesprungen war?

Was habe der Pole damit zu tun gehabt?

Der Journalist habe an einem Artikel über die Aufgaben der Agentur gearbeitet, wie der Boss erfahren habe. Darin nannte er auch ihre Namen. Weil Predvidenje die Veröffentlichung nicht überlebt hätte, wurden Vanja Poljakow und seine Freundin aus dem Verkehr gezogen.

Wie?, wollte Genadi Nowikow wissen.

Also erklärte der Boss, dass man Vanja Poljakow als Homosexuellen denunziert habe, dass Fotomontagen von ihm angefertigt wurden, die sie im Netz kursieren ließen. Die sich schnell verbreiteten. Wie Poljakow seinen guten Ruf verlor. Dass der Journalist wegen dieses Vergehens angeklagt und verurteilt wurde. Dass er aber nach seiner Entlassung aus dem Lager spurlos verschwunden sei.

Genadi Nowikow fragte, wer das veranlasst habe. Weil er es nämlich nicht gewesen sei.

Er wusste, dass der Präsident ihm diese Frage stellen würde. Nun galt es, die Antwort zu vermeiden. Er wollte niemanden bloßstellen. Nicht den Ast absägen, auf dem er saß.

Er verstand nicht, warum, aber Kolja nahm ihm diese unmögliche Aufgabe einfach ab. Er stellte sich vor seinen Vater und zeigte auf sich. Er zitterte.

Alle schwiegen. Kein Geräusch, kein Ton. Dieses Büro war schalldicht konstruiert worden. Nicht einmal das Gluckern der Heizung war zu hören.

»Warum habe ich davon nichts erfahren?«, fragte Nowikow seinen Sohn. Seine Stimme klang ernst und kühl. »Geschah das etwa alles wegen ihr? Hast du so deinen Konkurrenten aus dem Weg geschafft?«

In diesem Moment klopfte es an der Tür. Nowikow erhob sich langsam, sein Sohn wich zurück. Die Tür öffnete sich, und jemand bat den Präsidenten, schnell zu kommen. Er zögerte kurz, ging dann eilig über die weichen Teppiche in das nächste Zimmer. Sie verharrten bewegungslos. Der Boss traute sich nicht, Kolja anzusehen, weil er wusste, wie schicksalhaft dieser sich verstrickt hatte.

Nowikow kehrte ein paar Augenblicke später mit einem hageren, großen Mann zurück. Als müssten sich die Ereignisse genau jetzt überschlagen. Er stellte ihn als Rustam Komarow vor, leitender Ermittler in Sachen Kapitalverbrechen und Mord der Moskauer Kriminalpolizei.

Sie schüttelten sich die Hände. Förmlich und kurz.

Der Boss fragte direkt, weil die Gelegenheit günstig schien, ob der Polizist auch wegen Juri Boltanow und Wiatscheslaw Maximow ermittelte.

Dieser nickte bestätigend und fragte seinerseits, was der andere Mann darüber wisse. Ein gerissener Hund, dieser Polizist, der seine Verletzung mit Interesse musterte. »Nichts Genaues«, antwortete der Boss und setzte nach, ob es schon einen Verdächtigen gebe, den die Polizei verfolge.

Der Polizist überlegte kurz. Einen Verdächtigen gebe es, wobei man nicht mehr als einen Spitznamen wisse. Die Lage sei unsicher und dieser Mann nicht mehr als ein Verdächtiger.

Der Boss und Nowikow sahen ihn nur an. Sie warteten, die Nerven zum Äußersten gespannt.

»Ob er schon von dem Polen gehört habe?«, fragte der Polizist.

Der Boss dachte eine Weile nach, um dann den Kopf zu schütteln. Leider nein, aber er werde die Ohren offen halten. Man könne nie wissen, was einem über den Weg laufe.

Der hagere Polizist ergänzte: »Oder wer.«

Nowikow und Kolja schauten nach dieser Antwort starr nach vorn. Keiner rührte sich.

Ob damit mehr als nur eine Information gemeint war, fragte sich der Boss. Er wusste jetzt, dass auch die Polizei nach dem Polen suchte. Der Präsident schaltete sich ein. »Sie sind früh dran«, sagte er beiläufig.

»Ich habe schlechte Nachrichten«, antwortete der Polizist.

»Welche?«, wollte Genadi Nowikow wissen.

Komarow warf den beiden anderen Anwesenden im Raum einen langen Blick zu. »Das sollte besser unter uns bleiben.«

Aber Genadi Nowikow schüttelte den Kopf. »Sprechen Sie!«

»Mit Verlaub, ich weiß nicht, ob es eine gute Idee …«

»Welche Nachricht?«, unterbrach der Präsident ihn.

Komarow seufzte leise, dann sagte er: »Im Frauengefängnis gab es eine Messerstecherei. Zoya Bogdanowa ist tot.«

Als das Begreifen einsetzte, traf es sie alle wie die Splitter eine Explosion.

Fassungslos beobachtete Genadi Nowikow, wie sein Sohn schluchzend zusammenbrach.

»Heilige Scheiße!«, sagte Lopez hinter vorgehaltener Hand. »Ist das der russische Präsident?« Sie drehte sich halb weg.

Viktor starrte auf den athletischen Mann, der sich mit

Komarow unterhielt. Der Polizist folgte dem Mann mit dem Gesicht, das beinahe jeder auf dieser Welt kannte, bis sich eine große Flügeltür hinter ihnen schloss.

»Sah dem Typen auf dem Bild in Komarows Büro zumindest verdammt ähnlich«, sagte Viktor. Er würde nicht darüber in Ekstase geraten, dass er einen hochrangigen Politiker aus zwanzig Metern Entfernung gesehen hatte. Er würde sich nicht von den Blattgoldverzierungen des Kremls blenden lassen, deren inflationäre Existenz in allen Zimmern ihn unendlich erschöpfte. Ornamente, alte Meister, Schnörkel, Marmor, Holzschnitzereien. Viktor kam sich vor wie über Nacht in einem Museum eingeschlossen. Gefängnisse gab es überall. Manchmal nannten sie sich goldene Käfige. War dies das neue Russland? War dieses Moskau modern? Butyrka oder Kreml? Dazwischen gab es fast nichts. Dieser immerwährende Gegensatz zwischen Arm und Reich. Diese unüberwindbare Kluft zwischen Gewinnern und Verlierern.

»Ich wollte ja schon immer mal den Kreml besuchen«, sagte Lopez, »aber das hier ist unheimlich. Lass uns lieber wieder gehen!« Sie sah sich um wie jemand, der verfolgt wurde. Viktor kannte das Gefühl. Aber der einzige Mensch, der sich noch mit ihnen im Raum befand, war ein alter Mann in schwarzem Frack. Er stand aufrecht neben einem antiken Sessel und schaute in die Luft, als bemerkte er ihre Anwesenheit gar nicht.

Die Flügeltüren öffneten sich. Komarow kam schnellen Schrittes auf sie zu, forderte sie mit einer knappen Bewegung seines Kopfes auf, ihn zu begleiten.

»Was ist passiert?«, fragte Lopez, die Schwierigkeiten hatte, ihm zu folgen.

»Raus hier!«, sagte Komarow leise.

»Sie treffen sich mit dem russischen Präsidenten?!«

Komarow antwortete nicht. Er ging gerade so schnell,

dass es noch nicht wie Laufen aussah. Viktor fand, dass er wie ein Flüchtender wirkte.

Viktor bemerkte, wie er seine Schritte beschleunigte. Er verstand nicht, warum sie sich derart beeilten. Warum sie sich überhaupt hier befanden.

Er hatte nicht kapiert, warum Komarow nach einem Anruf überraschend auf einer dreispurigen Straße das Blaulicht auf das Autodach geknallt hatte. Warum er in einem waghalsigen Manöver wendete und damit beinahe einen Zusammenstoß riskierte. Warum er sie mit einem Befehl gezwungen hatte, das Auto zu verlassen und ihm zu folgen. Warum sich alle Tore des Palastes für sie öffneten. Warum Komarow einigen Wachen in Zivil im Flüsterton etwas erklärte. Warum sie skeptisch gemustert und selbst nach dem Durchqueren eines Körperscanners mehrfach durchsucht worden waren. Präzise abgetastet, wie es nur Profis konnten. Warum dennoch niemand fragte, wer sie waren. Warum sie sich nicht ausweisen mussten. Zwei deutsche Polizisten im Zentrum der Macht. Ein überraschender Dreh des Schicksals, ein Versehen oder eine Zwangsläufigkeit, die Viktor bis jetzt nicht verstand.

Viktor empfand sich nur noch als Spielball, als jemand, der den anderen Darstellern dieser Inszenierung in rasantem Tempo folgte. Immer einen entscheidenden Meter hinterher, immer zeitverzögert. Er verlor sich zunehmend in den Sequenzen anderer Vorführungen, anderer Darsteller, fremder Schauplätze.

Türen öffneten und schlossen sich. Wieder Blattgold, Malereien auf dunklen Hintergründen, mehr Brokat, noch mehr rote Samtstoffe. Mal hell beleuchtet wie in einem Operationssaal, mal so düster, dass er ihre grotesk vergrößerten Schatten an den Wänden der Treppenhäuser verzerrt wiedergegeben sah. Sie durchmaßen vier Stockwerke. Ein Labyrinth. Viktor taumelte hinter Komarow und Lopez durch den Palast. In einer Abwärtsspirale, an deren Ende das Unbekannte wartete.

Als Viktor Pflastersteine unter seinen Schuhsohlen verspürte, sich die schwere Tür hinter ihnen schloss und der Regen sein geschundenes Gesicht benetzte, bemerkte er, wie sich die Stadt um mehrere Grade abgekühlt hatte. Wie er das Dasein unter freiem Himmel genoss. Wie beengt sich riesige Räume mit hohen Decken anfühlen konnten. Wie viel Platz Klaustrophobie verursachte.

»Rennen Sie!«, befahl Komarow.

Viktor und Lopez folgten dieser Aufforderung. Beunruhigt, als müsse gleich etwas Schreckliches geschehen. Als gelte es, dem möglichst schnell zu entrinnen. Als sie Komarows Wagen keuchend erreichten, waren sie völlig durchnässt. Komarow entriegelte das Schloss, sie öffneten zeitgleich die Autotüren, sanken in die Polster und zogen die Türen vor dem prasselnden Regen wieder zu. Lopez wischte sich mit dem Ärmel die Tropfen aus dem Gesicht. Komarow betätigte den Scheibenwischer. Er ließ die Autoscheinwerfer aufleuchten. Sie starrten wie Verfolgte auf die hell angestrahlte Palastwand. Aber niemand zeigte sich, die Tür blieb geschlossen.

Etwas anderes zog ihren Blick auf sich. Nicht mehr als eine Bewegung, die zwei Stockwerke höher zu bemerken war. Eine Glasscheibe, die das wenige Licht einfing, blitzte kurz auf. Danach schien eine Puppe aus dem Fenster zu fallen. Viktor sah, wie die Puppe mit den Armen ruderte, wie sie sich in der Luft leicht drehte. Dass diese Puppe einen Anzug trug und einen Vollbart. So viele Details steckten in dieser Momentaufnahme.

Der Mensch schlug auf dem Pflaster auf und blieb liegen. Er rührte sich nicht mehr. Viktors Verstand sortierte noch die einzelnen Bilder, die zu einer Erkenntnis führten: Vor ihnen im Licht der Scheinwerferkegel lag der Sohn des Präsidenten auf dem Boden. Kolja Nowikow. Ein Arm war unnatürlich abgewinkelt, das Bein verdreht. Viktor meinte, eine dunkle Flüssigkeit zu erkennen, die sich unter dem Körper ausbreitete. Dunkler als der Regen, der sich auch in Pfützen sammelte. Aber vielleicht verwechselte er das Bild nur mit seiner eigenen jüngsten Vergangenheit. Vielleicht sah er sich selbst dort auf dem Pflaster liegen.

Lopez atmete hörbar aus und zog am Türgriff. Im gleichen Augenblick startete Komarow jedoch den Wagen und fuhr in hohem Tempo rückwärts. Viktor duckte sich unwillkürlich, als sie durch das Tor der Kremlmauern schlitterten. Komarow wendete in drei schnellen Zügen, sodass Viktor wie auf einem schlingernden Schiff Übelkeit verspürte. Die Scheibenwischer schoben in hoher Frequenz Wassermassen vor ihren Gesichtern hin und her. Straßenlampen sahen wie Sonnenblumen aus, die unscharf aus dem Dunkel aufblühten.

Lopez schrie Komarow an, sie zerrte an seinem Arm, aber der Polizist ließ sich nicht beirren. Wie eine lästige Fliege schüttelte er sie ab.

Viktor sah, wie Lopez mit einem Ruck an der Handbremse riss, sodass der Wagen eine Kreisbahn zog. Komarow lenkte gegen, bremste scharf. Der Wagen kam mit einem Ruck am Rand des Platzes vor dem Kreml zum Stehen.

»Fahren Sie zurück!«, forderte Lopez Komarow mit eiskalter Stimme auf. »Helfen Sie diesem Mann!«

»Dieser Mann ist tot.«

»Woher wollen Sie das wissen? Ermitteln Sie, verdammt noch mal! Machen Sie Ihren Job!«

Komarow sah sie unbewegt an. Er schwieg.

»Was ist eigentlich mit Ihnen los?«, fuhr Lopez ihn an.

Komarow blinzelte. Der Kühler des Wagens surrte wie ein gefangenes Insekt. »Mal darüber nachgedacht, wer gerade oben hinter diesem Fenster war? Zusammen mit diesem Mann? Jemand anderes wird ermitteln, aber sicherlich nicht ich.«

»Sie müssen völlig verrückt geworden sein«, sagte Lopez fassungslos.

»Damit sind Sie ja bereits bestens vertraut«, sagte Komarow mit einem Seitenblick auf Viktor. Er legte den Gang ein, lenkte den Wagen in Richtung Ausfallstraße, telefonierte, forderte Verstärkung an, gab die Adresse durch und beendete das Gespräch.

Lopez schüttelte den Kopf. Resigniert, fassungslos, entsetzt.

Komarow wandte sich ihr und Viktor halb zu. Er sprach leise und formulierte exakt. »Zoya Bogdanowa ist tot. Gestorben bei einer Messerstecherei.«

Lopez schaute jetzt ausdruckslos nach vorn. »Woher wissen Sie das?«

»Nachrichten reisen schnell.«

»Wer war das? Der Mann, der aus dem Fenster sprang?«, fragte sie.

»Kolja«, sagte Viktor. Er musste sich räuspern. »Zoyas Freund.«

»Nowikow? Der Sohn des … Scheiße! Warum hat er das getan?«

Sie schwiegen, bis Viktor mit den Schultern zuckte und sagte: »Wir können nicht wissen, ob er sprang oder gestoßen wurde.«

»Er ist gesprungen«, sagte Komarow mit unverrückbarer Sicherheit.

»Woher wollen Sie das …?« Aber Lopez kam nicht dazu, ihren Satz zu beenden, weil Komarow sie unterbrach.

»Sein Vater liebte ihn abgöttisch, auch wenn er die Freundin seines Sohnes hasste. Kolja war wiederum unsterblich in sie verliebt. Alle wunderten sich, dass Nowikow sie mit ihren Protestvideos straflos gewähren ließ. Als ich ihn dort oben mit den anderen getroffen habe, wusste ich, dass so etwas passieren würde.«

»Etwas, das Sie nicht verhindern konnten?«

Komarow erduldete Lopez' verächtlichen Blick. »Weil ich im Vergleich zu Ihnen nicht Gott bin und auch nicht glaube, es zu sein.«

Viktor, der seit so vielen Stunden wach war, dass er sich vor Müdigkeit kaum noch konzentrieren konnte, musste dennoch fragen: »Was genau meinen Sie? Mit welchen anderen war er dort oben?« Die Information schien ihm wichtig zu sein, ohne dass er den Grund dafür kannte.

Komarow sah ihn über die Rücklehne hinweg an. »Präsident Nowikow und Oleg Sukov.«

Lopez drehte sich ruckartig zu ihm. »Was?!«

»Nowikow und Sukov. Oleg Sukov. Sie kennen ihn?«

Lopez warf Viktor einen warnenden Blick zu. Sie log offen und direkt: »Nie von ihm gehört.«

Komarow lächelte. Seine Vogelaugen verengten sich. »Wir haben alle unsere kleinen Geheimnisse.«

Lopez verzog den Mund zu etwas, das wie ein Lächeln aussehen sollte, aber wie eingefroren wirkte. »Fahren Sie!«

Komarow startete den Wagen: »Es war ein langer Tag.«

Viktor bemerkte, wie Müdigkeit ihn erneut überrollte. Wie sich seine Augen schlossen. Wie die Heizung feuchte Wärme in das Wageninnere pustete. Wie ihm alles gleichgültig erschien. Leben und Tod. Es roch nach Kampfer und nassem Tier. Das Raumklima betäubte ihn. Lopez schwieg, nur Komarow sang leise ein russisches Lied. Ein Satz blieb in Viktors Kopf hängen: »Jetzt nimmt das Drama seinen Lauf.«

»Steh auf!« Der Bärtige rüttelte an der Schulter des Grauen. Der Graue schnarchte in seinem Schlafsack, jetzt schmatzte er verschlafen. »Was? Warum?«

»Den Königssohn hat es dahingerafft.«

Der Graue richtete sich mühsam auf. »War es der Vater? Oder hat er es selbst getan?«

»Vielleicht waren wir es.«

»Weil wir ihn nicht gewarnt haben?«

»Wir haben es versucht.«

»Aber wer hört schon auf uns Obdachlose?«

»Niemand.«

»Dann kann ich weiterschlafen?«, fragte der Graue. Er legte sich hin, zog den Schlafsack über den Kopf. Der Bärtige beantwortete die Frage nicht. Er arrangierte die Plastikplane über dem Grauen so, dass sie ihn gut bedeckte.

43

Viktor! Wach auf!«

Lopez' Stimme weckte ihn. Er wollte nur noch schlafen, aber die Welt zwang sich ihm mit ihren Formen und Farben auf. Sie fuhren immer noch, Straßenlampenlichter glitten an den verregneten Scheiben wie Schnappschüsse vorbei. Lopez hielt ihm ihr Handy hin. Automatisch griff er danach, presste es sich an das Ohr, auf dem er noch gut hörte. »Ja?« Seine Stimme klang undeutlich und dumpf, als habe man ihm etwas in den Mund gesteckt.

»Viktor?«

»Was?« Viktor versuchte, den schalen Geschmack hinunterzuschlucken. Auf seiner Zunge verspürte er ein pelziges Gefühl. Muskelkater, Schmerzen, jeder Zentimeter seines Körpers schien ihn lautlos anzuschreien.

»Jemand hat gestern eine Jarygin PJa auf der Seite ›Dark Market‹ gekauft.«

»Wo?«

»Im Deep Web«, sagte Trixi. »Bezahlt wurde mit Bitcoin. Ein vergleichsweise angemessener Betrag. Ob und wann die Waffe geliefert wurde, weiß ich aber nicht.«

Wie nach einer Ohrfeige setzte bei Viktor das Wachsein ein. »Wer?«

»Nicht mal ich kann dir das sagen. Dazu bräuchte ich mehr Zeit. Nutzt dir der Profilname?«

»Nein.« Viktor gelang es kaum, einen klaren Gedanken zu fassen. Profil. Nutzer. Namen, IP-Adressen. Für ihn nur Buchstaben- und Zahlenkombinationen ohne Sinn. Aber dann überlegte er es sich anders. »Doch, warte! Wie lautet er?«

»RoteZoya.«

In Viktors Kopf spielten die Gedanken Fangen. Einer jagte den anderen. Egal wie er es drehte oder wendete. Zoya Bogdanowa war tot. Warum fiel ihr Name in diesem Zusammenhang? Er zermarterte sich den Kopf, fand nichts, das er verstand. Überall lagen offene Verbindungen, die zu nichts führten. Viktor fühlte sich wie einer, der sich hoffnungslos verrannt hatte. »Du bist der Wahnsinn«, sagte er. »Ehrlich. Das hast du wirklich gut gemacht.«

»Kinderspiel«, sagte Trixi mit der natürlichen Lässigkeit von Teenagern, die keine Verantwortung trugen. Die nur von ihren Talenten lebten. Im dunklen Glanz ihrer eigenen Brillanz.

»Lass dich nicht erwischen«, sagte Viktor. Für einen Polizisten benahm er sich nicht mehr besonders gesetzestreu. Eine Abwärtsspirale, die nicht zu enden schien. Je mehr er unter Druck geriet, desto mehr entfernte er sich von den Werten, die er vertreten sollte.

»Ich bin doch nicht du«, entgegnete sie.

Viktor konnte ihr Lächeln durch die Leitung hindurch spüren. »Passt auf euch auf«, sagte er. »Wir sind gleich da.«

»Okay«, sagte Trixi.

»Kannst du mir Petja geben?« Er lauschte den Hintergrundgeräuschen, einem Rascheln und Schleifen, er hörte Schritte, danach vielleicht das Öffnen einer Tür. Dann leise Worte und Petjas Stimme, die distanziert wie immer klang.

»Na, alles klar bei dir?«

Petja schwieg, weil er solche Fragen nicht beantwortete. Viktor kam sich vor wie ein Idiot, der solche Fragen stellte. Aber er verfolgte einen Plan. »Schönen Nachmittag gehabt? ... Na ja, das passt ja gut.«

Lopez schaute sich um. Die Falten auf ihrer Stirn deuteten an, dass sie Viktors Verhalten ungewöhnlich fand. Sie hatte ihn noch nie derart sprechen hören.

Petja fragte: »Was soll das Gelaber?«

»Interessant«, antwortete Viktor. »Was genau macht er beruflich?«, fragte Viktor.

»Wer?«, fragte Petja.

»Das weißt du doch sicherlich«, formulierte Viktor vorsichtig. Er verstand sich nicht auf Eiertänze.

Petja schwieg, und Viktor konnte förmlich hören, wie er nachdachte. »Du meinst meinen Vater«, stellte Petja fest.

Komarow fuhr bog in eine Seitenstraße ab. Auf einem Schild verzogen sich die kyrillischen Schriftzeichen zu Schlieren. Der Polizist beobachtete Viktor im Rückspiegel. Viktor zwang sich, darauf zu achten, kein falsches Wort zu sagen. Er musste aussehen wie jemand, der nur Small Talk machte. Lopez' angespannte Haltung zeigte ihm an, wie aufmerksam sie zuhörte.

Viktor sagte: »Ja.«

Petja schwieg einen Augenblick. »Er leitet eine Firma.«

»Das ist nicht tragisch«, antwortete Viktor ohne jeglichen Zusammenhang. »Hat er eine Karte? Was steht darauf?«

Viktor hörte, wie Petja sich räusperte, wie etwas raschelte, als suche er einen Gegenstand, der nicht auf Anhieb zu finden war. Sie hielten an einer Ampel, die Rot zeigte. Es war still, ganz still.

»Geschäftsführer«, sagte Petja.

»Ist das alles?«

»Warum willst du das wissen?«

»Da ist sicherlich noch mehr.«

Viktor bemerkte, wie Petja sich nicht entscheiden konnte. Ihm wurde bewusst, wie klug Trixi und Petja immer handelten. Dass sie alles erwogen und bedachten. Dass sie sich nicht wie Kinder verhielten, sondern wie Erwachsene. Immer skeptisch, immer auf der Hut. Dass der Begriff Kindheit für beide von einem Rätsel umgeben war. Vielleicht ein Wort darstellte, das sie nie ganz begreifen würden.

»Predvidenje«, sagte Petja. »Agentur.«

Viktor hörte diese Worte. Sie fielen wie Objekte von Gewicht in ihn hinein. Es befriedigte und erschreckte ihn, sie jetzt endlich zu hören. Wie eine Prophezeiung, wie ein schlechtes Omen. Wie Kismet, das sich erfüllen musste. Er hatte darauf gehofft, gezählt. Was die Gewissheit um Längen über das Unklare erhob. Ein loses Ende, das jetzt nicht mehr lose war.

»Alles in allem ein schöner Tag«, sagte er laut. »Dann noch viel Spaß!«

Ein gleichförmiges Geräusch zeigte Viktor an, dass Petja das Gespräch bereits beendet hatte.

Er duckte sich noch tiefer in den Schatten, als der Polizeiwagen vorfuhr. In seinem Kopf überschlugen sich Überlegungen. Hatten sie ihn schon ausfindig gemacht? Aber wie war das geschehen? Oder war dem Boss etwas passiert? Der riesige Deutsche stieg aus dem Wagen. Er schwankte kurz, hielt sich am Autorahmen fest. Er wirkte unsicher. Als habe ihn kurz vorher jemand ausgeknockt. Das Licht der Straßenlampe ließ erkennen, dass die letzten Stunden für ihn ungünstig verlaufen waren. Schrammen, Wunden, Hämatome im Gesicht. Eine Frau stieg aus, die er nicht kannte. Durchschnittlich, unscheinbar, aber mit wachsamem Blick.

Er kannte nur den Bullen, der am Steuer saß. Er hing oft im Paradies herum. In engen Lederchaps, die sein Hinterteil betonten. So lenkte er ab von seinem mageren Gesicht und dem stechenden Blick aus Augen, die kaum Lust ausstrahlten. Er lehnte meistens an der Bar und schaute anderen Männern zu. Manchmal fummelte er mit einem Älteren herum. Ein Mal hatte er ihn mit einem Mann weggehen sehen, der sein Vater hätte sein können. Oft spürte er seine Blicke. Auch im Park trafen sie sich gelegentlich, wenn sie beide auf der Suche nach anonymem Sex durch die Hecken streiften. Wer weiß, ob sie sich vielleicht schon intimer kannten? Er wusste, dass der Bulle ohnehin gefährlich lebte. Unglaublich, dass sich seine Neigung noch nicht bei seinesgleichen herumgesprochen hatte. Vielleicht hatte ihn die Tatsache geschützt, dass er als harter Hund bekannt war, als jemand, der keine Gefangenen machte. Als jemand, der eher schoss als sprach. Ein Einzelgänger, den die anderen mieden oder fürchteten. Jeder wusste, was einem schwulen Polizisten drohte. Aber alle, die ihn in der Szene kannten, schwiegen. Er hatte schon vielen von ihnen geholfen. Oder dafür gesorgt, dass sie erst gar nicht auf die Wache kamen. Auch ihn hatte er verschont. Was ein Glück war, wenn er es bedachte. Eine Glückssträhne, die jetzt jedoch abzureißen drohte.

Die zwei Alten am Feuer lachten leise. Flaschen stießen aneinander, bevor sie tranken. Das Geräusch lenkte die Blicke des Deutschen und der Frau auf sie. Aber die Dunkelheit schluckte ihre Umrisse wie Nebel eine ganze Stadt.

»Nastrowje – Prost«, rief der Dicke laut. Der mit dem langen Mantel antwortete mit einem Rülpser.

Er verfluchte die beiden Alten. Dass sie nicht leise waren. Aber ihre Obszönitäten gewährten ihm Schutz, denn die Frau drehte sich weg, als habe sie das Interesse verloren. Als beruhige die Existenz von Obdachlosen sie. Als seien diese keinen weiteren Gedanken wert. Der Deutsche schaute noch kurz in ihre Richtung, bis der Regen ihn endgültig vertrieb. Sie stapften die Auffahrt hinauf wie Menschen, die schwere Koffer trugen.

Der Polizeiwagen fuhr die Straße entlang und bog an der nächsten Ecke ab. Die Straße lag vor ihm wie ein Kleid aus schwarzem Lack. Das Feuer knisterte. Im Haus gingen Lichter an. Ein anderer Wagen näherte sich. Er erkannte Farbe und Modell. Er flüsterte den beiden Alten einen Abschiedsgruß zu, den sie im Rausch wahrscheinlich nicht wahrnahmen.

Als die Reifen des Wagens über die Auffahrt knirschten, zog er sich die Kapuze tiefer ins Gesicht. Die Sohlen seiner Schuhe machten auf dem Asphalt ein schmatzendes Geräusch. Er überquerte die Straße schnellen Schrittes. In der Tasche umfassten seine Finger kühlen Stahl. Ein vertrautes Gefühl, das er mochte. Er zog die Jarygin PJa aus der Tasche. Danach entsicherte er sie.

44

Als Viktor die Villa betrat, durchströmte ihn bei Siskas Anblick ein warmes Gefühl. Die Zeit im Gefängnis, die Vernehmung, die Ermittlungen, der Besuch im Kreml und die Flucht danach. Er hatte Siska vermisst, wie man eine Heimat vermisste, wenn man zu lang auf Reisen war.

Siska wartete im hellen Salon. Sie stand am Fenster, drehte sich um und kam lächelnd auf ihn zu. Die kurzen blonden Haare wie immer kaum gekämmt. Ihre Augen leuchteten, obwohl er fremde, ungepflegte Kleidung trug. Obwohl er aussah, so wie ein Mann nach einer Schlägerei eben aussah: angeschlagen und verbeult. Viktor umarmte sie. Wie immer musste er sich hinunterbeugen, weil sie so viel kleiner war als er. Er vergrub seine Nase in ihrer Halsbeuge, sog ihren Geruch ein, der ihm so vertraut erschien. Der ihm mehr zusagte als alles, was er kannte. Sie benutzte ein Parfüm, nach dessen Namen er sie endlich einmal fragen musste. Über Geschenke hatte er sich früher nie Gedanken gemacht. Er flüsterte: »Ich liebe dich.« Noch nie waren ihm diese Worte so leicht über die Lippen gegangen. Sie mussten gesagt werden. Nichts daran fühlte sich unfrei an.

Viktor hörte das splitternde Geräusch, bevor er den Ruck verspürte, der durch Siskas Körper ging. Er öffnete die Augen, bemerkte, wie Siskas Kopf schwer auf seinem Arm lag und ihr Körper jede Spannung verloren zu haben schien. Etwas durchnässte seinen Ärmel. Warm und weich. Er sah, wie Blut über ihre Wange lief. Ein dunkler Kreis auf ihrer Stirn. Viktor hörte, wie jemand schrie. Jetzt schrie er selbst.

Sie hatte gerade noch »Ich auch« gesagt.

Ein namenloses Grauen überkam ihn. Der Schock traf ihn wie ein stumpfer Schlag. Und dennoch wirkte alles danach überdeutlich, überklar. Jedes Staubpartikel in der Luft, jeder Atemzug. Blut pochte in seiner Stirn, er hörte, wie sich sein Herz um jeden Schlag bemühte. Noch wehrte er sich gegen die Angst, dass Siskas Herz genau das nicht mehr vermochte. Als sie ihm zu entgleiten drohte, packte er noch fester zu. Er hörte sich selbst »Nein« sagen, drei, fünf, zehn Mal. Weil sie sich aber nicht mehr regte, ließ er ihren Körper auf den Boden rutschen. Er sah die roten Flecken auf dem Teppich, in die sich helle Partikel mischten. Gewebe,

Knochensplitter. Sein Gehirn registrierte analytisch das, was seine Augen sahen.

Ein Motor heulte auf. Reifen quietschten. Das Geräusch eines fahrenden Wagens entfernte sich. Lopez schrie: »Runter, runter!« Es klang dumpf und unverständlich, als ob sie durch ein Schneetreiben rief. Aus dem Augenwinkel nahm Viktor wahr, wie die anderen sich auf den Teppich geworfen hatten. Mila, Otto, Trixi, Tatjana. Flughafen-Déjà-vu. Nur Petja war nicht da.

Siska lag da mit leicht geöffnetem Mund. Ihr Blick ging ohne Ziel starr durch ihn hindurch. Viktor kannte diesen Blick, der nichts mehr wahrnahm. In seinem Beruf hatte er zu viele davon gesehen. Er wischte Siska das Blut aus dem Gesicht, rief ihren Namen. Noch spürte er die Wärme ihrer Haut, als er seinen Mund auf ihren presste. Kurz danach legte er sein Ohr an ihre Lippen. Kein Luftzug traf ihn, nichts. Er drückte seine Handballen auf die Mitte ihres Brustkorbs und presste dreißig Mal. Danach legte er seine Lippen auf ihren Mund und gab zwei Atemstöße ab, die ihren Brustkorb hoben. Er achtete auf den Takt und presste, teilte seinen Atem mit ihr. Irgendwann bemerkte er einen roten Hof um ihre hellen Haare, der unter ihrem Kopf zu einem See anwuchs. Er spürte, wie ihre Lippen kälter wurden. Wie sich nichts in ihrem Blick regen wollte. Kein Wimpernschlag. Wie ihre Gliedmaßen erschlafft blieben.

Lopez kroch flach über den Boden auf ihn zu und sprach mit ihm, aber Viktor verstand nicht, was sie zu ihm sagte. Um ihn, in ihm war es still, ganz still.

Es gab nur Siska und ihn. Ihren Geruch, ihren Geschmack. Schweiß bildete sich auf seiner Stirn. Es existierte nur noch der eine Takt, der vorgab, was er zu tun hatte. Dreißig Mal pressen, dann atmen, zweimal, bis sie wieder leben würde. Bis sie Luft holen, vielleicht husten würde. Sie beide hatten den Tod überwunden. Viktor wusste, dass es möglich war. Um ihn herum fand Leben statt, jemand robbte aus dem Raum, die Intensität des Lichts veränderte sich leicht. Viktor spürte, wie etwas in ihm hinaufkroch. Die Angst. Sie war heiß, die Verzweiflung, die danach kam, kalt. Sie wechselten sich ab. Er spürte, wie er schwach wurde. Genau das konnte er nicht zulassen. Sein Atem ging nur noch stoßweise.

Lopez telefonierte. Ihre Hand lag auf seiner Schulter. Sie störte ihn, bis er wieder etwas hörte. Die Stimme seiner Babuschka. Sie stand aufrecht neben ihm. Sie ignorierte Lopez' Warnungen. »Steh auf!«, sagte sie zu ihm.

Während Viktor sich von Siskas Lippen löste, konnte er nur den Kopf schütteln. Arme durchdrücken, pressen, dreißig Mal. Seine Arme zitterten.

»Du kannst jetzt aufhören!«, hörte er Mila sagen. Ihre Hand glitt in sein Sichtfeld. Die Finger seiner Großmutter berührten Siskas Augenlider und schlossen sie. Er drückte noch einmal, zweimal auf Siskas Brustkorb, dann ließ er sich zurücksinken. Die Stille schien ihm unnatürlich laut. Er betrachtete Siskas helles Gesicht und seine blutverschmierten Hände. Er hörte, wie er sagte: »Ich muss aufwachen.« Aber er fühlte sich wie eingefroren. »Warum wache ich nicht auf?«

»Du bist wach«, sagte seine Großmutter leise. »Hellwach.«

Ein Verkehrsunfall eine Straße weiter kam ihm zugute. Der Weg wurde durch einen quer stehenden Lkw blockiert. Nicht mehr als ein Bagatellschaden. Die Unfallgegner stritten sich. Der SUV musste halten, wenden. Aber er konnte nicht wenden, weil diejenigen, die vor ihm flohen, ihn bewaffnet hinter sich vermuteten.

Der Regen lief ihm über das Gesicht, mit seinen Füßen berührte er kaum noch den Asphalt, weil er so schnell rannte. Als er ankam, gestikulierte der Fahrer des Lkw. Ein anderer Mann schüttelte vehement den Kopf. Der SUV tuckerte. Vor den Wagen wechselte die Ampel von Grün auf Rot. Er erreichte das Auto, als der Fahrer gerade den Rückwärtsgang eingelegt hatte. Er schaltete den Mann jedoch mit einem Schuss aus, bevor dessen Fuß das Gaspedal berührte. Sein Blut besprenkelte die Windschutzscheibe. Der andere Leibwächter saß auf dem Beifahrersitz. Weil er gut trainiert war, ließ er sich auf den toten Fahrer fallen, zog eine Waffe und schoss auf ihn.

Der Kugel zischte nahe an ihm vorbei in die Dunkelheit, aber sie traf ihn nicht. Geduckt huschte er um die Motorhaube herum. Er richtete sich kurz auf und erschoss den Leibwächter durch die Fensterscheibe. Nichts anderes hatte er jahrelang trainiert, und der Boss wusste das. Zwei Schüsse bis dato, die ihr Ziel sicher trafen. Einen klaren Kopf zu haben half dabei genauso, wie sich nicht von Gefühlen leiten zu lassen.

Der Motor brummte immer noch. Die hintere Tür öffnete sich, und Oleg Sukov stieg aus. Auch er hielt eine Pistole in der Hand. Er wusste, dass der Boss gut schießen konnte. Weil er regelmäßig auf einem Schießstand übte. Er selbst hatte ihn schon oft dorthin verfolgt. Aber er schoss nicht halb so gut wie er selbst. Noch einmal würde er ihn nicht verfehlen, wie es gerade vor dessen Haus geschehen war.

Mit Greg, seinem Leibwächter, war Sukov auf die erleuchteten Fenster zugegangen. Er rannte nicht auf die Eingangstür zu, sondern wandte sich nach rechts. Sukov ging an der Hauswand entlang. Sein Leibwächter folgte ihm. Für einen Moment lang hielt Sukov inne, schaute in sein eigenes Haus hinein wie ein Voyeur. Sukov musste sich immer noch sicher gefühlt haben, dieser Narr. Leise hatte er sich den beiden von hinten genähert. Der SUV tuckerte noch. Die Entfernung für einen Schuss schien noch nicht ideal. Leider verriet ihn das leise Knirschen der Kiesel unter seinen Sohlen eine Zehntelsekunde zu früh. Seine eigene Performance enttäuschte ihn.

Greg drehte sich um und erkannte ihn. Mit einer fließenden Bewegung stieß er Sukov zur Seite und warf sich über ihn. Sein Schuss, dessen Knall durch die Nacht hallte, hatte sein Ziel verfehlt. Er hörte noch, wie eine Fensterscheibe barst. Ein Klirren, das ebenfalls weithin zu hören war. Der SUV ruckte zurück. Er warf sich auf den Rasen und ließ sich ein paar Meter über das Gras rollen. Er wäre beinahe überfahren worden. Sukov und Greg krochen erst geduckt an der Hauswand entlang, rafften sich dann auf und retteten sich in den Wagen, der mit Vollgas über den Halbkreis der Auffahrt auf die Straße raste.

Für ihn bot sich keine freie Sicht, keine günstige Schussmöglichkeit.

Die Zielperson saß wieder in ihrem Wagen. Sie war jetzt gewarnt. Dass ihm ausgerechnet zu diesem Zeitpunkt etwas dazwischenkam, erfüllte ihn mit Wut. Die Situation wirkte hoffnungslos. Was konnte er schon gegen einen flüchtenden Wagen ausrichten? Die nächtlichen Straßen waren leer und frei. Doch eines hatte er bei der Armee gelernt: Nicht aufzugeben, bis die Schlacht verloren war. Was hatte er noch zu verlieren? Nicht viel.

Das hier war ein Rückschlag, dachte er, *nicht mehr,* während seine Schritte über den Asphalt trommelten. Ohne die Waffe einzustecken, rannte er dem Wagen hinterher.

Jetzt wusste er mit Sicherheit, dass der nächste Schuss leichter werden würde, obwohl es dunkel war. In dem Licht der Scheinwerferkegel leuchteten die fallenden Regentropfen. Die zweite Kugel an diesem Tag, Sukovs Kugel, verfehlte ihn nur um Zentimeter. Er konnte wieder einen Luftzug spüren. Aber seine eigene Kugel traf ihr Ziel. Die Ausbilder wären stolz auf ihn gewesen. Ihn selbst erregten diese Erfolge schon lang nicht mehr. Er bemerkte jetzt die noch frische Wunde am Oberarm. Der leichte Schmerz erinnerte ihn, wach zu bleiben. Und aufmerksam. Sukov schrie auf. Die Waffe fiel ihm aus der Hand.

Er sah sich kurz um. Die beiden Unfallgegner lagen auf dem Boden. Einer wimmerte. Wohl eher aus Angst, weil keine der Kugeln aus dessen Waffe ihn hätte treffen können. Sukov befand sich nicht in der Schusslinie. Querschläger hätte er gehört. Gerade eineinhalb Minuten mussten vergangen sein, seitdem er am Ort des Unfalls angekommen war.

Oleg Sukov hielt sich den Arm. Er stöhnte vor Schmerzen. Als er langsam auf ihn zuging, wollte der Boss weglaufen. Aber er sagte nur leise »Njet«. Der Boss drehte sich um. Er sah ihn an. Blut quoll zwischen seinen Fingern hervor. Seine Nase sah gebrochen aus. Eine alte Verletzung. Jetzt hatte ihn die Realität endlich eingeholt. Als nehme sie ihm nicht nur die Macht, sondern zu guter Letzt auch noch sein schönes Gesicht.

Sukov atmete heftig ein und aus, betrachtete konzentriert den Lauf der Waffe, die auf ihn zeigte. »Du«, sagte er.

Er musste nur nicken.

Letzter Aufzug, letzter Akt. Ein erhebendes Gefühl.

»Ich habe dich schon erwartet.« Schweiß bildete sich auf Sukovs Stirn. »Aber du hast lang auf dich warten lassen.«

»Weil mir eine Verhaftung dazwischenkam«, sagte er. »Und das Lager. Kam mir vor wie eine Ewigkeit.«

»Erschieß mich endlich, Vanja! Bringen wir es hinter uns.«

Vanja Poljakow sah, wie sein Boss zitterte. Sogar in Lebensgefahr benahm er sich noch, als hätte er die Macht. Als könne er bestimmen. Wie ein Lehnsherr, der über andere befahl. Den Reichen, Mächtigen trieb man die Arroganz nie wirklich aus.

»Wer sagt, dass ich dich jetzt töten will?«, fragte er ruhig.

45

Es tut mir leid.«

Von außen nagelte jemand ein Brett vor das zerbrochene Fenster. Jemand musste die Alarmanlage abgestellt haben, aber das Hämmern klang lauter als die Posaunen des Jüngsten Gerichts. Polizisten umstellten das Haus. Jemand hatte das Licht wieder angemacht. Es blendete Viktor. Er saß auf dem Sofa. Jemand deckte Siskas Leiche gerade mit einem Tuch zu. Rustam Komarow ging vor Viktor in die Knie. »Wie hieß sie?«

Viktor musste überlegen. Der Tod hatte eine Distanz zwischen ihn und andere Menschen gebracht, Kilometer, die beinahe nicht mehr zu überbrücken waren. Mechanisch antwortete er: »Franziska Mohn.«

Lopez saß neben ihm. Sie berührte ihn nicht. Sie war einfach da.

»Stimmt es, dass sie Ihre Freundin war?«

Viktor fiel es schwer, den Blick zu heben. »Ja.«

Ein Windstoß bauschte die Gardinen auf, bis jemand das Fenster endlich verschloss. Ein weiß vermummter Mensch fotografierte Glassplitter auf dem Teppichboden. Glassplitter, Knochenfragmente, Gewebe, Haar und Blut. Die Blitzlichter brannten sich auf Viktors Netzhaut ein. Die Zeit schien langsamer zu vergehen. Viktor erwartete, dass sie irgendwann anhalten würde. Müde und erschöpft, wie es Alten erging, die nicht mehr weiterwollten. Ein hässlicher Funke Hoffnung gaukelte ihm vor, dass sie vielleicht sogar rückwärtslaufen könnte, diese grausame Zeit. »Wo ist Trixi?«, fragte er.

»Draußen. Mila kümmert sich um sie«, antwortete Lopez.

Viktor hörte jetzt, wie Trixi weinte. Danach vernahm er

die Stimme seiner Babuschka. Beruhigend, beschwörend, leise.

Das Klingeln eines Handys klang schrill und laut. So wie alle Geräusche sich vervielfachten und verstärkten. Sogar Viktors Schwerhörigkeit konnte das nicht abmildern.

Komarow erhob sich. Er rief »Ruhe!« und legte den Zeigefinger an den Mund.

Alle Polizisten hielten inne. Jeder schaute Tatjana Sukova an, die nach ihrem Handy suchte.

Komarow flüsterte das Wort »Lautsprecher«, und Tatjana Sukova nickte. Sie sagte: »Da – ja.«

Alle hörten über den Lautsprecher, wie Oleg Sukov sprach. Er begrüßte seine Frau, nannte sie Häschen. Seine Stimme klang ruhig. Er bedauerte, dass er noch unterwegs sei. Dass er nicht zurückkommen könne, weil er noch einen Termin habe. Dass es früh am Morgen werden könnte, bis er nach Hause käme.

Tatjana Sukova schaute Rustam Komarow fragend an. Der nickte ihr nur aufmunternd zu. »Ich liebe dich, mein Häschen!«, sagte sie. »Ich gehe dann ins Bett.« Sie verabschiedeten sich liebevoll.

»Und?«, fragte Komarow.

Tatjana sah ungläubig auf das Display ihres Handys. »Er ist in Gefahr«, sagte sie mit erstickter Stimme.

»Wie kommen Sie darauf?«, fragte der Polizist.

»Weil er weiß, dass ich den Spitznamen Häschen hasse. So hat er mich seit Jahren nicht genannt.«

»Wo könnte er sich befinden?«

Tatjana schüttelte den Kopf. »Das weiß ich leider nicht.«

Komarow tigerte im Zimmer auf und ab. »Wir brauchen einen Anhaltspunkt. Dort, wo er ist, muss sich auch Poljakow befinden.«

»Versuchen Sie es da!« Alle drehten die Köpfe. Folgten dem Klang der Stimme, die gesprochen hatte. In der Tür stand Petja. Um seinen Hals lag ein Kopfhörer, das Kabel baumelte lose vor ihm hin und her. Sein Blick wanderte über das zugenagelte Fenster über die Vermummten bis hin zu Siskas Leichnam. In der Hand hielt er eine weiße Karte.

»Wo warst du?«, fragte ihn seine Adoptivmutter. Sie ging auf ihn zu, um ihn zu umarmen.

Petja ließ diese Liebesbezeugung steif über sich ergehen. »Im Keller ›War-Rider‹ gespielt, nichts mitgekriegt«, antwortete er. Ernst betrachtete er das Szenario, das sich ihm bot. Seine Mutter wollte ihm die Sicht verstellen, aber er ließ es nicht zu.

»Was ist das?«, fragte Komarow.

Petja hielt ihm die Karte hin. »Dort arbeitet er.«

»Wo hast du das her?«, fragte ihn seine Adoptivmutter.

»Aus seinem Schreibtisch.«

Tatjana las den Schriftzug auf der Karte gemeinsam mit Komarow. »Er arbeitet im Triumph-Palast? Warum hat er mir das nie erzählt?« Ihre Stimme klang enttäuscht.

»Es handelt sich um ein reines Wohngebäude, dachte ich.« Komarow wirkte irritiert.

Lopez, die bisher kein Wort geäußert hatte, schaltete sich ein. »Erinnern Sie sich nicht? Der Mann, der aus dem Fenster stürzte?«

Komarow schaute sie an. Langsam nickte er. In seinem strengen Blick erkannte Viktor eine völlig neue Emotion. Vielleicht so etwas wie Bewunderung.

Lopez sagte: »Vermutlich fing dort alles an.«

Zwei Männer betraten das Zimmer mit einer Trage. Alle machten ihnen Platz, senkten den Blick. Viktor sah zu, wie sie Siskas Körper auf eine Plane legten. Wie sie die Enden der Abdeckung über ihr zusammenschlugen, den Körper festschnallten. Er wollte sich erheben, er wollte Siska berühren, hierbehalten. Für immer, für die Ewigkeit. Viktor hörte Lopez' Stimme. Aufgeregt sprach sie auf Komarow ein. Die Männer hoben die Trage an und verließen damit den Raum. Viktor wollte etwas sagen oder tun, aber er vermochte es einfach nicht.

»Du siehst viel älter aus«, sagte Oleg Sukov.

»Das macht die gute Lagerluft«, antwortete Vanja Poljakow.

»Wie lange ist das her? Sechs Jahre?«

»Sieben. Und vier Monate, sechs Tage genau.«

Oleg Sukov hatte sein Jackett abgelegt und band sich gerade ein Handtuch um den Oberarm. Ein Ende des Tuches klemmte er zwischen die Zähne, mit der anderen Hand zog er es fest. Er sah sich suchend um, dann wischte er sich die beschmutzten Finger einfach an der Anzugjacke ab.

Vanja Poljakow dachte, dass ihre Verletzungen sie wie eineiige Zwillinge spiegelten. »Immer noch schön hier«, sagte er. Er ließ seinen Blick über das ausgewählte Mobiliar schweifen, das schwarze Leder, den Mid-Century-Schreibtisch und die abstrakten Gemälde, die an den Wänden hing. Es war kurz nach vier Uhr am Morgen, die Dunkelheit schlief noch vor der Panoramascheibe. Sie rahmte das Moskauer Lichtermeer. Der schwarze Himmel würde in zwei Stunden am Horizont wieder indirekt erleuchtet werden.

»Ein guter Ort«, bestätigte Oleg Sukov.

»Es ist so«, sagte Vanja Poljakow, »dass ich seitdem keine Nachrichten mehr hören oder sehen kann, ohne daran zu zweifeln. Ohne an dich zu denken. Ohne zu glauben, dass Informationen nur noch Lügen sind.« Er betrachtete die Waffe auf seinem Schoß. Drehte sie hin und her.

Sukov sank in seinen Schreibtischsessel. Er sah müde aus. »Und das ist neu?«

»Du warst schon immer ein Zyniker.«

»Und du nicht? Du warst ein Teil von alledem.«

»Das ist Vergangenheit.«

»Die du nicht ruhen lassen kannst.«

»Ich?« Poljakow lachte leise auf. »Du bist der Spieler, der über Figuren auf dem Spielfeld entscheidet, wie es ihm gefällt.«

Sukovs Gesicht zeigte keine Regung.

»Seltsam. Ich hab dich so lange, so intensiv gehasst, dass ich beinahe nichts mehr fühlen kann.«

Es war so still, dass die Abwesenheit von Geräuschen auffiel wie ein lauter Knall.

»Wie ist es, wenn eine deiner Spielfiguren zurückschlägt? Wenn sie selbst über das Spielfeld geht und den König in Bedrängnis bringt?«

»Bedrängnis? Ohne die Waffe in deiner Hand würde ich dir den Dichter, der du mal warst, vielleicht noch abnehmen. Was willst du von mir, Vanja?«

Vanja schwieg. Stumm schaute er Sukov an. Wie aus den Gedanken gerissen, antwortete er: »Deine Aktien.«

Sukov zog die Augenbrauen hoch.

»Predvidenjes Wert ist kontinuierlich gestiegen. Ich hole mir nur, was mir seit Jahren zusteht. Was du mir vorenthieltest, du mieses Schwein.«

»Dir steht gar nichts zu. Weil Verräter leer ausgehen.«

Poljakow lachte. »Männer, die einander beschimpfen. Sinnlos, unnötig. Nichts als Schattenboxen.« Seine Stimmlage änderte sich. Seine Worte klangen kalt und klar. »Überschreibe mir deine Aktien! Vielleicht verschone ich dann deine Frau und deinen Sohn.« Er überlegte. »Vielleicht aber auch nicht.«

»Wie stellst du dir das vor? Um diese Uhrzeit laufen keine Transaktionen.«

»Das ist Bullshit, wie du weißt. An die Arbeit, Mann!« Er spannte den Abzug der Jarygin PJa und zielte auf Sukovs Kopf. »Die notwendigen Daten findest du hier.« Er zog einen Zettel aus seiner Tasche, den er Sukov über die Schreibtischplatte schob.

Sukov las die Schrift. Er klappte seinen Laptop auf, der Bildschirm leuchtete hell.

Poljakow erhob sich von seinem Stuhl und ging um den Schreibtisch herum. Er stellte sich hinter Sukov. »Ich sehe, was du tust.«

Sukovs Finger glitten über die Tastatur. Etwa zehn Minuten später sagte er: »Okay. Das war's.«

»Nein«, sagte Poljakow, »wir warten noch auf die Bestätigung.«

Sukov drehte sich auf seinem Schreibtischstuhl ein Stück zu ihm hin. Mit halb zusammengekniffenen Augen sah er hoch. »Du hast dich informiert«, stellte er fest.

»Ich war mal Journalist, erinnerst du dich noch? Bevor du mich ans Messer liefertest.«

»Und jetzt profitierst du von dem Unternehmen, das du ruinieren wolltest? Was ist bloß aus Robin Hood geworden?«

»Robin Hood wurde auf einer Gefängnistoilette in den Arsch gefickt.«

»Aber«, fragte Sukov, »gilt das als Läuterung?«

Poljakow beherrschte sich nur mühsam. Die Waffe zitterte für einen Moment in seiner Hand.

»Ehrlich«, sagte Sukov im Plauderton, »Polina und Wiatscheslaw. Das hätte ich dir nie zugetraut. Du hattest immer etwas Weibisches an dir.«

Poljakow sagte geheimnisvoll. »Immerhin. Ich habe etwas daraus gemacht.«

»Was ich nicht verstehe«, sagte Sukov, »ist, wie du Juri umbringen konntest. Er war dein Freund.«

»Gerade du verstehst das nicht?!«, antwortete Poljakow. »Ich musste du werden. Das war der Preis. Ich habe ihn nicht gern gezahlt.«

»Du hast zusammen mit deiner Freundin eine Tragödie ausgelöst.«

»Wir? Wieso?«

Sukov sah ihn verächtlich an: »Hätte Zoya diese Journalistin einfach ruhen lassen, in Vergessenheit …«

Poljakow presste die Mündung seiner Waffe an Sukovs Schläfe. »Sprich nicht über sie!« Er sprach schneidend, kalt.

»Na? Immer noch verletzlich, was deine große Liebe anbelangt?« Sukovs Stimme klang verächtlich. »Aus euch konnte nichts werden.«

»Stimmt. Sie war zu gut für mich.«

»Du warst eine Nummer zu klein für sie«, sagte Sukov. »Sie hat sich jemanden mit Macht gesucht.«

»Wenn das hier zu Ende ist, werde ich wieder mit ihr zusammen sein.«

»Vereint im Tod?«, witzelte Sukov.

Poljakow sah ihn fragend an. »Was meinst du damit?«

Sukov brauchte einen Augenblick zum Nachdenken, dann durchfuhr ihn ein freudiger Schock. Er wusste nicht, was Vanja Poljakow in den vergangenen Stunden getan hatte. Wo er sich aufgehalten hatte. Er selbst konnte die aktuelle Berichterstattung nicht verfolgen. Vielleicht hatten die Nachrichtensender noch nichts darüber gebracht. Aber er begriff, dass Vanja es noch nicht gehört hatte. Er wusste einfach nicht, dass seine Freundin im Gefängnis gestorben war.

Über diese Information verfügte nur er. Darin bestand der einzige Vorteil, den er besaß. Er zeigte auf die Waffe, die Poljakow an seine Schläfe drückte. Gratsch, so hatten sie die Pistole immer genannt. Ein Spitzname. Saatkrähe. Glänzend und schwarz. »Kommt der Tod nicht für uns alle, irgendwann?«, fragte er unschuldig.

»Wir müssen gehen«, sagte Poljakow. Er zog die Waffe zurück. Die Zeit drängte.

»Wohin?«, fragte Sukov.

Vanja lächelte. »Berlin.«

»Ist eine weite Reise.«

»Nicht wenn wir dein Flugzeug nehmen.«

Oleg Sukov setzte ein betrübtes Gesicht auf. Tatjana und Petja waren in Sicherheit. Berlin. Er bekam noch eine Chance. Er würde davonkommen. So wie immer. Es kam immer der Moment, in dem sich Informationen gegen andere richteten. Dieser Augenblick würde bald kommen. Nicht zum ersten Mal für Vanja Poljakow.

46

Ein Unfall«, sagte Rustam Komarow.

Viktor hob den Kopf und sah ihn mit blutunterlaufenen Augen an. Alle außer ihm hatten das Zimmer verlassen. Das Wort »Unfall« hallte in seinem Kopf nach.

Lopez betrat das Zimmer. Viktor schien es, als sei sie gar nicht weg gewesen. Sie zog die Jacke aus. Viktor wusste, dass sich weiß gekleidete Menschen draußen an ihren Fahrzeugen die Kapuzen von den Köpfen ziehen würden. Sie würden aus ihren knisternden Anzügen wie aus Eierschalen schlüpfen. Darunter kämen Pullover und Hosen zum Vorschein, Schuhe und Haar.

Schuhe und Haar.

»Sie könnten recht haben«, sagte Lopez.

Komarow ignorierte den Konjunktiv. »Wir haben Bremsspuren gefunden. Von einem flüchtenden Fahrzeug, denken wir.«

Viktor interessierte sich nicht mehr dafür. Die Information erreichte gerade noch sein Ohr.

Lopez suchte Augenkontakt mit ihm, fand ihn aber nicht. Das mit einer Sperrholzplatte abgedeckte Fenster stand in völligem Widerspruch zu dem teuren Mobiliar. Durch die Platte des Wohnzimmerglastisches sah Viktor immer noch rote Wolken. Franziskas rote Umrisse, die einfach nicht verschwinden wollten, obwohl sie nicht mehr dort lag. Die Raumtemperatur stieg wieder an. Es schien Viktor sogar unerträglich heiß zu sein. Die Ruhe nach dem Sturm besaß eine watteartige Substanz. Sie hüllte ihn ein, drohte, ihn langsam zu ersticken. Viktor öffnete den obersten Knopf seines Hemdes. Er schwitzte, gleichzeitig fror er innerlich. Er musste alle Kraft aufwenden, nicht auf seine Hände zu sehen. Es roch nach Zucker und nach Blut.

»Beamte der Spezialeinheit ALPHA sind unterwegs zum Triumph-Palast.«

»Was machen Sie dann noch hier?«, fragte Lopez.

»Weil Sie mir noch eine Erklärung schuldig sind.« Komarow sah Lopez an. »Oleg Sukov. Was hat er mit alledem zu tun?«

»Das wollte ich gerade Sie fragen«, antwortete Lopez scharf.

Unwillkürlich sahen sie sich um. Aber sie hörten Tatjana Sukova leise in einem Nebenraum sprechen. Ein Beamter näherte sich ihnen. Sein Mund formte leise Worte. Rustam Komarow hörte zu. Danach übersetzte er für Lopez: »Tatjana und ihr Mann wollten mit ihrem Sohn das Land verlassen.«

Sie alle dachten an die Koffer, die überall im Haus verteilt warteten.

»Aber wie?«, fragte Lopez.

»Sie besitzen einen Privatjet. Wussten Sie das nicht?«

Lopez sah überrascht aus. »Natürlich. Ich habe nur nicht mehr daran gedacht.«

Rustam Komarow verzog den Mund. »Es muss doch

auch in Ihrem Interesse sein, diesem Sterben ein Ende zu bereiten. Reden Sie!«

Lopez sah Viktor an. »Oleg Sukov ist Petjas Adoptivvater. Petja ist mein leibliches Kind. Er hieß damals noch Luis, als er mit einem Jahr verschwand.«

Komarow zog überrascht die Augenbrauen hoch. »Sie machen Witze … nein?«

Lopez flüsterte, als sie Komarow ihre Vergangenheit kurz umriss. Die Entführung des Kindes, die vergebliche, jahrelange Suche, die Verzweiflung, als er nicht mehr auftauchte. Wie Viktor und sie durch einen anderen Entführungsfall in Berlin über St. Petersburg und Moskau endlich Petjas Eltern wiederfanden. »Einen Teil der Geschichte kennen Sie. Wir trafen uns damals, als Viktor in der Tiefgarage verletzt wurde. Die Holzkiste. Als wir das Mädchen fanden.«

Komarow antwortete nicht.

»Aber hier geht es nicht um illegale Adoptionen«, sagte sie.

»Nein. Es geht um Predvidenje.«

»Können Sie nicht leiser sprechen?«, fragte Lopez angespannt. »Petja muss das nicht mit anhören.«

Ein Mann in Uniform sah sich suchend um und entdeckte Rustam Komarow. Er überreichte ihm eine Akte, braun und vergilbt. »Spasibo«, bedankte sich der Ermittler knapp.

Der Polizist verbeugte sich leicht, zog sich zurück.

»Was uns fehlt«, sagte Rustam Komarow, »ist eine wichtige Information.«

»Was genau bei Predvidenje passierte«, ergänzte Lopez mechanisch.

»Richtig.« Rustam Komarow nickte. »Damals, als Poljakow verhaftet wurde, haben wir Unterlagen sichergestellt und beschlagnahmt. Sie wurden leider alle vernichtet.« Traurig schüttelte er den Kopf. »Bis auf diese hier.«

»Aber …«, stotterte Lopez. »Woher stammen diese Unterlagen dann?«

»Aus der Asservatenkammer.«

»Aber wenn alle Unterlagen vernichtet wurden …«

»Diese nicht.« Komarow schlug die Akten auf. »Das hier ist Poljakows Artikel, den er damals geschrieben hat.«

»Aber wenn es diese Akte gibt, warum haben Sie sie nicht sofort hinzugezogen?«

Komarow unterbrach Lopez: »Das habe ich, aber der Fall lag sieben Jahre zurück, und diese Unterlagen befanden sich nicht genau an ihrem vorgesehenen Platz.«

»Warum?«, fragte Lopez gespannt.

»Ich hatte sie im Archiv verlegt und musste mich erinnern. Trial and Error. Kurzum: Es hat gedauert, aber jetzt sind die Unterlagen hier.«

»Sie haben Poljakows Artikel vor der Vernichtung bewahrt?«

Komarow zuckte mit den Schultern. »Sagte ich nicht, dass ich fand, dass wir damals im Unrecht waren?«

»Geben Sie her!« Lopez streckte die Hand aus.

Komarow lächelte minimal. »Nur wenn Sie Kyrillisch lesen können. Ansonsten übersetze ich.«

Der Dienstagmorgen schlich sich blau in das Schwarz des Himmels ein. Lediglich ein Mal blitzte ein Stern zwischen den Wolken auf. Es nieselte immer noch. Pfützen glitzerten auf Moskauer Straßen im Licht der Straßenlampen.

Die Männer des Sondereinsatzkommandos sprangen am Chapayevskiy Pereulok 3 aus einem Kleinlaster. Die Türen schlossen sich. Schwarz Vermummte, von denen einige Schilde hielten, verschwanden in einem Hauseingang. Streifenpolizisten sperrten hundert Meter in beide Richtungen ab. Sogar um diese Uhrzeit fanden sich Schaulustige ein, die die Hälse reckten. Polizisten wiesen auch die Bewohner des

Triumph-Palastes ab. Niemand sollte das Gebäude betreten, niemand sollte es unkontrolliert verlassen. Die Männer der ALPHA-Spezialeinheit benötigten viereinhalb Minuten, bis sich die Aufzugtüren auf der vierzehnten Etage öffneten. Die Beamten, die den Weg über die Treppe genommen hatten, erreichten das Stockwerk zweieinhalb Minuten später. Vor einer Tür, die mit dem einfachen Schriftzug »Predvidenje Ltd.« versehen war, pressten sich die Männer an die Wand. Am Ende des Gangs sprach der Anführer einige kurze Worte in sein Headset. Er stellte eine Frage, die jemand auch beantwortete. Mit einem Kommando übermittelte er seinen Männern: Zugriff. Jetzt. Zwei Beamte sprengten das Schloss mit einer Ramme, die Tür schwang auf. Zügig betraten die anderen Polizisten mit vorgehaltener Waffe hintereinander den langen Flur, auf den mehrere große Zimmer mündeten. Stirnlampen warfen Lichtkegel in die Dunkelheit. Verschiedene Stimmen riefen ein abgehacktes »Sauber!« aus Büros und Konferenzräumen. Vier vermummte Männer drangen in einen großen Raum ein, dessen Panoramafenster einen fantastischen Blick auf das aus dem Nachtschlaf erwachende Moskau bot. Das Licht der Schreibtischlampe brannte noch. »Sauber! Und nichts!«, sagte ein Beamter in sein Mikrofon. Die Vögel waren ausgeflogen. Er erkannte es an zwei roten Flecken auf dem weichen Teppich, die noch feucht waren und typisch nach Kupfer rochen. Er erkannte es an der Raumtemperatur und am Fehlen des Laptops. An der seltsam leeren Stelle auf der Schreibtischplatte, wo sich eine rechteckige Fläche inmitten einer hauchdünnen Staubschicht abzeichnete.

Sechzehn Etagen tiefer dirigierte Vanja Poljakow Oleg Sukov zu einem alten Toyota Starlet. Mit dem Kolben seiner Waffe schlug er die seitliche, hintere Fensterscheibe ein. Er öffnete die Beifahrertür. Mit einem Handzeichen bedeutete er Sukov, sich in den Wagen zu setzen. Er zog die Kordel aus seiner Kapuze und band Sukovs Hände damit am Haltegriff über der Beifahrertür fest. Als er Sukov dabei am Arm packte, verzog dieser vor Schmerzen das Gesicht. Poljakow nahm hinter dem Steuer Platz. Mit einem Ruck riss er ein paar Kabel unter dem Steuerrad hinter der schwarzen Kunststoffverkleidung heraus. Er benötigte vier Versuche, bevor sich der Stromkreis schloss und die Batterie den Wagen startete.

»Wo lernt man so was?«, fragte Sukov.

»Beim Militär.«

»Ich dachte, du warst bei den Präzisionsschützen.«

»War ich auch. Präzision ist eine Lebenseinstellung, nicht nur ein Ziel.«

Sukov schwieg, während Poljakow den Sicherheitsgurt über seine Brust zog. »Ist das nicht übertrieben?«, fragte er spöttisch.

Poljakow sah ihn nicht an, als er sprach. »An deiner Gesundheit liegt mir nur so lange etwas, bis wir in Berlin ankommen. Danach«, sagte er, »bist du so gut wie tot.« Poljakow zog sich die schwarze Kapuze vom Kopf und legte vorsichtig den ersten Gang ein. Zügig bog er aus der Parklücke. Er entschied sich für den Ausgang des Parkhauses, der an der Rückseite des Gebäudes, vorbei an unzähligen parkenden Wagen, auf den Aeroporta Proyezd führte. Von der Sperrung des Chapayevskiy Pereulok bemerkte er nichts. Auf den Straßen herrschte nur schwacher Verkehr. Die Rushhour lag noch vor ihnen. Konzentriert lenkte er den Wagen stadtauswärts. Sukov stöhnte leise neben ihm. Poljakow dachte darüber nach, dass Präzision allein nie ausreichte. Für die letzte Etappe dieser Reise benötigte er Glück. Jeder wusste, dass das Glück als Freund unzuverlässig war.

»Verdammt«, murmelte Rustam Komarow und beendete das Gespräch.

Lopez schaute ihn an. Komarow schüttelte den Kopf. Am liebsten hätte er das Handy auf den Glastisch geschlagen und es in hundert Teile zersplittern sehen. Um Minuten zu spät. Sie hatten Sukov und Poljakow um Minuten verpasst. Ärgerlich war das. Nicht wiedergutzumachen. Seine Gedanken beschleunigten sich. Sein Gehirn arbeitete fieberhaft.

Viktor Saizew, der wie eine Statue ihm gegenübergesessen hatte, wie eine Salzsäule, bewegungslos, hob jetzt den Kopf. Er sagte nur ein Wort: »Flughafen.«

Lopez sagte: »Ja«, als habe sie mit nichts anderem gerechnet. »Willst du mitkommen?«, fragte sie ihn.

Viktor schwieg, um dann kaum sichtbar zu nicken.

Komarow fiel es schwer, überhaupt noch in dieses verletzte Gesicht zu sehen. Saizews linkes Auge war zugeschwollen, mehrere Stellen an Wange und Kinn abgeschürft. Dazu dieser vernähte, kahle Kopf. Der völlig inhaltslose Blick.

Aber die Zeit arbeitete gegen sie. Er durfte sich nicht in Sentimentalitäten verlieren. Nicht einmal für Sekunden. Es passte überhaupt nicht zu ihm, dass ihm etwas naheging.

Komarow erhob sich und rief den vor der Tür wartenden Polizisten Befehle zum Aufbruch zu. Mehrere Beamte versammelten sich im Eingangsbereich, um zu hören, was er zu sagen hatte.

»Warum setzen Sie sich so ein?«, fragte Lopez. Für einen Moment lag ihre Hand auf seinem Arm.

»Ist mein Beruf«, antwortete er knapp. Er musste sich räuspern.

Sie sah ihn an. Ihr Blick forderte etwas von ihm, das zu geben er nicht bereit war. »Das ist es nicht«, stellte sie fest. Schlicht und unaufgeregt. Sie strich sich eine Strähne ihres braunen Haares hinter das Ohr.

Er zögerte. »Mein Bruder. Ich kann nicht vergessen, wie er dort an der Wand lehnte. Wie er aussah. Er war kein …«

»Junkie …?«, ergänzte sie.

»Nein. Das war er nicht. Höchstens widerspenstig, eigenwillig. Ein schwieriger, ein komplizierter Mensch.«

»Wir werden Poljakow früher oder später finden.«

»Sie verstehen nicht.«

Lopez zog die Augenbrauen zusammen. »Was?«

»Es geht mir weniger um Poljakow. Oleg Sukov hat meinen Bruder ruiniert.«

»Sie wissen, dass Oleg Sukov …« Auch wenn sie den Satz nicht beendete, klang ihre Stimme eindringlich.

»Ein Verbrecher und der Adoptivvater Ihres Sohnes ist? Sie hatten es erwähnt.« Er zuckte mit den Schultern. »Unsere Ziele sind wohl nicht deckungsgleich.«

Damit drehte er sich weg. Er klärte die Beamten kurz auf, worin ihr Ziel bestand. Schrieb Poljakow und Sukov zur Fahndung aus. Mahnte zur Vorsicht. Sprach den kürzesten Weg zum Flughafen mit ihnen ab und das, was noch vorher zu veranlassen war. Er teilte die Teams ein. Er redete noch leise, als Viktor Saizew auf ihn zukam. Ein Koloss, der schwankte. Wie ein müder Wrestler, der nach einem verlorenen Kampf in die Kabine ging. Komarow stoppte mitten im Satz, weil es ihn erschreckte, wie gebrochen dieser Mann aussah. Wie alle Kraft aus ihm entwichen schien. Saizew erinnerte ihn an sich selbst. Damals, als er vom Tod seines Vaters erfuhr.

»Sie bleiben hier!«, befahl er Viktor Saizew. Er schämte sich, dass es rüde klang. Hilflosigkeit im Angesicht der Grausamkeit des Lebens reduzierte sein Benehmen auf ein Mindestmaß.

Seine Kollegin Rosa Lopez folgte ihrem Kollegen auf den Fuß. »Warum?«, fragte sie. Sie hatte seit ihrer Ankunft noch nicht geschlafen, wirkte aber hellwach.

»Weil wir ihn noch befragen müssen.«

Viktor schaute ihn mit rot geäderten Augen an. Komarow bemerkte, wie seine Mundwinkel zuckten.

»Küche!«, beorderte er ihn mit belegter Stimme. Etwas anderes als Kommandos wollten ihm nicht mehr gelingen.

Saizew nickte wie in Zeitlupe. Alle anderen Beamten schwiegen und starrten den Hünen an. Die uniformierte Staatsmacht wirkte deplatziert in diesem opulenten Haus.

Langsam bahnte sich Viktor einen Weg zwischen den Polizisten hindurch, als Komarow zu spät begriff, dass dieser nicht vorhatte, sich befragen zu lassen.

Der mehrarmige Kristalllüster schwankte leicht hin und her, das Licht flackerte, wie verursacht durch Spannungsschwankungen im elektrischen Netz. Er sah, wie Saizew über den polierten Marmor schlurfte, Schritt für Schritt, wie der angekettete Greifvogel kurz die Flügel hob und einen schrillen Schrei ausstieß, wie Saizew sich leicht eindrehte und nach dem Gürtel eines Polizisten griff, der mit nichts Bösem gerechnet hatte. Wie Saizew mit einer kleinen Bewegung seiner Finger den Knopf des Lederholsters öffnete, den Griff der Waffe umfasste, sie herausriss und mit der anderen Hand die Pistole entsicherte.

Komarow machte einen Satz nach vorn, bemerkte das überraschte Gesicht des Beamten, der an sich hinuntersah. Währenddessen hatte Saizew die Waffe in der Hand gedreht. Eine Frau stürzte auf Saizew zu. Er erkannte, wie Lopez' Hände nach dem Arm ihres Kollegen griffen. Nach der Hand, die die Waffe hielt. Wie der Lauf der Waffe auf Saizews Hals zeigte, wie ein heiserer Ruf, der dem des Vogels nicht unähnlich war, sich Komarows Kehle entrang und er mit ausgestreckten Fingern nach vorn sprang, um Saizew mit einem Stoß zu Fall zu bringen. Wie in einem Gewirr von Händen und Armen sich ein Schuss löste, dessen Knall noch nachhallte. Wie er dachte, bat, flehte, dass nicht der nächste Mensch in diesem Haus zu Tode gekommen war.

Das Leben lief wieder in Echtzeit ab, als er spürte, wie sein Ellbogen pochte und Schmerzsignale aussandte. Er lag auf dem deutschen Polizisten, Rosa Lopez halb unter ihm, halb neben ihm. Er konnte ihren Atem riechen. Etwas schlitterte über den glatten Marmorboden. Vielleicht Metall. Die Pistole? Vielleicht.

Komarow hörte es mehr, als dass er es sehen konnte. Mit seinen eigenen Händen presste er Viktor Saizews Arme an dessen gewaltigen Leib. Er keuchte, weil es ihn mehr Kraft kostete, als er zu haben schien. Weil sich Saizew mit der Gewalt eines Lebensmüden dagegen wehrte. Mehrere Polizisten griffen zu, drückten Saizews Beine zu Boden. Endlich bekam einer seine Handgelenke zu fassen. Dazwischen Rosa Lopez, die beschwörende Worte sprach. Saizew, dessen Gliedmaßen ruckten und zuckten. Den Rücken durchgebogen. Komarow gestattete es sich erst dann, aufzustehen, als er hörte, wie der deutsche Polizist am Boden brüllte. Ein unmenschlicher Schrei, verzerrt und animalisch. Protest und Verzweiflung, Wut.

Weil er, Rustam Komarow, und Rosa Lopez es nicht zugelassen hatten, dass er sich das Leben nahm.

47

Geht es?«, fragte Anatoli Smirnow seine Frau Thuja. Sie atmete deutlich hörbar, auf ihrem Gesicht, das er im Rückspiegel sah, lag ein Ausdruck nach innen gekehrter Ruhe, den er unheimlich fand.

»Muss«, presste sie hervor.

Innerlich zählte er bis zehn, aber schon bei acht stöhnte seine Frau unterdrückt. Er kontrollierte sie mit besorgtem Blick im Rückspiegel. Thuja hatte die Augen geschlossen, sie atmete pfeifend mit gespitzten Lippen aus. Fast hätte er die rote Ampel übersehen. Er bremste hart.

Prompt hörte er die Stimme seiner Frau: »Konzentrier dich bitte auf die Straße.«

Anatoli Smirnow stimmte ihr zu. Sein ungeborenes Kind hatte ein Anrecht darauf, zu leben. Junge oder Mädchen?, fragte er sich zum hundertsten Mal. Seine Frau benahm sich eigenartig, seitdem sie schwanger war. Hatte sie vorher wenig Interessen und Profil gezeigt, wusste sie seitdem genau, was sie wollte, und war auch durch keine schlüssigen Argumente davon abzubringen. Also hatte sie beinahe alle ärztlichen Untersuchungen verweigert. Geburtskliniken waren ihr ein Gräuel. Anatoli verstand das, weil dort ein rauer Umgangston herrschte, die Patienten manchmal selbst Urinproben beschriften und Laborergebnisse beschaffen mussten. Ärzte und Krankenschwestern wurden regelmäßig mit Geld und Geschenken bestochen. Das gehörte zum guten Ton.

Anatoli hatte vorsichtshalber eine Kaffeemaschine als Gabe in den Kofferraum gepackt. Thuja las seit Beginn der Schwangerschaft Bücher über Homöopathie und Bachblüten, die Anatoli wie esoterische Ratgeber über Mondphasen oder Sternzeichen vorkamen. Sie hatte sich ebenfalls konsequent geweigert, für die Geburt eine Klinik aufzusuchen, als das Thema zum ersten Mal aufkam. Nach langen abendlichen Diskussionen konnten sie sich auf ein sündhaft teures Geburtshaus einigen, das im Westen Moskaus lag. Immerhin hatte Anatoli eine Hausgeburt abwenden können. Wenn er Roulette spielen wollte, würde er ins Casino gehen. Natürlich tat er das nie. Anatoli arbeitete als Lehrer an der »Schule der kommenden Generation«, die mit dem Schiller-Gymnasium in Berlin-Wedding verpartnert war. Er unterrichtete Mathematik und Chemie. Casinos lagen ihm so fern wie Bachblüten.

»Willst du dich vielleicht hinlegen?«

Thuja antwortete mit einem sorgsam unterdrückten Schrei.

Er hatte sich bei dieser Geburt auf alle möglichen Emotionen seiner Frau eingestellt. Auf lautes Schreien, weinerliche Hilflosigkeit, was ihm natürlich am liebsten gewesen wäre, oder offene Wut. Aber diese unheimliche Ruhe, mit der seine Frau die Wehen verarbeitete, verunsicherte ihn. Wie eine Vollstreckerin, die nur auf den richtigen Moment wartete. »Soll ich anhalten?«, fragte er.

»FAHR!«, sagte sie zu ihm. Ruhig und doch so deutlich, als würde sie jeden Buchstaben in seine Gehörgänge stanzen. Er hatte sie noch nie so bestimmt und einsilbig erlebt.

Als die Ampel auf Grün schaltete, reagierte er nervös. Der Wagen machte einen Satz. Er dachte an die Kaffeemaschine, beruhigte sich aber, da der Karton, in dem sie steckte, das Gerät gut schützen würde. Den Spiegelblick vermied er, weil er Thujas strafenden Blick bereits erahnen konnte. Er durfte sich jetzt nicht verfahren. Er kannte die Stadt wie seine Westentasche, aber dies war eine besondere Situation. In ein paar Stunden würde ihr gemeinsames Kind das Licht der Welt … Er hörte, wie Thuja wieder stöhnte. Bildete er es sich nur ein, oder kamen die Wehen jetzt häufiger? Die Abstände, in denen er in den Rückspiegel schaute, schienen kürzer zu sein. Er dachte an Fruchtwasser und Nachgeburten.

Im Nachhinein konnte er nicht mehr sagen, ob es der Schrei war, der aus Thujas Mund schallte. Diesmal laut und unkontrolliert, sodass Anatoli erschrak. Oder das Auto, das wie aus dem Nichts vor seinem auftauchte. Thuja schrie zumindest immer noch – war es eine neue Wehe, eine Warnung oder Wut? –, als sie den anderen Wagen rammten.

Ihr Auto schlitterte, während Anatoli noch zu bremsen versuchte. Danach ein Krachen, Kratzen, Scheppern. Vor Anatolis Augen blies sich ein weißer Ballon auf, dessen Existenz er erst richtig zur Kenntnis nahm, als sich sein Gesicht wie von selbst in der Plastikblase vergrub.

Hatte er den Knall vor oder nachdem sich der Airbag aufgeblasen hatte gehört? Es krachte gewaltig, und Anatoli hätte schwören können, dass er Thujas vorwurfsvollen Blick im Rückspiegel gesehen hatte, bevor ihr Auto in die Fahrerseite des anderen Wagens hineingerast war. Sie würde ihn hassen, weil er die Geburt ihres ersten Kindes total vermasselte. Er flehte jetzt schon für den Umstand, dass der andere Fahrer schuldig war. Sie standen still, für einen Moment wartete er, dass noch ein anderes Fahrzeug auf ihre ramponierte Karosserie aufprallen würde. Eine Massenkarambolage, früh am Morgen. Unvorstellbar. Ob sein Vergehen die Vorlage für seine Scheidung liefern würde?

Aber die Straßen waren um diese Uhrzeit noch leer. Ein weiterer Aufprall blieb aus. Als Anatoli es endlich wagte, sich umzusehen, war Thujas Kopf verschwunden. Der Airbag hing jetzt schlaff an dem zerstörten Armaturenbrett. Er wandte sich nach hinten, um zu sehen, was mit seiner Frau geschehen war. »Thuja!«, rief er angsterfüllt. »Bist du okay?«

Seine Frau lag auf dem Boden zwischen Vordersitzen und Rückbank. Unfreiwillig, wie er vermutete. Jetzt zog sie sich auf die Rückbank hoch und stöhnte. Thujas enormer Bauch ragte in die Höhe. Die Beine seiner Frau waren abgewinkelt, unter dem Rock gespreizt. Ihre Knie berührten fast den erschlafften Seitenairbag, der sich zuverlässig in der Türverkleidung geöffnet hatte.

Ein gutes Auto, dachte Anatoli. Gut geeignet für Familien. Er würde diese Marke wieder kaufen, sollte dieser Wagen nicht mehr zu retten sein. Es roch seltsam. Der Motor zischte. Anatoli hörte ein Geräusch. Etwas tröpfelte den Rücksitz hinab. Fruchtwasser. Thuja hechelte im Liegen, obwohl man ihnen im Geburtsvorbereitungskurs davon abgeraten hatte. Anatoli verkniff sich einen Hinweis, weil Thuja ihn beim Hecheln auch noch anfunkelte.

»Ich rufe den Notarzt«, sagte Anatoli schnell, aber eher zu sich selbst, um sich zu beruhigen. Sollte jemand anderes die Verantwortung übernehmen. Nichts und niemand bereitete einen auf Geburten vor. Es gab für Eltern keinen Führerschein. Ihn stresste dieses Kind schon jetzt, bevor es überhaupt geboren war.

»Steig endlich aus!«, sagte Thuja mit schneidender Stimme.

»Aber warum?«, fragte Anatoli, der sich mittlerweile im Inneren dieses Unfallwagens sehr geborgen fühlte.

»Erstens«, sagte Thuja, »um nachzusehen, ob andere verletzt oder umgekommen sind, und zweitens« – sie pausierte, ein Grollen entrang sich ihrer Brust, das Anatoli vorher noch nie von ihr vernommen hatte –, »weil das Kind gleich kommt.«

Der Pole blutete aus Nase und Mund. Ein rotes Rinnsal lief an seiner Stirn hinab. Der Aufprall hatte seinen Kopf zur Seite gerissen. Dass der Pole Sukov auch noch angeschnallt hatte, wirkte wie ein guter Witz. Halb hing sein Widersacher im Gurt, halb saß er noch. Die Fahrertür war bedrohlich näher gerückt. Eine große Wunde klaffte im Oberschenkel des Polen. Sukov hatte schon viele Wunden gesehen. Fleisch war rosafarben, Knochen hell.

Die Windschutzscheibe war zersplittert. Die Motorhaube des Toyota Starlet stand offen und wippte. Weißer Dampf entwich dem Motorblock. Sukov wischte sich mit dem Ärmel über die Schläfe. Seine Hände hingen immer noch zusammengebunden an dem Griff über der Beifahrertür. Er bemerkte Blut am Stoff seines Jacketts, aber nicht viel. Die unbequeme Position seiner Arme hatte sogar dafür gesorgt, dass sein Kopf geschützt worden war.

Poljakow murmelte irgendetwas. Sukov rüttelte an dem Kunststoffgriff, dessen Befestigung sich nach dem Unfall lockerer anfühlte als noch kurz zuvor. Seine Handgelenke brannten. Er zerrte, schob die Kordel hin und her, versuchte, sie zu lockern, aber sie wollte sich nicht lösen. Etwas knirschte, knackte, der Griff gab nach. Ein Ende brach aus der Verankerung und gab seine Hände frei. Sukov drückte den Körper des Polen von seiner Schulter weg. Nachgiebig glitt der halb bewusstlose Poljakow wieder hinüber auf den Fahrersitz. Die Kopflehne war abgebrochen. Das Polster des Rücksitzes wirkte schief. Airbags besaß dieser Wagen noch nicht.

Es war ein Wunder, dass er überlebt hatte. Das Autoradio war herausgerutscht und baumelte an einigen Drähten vor ihm hin und her. Das Lenkrad sah verbogen aus. Der Pole stöhnte. Seine Finger wanderten suchend hin und her. Sukov vermutete, dass er nichts mehr sehen konnte.

Die Waffe war in den Fußraum vor dem Beifahrersitz geschleudert worden. Er fand sie schnell. Hielt die Mündung der Waffe an den Kopf des Polen und sagte: »Pech gehabt.«

Der Pole bekam kaum noch die Augen auf. Die ersten Worte, die er sagte, verstand Oleg Sukov nicht. Jetzt kam der Zeitpunkt, zuzuschlagen. Er würde ihn sich nicht nehmen lassen. Früher oder später gewann er immer. »Deine Freundin ist tot.«

Es dauerte einen Moment, bis der schwer verletzte Poljakow begriff. Er hustete, feine Blutstropfen besprühten seine Kleidung. Er sagte: »Nein.«

»Doch. Sie starb gestern im Gefängnis.«

Poljakow röchelte. Oder schluchzte er?

»Jemand hat sie mit einem Messer abgestochen.«

»Das stimmt nicht«, flüsterte der Pole.

»Du hast gar nichts mehr«, sagte Sukov. So einfach war das. Die Wahrheit trug ein schlichtes Kleid. »Sag ihr Hallo, wenn du sie wiedersiehst.« Sukov entsicherte die Waffe.

Der Pole sah ihn aus halb geschlossenen Augen an, als es an der Beifahrerscheibe klopfte. Sukov senkte die Pistole. Er drehte sich vorsichtig um. Kniff die Augen zusammen, versuchte zu erkennen, wer neben dem Wagen stand und seine Exekution störte.

Er schaute in das ängstliche Gesicht eines jungen Mannes. Drahtbrille, altmodisches Gestell, weiche Züge. Der Mann rüttelte am Griff, bis sich die Beifahrertür öffnete. »Sind Sie verletzt«, fragte er, obwohl sowohl Sukov selbst als auch der Pole offensichtlich bluteten.

Ein Moment verging, in dem die Zeit stillzustehen schien. Sukov hörte jemanden stöhnen. Es klang anders als die Geräusche, die der Pole machte. »Rufen Sie schnell einen Krankenwagen für meinen Freund!«, befahl er dem jungen Mann.

Der nickte nur und durchsuchte seine Jackentasche. Dieser naive Idiot. Sukov stieg aus. Steckte die Waffe unauffällig ein, spielte kurz an den Knoten, streifte die Kordel endlich ab.

Der neue Tag brach langsam an. Es wurde hell. Die Luft empfing ihn frisch und kühl. Es hatte aufgehört zu regnen. Er streckte sich, fühlte sich gut.

Während der Drahtbrillenmann noch telefonierte, ging er zu dem Wagen des Unfallgegners, aus dem immer noch Geräusche drangen. Die Scheiben waren beschlagen und verdeckten das, was sich im Inneren des Autos befand. Sukov öffnete die hintere Tür, die leicht verkantet war. Heiße Luft schlug ihm ins Gesicht, ein metallischer Geruch. Auf dem Rücksitz lag eine Frau. Auch hier nur Blut und etwas, das sich darin bewegte. Oleg Sukov hatte seinen eigenen Sohn bei einem Betrüger und Mörder gekauft. Die Geburt eines eigenen Kindes hatte er nie erlebt. Tatjana und er waren unfruchtbar. Wie Kinder auf die Welt kamen, wusste er nur in der Theorie. Als Oleg Sukov instinktiv nach dem Ding griff, glitt es weich und warm in seine Hände. Der helle Schrei eines Neugeborenen durchdrang die Morgenstille wie ein Pfeil.

Viktor beobachtete, was um ihn herum geschah. Seine Großmutter ging an ihm vorbei. Ernst und prüfend schaute sie ihn an. Tatjana hatte einen ihrer perfekt manikürten Nägel im Mund. Sie blinzelte häufig, wirkte nervös oder wie jemand, dessen Nerven kurz vor dem Durchbrennen waren. Mal setzte sie sich auf einen der Sessel, die auf goldenen Löwenfüßen standen, mal stand sie auf, um hin und her zu gehen. Die Farben dieses dekadenten Hauses wirkten heute stumpf.

Sie wird gleich durch diese Tür kommen, dachte er. Er wollte den Gedanken verscheuchen, aber er drängte sich immer wieder auf. *Siska ist tot,* sagte er sich. Er durfte es nicht laut aussprechen. Er benahm sich schon verrückt genug. Siska lag in einem Plastiksack, der sich unterwegs in ein Moskauer rechtsmedizinisches Institut befand. Mehr giftige Gedanken suggerierten ihm: *Ich hätte nie in diese Stadt zurückkommen dürfen.* Diese Stadt hatte ihm kein Glück gebracht. *Ich hätte nie auf Zoya hören dürfen,* dachte er. Frauen zu helfen hatte ihm nie Glück gebracht. Zoya war tot. Alle um ihn herum starben. Kolja, Juri, auch dieser Schriftsteller. Nur an ihm selbst klebte dieses Leben wie Dreck an einer Schuhsohle.

Lopez sprach mit Komarow, der eilig das Haus verließ. Die meisten Beamten folgten ihm. Die Räume wirkten wie ausgestorben, leer.

Nur ein bulliger Polizist war noch geblieben. Kurz getrimmtes, dichtes, schwarzes Haar, Stiernacken. Viktor saß wieder auf dem Sofa. Dorthin hatten sie ihn geschleppt. Als der Furor abebbte, als sie ihn endlich wieder losgelassen hatten, fühlte er sich aller Kraft beraubt. Verausgabt, verbraucht und leer. Er würde diese weichen Polster nie mehr verlassen. Er würde warten, bis sein Körper ganz darin versank, bis er durch die Fasern hindurch diffundierte, bis nicht mehr als ein Abdruck von ihm übrig war.

Zwei Ewigkeiten später – diese Endlosspiralen von Schuld und Sühne drehten sich immer noch wie ein Karussell in seinem Kopf – stand jemand neben ihm. Es kostete Viktor enorme Anstrengung, den Kopf zu heben.

Trixi schaute auf ihn hinab. Die dunklen Haare umrahmten ihr Gesicht, das Viktor heute weiß wie Mehl erschien. Rotz lief ihr aus der Nase, Tränen quollen aus ihren geröteten Augen. Mit einem feuchten Ärmel wischte sie sich über das Gesicht.

»Arschloch!«, sagte sie.

Viktor sagte nichts.

»Wolltest dir das Leben nehmen.«

Viktor erwartete den Sturm, der aufzog. Trixis erster Schlag traf ihn mitten ins Gesicht. »Und was ist mit mir?«, schrie sie. »Bin ich dir egal?« Jeder Satz ein weiterer Schlag.

Viktor ließ es über sich ergehen. Er spürte gar nichts mehr. Irgendwann ließ Trixi von ihm ab. Erschöpft sackte sie neben ihm zusammen. Ihr Kopf lag an Viktors Oberschenkel. Ihre Tränen durchnässten sein Hosenbein. Blut drang aus einer Platzwunde an Viktors Lippe. Er wischte es nicht ab, weil es ihn nicht kümmerte.

»Weißt du, was, Viktor?«, murmelte Siskas Tochter. »Was Mama nicht wusste: Du kannst gar nicht sterben. Nicht mal an diesem blöden Gehirntumor.«

Viktor sah in ihr vom Weinen geschwollenes Gesicht. Er

wollte es – irgendwo in einer verborgenen Kammer seines Inneren, zu der er den Schlüssel verloren hatte, lag dieser Wunsch versteckt –, aber er konnte nichts mehr für sie tun.

Sie sagte: »Innerlich bist du nämlich schon längst tot.«

48

Als Lopez das Wohnzimmer betrat, saß Trixi vor dem Sofa zu Viktors Füßen. Trixi sah verheult aus, Viktor abwesend. Sie hatten beide den wichtigsten Menschen in ihrem Leben verloren. Nein, nicht verloren. Er war ihnen genommen worden. Siska war erschossen worden, tot. Die Frau in Viktors Leben, die er liebte. Unmöglich, dass sie nicht mehr existierte.

Lopez wusste, dass jeder anders auf Schicksalsschläge reagierte. Dass es kein Falsch und Richtig gab. Niemand kannte sich damit besser aus als sie. Wohin aber mit einem Mann, ihrem Ausbilder und Kollegen, der selbstmordgefährdet war? Viktor war schlicht und ergreifend nicht mehr ansprechbar. Sie musste Gunnar anrufen. Ausgerechnet um diese Zeit.

Komarow hatte einen seiner Männer und einen Wagen zurückgelassen. Alle anderen Entscheidungen lagen jetzt bei ihr. Lopez betrachtet den Riesen mit Stiernacken. Jede Einheit besaß einen dieser Ausnahmetypen, die körperlich alle zu überragen schienen. Komarow verließ sich auf dessen übermenschliche Kräfte, so wie Gunnar sich auf Viktor verließ. Lopez zweifelte daran, dass es hier zu einem Kräftemessen kommen würde. Viktor war ein geschlagener

Mann. Er konnte nichts mehr verlieren. Lopez beschlich die Angst, machtlos zu sein. Sie dachte an den Abend in ihrer Küche zurück, an dem sie nicht mehr zu retten gewesen schien. Weil sie sich nicht mehr zurechtfand in dieser Realität, diesem Leben, das nicht mehr zu ertragen war. Die Suche nach ihrem Sohn hatte Lopez völlig ausgehöhlt. Viktors Psyche war unter der Last der Ereignisse in Moskau zerbrochen. Ausgerechnet hier, in seinem Heimatland.

Wortlos hielt Tatjana Sukova ihr das Handy hin. Ihre Augen waren weit aufgerissen.

Lopez warf einen Blick auf das Display, konnte weder die kyrillischen Schriftzeichen lesen, noch erkannte sie das Foto, das eine Frau zeigte. Ein Name lag ihr auf der Zunge, aber er wollte ihr nicht einfallen. Sie zuckte mit den Schultern. »Was ist passiert?«, fragte sie auf Englisch. Viel mehr konnte statistisch gesehen nicht an diesem Tag geschehen. Leider scherte sich das Leben nicht um Statistiken.

»Wait!«, antwortete Tatjana Sukova aufgeregt. Sie wischte und klickte auf dem Display.

Lopez beobachtete alles, was sie tat. Sie erkannte auf dem Handy eine englische Version des Textes zu dem gleichen Foto, unter dem jetzt lesbar ein Name stand. Anastasija Nowikow hatte sich das Leben genommen. Eine Überdosis verschiedener Medikamente hatte sie umgebracht. Sie hinterließ eine Abschiedsbotschaft, in der sie um ihren toten Sohn trauerte.

Die Frau des Präsidenten war ebenfalls tot. Lopez wusste nur, dass sie neben ihrem prominenten Mann selten in Erscheinung getreten war, dass sie ihn nur hin und wieder bei Staatsbesuchen begleitete. Sie hatte sich eher im Hintergrund gehalten. Eine ruhige, unauffällige Frau. »Sie musste sterben«, sagte sie zu Tatjana Sukova.

»Warum?«

»Haben Sie ›Antigone‹ gelesen?«

Tatjana Sukova schüttelte den Kopf. »Sorry, aber die Zeitschrift kenne ich nicht.«

Lopez lächelte: »Nein. Ein Theaterstück.«

Tatjana Sukova zuckte mit den Schultern. »Es ist nur so«, sagte sie, »dass wir uns wirklich mochten. Anastasija engagierte sich für kranke Kinder, jede Art von Charity.«

»Es tut mir wirklich leid.«

»Was wird jetzt nach dieser Tragödie aus Nowikow werden?«

Ein Präzedenzfall in der Geschichte. Nowikows nächste Verwandte hatten sich umgebracht. Unwillkürlich schaute Lopez zu Viktor hinüber. »Schwer zu sagen«, antwortete sie auf Englisch. »Ich hoffe nur, er dreht nicht durch.«

Tatjana Sukova schwieg.

Lopez reichte ihr das Handy zurück. »Haben Sie schon etwas von Ihrem Mann gehört?«

Tatjana Sukova checkte nochmals das Display. Mutlos schüttelte sie den Kopf.

Der Bärtige ließ sich nicht beirren. »Lass mich!«

»Warum bist du so stur?!«, wollte der Graue wissen. Er kam mit seinem Einkaufswagen kaum nach.

»Es war Schicksal.«

»Schicksal? Lächerlich!«, rief der Graue. »Jetzt wünscht er sich den Tod. Obwohl er anderen den Tod brachte.«

»So einfach ist es nicht«, behauptete der Bärtige.

»Wer behauptet, dass es einfach war?«

Ein Wagen bremste quietschend nur wenige Zentimeter neben ihnen. Der Graue blieb einfach auf der Straße stehen. »Dann geh doch! Aber nicht mit mir.«

Der Bärtige fluchte und drohte dem Autofahrer mit der Faust. Er zerrte den Einkaufswagen den Bürgersteig hinauf. Eine Tasche fiel heraus. Aus ihr quoll eine schwarze Jacke. Der Bärtige stopfte sie wieder hinein, überlegte kurz. Dann winkte er dem Grauen zu, der immer noch auf der Straße verharrte. Mehrere Autos hupten. »Komm schon!«, rief er ihm zu.

Der Graue schüttelte den Kopf. Betont langsam folgte er dem Bärtigen.

Lopez hatte Gunnar alles gebeichtet. Nachdem sie ihn aus dem Bett geholt hatte, was er zwar kannte, aber hasste, wie alle Polizisten, die einen geregelten Schlaf berufsbedingt vermissten. Sie hatte ihm erzählt, wie Siska gestorben war. Nicht am Krebs, sondern an einem tödlichen Schuss, der sie durch eine Scheibe hindurch kalt erwischte. Dass der Schuss nicht ihr gegolten hatte. Dass ihr Leichnam in einem Moskauer rechtsmedizinischen Institut untersucht wurde. Dass sie noch nicht genau wusste, wo sich das Institut befand. Dass sie allmählich die Kontrolle verlor, dass sich die Ereignisse überschlugen. Dass sie und Viktor aber mit der Polizei kooperierten, dass man ihr, Lopez, Diskretion zugesagt hatte, Sorgfalt und einen baldigen Bericht. Was sie Gunnar sagen konnte, sagte sie. Dass Trixi, Siskas Tochter, jetzt Halbwaise war, das LKA eine brillante Kollegin verloren hatte und Viktor die Frau, die er liebte.

Gunnar schwieg. Lopez konnte nicht sagen, ob die Müdigkeit oder der Schock dafür die Verantwortung trugen.

»Wer war es?«, fragte Gunnar. Seine Stimme klang belegt.

»Wir wissen es noch nicht genau. Aber die Vermutung liegt nahe, dass Vanja Poljakow den Schuss abgab.« Weil ihr Chef nicht reagierte, erklärte sie, dass er flüchtig war. Sie schluckte, zögerte, aber nur kurz. Sie fasste sich wieder. Auch Petjas Vater, Oleg Sukov, war verschwunden. Sie wartete Gunnars Rückfrage gar nicht erst ab. Ja, Petjas Vater war in die Sache involviert.

»Wie?«, fragte Gunnar kurz angebunden.

Polina Nikitinas Leiche sei zwar auf dem Roten Platz gefunden worden. Aber die Unruhen um die Demonstration hätten eine Sicherstellung unmöglich gemacht. Die Sache sei noch komplizierter. Man habe zwar die Mordwaffe gefunden, aber bei Viktor. Deshalb sei sie, Lopez, hier. Poljakow sei seit Jahren verschwunden oder untergetaucht. Ihrer Meinung nach sei Siskas Tod nur ein Kollateralschaden in einem Rachefeldzug, der eskalierte. Poljakow habe bei seiner unehrenhaften Verhaftung vor sieben Jahren alles verloren. Seinen Job, seine Freundin, seine Reputation. Er mache seine ehemaligen Kollegen dafür verantwortlich. Die gesamte Firma, eine Nachrichtenagentur. Nach und nach bringe er seine ehemaligen Mitarbeiter um. Dazu gehörten Nikitina, Maximow und auch der Mann, dessen gewaltsamer Tod Viktor angelastet worden war. Jetzt habe Poljakow es auf den Chef des Unternehmens abgesehen.

Lopez wusste, was Gunnar fragen würde.

»Wer?«

Lopez flüsterte beinahe. Die Antwort fiel ihr schwer.

»Sprich bitte lauter. Oder liegt es an der schlechten Verbindung?«

»Oleg Sukov«, sagte sie laut und deutlich.

Es knisterte. Minimalste statische Entladungen. Gunnar hatte es offenkundig die Sprache verschlagen. Lopez wollte schon auflegen.

»Gibt's doch nicht«, sagte Gunnar endlich fassungslos.

Die Angelegenheit sei noch komplexer, erklärte Lopez. Andere seien ebenfalls gestorben, die mit in die Firmengeschäfte verwickelt waren. Lopez traute sich nicht, den Namen Kolja Nowikow zu erwähnen. Gunnar würde an ihrem Verstand zweifeln.

»Was jetzt?«, fragte Gunnar. Seine Stimme klang wach und klar.

Lopez berichtete, dass Poljakow zur Fahndung ausgeschrieben worden war. Dass man allerdings weder ihn noch Sukov bisher gefunden habe. Was ihr aber noch mehr Sorgen bereitete, sei Viktor. Er spreche nicht mehr, hatte sich völlig in sich zurückgezogen. Sie entschied sich, Viktors Selbstmordversuch nicht zu erwähnen. Sie kannte Gunnars kurze Reaktionszeiten und wusste, dass er zu Kurzschlüssen neigte. Aber sie benötigte dennoch seinen Rat: »Viktor braucht Hilfe«, sagte sie.

»Bist du nicht zu seiner Hilfe da?«, fragte Gunnar mit dem ihm eigenen Pragmatismus.

»Seine Freundin wurde gerade erschossen. Es ist einfach zu viel für ihn.«

»Befindet er sich nicht mehr in Haft?«

»Nein.«

»Das sind doch gute Nachrichten.«

Lopez seufzte. »Er braucht psychologische Betreuung. Nicht nur mich.« Sie wartete, dass Gunnar etwas sagte, aber er schwieg. »Ich will nicht, dass er sich doch noch etwas antut«, sagte sie, endlich um Ehrlichkeit bemüht, »nur weil er ein Mal keinen Erfolg damit hatte.«

»Dann kümmere dich darum!«, befahl Gunnar.

»Ich soll ihn hier in Russland in eine Psychiatrie einliefern lassen? Gunnar! Du glaubst doch selbst nicht, dass er das mit sich machen lässt.«

»Psychiatrie?«, fragte Gunnar. »Ist es so schlimm?«

Lopez antwortete: »Schlimmer.« Sie hörte, wie Gunnar überlegte.

»Gib ihn mir!«

»Er spricht mit niemandem.«

»Ich will jetzt mit ihm reden, Lopez! Jetzt.«

Was sollte Lopez tun? Ihrem Chef den Gehorsam verweigern? Sich unsichtbar machen? Das Gespräch einfach abbrechen? Sie entschied sich für das Unvermeidliche: »Okay.«

Mit dem Handy ging sie durch die Eingangshalle ins

Wohnzimmer. Dort hatte Viktor auf dem Sofa gesessen, als wolle er es nie wieder verlassen. Als sei dies seit Jahren sein angestammter Platz. Er war nicht da. Lopez rief seinen Namen, einmal, zweimal, er antwortete nicht.

Auch der Stiernacken, Komarows Mann, hatte sich dematerialisiert. Lopez beruhigte sich, dass jeder Mensch einmal Harndrang verspürte. Dass es oft die einfachsten Erklärungen waren, die Sinn machten. Dass Sorge zu oft überflüssig war. Eine Welle der Panik ergriff sie, als sie von Zimmer zu Zimmer wanderte und Viktor nicht fand. Sie fragte Mila, Otto und Tatjana. Alle hatten zuvor mit ihm gesprochen. Aber niemand hatte ihn seither gesehen.

»Lopez? Lopez!«, drang Gunnars ungeduldige Stimme durch den Lautsprecher. »Was ist los?«

Lopez atmete hektisch. Sie presste das Handy ans Ohr. Gunnar schoss immer noch Fragen ab. Was und wie, warum? Wieso sie ihn warten ließ?

»Gunnar«, sagte Lopez betont ruhig, »Viktor ist nicht mehr hier.«

»Was?!« Gunnars Stimme sprang sie an.

»Und das ist noch nicht alles. Auch Trixi ist weg.«

»Fuck!« Es war das erste Mal, dass Lopez ihren Chef auf diese Art und Weise fluchen hörte.

49

Vor einer Viertelstunde hatte sich Viktor von der Couch erhoben. Allein dieses simple Zusammenspiel von Muskeln kostete ihn unendliche Kraft. Er musste diesen hellen Raum verlassen, der sein Inneres ausleuchtete wie

Flutlichter. Er musste Deckung suchen, Schatten. Er musste sich bewegen. Sein Heil lag in der Bewegung weg von dem Epizentrum, das sich hier inmitten dieser Katastrophe befand. Stimmen flüsterten ihm das Wort Schuld in vierhundert verschiedenen Varianten ein.

Schuld, Schuld, Schuld.

Das Wort besaß alle Farben, jede Tonlage. Es umgab Viktor, es füllte ihn aus, es drang aus allen Richtungen auf ihn ein. Jeder Vektor hieß Schuld.

»Komm!«, sagte er zu Trixi. Seine Stimme klang fremd. Sie gehörte einem anderen.

Jahrelang hatte er Todesnachrichten überbracht. Aber dass der Tod ihn selbst so treffen könnte, hatte er nicht vermuten können. Er stand stets außerhalb dieses Bannkreises. Das Unglück betraf nur die anderen. Zuerst flirtete der Tod nur mit ihm, aber Viktor war ein zu leichtes Opfer für den, der Lebensfäden nach Belieben durchtrennte oder kürzte. Er sah sich in Viktors Leben um und wählte diejenige aus, die ihm am nächsten stand. Er konnte ihren Namen weder aussprechen noch denken. Das verbat Viktor sich. Die Stimmen, die ihm ins Ohr flüsterten, wurden lauter, wenn er an sie dachte. Er musste etwas tun, um vor sich selbst zu fliehen.

Seine Beine bewegten sich, seine Füße liefen. Sie kannten die Bewegungsabläufe. Viktor vertraute sich ihnen ganz an.

Trixi stand neben ihm und sah ihn halb verwundert, halb unsicher an. Er baute sich vor dem Stiernacken auf, den Komarow zu ihrer Überwachung hier zurückgelassen hatte.

»Wie heißt du?«, fragte er ihn auf Russisch.

»Boris.« Boris. Der Hüne begegnete ihm auf Augenhöhe. Er kniff die Augen zusammen, als müsse er genau Maß nehmen.

»Wo ist dein Wagen?«, fragte Viktor.

Boris, der seinen Familiennamen lieber verschwieg, machte eine kurze Bewegung mit dem Kopf.

Draußen, übersetzte sich Viktor die Botschaft stillschweigend.

»Was willst du damit?«, fragte Boris. Für einen Mann, der um die hundertfünfzig Kilo wog, klang seine Stimme zu weich, zu hoch.

»Zeige ich dir.«

»Was ist mit ihr?« Boris wies auf Trixi, als sei sie etwas Schmutziges mit Beinen.

»Sie kommt mit.«

»Nein.«

»Ruf deinen Boss an!«, verlangte Viktor.

Boris begutachtete Viktor wie jemand, dem man grundsätzlich misstrauen musste. Er neigte den Kopf leicht zur Seite. Ansonsten rührte er sich nicht in seiner Uniform. Die Zeit schien nicht zu vergehen, aber irgendwann zog er ein Handy aus der Tasche, wählte, wartete, grüßte und wechselte nur wenige Worte. Er steckte das Gerät wieder sorgsam ein. Verschränkte die Arme hinter dem Rücken und sagte: »Okay.«

»Was hat er gesagt?«

»Dass ich aufpassen soll, dass Sie sich nicht umbringen. Zumindest nicht in unserem Ermittlungsbereich.«

Viktor ging voraus. Er sah sich nur kurz nach Trixi um, um sie zur Eile aufzurufen. Zu Boris sagte er: »Dawai, dawai!«

Der Riese folgte ihnen langsam, als habe er alle Zeit der Welt.

Als Vanja Poljakow wieder zu sich kam, bemühte sich jemand um ihn. Dieser Jemand hatte den Sicherheitsgurt gelöst, einen Arm hinter seinen Rücken geschoben und versuchte, ihn über den Beifahrersitz nach draußen zu ziehen.

Die Fahrertür klemmte. Er hörte, wie er stöhnte. Sah, wie sich sein in Intervallen ausgestoßener Atem an dem Mosaik der Seitenscheibe niederschlug. Ein bösartiger Gnom stach ihn mit Nadeln. Er quälte ihn, überzog seinen Körper mit einer Tirade aus Stichen, benutzte ihn als Voodoo-Puppe.

Ich lebe noch, dachte Vanja trotz alledem. Sein Körper rutschte über den Sitz durch die Tür. Er erkannte, dass der Haltegriff in Kopfhöhe abgerissen war. Seine Füße schleiften über den Asphalt. Der Unsichtbare legte ihn in einigen Metern Entfernung ab. Der Morgen kroch hell über den Horizont. Die Kälte, die er brachte, nagte an ihm. Er schlotterte. Ein junges Gesicht kam über ihm in Sicht. Drahtbrille, den Schrecken dieses Unfalles ins Antlitz gemalt.

Der Mund, der zu dem Gesicht gehörte, stammelte etwas von Kind und Schwangerschaft, von Blut und Kollision.

Vanja Poljakow hörte sich selbst fragen: »Wo ist der andere, der noch im Auto saß?« Er schmeckte Blut, das warm über seine Lippen lief. Das Bild manifestierte sich in seinem Kopf: Autodach, Griff, Hände, die an einer Kordel hingen. Der Haltegriff herausgerissen. Er konzentrierte sich, zwang seine Gedanken, nur eine Richtung zu verfolgen. *Auto, Unfall, Kollision.* Hatte er sich davongemacht? Mühsam richtete er sich auf.

Die Drahtbrille sagte etwas von Sanitätern, die gleich kommen würden. Danach lief er auf das andere Fahrzeug zu, ließ ihn zurück. Er hörte Geschrei, das von einem Baby kommen musste.

Geschwächt sank er zurück, rollte sich zuerst auf die Seite, dann auf den Bauch, schrie unterdrückt auf vor Schmerzen. Seine Hand, sein Arm, sein Bein! Jedes dieser Körperteile funkte Alarm. Das Gesicht auf dieser kalten Moskauer Straße, zog er die Beine an, stemmte sich hoch, hob den Kopf, nutzte das minimale Bewegungsmoment, um auf die Füße zu kommen, stieß sich mit den Händen ab, wankte, stand. Schweren Schrittes hinkte er auf das andere Unfallauto zu. Straßenlampenlicht beleuchtete seinen Weg. Jemand bat ihn, sich wieder hinzulegen, was er als nebensächlich vermerkte. Ein Mann mit Hund beobachtete die Szenerie, eine Frau ließ erschrocken ihre Handtasche fallen und kam auf ihn zu. Aber er wies sie zurück. Er warf einen Blick in das Innere des anderen Wagens. Auf dem Rücksitz lag eine Frau, in ihrem Arm ein Kind. Eine lange helle Schnur verband die beiden. Es roch nach Exkrementen, Kupfer und Glückseligkeit. Der Mann mit der Drahtbrille beugte sich über die Kopfstütze des Beifahrersitzes. Er sah zufrieden aus. Er schwieg.

Vanja Poljakow schleppte sich mühsam zum Kofferraum des Wagens, drückte den Mechanismus, bemerkte dankbar, dass er noch funktionierte. Die Klappe schwang hoch. Poljakow sah sich suchend um. Er öffnete zwei Kartonlaschen, unter denen sich eine nagelneue Kaffeemaschine verbarg. Mit blutigen Händen zerrte er eine Tasche nach vorn, riss den Reißverschluss auf, denn viel Zeit würde ihm nicht mehr bleiben. Er begutachtete das, was dort ordentlich gefaltet neben einem geblümten Kulturbeutel und einem Paar Schuhe lag. Er sah sich um. Nur der Mann mit Hund beobachtete, was er tat. Er holte tief Luft, atmete die Morgenfrische ein.

Dann nahm er die Tasche aus dem Kofferraum, warf sie sich über die Schulter und schleppte sich weg, dem Sonnenaufgang entgegen.

Boris quetschte sich auf den Vordersitz des Fords. Boris zu beobachten, wie er sich mit dem Minimum an Platz arrangierte, erinnerte Viktor an sich selbst. Es war, als habe jemand einen Spiegel vor ihm aufgestellt. Der Mann im Spiegel trug eine andere Uniform, hatte ein anderes Gesicht, aber ansonsten deutete alles auf Viktor hin.

Viktor wusste nicht, wie Boris mit Nachnamen hieß. Er wusste nicht, dass Boris einmal russischer Meister im Judo gewesen war, dass er den schwarzen Gürtel besaß. Dass ihm der siebte Dan verliehen worden war. Dass er aber kaum noch kämpfte. Dass Boris noch bei seiner Mutter wohnte. Dass er nach dem Krebstod seiner Frau Bina wieder zu ihr gezogen war. Dass er im Keller des Gebäudes, in dem seine Mutter wohnte, schwarz Wodka brannte. Dass er mit dem Geld, das er durch den Verkauf erzielte, die Rente seiner Mutter aufbesserte, die, seitdem sie am grauen Star erkrankt war, kaum noch etwas sehen konnte. Dass er ihr jeden Abend, an dem er nicht arbeitete, die Tageszeitung vorlas. Dass sie gemeinsam schweigend dem Rauschen der Heizung lauschten und den Lastwagen, die vor dem Haus über die Ausfallstraße donnerten, wenn die Nacht sich über Moskau senkte.

Trixi setzte sich mit gespreizten Beinen auf die Rückbank. Düster, bockig, wütend, hasserfüllt. Als Viktor ihr ernst zunickte, schnallte sie sich widerwillig an. Sie schnaubte verächtlich, als habe er etwas Unmögliches von ihr verlangt.

Im Inneren des Wagens war es eiskalt. Vor ihren Mündern formten sich Atemschwaden. Es roch nach Tabak und Benzin. Eine leicht säuerliche Note lag in der Luft. Boris betätigte einen Knopf. Viktor vermutete die Standheizung. Zeitgleich drängte sich langsam erwärmende Luft aus den Kunststoffschlitzen. Viktor justierte die Neigung des Gebläses. Er fror. Während sie schwiegen, dachte er nach.

Boris drehte sich leicht zur Seite, um ihn anzusehen. »Was jetzt?«, fragte er auf Russisch. Keine Spur von Ungeduld.

Viktor sagte: »Mach den Polizeifunk an!«

Boris zog die Augenbrauen zusammen, sodass sich eine tiefe Falte bildete. »Warum?«, fragte er.

»Hast du etwas Neues von deinem Chef gehört?« Natürlich wusste Viktor, dass nichts dergleichen geschehen war.

Boris schüttelte den Kopf.

Viktor sah auf die Uhr. »Wenn sie die beiden geschnappt hätten, wüsstest du davon.«

Boris dachte nach.

»Vielleicht«, sagte Viktor, »ist etwas Unvorhergesehenes passiert.«

»Was redet ihr da?«, fragte Trixi, die der Unterhaltung mit zunehmender Ungeduld lauschte. Sie verstand kein Wort.

»Gleich«, wiegelte Viktor ab.

Boris nickte langsam. Er schaltete den Polizeifunk ein. Sie lauschten dem Knistern und den abgehackten Wörtern, die neue Einsatzorte, von statischem Rauschen begleitet, nannten. Die Disponentin beorderte zwei Wagen in die Streletskaja Sloboda, am Tschistye Prudy war eine Anwältin in den Grünanlagen überfallen worden. An der Twerskaja prügelten sich mehrere Touristen vor einer Bar. Dazwischen Meldungen vom Auflösen der Demonstration, von überfüllten U-Bahnen und dem Gebot der Achtsamkeit. Fünf Minuten vergingen, ohne dass etwas Nennenswertes zu hören war. Der Wagen heizte sich langsam auf. Die heiße Luft schmolz den Kondensfilm auf den Scheiben. Viktor sah im Rückspiegel, wie Trixis Kopf zurücksank, wie sich ihre Augen schlossen.

Die Disponentin forderte zwei Krankenwagen und Beamte zum Aeroporta Proyezd. Viktor beugte sich vor. Er hörte die Worte Unfall und Verletzte. Als Viktor die Worte schwangere Frau hörte, ließ seine Anspannung nach. Aber ihm wollte der Straßenname nicht aus dem Kopf gehen. »Dorthin«, sagte er, »dorthin fahren wir.«

Boris betrachtete Viktor, so wie Viktor ihn betrachtet hatte. Vielleicht mit noch mehr Zweifeln im Gesicht. Er griff nach dem Mikrofon des Funkgeräts, aber Viktor bat ihn, es nicht zu tun. Sie wechselten zwei abgehackte Sätze. Boris sah für einen Moment auf die Straße, umfasste mit seinen enormen Händen das Lenkrad, startete danach den Wagen, legte den Gang ein und lenkte den Ford die Einfahrt hinunter. Die Reifen knirschten, als sie auf die Straße rollten.

Viktor verspürte mit jedem Meter Erleichterung, dieses Unglückshaus zu verlassen. Noch eine letzte Furcht quälte ihn: Lopez könnte sie sehen und ihnen folgen. Er schaute in den Rückspiegel.

Aber niemand kam aus der Eingangstür, niemand blickte ihnen nach.

50

Blaulicht zuckte über den dunklen Asphalt. Die Intensität des Leuchtens ließ in dem Maß nach, wie die Sonne über den Horizont stieg und die Häuserspitzen in warmes Licht tauchte. Trockene Stellen zeigten sich auf den Bürgersteigen. Wasser verdunstete, floss ab. Der Regen der vergangenen Tage schien sich erschöpft zu haben. Oder er pausierte. Es roch nach frischer Wäsche, Holzfeuer und Vergänglichkeit.

Boris sorgte dafür, dass sie unter dem Absperrband durchschlüpfen konnten. Mit Trixi im Schlepptau gingen sie auf die ineinander verkeilten Fahrzeuge zu. Ein Wagen hatte sich mit der Motorhaube wie ein hungriges Tier in die Seite des anderen Autos verbissen. Löschschaum quoll über den verbogenen Stahl wie über den Rand einer Badewanne, die überlief. Glassplitter glitzerten auf dem Asphalt. Die defekten Fahrzeuge sahen aus wie Erfindungen eines wirren Konstrukteurs.

»Was soll ich hier?«, moserte Trixi.

Viktor nahm sie kurz beiseite. »Ich tue das für dich.«

Trixi schaute ihn verächtlich an. Ihre schwarze Kleidung sah zerknittert aus. Sie fror so ohne Schal und Mütze. Ihre Jacke raffte sie mit beiden Händen zusammen. »Du schleppst mich zu einem Tatort? Möchte mal wissen, was mir das bringen soll.«

Viktor beugte sich zu ihr hinunter. Ihr kleines, fein gezeichnetes Gesicht war seinem ganz nahe. »Du wirst dich immer nach dem Warum fragen.«

Trixis zusammengezogene Augenbrauen signalisierten Verständnislosigkeit.

»Es wäre für uns beide leichter, zusammenzubrechen. Verrückt zu werden. Für mich zumindest wäre es das.«

Ernst sah sie ihn an.

»Du bist allein«, sagte Viktor. Sogar für seine aktuelle Stimmung klang es brutal. »Was willst du tun?«

Trixi schluckte, ließ ihn mit ihrem Blick nicht los.

»Ich bin nicht allein«, sagte sie leise, »du bist noch da.«

»Ich bin nur ein Mitbewohner.«

Trixis Mundwinkel zuckten. Röte schoss ihr in die Wangen. Viktor bemerkte, wie ihre Augen in Flüssigkeit schwammen. »Was willst du?«, fragte er eindringlich.

Trixi zögerte. Als sie einatmete, drang ein Schluchzen aus ihr heraus. »Geh nicht weg. Lass mich bitte nicht allein.«

Viktor sagte nichts. Er berührte sie nicht, nahm sie nicht in den Arm. Er konnte nicht. Ihm war elend zumute wie jemandem, der entscheiden musste, wer von den letzten Überlebenden als erster ertrank. »Okay«, sagte er. »Du wirst dich immer fragen, warum sie sterben musste. Warum nicht ein anderer. Das ist der Anfang. Es fängt immer damit an. Gerechtigkeit gibt es nicht. Und wenn, kommt sie zu spät.«

»Was redest du da für einen Mist?«, stieß Trixi erstickt hervor.

»Das ist der Anfang«, wiederholte Viktor stupide. »Weitermachen mit dem Leben. Untersuchen, forschen, verknüpfen und verstehen. Irgendwann kannst du wieder an etwas anderes denken. Etwas anderes sehen. Irgendwann atmest du wieder normal.«

»Du kannst mich mal!«, sagte sie.

Viktor konnte von einem Teenager nicht erwarten, dass er dieses beschissene Leben umarmte. Dass er mit Verlust klarkam. Dass er jemandem vertraute oder etwas verstand. Der Tod war wie eine chronische Krankheit. Man wurde ihn nie mehr richtig los. Er sagte: »Komm jetzt!«

Trixi wischte sich die Tränen aus dem Gesicht. Sie spuckte auf die Straße. Neben Viktor ging sie auf die Autowracks zu.

Viktor bemerkte, dass alle Fahrzeuge verlassen zu sein schienen. Wie Häuserkulissen in einer Geisterstadt. Er umrundete die Fahrzeuge, beugte sich hinunter. Tupfte mit dem Zeigefinger auf einen Fleck, roch daran. Verfolgte die rote Tropfspur mit dem Blick. Boris stieß zu ihnen. »Zwei Männer«, sagte er.

»Dva?«, fragte Viktor.

Boris nickte bestätigend. »Beide flohen. Einer hat das Kind aufgefangen, als es geboren wurde. Die Frau beschreibt ihn als schlank, circa eins siebzig groß, Anzug, Nasenbruch.«

Sukov, dachte Viktor, sagte es aber nicht.

»Und der andere?«, fragte er.

»War zunächst nicht bei Bewusstsein. Wurde von dem Mann mit der Brille aus dem Wagen gezogen. Lag auf der Straße, schien schwer verletzt, war aber ansprechbar. Der glückliche Vater rief den Notarzt, war kurz mit seiner Frau und dem Neugeborenen beschäftigt. Er bekam nicht mit, wie er sich aus dem Staub machte.«

Poljakow, dachte Viktor. Er dankte Boris, wandte sich ab. Trixi und Boris folgten ihm.

»Das sind die Männer, die wir suchen«, stellte Boris fest. Keine Frage, weshalb Viktor auch nicht antwortete.

Der Mann mit dem runden Drahtgestell auf der Nase stellte sich ihm als Anatoli Smirnow vor. Ein anderer Polizist nahm seine Aussage auf. Die Frau und das Neugeborene mussten bereits unterwegs zum Krankenhaus sein. Man ließ Smirnow einfach reden. Er wirkte völlig neben sich, aufgeregt reihte er Sätze aneinander.

»Nur eine Frage«, unterbrach Viktor ihn. »Wurde etwas geklaut?«

Anatoli Smirnow sah ihn wie einen Messias an. Als könne Viktor über Wasser laufen oder in die Zukunft sehen.

»Tatsächlich dachte ich«, sagte er, »es läge an mir. Ich hätte vielleicht vergessen, sie einzupacken, oder verlegt. Es musste alles zügig gehen. Ich war sehr aufgeregt …«

»Was?«, fragte Viktor.

Anatoli Smirnow holte Luft. »Meine Frau hat für das Krankenhaus eine Tasche gepackt. Die ist weg.«

Viktor nickte. Für ihn klang das völlig logisch. Für ihn machte das Sinn.

»Aber was wirklich seltsam ist«, sagte Smirnow und beugte sich vertraulich zu ihm vor, »die nagelneue Kaffeemaschine ist noch da.«

Sie trafen sich am Arbat in einem russischen Restaurant. Viktor bestellte Milch, was in Russland niemand als ungewöhnlich empfand. Als Rustam Komarow ihn fragte, ob er nichts zu essen bestellen wollte, verneinte er. Er verspürte keinen Hunger, eigentlich auch keinen Durst. Ein Getränk zu konsumieren sandte nur ein höfliches Signal an den Mann, der ihm gegenübersaß.

»Die Ermittlungen sind eingestellt«, eröffnete Komarow das Gespräch.

Viktor fühlte sich leer, er konnte keine Überraschung heucheln.

»Befehl von ganz oben.«

Viktor fragte sich, was »ganz oben« nach den Selbstmorden der letzten Nacht noch bedeutete. Er schaute den russischen Polizisten an, als warte er auf eine Pointe, die nicht kam.

»Sukov ist auf der Flucht. Er verfügt über Kontakte, die besten, die man haben kann. Er könnte mitten auf dem Roten Platz hocken und trotzdem unantastbar für uns sein.« Der Jet der Sukovs stand immer noch am Flughafen. Der Pilot wartete immer noch darauf, dass jemand das Zeichen zum Aufbruch gab. Dass jemand das Flugzeug bestieg. Aber niemand kam.

»Poljakow hat keine guten Kontakte. Haben Sie wenigsten ihn gefunden?« Es fiel Viktor schwer, zu verbergen, wie sehr ihn das interessierte.

Rustam Komarow verneinte. Kein Erfolg. Abgetaucht. An den Passkontrollen des Flughafens lag sein Bild neben jedem Beamten, der die Reisenden überprüfte. An den Grenzübergängen ebenso. Bisher kein Treffer. Niemand, der ihm auch nur ähnlich sah. Kein Hinweis. Nicht einmal ein Verdacht.

»Kann sein, dass sie es in seinem Fall nicht so genau nehmen«, stellte Viktor ohne Fragezeichen fest.

Komarows Augenbrauen beschrieben einen großen Bogen über seinem Gesicht. »Kann auch sein, dass Sie in psychiatrische Behandlung gehören.«

Viktor dachte: *Bald. Aber jetzt noch nicht.*

»Was ist?«, fragte Komarow. »Sehen Sie mich nicht so an!

Predvidenje ist eine einzige Schweinerei. Blender, Verbrecher, die die Öffentlichkeit nur getäuscht haben.«

Viktor stellte fest, dass es im Konflikt zwischen Großbritannien und Pakistan keine neuen Entwicklungen gab. Dass nicht mehr darüber berichtet wurde. Die russische Presse würde sich neuen Themen zuwenden müssen, weil heute andere die Nachrichten fälschten.

»Was ich nicht verstehe«, sagte Viktor, weil immer mehr Fragen als Antworten zurückblieben, »ist, wie sich diese Fake News überhaupt so schnell verbreiten konnten.«

»Sie hätten die Büroräume sehen müssen. Das Personal. Und das ist nur die Spitze des Eisbergs. In anderen Städten werden noch Hunderte Kollaborateure sitzen. Diese Netzwerke existieren nicht nur rein digital. Alle Angestellten standen privat unter Druck. Die meisten hatten entweder Schulden oder andere Probleme. Keine saubere Weste. Alle kannten sich bestens aus mit Manipulation von Netzwerken und Social Bots. Falschnachrichten wurden systematisch gestreut. Wenn diese im Ausland bestritten wurden, löste man mit neuen Falschnachrichten neue Diskussionen aus. Sie wissen, dass es Zeit kostet, falsche Nachrichten fundiert zu widerlegen. Zeit, die für die Falschen spielt. Zeit, in der Kriege ihren Anfang nehmen.«

»Die Falschen?«, fragte Viktor. »Womit Sie die russische Regierung meinen?«

»Habe ich das gesagt?«

Viktor bemerkte, dass Komarow seine Frage mit einer Gegenfrage beantwortete. »Sie weichen aus.«

»Was wollen Sie? Eine Verurteilung, Auflösung? Einen astreinen Abschluss, der alle zufriedenstellt?«

Viktor musste zugeben, dass er es selbst nicht mehr wusste. Oder dass er es zunehmend vergaß.

»Kolja Nowikow steuerte die Agentur. Die Agentur steuerte mit Falschmeldungen und Manövern der Informationspolitik den öffentlichen Dialog. Natürlich hat Präsident Nowikow von den Ergebnissen profitiert. Aber wie viel genau er davon wusste, werden wir nicht erfahren.«

»Es sei denn, Sie finden den Polen.«

Komarows Augen verengten sich. »Das wäre natürlich eine Möglichkeit.«

»Sie und ich, wir beide wissen, dass eine derartige Manipulation nicht ohne die Mitwirkung gewisser Behörden zu bewerkstelligen ist. Nicht in meinem und nicht in Ihrem Land.«

Komarow betupfte sich mit einer Serviette den Mund. »Gewisse Behörden?« Er lachte. »Sie haben zu viele Spionageromane gelesen.«

»Noch keinen einzigen«, antwortete Viktor. »Aber ich kenne den FSB.« Eins zu null für die Realität.

»Das«, meinte Komarow, »wäre ungeheuerlich. Es würde die totale Manipulation der Öffentlichkeit bedeuten. Eine konzertierte Aktion. Auf Nachrichten wäre kein Verlass mehr. Kriege könnten damit gesteuert und verlängert werden. Opfer zu Tätern werden. Einige wenige besäßen die Deutungshoheit über jegliche Information.«

»Gängiges Werkzeug in einer Diktatur.«

»Wie nannte sich das in Deutschland noch vor nicht allzu langer Zeit? Reichsministerium für Volksaufklärung und Propaganda?«, stichelte Komarow.

»Sie provozieren den Falschen. Wäre nicht das erste Mal, dass sich die Geschichte wiederholt«, sagte Viktor.

»Bei Ihnen oder bei uns?«

Während Viktor das Glas Milch zum Mund hob, Menschen das Restaurant betraten, andere gingen, Komarow sein Essen bekam – eine große Schüssel Suppe, in der Gemüse schwamm –, hörte er keine Unterhaltungen, keine leise Musik. Er hörte nur die Stimmen, die ihn schuldig sprachen. Sie wisperten und raunten. Nichts übertönte ihre Anklage.

»Vielleicht setzen Sie mal ein freundlicheres Gesicht auf«, sagte Komarow, »wie es sich für Galgenmahlzeiten gehört.«

»Bedeutet?«, fragte Viktor kurz.

»Im Anschluss an unser Treffen habe ich ein Gespräch mit meinem Vorgesetzten. Sie können vielleicht erahnen, was das zu bedeuten hat.«

»Auswertung Ihrer Erfolgsquote?«, stichelte Viktor.

Komarow hielt inne, während er einen Löffel mit Borschtsch zum Mund führte. »So könnte man es auch nennen.«

»Ich will nach Hause«, sagte Viktor schlicht. Er setzte das Glas ab, wischte sich über den Mund.

»Dann gehen Sie endlich! Und nehmen Sie Ihre lästige Kollegin gleich mit. Sie stören meine Kreise.«

Viktor dachte an Leonid Breschnew und wie dieser sich von seinem Moskauer Kollegen unterschied. Dass sie wenigstens dieses eine Mal nicht auf seine Hilfe angewiesen waren.

»Was ist?«

»Ich musste gerade an Ihren Kollegen aus Sankt Petersburg denken.«

Komarow schluckte einen Löffel Suppe. »Richtig. Gut, dass Sie es erwähnen. Sie müssen damals einen guten Eindruck hinterlassen haben.«

»Ich?«, fragte Viktor, der sich nichts weniger vorstellen konnte.

»Wohl eher Ihre Kollegin. Als Breschnew hörte, dass Sie unserem Land wieder einen Besuch abstatten, hat er sich beschwert, dass Sie ihn nicht davon unterrichtet haben.«

Viktor wartete, bis Komarow weitersprach.

»Er erwähnte aber auch, dass Sie vom Unglück verfolgt werden.«

Viktor musste zugeben, dass Leonid Breschnew schon immer einen Blick für das Wesentliche besessen hatte.

»Falls Sie ausreisen können, danken Sie auch ihm. Er hat ein gutes Wort für Sie eingelegt.«

So war das also. Leonid Breschnew wollte ihnen helfen, auch wenn Komarows Formulierung vage klang. Auch dieses Mal häufte Viktor wieder Schulden bei anderen Menschen an.

Viktor suchte in seinen Taschen nach Kleingeld. Er trug neue Kleidung, die auch so roch. Nach einem chemischen Mittel, mit dem Hose und Hemd imprägniert worden waren. »Die Frage ist doch«, sagte er, »ob ich *unbehelligt* ausreisen kann?«

Komarow kniff die Augen zusammen und betrachtete Viktor genau. »Keine Ahnung, wie Sie es gemacht haben. Was Zoya Bogdanowa in Ihnen gesehen hat. Auf jeden Fall hat sie Ihnen noch einen letzten Gefallen erwiesen.«

Viktor fühlte sich unendlich müde. Die Erschöpfung paarte sich jedoch mit Ungeduld. Diese Empfindung überlagerte Pointen, Witze, jegliche Form von Intelligenz.

»Der alte Haftbefehl«, sagte Komarow, »er wurde gelöscht. Zack, weg! Nichts mehr zu finden im System. Wie bei einem richtig guten Zaubertrick.«

Oder wie bei einem gelungenen Diebstahl, dachte Viktor. Zoya und Kolja kamen Viktor in den Sinn. Romeo und Julia. Eine unselige Allianz. Liebe und Verrat. Das Scheitern ungleicher Leidenschaft. Sollte ausgerechnet er Profiteur dieses shakespeareschen Dramas sein? »Ich wollte nie in diese Sache hineingezogen werden«, sagte er.

»Hut ab!«, sagte Komarow, »das haben Sie echt gut hingekriegt.«

Viktor wuchtete seinen Körper mühsam hoch. »Verzeihen Sie meine Unhöflichkeit, aber die Heimat ruft.«

»Ich dachte, Russland wäre Ihre Heimat«, sagte Komarow.

Viktor seufzte. »Das dachte ich auch.«

»Grüßen Sie Ihre Kollegin!«

Viktor wurde es in diesem Moment klar, wie falsch diese Formulierung klang. Wie falsch sie war. Wie diese Reise sich in einen Albtraum verkehrte. Komarow hätte Siska grüßen lassen müssen. Sein Job war schuld, selbst dann, wenn er nicht arbeitete. Er fand keinen Abstand. Es gab nur diesen Beruf. Er ruinierte alles, was ihm heilig vorgekommen war. Schuldig, schuldig, schuldig!, riefen die Stimmen. Sie hoben zu einem Stakkato an.

»Ach, übrigens. Sollten wir Poljakow nicht finden, werden wir ihn auch über Interpol suchen lassen.«

»Falls das ein Hinweis sein soll«, sagte Viktor, »verstehe ich ihn nicht.«

Komarow verzog den Mund zu einem schmalen Lächeln.

Viktor hob zum Gruß die Hand. Die Tür schien in Reichweite, durch die er dieser sinnlosen Ermittlung, diesem eiskalten Kollegen, der seine Seele so oft verkauft hatte, dass sie nicht wieder aufzufinden war, den Rücken kehren würde. Da vernahm er nochmals Komarows Stimme.

»Sie können es sich jetzt noch nicht vorstellen, aber sie werden leichter zu ertragen sein: die Schmerzen, die Wut, die Resignation.«

Viktor drehte sich um. »Woher wollen ausgerechnet Sie das wissen?«

»Weil ich auch die Stimmen höre. Sie werden leiser. Irgendwann flüstern sie nur noch.« Komarows vogelartiges Gesicht wirkte in diesem Moment ungewöhnlich weich. »Eines Tages werden Sie im Takt Ihrer Worte zur Arbeit gehen.«

Viktor dachte an Komarows Bruder Juri. Sollte sich hinter Komarows kühler Fassade doch ein Mensch verbergen? Nicht nur ein Mann, der sein Fähnchen nach dem Wind hängte? Viktor drehte sich wortlos um. Er musste noch einen Flug bekommen. Dieses Kapitel erforderte kein Komma, sondern einen Punkt.

51

Es war der schweigsamste Flug, an den Lopez sich erinnern konnte. Sie sprach nicht mit Viktor, weil er sie wieder einmal verarscht hatte. Dass er Trixi einfach mitgenommen hatte, ohne ein Wort zu sagen. Ein traumatisiertes Kind. Dass Trixi in Begleitung dieses russischen Stiernackens, dessen Verhalten dem Viktors glich, zwei Stunden später wieder aufkreuzte, änderte nichts an der Tatsache, dass Viktor unberechenbar wie ein Spieler blieb. Ein Spiel, in dem nichts mehr ging.

Viktor telefonierte aber irgendwann während seines Verschwindens mit Tatjana Sukova, wie Lopez im Nachhinein erfuhr. Nach dem Gespräch schloss sich diese weinend in einem der unzähligen blauen, grünen oder roten Salons ein.

Lopez suchte Petja, der wieder konzentriert vor einem Bildschirm fantastische Subjekte eliminierte. Schuss für Schuss für Schuss. In einem klinisch aufgeräumten Zimmer mit einem übergroßen weißen Bett, das ihr wie ein Versuchslabor für einen Zehnjährigen erschien. Kaum Spielzeuge, viele Bücher, darunter nichts Kindliches.

Nein, er wüsste nicht, was seiner Mutter widerfahren sei, erklärte er, während er weiterspielte. Lopez zog willkürlich ein paar Stecker aus der Wand. Beim dritten hatte sie Erfolg. Der Bildschirm knackste und erlosch mit einem spektakulären weißen Strich.

»Weißt du eigentlich, was hier los ist?«

Ultimativ genervt sah Petja sie an: »Viktors Freundin ist tot. Außerdem unsere Leibwächter, unser Fahrer und noch ein paar andere Leute, die Papa kannte.« Er formulierte jedes Wort in beinahe akzentfreiem Deutsch. Er sprach kühl und analytisch wie ein Chirurg. Wie ein Spieler, der nur Leichen zählte.

»Dein Vater ist auf der Flucht. Weißt du vielleicht, wo er steckt?«

»Glaubst du, dass er ausgerechnet mich anrufen würde?«

»Du beantwortest meine Frage nicht.«

»Wieso interpretierst du das so?«

Redete so ein Zehnjähriger? Lopez war kurz davor, in die Luft zu gehen. Aber ihre Beziehung zu diesem Kind war noch neu und fragil. Es stand ihr nicht zu, ihn zu maßregeln. »Weißt du etwas oder nicht?«

»Nichts.« Er sagte es mit der Ernsthaftigkeit eines Nihilisten, der den Sinn des Lebens begriff.

»Wir werden abreisen. Bald.«

»Könntest du bitte wieder den Stecker in die Dose stecken?«

»Könntest du bitte so tun, als würde dir das wenigstens irgendetwas ausmachen?!«, brüllte Lopez. Sie verzweifelte an diesem Jungen, um dessen Gunst sie vergeblich warb.

»Es ist schrecklich«, sagte er gleichmütig. »Kann ich jetzt weiterspielen?« Ihr Sohn verzog keine Miene. Ein Prinz in seinem weißen Palast. Ob er wusste, dass sich sein Leben von diesem Tag an völlig ändern würde? Lopez konnte dieses Kind zwar nicht verstehen, aber sie würde Petja nie wieder unterschätzen.

Lopez atmete tief ein. »Ich mache mir Sorgen. Dein Vater wollte mit euch verreisen. Droht euch noch Gefahr?«

»Nicht wenn du und Viktor, wenn ihr eure Arbeit macht.«

Lopez hätte gern hysterisch gelacht. *Arbeit*. Gut, dass ihr Sohn sie daran erinnerte. Sie hatte tatsächlich noch etwas zu erledigen.

Vorher wandte sich Petja nochmals an sie. Das Ballerspiel lief wieder auf Endlosschleife im Hintergrund. »Was du wissen solltest, ist«, sagte er, »dass mein Vater sehr gut auf sich selbst aufpassen kann. Menschen wie wir kommen immer klar.«

Wie betäubt verließ Lopez sein Kinderzimmer. Wie Petja immer wieder ihre Rollen verkehrte. *Menschen wie wir.* Dieses Kind benötigte niemanden, der ihm die Welt erklärte.

Gunnar anzurufen, das stand auf der Liste unbequemer Pflichten unangefochten auf Platz 1. *Wieder einmal,* dachte Lopez. Sie wusste: Manchmal wurde auch der Bote erschossen. Einfach so.

Aber Gunnar wirkte gefasst, beinahe unnatürlich ruhig. Ob sie baldmöglichst zurückkehren könnten? Zur Not auch ohne Viktor. Lopez bejahte dies schleunigst. Unvorstellbar, wie sich die Situation noch entwickeln konnte. Ohne Viktor. Sie kam sich ihm gegenüber wie eine Verräterin vor. Zu wissen, dass er wieder einen seiner Alleingänge unternahm, relativierte jedoch das Gefühl.

Gut. Gunnar sicherte alle notwendige Unterstützung zu. Lopez bedankte sich. Bevor sie auflegte, rechnete sie noch mit einem seiner spektakulären Wutausbrüche, für die Gunnar bekannt und gefürchtet war. Aber nichts geschah. Sie verabschiedeten sich kultiviert. Lopez hatte ein Wort in dieser Unterhaltung tunlichst vermieden. Das Wort hieß Angst.

Als Viktor endlich zurückkehrte, rief er sie alle mit ein paar kurzen Worten zusammen. Er sah aus wie jemand, der seit Jahren nicht geschlafen oder vergessen hatte, wie das funktionierte. Seine Augen waren gerötet. Mila lauschte Viktors Worten, die Arme verschränkt. Otto wirkte wie immer freundlich und interessiert. Lopez fragte sich, ob er vielleicht vergessen hatte, was vor wenigen Stunden hier noch geschehen war. Trixi saß auf einer Treppenstufe. Lopez konnte nicht deuten, was ihr Gesichtsausdruck besagte. Verschlossen, in sich gekehrt und hart? Sie wollte nicht die nächste Abfuhr von einem Teenager kassieren, weil sie sich sorgte. Aber Trixi ließ sich nicht anmerken, wie sehr der Tod ihrer Mutter sie getroffen hatte. Lopez wusste, dass es für jedes Gefühl einen Ort und eine Zeit gab. Sie hatte für jeden Verständnis, der sich in eine Traumwelt stürzte, um verdrängen oder ertragen zu können, was hier geschehen war.

Petja und seine Mutter lehnten an der Wand. Wie Eigentümer eines verwunschenen Schlosses, das um sie herum langsam verfiel. Viktor bat alle darum, zu packen, verabredete einen Zeitpunkt, wann ein Taxi sie zum Flughafen bringen würde, dankte Tatjana Sukova für ihre Großzügigkeit, dass sie ihr Privatflugzeug nutzen durften, und entschuldigte sich dafür, dass er kein besserer Gast gewesen war.

Tatjana Sukova nickte und weinte wieder, Petja legte seinen Arm um sie. Eine Geste, die Lopez mehr als alles überraschte und rührte. Lopez wollte Viktor noch etwas fragen, aber er hob nur die Hand, um sie auszubremsen, ging wortlos an ihr vorbei. Er wirkte wie jemand, der in Bälde kollabieren würde. Als verberge nur noch eine dünne Membran die Tatsache, dass er schwächer als die Titanen war, denen er zwar äußerlich gleichen mochte, aber im Inneren schon lang fremd geworden war. Ein paar Minuten später fand sie ihn tief schlafend vor. Wie ein gefällter Baum lag er quer über dem Bett, ohne die Kleidung abgelegt zu haben.

Zwei Stunden später, um 17:45 Uhr, hob das Flugzeug von der Startbahn ab. Sie saßen bequem auf Ledersitzen. Lopez hatte mehr Spielraum, als sie benötigte. Es roch nach Politur. Sie schwiegen. Niemand wollte reden. Viktor besetzte den Platz neben ihr. Er atmete gleichmäßig. Die Maschine beschleunigte, das Fahrwerk klappte ein. Lopez sah hinab auf die Lichter der Stadt Moskau, auf der sich der Abend sanft wie ein Leichentuch niederließ.

BERLIN

52

»Katastrophe«, sagte Gunnar.
»Unfall«, antwortete Lopez schnell.

Die Sonne malte schiefe Lichtfelder auf Gunnars makellos aufgeräumte Schreibtischplatte. Durch das gekippte Fenster drangen Straßengeräusche zu ihnen herauf.

Lopez hatte nur wenige Stunden zuvor ihre Wohnung in der Rigaer Straße wie ein Dieb betreten. Still und heimlich, es war mitten in der Nacht. Leise stellte sie ihre Tasche auf einen Stuhl, streifte die Schuhe ab, schlich durch den dunklen Flur, warf einen Blick in Tessas Zimmer, in dem nur ein Nachtlicht brannte. Sah, dass ihre Tochter tief schlief, bewunderte ihre makellose Haut, fuhr ihr mit den Fingerspitzen durch das zarte Haar. Danach schaute sie nach ihrem Sohn, dessen Kinderbett noch in ihrem gemeinsamen Schlafzimmer stand. Er lag auf dem Rücken und verzog mit geschlossenen Augen den Mund. Wie ein Gourmet, dem etwas nicht zu schmecken schien. Seine Pupillen huschten unter den Lidern hin und her. Seine Arme ruhten neben dem Kopf. Jemand musste in seinen Träumen »Hände hoch!« gerufen haben. Als sie sich zu ihm hinabbeugte, um ihm einen Kuss zu geben, roch er süß wie Kuchen. Lopez bewunderte noch kurz die Perfektion, mit welcher der Schlaf Kindergesichter überzog. Sie atmete die Stille ein, genoss das Gefühl einer Welt im Lot.

Trotz der späten Uhrzeit tippte Bernhard noch in der Küche auf seinem Laptop. Vermutlich an seinem neuen Manuskript. Die Küchenlampe warf einen ovalen Lichtkegel auf den Esstisch, setzte Bernhards Gesichtszüge ins rechte Licht. Er schaute auf. Lopez bemerkte sofort, dass er nicht lächelte. Er sagte: »Hallo!«

Lopez begrüßte ihn, strich ihm auf dem Weg zum Kühlschrank kurz über den Rücken, nahm sich eine Tüte Milch heraus, dachte an Viktor und setzte sie an den Mund, um daraus zu trinken. Sie entschuldigte sich für ihren Durst, stellte den Tetrapack auf dem Küchentisch ab und nahm neben Bernhard im Halbdunkel Platz.

Sie fragte: »Störe ich?«

Bernhard lehnte sich zurück und betrachtete ihr Gesicht. »Ich möchte, dass wir uns trennen«, sagte er schlicht.

Lopez bemerkte, wie ihre Gesichtszüge einfroren, fühlte schlagartig die vollständige Lächerlichkeit ihrer Existenz. Blut floss in ihre Extremitäten, typisch, archaisch und komplex. Ihr Gehirn arbeitete sich Wort für Wort an dem Satz ab, den Bernhard formuliert hatte. Ihr Gehirn verhielt sich wie ein Motor mit Kolbenfraß. Es wollte nicht mehr funktionieren. Sie traute sich nicht einmal, nach dem Warum zu fragen. Sie kannte das Warum.

»Mal ehrlich«, sagte Bernhard, »wir sind bereits getrennt, was nicht nur diese Reise wieder einmal bewiesen hat.«

In Gunnars Büro traf sie die Erinnerung an Bernhards Eröffnung immer noch wie ein Stromschlag. Sie fühlte sich müde und gleichzeitig hellwach. Lopez atmete tief durch. Sie tat das, was sie in jeder Lebenslage aufrechterhalten hatte: Sie arbeitete.

Gunnar sah sie an, als habe sie ihren Einsatz verpasst. Also sprach sie, blendete die Gedanken an Bernhard in ihrer Küche einfach aus. »Diese Kugel war nicht für Franziska Mohn bestimmt. Sie sollte Oleg Sukov treffen.«

»Petjas Adoptivvater?«, fragte Gunnar. Noch sprach er ohne jede Gefühlsregung.

Lopez schaute kurz zu Boden. Fest antwortete sie: »Ja.«

»Wo ist Frau Mohns Leichnam jetzt?«

»Immer noch in Moskau.«

»Warum seid ihr ohne sie wieder abgereist?«

»Du wolltest, dass wir schnellstmöglich zurückkommen. Mir erschien die Lage unsicher. Viktor bekam einen Freischein. Seine Worte waren: ›Es ist nur ihr Körper. Sie kommt nicht zurück.‹«

»Das hat er gesagt?« Gunnars Frage klang in ihrer Überraschung völlig redundant.

Sie schwiegen. Es war schwer, mit dem Tod ihrer Kollegin umzugehen.

»Wir müssen sachlich bleiben« – Gunnar starrte auf die Tischplatte –, »auch wenn ich nicht weiß, wie das gehen soll.«

Lopez hatte ihren Chef selten so verständnisvoll erlebt. »Ihre Überreste werden überstellt, sobald alle Untersuchungen abgeschlossen sind. Wir würden es hier ebenfalls so halten. Rustam Komarow gab mir sein Ehrenwort.«

»Was wird aus Polina Nikitina?«

Es schien Lopez wie Ironie, dass sie wegen eines verschwundenen Leichnams nach Moskau geflogen war, um einen weiteren dort zurückzulassen. Zwei Frauen, zwei Tode.

»Es handelt sich nicht mehr nur um einen Leichnam. Ihr Körper ist mittlerweile ein Politikum.« *Polina Nikitina, die bekannteste Leiche des Landes,* dachte Lopez, sagte es aber nicht.

Gunnar sinnierte: »Ich glaube nicht, dass das LKA diese Überreste überhaupt zurückhaben will.«

»Hast du noch etwas vom Rechtsmedizinischen Institut gehört?«

»Die halten sich ebenfalls bedeckt. Nichts gegen Aufmerksamkeit. Aber negative Aufmerksamkeit hatten wir genug.« Vorwurfsvoll sah er Lopez an, als trüge sie allein die Schuld daran. »Was für ein beschissenes Chaos«, stellte Gunnar fest. »Nichts als offene Enden. Keine Klarheit, keine Lösung, nicht mal eine Verhaftung.«

»Es ist eine Tragödie«, formulierte Lopez doppeldeutig.

»Was wissen wir überhaupt?«, fragte Gunnar.

»Dass Polina Nikitina auch für Predvidenje, die Agentur mit Weitblick, arbeitete. Dass auch sie den Fenstersturz ihres Kollegen miterlebte. Dass ihr Kollege Vanja Poljakow, den sie den Polen nannten, ihnen nicht verzieh, dass sie nie gegen ihren Chef aufbegehrten. Dass sie eine Mitschuld an seiner unrechtmäßigen Demontage trugen. Eine Mitschuld, für die er sie mit einem Kopfschuss bestrafte. Er war schon beim russischen Militär als ein guter Schütze bekannt.«

»Ist dieser Pole mittlerweile wieder aufgetaucht?«

Lopez schüttelte den Kopf.

»Wie kann das in Zeiten wie diesen möglich sein? Es wird nach ihm gefahndet, sogar international.«

»Ist sicherlich nur eine Frage der Zeit. Er war verletzt, konnte nicht mehr an seinen Arbeitsplatz zurückkehren.«

»Ein Varieté?«

»Dort trat er als Sängerin auf.«

Gunnar schaute Lopez an, als habe sie einen wirklich auffälligen Sprachfehler. »SängerIN?«

»Und Tänzerin. Er trat in Frauenkleidern auf. In Russland wurde er als Künstlerin unter dem Namen Pola Paradies bekannt.«

Gunnar starrte Lopez an. Sie sah, wie es hinter seiner Stirn arbeitete. Wie er kombinierte und doch nichts verstand.

»Schon mal überlegt, dass er vielleicht als Frau reist? Dass alle nach einem Mann fahnden, während er als Frau allen durch die Lappen geht?«

»Ein interessanter Ansatz.« Lopez nickte anerkennend. »Da können wir nur hoffen, dass die russischen Kollegen auch in diese Richtung ermitteln.«

Gunnar sah sie mit halb zusammengekniffenen Augen an. »Sag mal, kann es sein, dass dich das nicht wirklich interessiert?« Er lehnte sich mit verschränkten Armen auf die Schreibtischplatte.

Lopez richtete sich auf ihrem Stuhl auf: »Was willst du eigentlich, Gunnar? Das ist nicht unser Fall.«

Gunnar stieß einen Laut der Empörung aus. »Warum habe ich bei jeder Ermittlung von Viktor und dir das Gefühl, dass ich eigentlich nur ein Trittbrettfahrer bin?«

»Wir müssen Viktor aus alldem raushalten«, antwortete Lopez kategorisch.

Gunnar lachte auf. »Warum?«, fragte er. »Viktor hält sich nie aus etwas raus. Überhaupt, was ist mit ihm?«

»Was soll schon mit ihm sein?«, antwortete sie sarkastisch. Lopez und Viktor hatten sich wort- und grußlos vor ihrer Haustür getrennt. Viktor und Trixi wohnten nur ein paar Häuser weiter. Sie sah ihnen nach, wie sie schweigend zu der Wohnung gingen, die Siska gehörte. Sie stellte sich vor, wie sie die Tür aufschließen würden, um festzustellen, dass der Wohnraum sich sogar nach ihrer Ankunft noch leer anfühlte. Wie etwas Vertrautes fremd geworden war. Lopez kannte diesen Gefühlszustand in- und auswendig. Aber für Trixi und Viktor gab es kein Zurück, keine Hoffnung, nicht einmal eine minimale Wahrscheinlichkeit. Der Schlussstrich unter Franziska Mohns Leben war definitiv.

Lopez schwieg, weil ihr keine Antwort einfiel, die Gunnar gefallen hätte. Und weil sie nicht ein weiteres Schlachtfeld eröffnen wollte. Nachdem das Schweigen unbequem wie ein Bett aus Nägeln wurde, wich Lopez mit einer Frage aus. »Wie geht es dir eigentlich?«

Sie hatte es bereits bemerkt: Das Sofa schien glatt und unbenutzt. Der Boden frei. Gunnars helle Haare und sein Gesicht wirkten frisch gewaschen und gekämmt, seine Kleidung saß perfekt. Er hatte offensichtlich seinen Speiseplan umgestellt. Wenn er noch Fast Food aß, dann nur noch heimlich und nicht mehr im Büro.

»Tagesgeschäft läuft, privat auch alles gut.«

»Alles?«, fragte Lopez überrascht.

»Ja. Wieso?«

Lopez zuckte mit den Schultern. So schnell konnten sich die Dinge ändern.

»Und bei dir?«, fragte Gunnar.

»Alles okay«, log Lopez. »Ich schließe mich mal mit den Kollegen kurz, wo ich helfen kann.« Sie erhob sich und versuchte, keine Miene zu verziehen, den Tränen nicht nachzugeben, nicht heute und nicht hier.

Gunnar nickte und wandte sich wieder seinem Bildschirm zu.

Als Lopez ungewöhnlich steifen Schrittes das Büro ihres Chefs verließ, begegnete ihr im Türrahmen ein junger Mann, der sie an jemanden erinnerte, dessen Name ihr auf der Zunge lag. Lopez grüßte höflich, machte einen Schritt zur Seite, um ihm den Vortritt zu lassen.

Gunnar schaute auf und verzog den Mund zu einem schiefen Lächeln. Lopez befand sich schon halb auf dem Korridor, als sie Gunnars Stimme wieder hörte: »Lopez, ich möchte dir noch jemanden vorstellen.«

Langsam drehte sie sich um.

Gunnar war aufgestanden und deutete mit der Hand auf sie. »Das ist Rosa Lopez, meine beste Mitarbeiterin. Und das« – er nickte dem jungen Mann mit einem warmen Lächeln zu –, »das ist meine Tochter Gloria.«

53

Im Aufenthaltsraum des Seniorenheims St. Kamillus schien der Geräuschpegel heute unnatürlich laut. Abgesehen von den Verwandten, die Schwerhörigen einzelne Wörter zuriefen, weil sie sich weigerten, ihre Hörgeräte zu tragen, spielten mehrere Senioren ein Brettspiel, über dessen Verlauf und Regeln sie sich permanent uneinig waren. Sie stritten und diskutierten, einmal warf eine übergewichtige Frau mit dünnem grauem Haar das Spielbrett einfach um. Unter lautstarken Auseinandersetzungen wurde das Spiel gemeinsam wieder aufgebaut. Der Geruch von Gebackenem lag in der Luft. Obwohl die Sonne durch die Panoramascheiben schien, wurde der Raum zusätzlich beheizt. Viktor zog am Kragen seines Shirts, um sich Luft zu verschaffen. Er vermisste ein Hemd, nur damit er einen Knopf öffnen konnte.

»Otto wird nicht davon begeistert sein«, sagte Mila vorwurfsvoll.

»Otto wird vermutlich am nächsten Tag nicht einmal mehr wissen, dass es dich überhaupt gab«, antwortete Viktor brutal.

Mila richtete sich zu voller aristokratischer Größe auf. »Von wem hast du nur diese natürliche Grausamkeit geerbt? Etwa von mir?«

Viktor antwortete nicht. Er wusste, worum es hier ging. Er wusste, was er zu tun hatte. Er tat es schnell. »Es tut mir leid.«

»Was ist mit deinem Vater?«, fragte Mila Trixi direkt.

Trixi hatte ihre Füße auf den benachbarten Stuhl gelegt, sie hing mehr auf ihrem Sitz, als dass sie saß. Ihre schwarzen Haare wirkten ungepflegt. Ihre Kleidung vernachlässigt. Alles an ihr drückte Missbilligung aus. »Mein Vater hält sich gerade in Mali auf.«

»Was, um Himmels willen, tut er da?« Mila klang ungläubig.

»Menschen helfen?« Trixi formulierte es wie eine Frage, als wüsste sie es selbst nicht ganz genau. Sie erklärte: »Er arbeitet für ›Ärzte ohne Grenzen‹. Er ist ständig unterwegs.«

»Irgendwer muss das wohl tun«, formulierte Mila rätselhaft.

»Ich möchte nicht zu ihm ziehen. Ich habe gerade erst die Schule gewechselt, vor Kurzem erst die Stadt. Ihr behandelt mich wie Ware, die man einfach verschicken kann.«

Mila und Viktor schwiegen eine Weile, lauschten den Wortfetzen, die durch den Raum schwirrten.

»Was ist mit dir, Viktor?« Mila spielte ihm einfach den Ball zu, mit dem er nicht spielen wollte.

Er sah seine Babuschka vorwurfsvoll an. Er hatte vorher mit ihr telefoniert, hatte ihr die Situation erklärt. »Ich arbeite zu viel.«

»Du arbeitest gerade überhaupt nicht.«

»Noch nicht. Ich kann außerdem nicht kochen.«

Seine Großmutter verdrehte die Augen. »Das ist zwar traurig, aber kein ernst zu nehmender Grund.«

»Hört bitte auf!«, schaltete sich Trixi ein. »Was ist das?! Ein Wettkampf darum, wer den Hauptpreis möglichst nicht bekommen soll?«

Viktor tat Trixis Einwand mit einer Handbewegung einfach ab. »Es ist nicht so, dass ein Zusammenleben zwischen dir und mir einfach wäre«, sagte er zu seiner Babuschka.

»Was?« Milas Augen funkelten. »Du bittest mich doch darum.«

»Ist für uns alle eine schwierige Situation.«

»Was willst du, Trixi?«, fragte Mila, als sei Viktor kein Gespräch mehr wert, als wende sie sich einem kompetenteren Partner zu.

Trixi überlegte: »Ich will, dass sich nichts mehr verändert.«

Viktor wusste, dass sie alle die Zeit gern zurückgedreht hätten. Um nur eine Woche. Das war die einzige Veränderung, die sie alle akzeptiert hätten.

»Was ist eigentlich mit Viktor los?«, fragte Mila Trixi. Vertraulich und verständnislos. Eine Unterhaltung unter Frauen. Obwohl Viktor direkt danebensaß, existierte er für sie bereits nicht mehr. Viktor konnte es nicht fassen, wie zügig seine Großmutter wieder ihre Taktik und das Thema wechselte.

»Er schläft nicht mehr. Sitzt ständig in ihrem Zimmer rum. Er geht nicht ans Telefon.«

Es traf Viktor, das zu hören. Trixi verhielt sich in Viktors Augen wie ein Kontaktmann, der dem Falschen zu viel verriet. Wie ein Verräterin.

»Du schläfst nicht mehr?«

Was sollte Viktor sagen? Im Spiegel sahen ihn blutunterlaufene Augen an. Er konnte nicht schlafen. Die Stimmen wollten reden. Sie scherten sich nicht um Triviales wie Uhrzeiten, Tag oder Nacht.

Mila seufzte.

»Du hast dieses Heim immer gehasst«, antwortete Viktor ihr, »jetzt kannst du zu uns ziehen und willst nicht mehr?«

Mila stand für einen Augenblick vor Empörung der Mund offen. »Ich hatte schon ein Kind, das ich großziehen musste und das nicht meines war.« Mit dem Zeigefinger deutete sie auf Viktor. »Habe ich mir das ausgesucht?!«

Viktor betrachtete das Muster der Tischdecke. Rote Herzen und Blumen. Girlanden, die sich wiederholten.

»Du willst keine Verantwortung übernehmen, aber ich bin gerade wieder mal gut genug dafür?« Mila verschränkte die Arme vor der Brust.

Trixi nahm die Füße vom Stuhl, ließ ihren Kopf auf die Tischplatte sinken und stöhnte unterdrückt.

»Ich muss das mit Otto klären«, sagte Mila weicher. »Aber ich verlange etwas.«

Trixi hob ihren Kopf von der Tischplatte. Selbst Viktor schaute seine Babuschka gespannt an.

ZWEI MONATE SPÄTER

Halb neun, die Vorstellung befand sich in vollem Gang. Viktor saß im Publikum und konnte nicht umhin, einen roten Punkt zu suchen, den ein Laserstrahl auf Stirnen malte. Die Lichtreflexe dienten jedoch allein der Vorführung. Gewehrschüsse blieben aus. Tanz und Formation, schwere Paillettenkostüme von Jean Paul Gaultier, viel nackte Haut, Akrobatik und hymnischer Gesang. Lopez saß neben ihm in der sechsten Reihe am Rand. Sie erhob sich zeitgleich mit ihm, als der Chor anhob, als auf der Bühne des Friedrichstadt-Palastes bunte Glitzerfetzen durch die Luft wehten. Ein Mann folgte ihnen auf ihrem Weg hinaus. Auf der Bühne zerstreute sich eine kleine Formation von Tänzern. Andere sprangen in den Vordergrund. Viktor weinte dieser Veranstaltung keine Träne nach.

Leise verließen sie den Raum durch eine schwere Tür. Als sie sich schloss, blendete sie alle Geräusche aus. Stille ummantelte sie und ein Geruch nach Lack und Staub. Eine Türsteherin warf ihnen strenge Blicke zu. Auf die Frage in ihrem Gesicht antwortete Viktor einfach mit einem Kopfschütteln. Er deutete eine Entschuldigung an.

Sie nahmen die Treppenstufen, verließen zügig das Gebäude, um es zu umrunden – ein großer Bau mit Rundbögen, bestrahlt mit der Dunkelheit trotzendem, buntem Licht –, und warteten bei einem Mannschaftswagen der Polizei. Sie hatten die Kollegen vom SEK gewarnt. Die gesuchte Person war militärisch ausgebildet und schoss besser als die meisten von ihnen. Lopez ausgenommen.

Es war sommerlich warm, Viktor hatte seine Hände in den Taschen seiner Hose versenkt. Es dauerte ungefähr zehn Minuten, danach öffnete sich die Tür des Personaleingangs. Einige Beamte des Sondereinsatzkommandos begleiteten eine Frau auf hohen Absätzen, die über einem schillernden Bodysuit einen hellblauen Bademantel trug. Ihre Hände waren hinter dem Rücken gefesselt. Ihr Gesichts-Make-up wirkte übertrieben, expressiv.

Vor Viktor machte der Trupp halt. Viktor hatte das Fahndungsbild bereits aufgefaltet. Er verglich das Gesicht mit den feinen Zügen. Die grellroten Lippen. Das dunkle, hochgesteckte Haar. Die frisch verheilte, rote Narbe an der Stirn, die sorgfältig überschminkt worden war.

»Darf ich«, fragte Lopez. Damit streifte sie der Gefangenen die Perücke vom Kopf. Er wehrte sich nicht. Jetzt erkannte Viktor ihn. Beinahe bewunderte er die Veränderung. Er dachte an das Foto, das den Polen nackt mit einem anderen Mann zeigte. Vanja Poljakow.

Der Mann, der kaltblütig seine ehemaligen Mitarbeiter mit Kopfschüssen exekutiert hatte. Der in schwarzer Kapuzenjacke seine Opfer durch nächtliche Straßen verfolgte. Der Mann, mit dessen Gerechtigkeitsdrang alles begann. Mit einem Bericht über eine Medienagentur, die Informationen verbog und verdrehte. Der Mann, der sich nach seiner Lagerhaft der Selbstjustiz verschrieben hatte. Der Mann, den Zoya Bogdanowa liebte. Der Juri erschossen und Viktor ausgeknockt hatte. Der ihn auf einer Straße im Arbat im Blut seines Opfers einfach liegen lassen hatte. Der Siska aus Versehen erschoss. Ob er es wusste oder nach seiner Flucht erfahren hatte? Viktor hatte lang auf diesen Moment gewartet. Also fragte er ihn.

Der Pole wies einen leidenden Zug um den Mund auf. Journalist, Dichter, Sänger. Mann und Frau. Ein Alleskönner, Multitalent. Sie unterhielten sich leise auf Russisch. Viktor zeigte ihm ein Foto. Siskas Körper lag auf einem Tisch aus Edelstahl.

Der Pole sagte, dass er Fotos schon lang nicht mehr glaubte. Er habe es verlernt. Viktor sagte: »Dann glauben Sie mir!«

Der Pole schaute Viktor an. Er fragte: »Wer war sie?«

»Meine Frau.«

Der Pole sagte: »Wenn es stimmt, tut es mir leid. Das habe ich nicht gewollt.«

Die Toten am Rande der Schlachtfelder jubilierten. Viktor konnte sich nicht rühren, aber für einen Augenblick schwiegen die Stimmen in seinem Kopf. Er verspürte keine Erleichterung, aber eine Klarheit, die er selten fand. Diese Entschuldigung konnte Siska nicht zu neuem Leben erwecken, aber sie stand stellvertretend für die Ungerechtigkeit, die Menschen widerfuhr. Für die Absurdität des Lebens. Für das Warten auf Godot. »Als im Lumos-Theater auf Sie geschossen wurde, geschah das mit Ihrem Gewehr?«

Der Pole verzog den Mund zu einem Lächeln. »Wie sind Sie darauf gekommen?«

»Leider zu spät. Sie und Juri haben das alles inszeniert. Kein Scharfschütze würde im Ernstfall ein Laservisier benutzen.«

»Als Sie sich im Publikum wie ein Verrückter aufführten, hatte ich Angst, Juri würde mich aus Versehen abknallen.«

Viktor versuchte, sich nicht von dem Gedanken ablenken zu lassen, dass dies der Punkt war, an dem ihrer aller Leben eine andere Wendung hätte nehmen können. Siska könnte noch leben. »Die RoteZoya, das waren Sie. Unter diesem Namen haben Sie die neue Jarygin PJa im Netz gekauft. Nachdem Sie mich betäubt und niedergeschlagen hatten. Nachdem Sie Ihren Freund Juri ermordet und mir Ihre Mordwaffe untergeschoben hatten.«

»Es musste sein. Sie waren ständig im Weg.«

Für einen Präzisionsschützen, den alles störte, was ihm die freie Sicht auf das Ziel verstellte, war das vermutlich ein völlig normaler Gedankengang.

»Auch mir wurde meine Freundin weggenommen«, sagte der Pole ohne erkennbaren Zusammenhang. »Ich weiß also, wie das ist.«

Viktor wunderte sich darüber, wie der Pole ihre Lage spiegelte. Und wie er sich trotz aller Gemeinsamkeiten nicht in dem Mann erkennen wollte. »Sie haben keine Ahnung«, sagte Viktor. Er wollte Hass auf diesen Menschen empfinden, brennenden, unversöhnlichen Hass, aber es gelang ihm einfach nicht. Der Pole tat ihm leid.

Lopez schaltete sich ein. »Wie haben Sie es nach dem Lager geschafft«, fragte sie auf Englisch, »einfach zu verschwinden?«

»Sie kennen das Foto, das zu meiner Verhaftung führte?« Er sprach zwar leise, aber sein Englisch war makellos.

»Ja.«

»Alle glaubten, ich sei homosexuell. Irgendwann habe ich mich nicht mehr dagegen gewehrt. Homosexuelle, Transsexuelle, viele halfen mir. Es gibt in dieser Gemeinschaft eine große Solidarität.«

»Aber wie konnten Sie innerhalb kürzester Zeit unter Ihrem Künstlernamen so bekannt werden?«

Der Pole lächelte. Die Beamten warfen Viktor und Lopez ungeduldige Blicke zu. Überstunden, der Feierabend, der noch in weiter Ferne schien, Familien, Kinder, Ehemänner, die warteten.

Poljakow sagte: »Vielleicht bin ich nur verdammt gut in dem, was ich tue. Alles andere müssen Sie schon selbst herausfinden.«

Lopez' Blick schnellte zu Viktor. Was hatte das zu bedeuten? Hatten sie etwas übersehen? Hatte es noch mehr Opfer gegeben? Was meinte er damit?

Aber Viktor reagierte nicht. »Diese Ermittlung betrifft uns nicht mehr«, sagte er, »er gehört jetzt Ihnen.«

Boris Levtschow nickte. In diesem Moment wurde ein internationaler Haftbefehl vollstreckt. Die Übergabe des

Todesschützen an den russischen Kollegen sollte zeitnah erfolgen. Der Hüne reichte Viktor die Hand. Auf Augenhöhe tauschten sie Blicke aus. »Viel Papierkram.«

»Durchsuchen Sie seine Garderobe. Er muss mit irgendwelchen Dokumenten über die Grenze gekommen sein.«

Levtschow nickte. »Jetzt verstehe ich auch, wie er uns so lange entgehen konnte.«

Viktor dachte an Frauen und ihre Kleider. Wie engstirnig es war, von einem bestimmten Geschlecht auszugehen. Wie sie sich immer wieder hatten täuschen lassen, weil sie nicht über einen simplen Tellerrand hinausdachten. Jetzt ergaben die Schuhe, die er am Flughafen gesehen hatten, einen Sinn. Er hatte Poljakow sogar fliehen sehen. Er trug hohe Absätze, die Schuhe einer Frau. Sein Gehirn hatte die Bilder viel zu spät miteinander kombiniert.

»Woher wussten Sie, dass er nach Berlin zurückkehren würde?«, fragte Boris Levtschow.

»Poljakow hatte schon einmal ein Engagement in dieser Stadt. In Russland wurde er überall gesucht. Er war verletzt. Es war nicht mehr als eine Möglichkeit. Vielleicht die beste von vielen.«

»Heute Abend haben wir Glück gehabt.«

»Von Glück«, sagte Viktor, »möchte ich in dieser Angelegenheit nicht sprechen.«

Viktor sah einen Ausdruck auf Boris' Gesicht, den Viktor dieser Tage häufiger sah. Ein Ausdruck offenen Mitleids. Um das Gefühl zu vertreiben, sagte er schroff: »Grüßen Sie Komarow!«

»Mache ich. Er wurde befördert. Wussten Sie das?«

Nein, das wusste Viktor nicht. Dass Rustam Komarow seiner Versetzung nicht nur entgangen, sondern auch noch intern aufgestiegen war, bestätigte den Eindruck, den Viktor gewonnen hatte: Rustam Komarow benahm sich wie ein hochfunktionaler, angepasster Soziopath. Ganz im Gegensatz zu seinem Bruder Juri, der sich nie anpassen wollte oder konnte. Manchmal war Anpassung das einzige Kriterium, das innerhalb einer Spezies das Überleben sicherte. Den russischen Ermittler mit dem Vogelgesicht zunehmend einflussreich zu wissen barg Freuden und Schrecken zugleich. *Man sieht sich immer zweimal im Leben. Oder dreimal oder viermal oder so oft, dass man nicht mehr voneinander loskommt.* Viktor würde es bei zweimal belassen.

Sie verabschiedeten sich. Beamte und Vanja Poljakow stiegen in verschiedene Fahrzeuge, die zügig losfuhren.

Lopez gab Viktor einen Wink. Sie wollte gehen.

»Hast du seinen Bademantel gesehen?«

»Den hellblauen? Ja, wieso?«

»Stammt aus der Krankenhaustasche, die im Kofferraum des Unfallwagens lag. Poljakow hat ihn von Smirnows schwangerer Frau geklaut. Mit ihren Sachen verkleidete er sich auf der Flucht.«

»Das denkst du dir doch nur aus!«

»Muss ich nicht. Ist genau so passiert.«

Lopez schaute ihn noch eine Weile an. Vielleicht weil sie einschätzen wollte, ob Viktor sie nicht doch verschaukelte. Erst dann lachte sie ungläubig.

Lopez und Viktor nahmen die U-Bahn und verließen sie an der Station Weinmeisterstraße. Sie liefen die Rosenthaler Straße stadteinwärts, bogen in die Sophienstaße ein. Die warme Nachtluft bewegte sich kaum. Eine laue, spürbare Substanz, durch die sie hindurchgingen. Passanten frequentierten Cafés und Bars. Spaziergänger unterhielten sich. Fliederduft. An der Großen Hamburger Straße machten sie vor einem Hauseingang halt. Auf einem Schild stand: Psychiatrische Universitätsklinik der Charité im St.-Hedwig-Krankenhaus.

Sie sprachen nicht. Viktor suchte nach der Klingel. Die Stimme des Nachtportiers ertönte. Viktor wurde kurz von einem Fluchtinstinkt erfasst, aber er erinnerte sich an das Versprechen, das er seiner Babuschka gegeben hatte. Diese eine Bedingung hatte sie gestellt. Also ließ er einfach die Stimmen für sich sprechen. Sie würden ohnehin nicht schweigen, bis sie Gehör finden würden. Als sie laut wurden, kam das Wort Selbstmord darin vor.

Als der Türsummer wie eine Einladung ertönte, schaute sich Viktor noch einmal um. Lopez hob zum Abschied nur die Hand.

FIGUREN-VERZEICHNIS

Viktor Saizew – Hauptkommissar beim LKA Berlin
Rosa Lopez – Hauptkommissarin beim LKA Berlin

Gunnar Scholz – Leiter des LKA 1 »Delikte am Menschen«
Detlev – Mitarbeiter der Kriminaltechnik
Morris – Rechtsmediziner

Franziska/Siska Mohn – Rechtsmedizinerin
Trixi – Siskas Tochter
Bernhard – Lopez' Ehemann, Schriftsteller
Tessa – Lopez' Tochter

Mila Saizewa – Viktors Großmutter
Otto Sander – Milas Freund

Zoya Bogdanowa – ehemalige Buchhändlerin, YouTube-Star

Wiatscheslaw Maximow – Schriftsteller

Rustam Komarow – Leitender Moskauer Ermittler für Kapitalverbrechen
Boris Levtschow – Polizist in Moskau
Leonid Breschnew – Polizist in St. Petersburg

Genadi Nowikow – Präsident der Russischen Föderation
Anastasija Nowikow – Frau des Präsidenten

Kolja Nowikow – Sohn des Präsidenten

Polina Nikitina – Journalistin

Petja Sukov – Lopez' Sohn Luis, wurde adoptiert
Tatjana Sukova – Petjas Adoptivmutter
Oleg Sukov – Petjas Adoptivvater

Der Pole – Sänger, Dichter, Journalist

Juri – Junkie

Alexej – Opfer

Oksana, Urja, Nadja – Lagerhäftlinge

Anatoli & Thuja Smirnow – Ehepaar

Der Bärtige/Der Graue – Chor

DANKSAGUNG

Dankt nicht mir, dankt euch.

Viktor und Rosa, die sich mir immer wieder anvertrauen.

Rustam Komarow, der genau die Art von undurchsichtiger, eigensinniger Figur ist, wegen der ich mit dem Schreiben begonnen habe.

Kirsten F. für eine Wohnung in Moskau.

Michael F. für einen Ausflug in Berlin. Und eine Idee.

Söhnen. Töchtern.

Den Widerspenstigen. Unangepassten. Aufständischen.

Der unbekannten Leserin.

Stefan Wischnewski, Conny Fuchs, den Fantastischen Drei, Armin Bohnet, Erika Bohnet, Annette Conrad, Erik Lins, Michael Reimann, Thomas Stahl, Petra Hermanns, Peter Hammans, Günther Koch, Swetlana Hauer, Alexej Prokarev, Sophokles.

Ein heißer Berliner Sommer, ein Serienmörder und das Ermittlerduo Viktor Saizew und Rosa Lopez

KATJA BOHNET

KERKERKIND

THRILLER

Eine Hitzewelle liegt über Berlin. Im Wannseeforst findet man die verbrannte Leiche einer schwangeren Frau. Wer erstach die Türkin und zündete sie dann an? Rosa Lopez und Viktor Saizew sollen unter Hochdruck für das Landeskriminalamt ermitteln. Aber Lopez erwartet bald ihr drittes Kind, und Viktor leidet unter den Spätfolgen seines Hirntumors.

Der Verdacht fällt auf den Mann des Mordopfers, der kein Alibi vorweisen kann. Doch dann tauchen weitere männliche Leichen auf, unter ihnen auch der Verdächtige, die Köpfe abgehackt und zur Schau gestellt.

»Katja Bohnet entwickelt einen Sog, der den Leser immer tiefer in die Geschichte hineinsaugt.«
FAZ